I0762463

Mi nombre es Celestina

DESIRÉE BAUDEL

Mi nombre es Celestina

Grijalbo

Papel certificado por el Forest Stewardship Council®

Primera edición: enero de 2026
Primera reimpresión: enero de 2026

Printed in Spain – Impreso en España

ISBN: 978-84-253-7170-7
Depósito legal: B-19.630-2025

Compuesto en M. I. Maquetación, S. L.
Impreso en Liberdúplex
Sant Llorenç d'Hortons (Barcelona)

GR71707

A Noa, cuya luz da sentido a mis días.
A mi familia, imperfecta y maravillosa.
A mis profesores de literatura,
que me enseñaron que las palabras
también pueden ser refugio

Todas las cosas ser criadas a manera de contienda o batalla.

FERNANDO DE ROJAS, *La Celestina*

Prólogo

Celestina, o el horror simpático

Me pregunto a veces si don Quijote debe su fama a Cervantes o Cervantes la suya a don Quijote. Ni sé tampoco si don Juan Tenorio ha de estar agradecido a Zorrilla o si es Zorrilla quien ha de reconocer a don Juan el haberlo inmortalizado. En el caso de Celestina tengo la seguridad de que la fama de la vieja alcahueta eclipsa la gloria de Fernando de Rojas pese a que fue él quien, al crearla, la ha convertido en uno de los pocos pero extraordinarios arquetipos que la literatura española ha colocado como magníficas metopas en el friso del teatro universal.

¿Y quién es este singular personaje que, después de entrar en una comedia de intriga amorosa al servicio de la pareja protagonista, incluso ha desplazado del título a quienes eran sus legítimos ocupantes? Porque es oportuno recordar que el rótulo ideado por Rojas, en línea con lo que era usual en el periodo, a saber, *Comedia de Calisto y Melibea*, fue rápidamente sustituido por el salto que dio Celestina al frontispicio de la obra. Ocurrió ya en la traducción francesa de 1527 y, entre nosotros, en la edición de Alcalá, de 1569, sin olvidar que Juan Luis Vives y Juan de Valdés ya citan la obra con la denominación de *Celestina*.

Quién es, me preguntaba, esa sorprendente mujer. Se trata de una vieja de piel arrugada, con arrugas que son surcos naturales cavados por el tiempo, pero también estrías y erosiones provocadas por una existencia que nunca le habrá resultado fácil. Es una vieja sabia por tantos recorridos hechos y sabedora al tiempo de hallarse al final de sus recorridos. Es tan consciente de ello que, liberada por el vino su lengua, lamentará: «Ya caducado he», añadiendo la seca comprobación: «Nadie me quiere». Parece y es, de hecho, más un personaje derrotado pidiendo compasión que alguien llamado a provocar admiración por hazañas que pudieran celebrar sus lectores.

En esa misma línea, si pensamos en su relación con el sexo, en su caso ya más remembranza que gusto presente, cuando en el acto IX exhorta a criados y pupilas a rematar con goces sexuales el opíparo banquete de que han disfrutado, describe su actual carestía lamentando: «La vieja Celestina mascará de dentera, con sus gastadas encías, las migajas de los manteles». Para rematar: «Besaos y abrazaos, que a mí no me queda otra cosa sino gozarme de vello».

Respecto a su categoría moral... Quienes dentro de la obra la conocen bien alaban y ponderan sin fisuras su inmoralidad, sus artes prohibidas, sus pericias no ya al margen sino en contra de las normas por las que teóricamente se rige la sociedad. Ninguna de las acciones que le adjudica Rojas puede ofrecerse como modélica y sin embargo se da en Celestina la paradoja de hallarnos ante personaje infame, sí, pero también atractivo. Pese a todas sus negatividades, Celestina es una creación literaria más divertida que temible.

Divertida, digo, y a esa simpatía que indudablemente provoca en los lectores contribuyen sin duda su inagotable vitalismo y sus brillantísimos chispazos de humor. Su agudeza verbal, reflejo directo de la calidad de su inteligencia, se aplica a todo tipo de cuestiones. Ocurre, por ejemplo, cuando comentando el alto precio del buen vino, del que ella es tan devota, sentencia: «Con lo que sana el hígado enferma la bolsa». O cuando cincela frases que pueden circular con sabor de epigramas o, al menos, como sentencias magistralmente acuñadas. Porque ingenio hay y verdad profunda en aquella afirmación suya sobre muerte y vida: «Ninguno es tan viejo que no pueda vivir un año ni tan mozo que hoy no pudiese morir». Y qué decir de aquel otro apunte suyo sobre el poder del dinero: «No hay lugar tan alto que un asno cargado de oro no le suba». Como tiene sabor igualmente epigramático su observación sobre los entusiasmos eróticos de las que se estrenan en el amor: «Después que una vez consienten la silla en el envés del lomo, nunca querrían descansar».

Celestina no solo es maestra de corrupciones y vicios. Puede sorprendernos, y lo hace, cuando, pese a ser mercadera del sexo, es capaz de dar lecciones sobre la belleza y hondura del más exquisito erotismo. Que esa alcahueta a quien oiremos alguna de las expresiones más directas que se han escuchado en la literatura española para referirse al acto sexual («Retózala en esta cama», ordenará al Pármeno, al que en el acto VII está encamando con Areúsa), esa Celestina es la misma que, celebrando cómo los enamorados cuentan y recrean sus gozos, exalta los valores no estrictamente carnales de la relación amorosa descalificando por contraste el mero coito en estos términos: «Este es el deleite, que lo otro mejor lo hacen los asnos en el prado».

Pero ni la brillantez de su afilada lengua ni su dolorida verdad humana opacan la dura verdad de su profesión, no ya ajena sino, como dije, directamente contraria a lo tenido por correcto en la sociedad. Y sabido eso, que para nada oculta Rojas en su configuración, señalo que el mayor acierto del autor ha sido huir de la pobreza que hubiera implicado el sometimiento a un propósito aburridamente didáctico. Rojas ha sustituido la simplicidad de quien adoctrina por la ambigüedad de quien hace literatura, no predicación, y por eso se afana por reflejar honestamente la complejidad de su inmoral alcahueta, que no es sino el reflejo de la complejidad y las contradicciones de tantos comportamientos humanos.

Rojas, lo subrayo, se ha desembarazado del corsé esterilizante del didactismo, ha escapado de la indigencia y del reduccionismo psicológico y literario que hubiera supuesto limitarse a pintar un monstruo, y esa complejidad, y ese brillo, y esas luces de que ha dotado a personaje objetivamente tan oscuro constituyen las razones por las que Celestina no solo se gana en tantos momentos nuestra simpatía sino que, en hazaña no igualada en la literatura universal, como ya recordé, saca de foco y desplaza a los teóricos protagonistas.

Podemos insistir en el intento de conocer y describir a tan singular personaje. No superaremos la lucidez con que ella hace su propia definición: «Soy una vieja cual Dios me hizo, no peor que todas. Vivo de mi oficio como cada cual oficial del suyo, muy limpiamente. A quien no me quiere, no lo busco. De mi casa me vienen a sacar. En mi casa me ruegan». Y culmina su presentación dejando en manos de Dios el juicio sobre su conducta: «Si bien o mal vivo, Dios es el testigo de mi corazón».

Y si ella deja a Dios la tarea de juzgarla, tengo para mí que Rojas no ha querido interferir en esa relación. O, para ser preciso, se desentiende provocadoramente de los criterios descalificatorios con que la moral al uso condenaría a Celestina. Rojas ha escapado al simplismo de ofrecernos un prototipo unívoco de vieja alcahueta rehusando condenar a quien parecería más que condenable. Y desde el momento en que no la denigra reduciéndola a personaje puramente odioso, está abriendo una brecha en los fundamentos dogmáticos, en la rigidez doctrinal de aquella sociedad. De cualquier sociedad que hipócritamente condene aquello a lo que insistentemente recurre.

Si alguien más, como yo repetidamente hago, quiere preguntarse cómo ha llegado Celestina a ser ese mayúsculo y sorprendente personaje que tanta fama ha dado a Fernando de Rojas, puede —debe— sumergirse en las páginas en que Desirée Baudel ha buscado, con éxito, imaginar los procelosos avatares con que se ha construido la agrietada biografía de tan ilustre vieja, esta sorprendente Celestina, paradójica encarnación del horror más simpático.

EMILIO DE MIGUEL MARTÍNEZ,
catedrático de Literatura española
en el departamento de Literatura
española e hispanoamericana de
la Universidad de Salamanca

PRIMERA PARTE

Una niña

1

La niña

Llevaba dos días durmiendo a los pies de la cama de una vieja a la que solo había visto una vez antes de que su madre le dijera que, a partir de ese momento, esa mujer que olía a orines y a hierbas silvestres sería su nueva madre. No había entendido por qué necesitaba otra tan vieja y fea si la que tenía era aún joven y hermosa. No le parecía suficiente motivo su soledad de mujer, que se estaba alargando más de lo previsto. Habían pasado muchos meses desde que reclutaron a su padre para luchar en la guerra castellana en el bando del rey Juan II. A partir del momento en que se fue a pelear contra los soldados de los nobles navarros, la niña oía llorar por las noches a su madre mientras apretaba los ojos y fingía dormir. Casi ni respiraba, porque temía que oyera el silbido del aire saliendo de su nariz, ya que sus catres estaban pegados. No quería que ella se diera cuenta de que era consciente de esa tristeza que intentaba disimular durante el día y que la niña fingía desconocer.

Cuando vio a su madre hacer un hato con su ropa de

dormir, una toquilla de lana y la muñeca de trapo y cuerda que la había acompañado desde la cuna y que se iba a convertir, aunque la niña aún no lo sabía, en el único recuerdo de su vida anterior, no imaginó lo que sucedería a continuación. Sin mediar palabra, la cogió fuerte de la mano y, tironeándola del brazo e ignorando sus quejas, la llevó hasta esa casa baja de madera y argamasa encalada que sería su nuevo hogar. Al llegar, y antes de golpear la puerta con los nudillos llenos de sabañones, se arrodilló frente a ella y como toda explicación le dijo:

—Hija, ya no puedo ser tu madre por más tiempo. Tu padre no va a volver y mi suerte es demasiado negra para que tú la presencies. Te quedas aquí, con esta buena mujer a la que a partir de hoy llamarás madre. Haz lo que te pida y aprende todo lo que te ha de enseñar.

La niña se volvió para mirar a la vieja, que, despatarrada sobre un taburete, le ofrecía una sonrisa oscura por la cantidad de huecos que tenía en la boca mientras se frotaba las manos al calor del hogar.

Con el tiempo, solo recordaría el frío que hacía esa mañana, el tintineo de unas monedas cuando una bolsa de cuero marrón pasó de las manos de la vieja a las de su madre y la sensación como de caerse a un pozo que le produjo el saberse abandonada y sola.

—Venga, niña, me vas a ayudar a acabar de cocinar las gachas de almortas. Ya las he tostado, ahora sigue tú. Ahí tienes el agua y la leche.

La cría se la quedó mirando y negó con la cabeza.

—¿Cómo que no, desgraciada? Empezamos bien. ¿Cómo

piensas conseguir que te llame hija si ni caso me haces, borrega?

—No sé hacer gachas.

—Pero madre de Dios, ¿qué negocio he hecho yo? Qué poco acierto quedarme con semejante inútil. Por ser buena y querer ayudar a la puta de tu madre me encuentro en estas. Siempre procuro ayudar a las perdidas que se me acercan, y ya verás que no son pocas, porque en este mundo, niña, todos nacemos y morimos solos. Mientras los hombres disfrutan de la compañía de otros hombres y de su amistad, además de hacerse con una mujer que cuida de su casa y de su cama toda su vida, nosotras seguimos solas el camino. Yo ya ni me acuerdo de la compañía de mi esposo ni de aquellas cosquillas que me hacía bajo las faldas. Pero a la ruina iré si sigo siendo tan buena. Dejaré de ir ayudando por ahí, porque al final siempre acabo jodida. Mira qué negocio de mierda he hecho, mis buenas monedas se me han ido en una andrajosa de seis años que ni siquiera sabe preparar unas gachas. Espero que no seas una inútil y que tengas intacta la capacidad de aprender, o deberé buscártela a palos. Venga, trae aquí el agua y la leche, que te enseño.

La niña removió al ritmo que le indicó la vieja y vio cómo la pasta de la harina de la almorta y el pimentón se iban integrando y formando una crema cuyo color se aclaraba según iba añadiendo leche a la mezcla. Al acabar, la vieja troceó el pedazo de tocino frito que tenía sobre la tabla de madera que había en el mueble y lo echó a las gachas. Cortó con una navaja que guardaba en el delantal una hogaza de pan negro y se la dio a la pequeña.

—Venga, idiota, come, que has de tener fuerzas para trabajar, y mientras haya comida en el caldero comer bien.

No quiero tener una cría medio desmayada escaqueándose de sus tareas. Y bebe un poco de vino, que te vuelva la color al rostro, que parece que has visto un aparecido y no tengo yo ánimo ahora para hablar con muertos. Son muy pesados y me buscan tanto como los vivos para pedirme cosas.

Desde ese día, para la niña el miedo olería a pimentón tostado y leche agria.

2

La casa

La casa estaba situada cerca de las tenerías de la ciudad, donde se teñía y curtía el cuero; quedaba cerca de las murallas y era pequeña y oscura. Tenía dos estancias, una más grande que daba a la calle y otra interior y húmeda. En la mayor había un tablero puesto sobre caballetes y un par de taburetes de madera mal tallada. Era la sala del hogar, sobre el que, de una cadena, colgaba un caldero que tanto servía para cocinar como para preparar potingues y remedios. A la derecha había un mueble de talla basta sobre el que se acumulaban tarros de barro con tapa de madera envuelta en tela, que contenían diferentes sustancias que la niña no conocía. Ese mueble tenía tres cajones, en los que la vieja guardaba el cucharón de madera, algunas cucharas, varios cuchillos, cuatro escudillas y un par de manteles bordados con flores amarillas que habían vivido mejores primaveras.

La luz del sol únicamente tenía un lugar por el que entrar, un ventanuco abierto en la pared que daba a la calle y que estaba cubierta casi por completo con atadillos de plantas secas y otros objetos que espantaron a la cría la primera noche. Cuando los vio creyó estar en una pesadilla. Colgaban de una viga de madera patas, huesos, colmillos y pieles de animales muertos, algunas aún conservaban el cráneo cubierto de pelo. Había un gato, una ardilla, un erizo y una comadreja. Su visión le arrebató a la niña el sueño, y se pasó toda la noche abrazada a su muñeca de trapo apretando los párpados pero sin dormir ni un instante, porque temía que, al descansar su cuerpo, rondarían su alma los fantasmas de esos pellejos diabólicos. El miedo la ayudó a no pensar mucho en su madre y a no notar cuánto la echaba de menos.

La ventana no tenía cristales. Para protegerse de las miradas de las gentes contaba con una tela basta de color arena colgada de un listón de madera empapada en aceite para que la luz pudiera entra mejor durante el día. Por las noches, cuando el frío o el viento arreciaban, la vieja encajaba en el hueco unas tablas que no impedían el paso de esos enemigos del descanso y la cordura que dibujaban en la mente inquieta de la niña imágenes de demonios y fantasmas.

La otra estancia era una alcoba sin ventanas en la que había una cama con buena ropa que, aunque hablaba de un esplendor pasado, abrigaba bien, así como un arcón de tapa plana que hacía las veces de asiento. El baúl era mucho más fino que el resto de los muebles y tenía una cerraja labrada, cuya llave colgaba siempre del cuello de la vieja. La cría sintió curiosidad y se preguntó qué habría dentro para que necesitara protegerse con cerradura.

No había nada más. La chiquilla pensó que era mucho más oscura que la casa de su madre y que al entrar se notaba una humedad insana que se iba metiendo bajo la piel hasta llegar a los huesos. Sería difícil no caer enferma ese invierno durmiendo en la habitación que olía a cueva. Se acordó de la luz del sol que calentaba todas las paredes de la vivienda de su madre y de la alegría de las flores del alféizar de la ventana y de los cantos del jilguero que tenía en una pequeña jaula de madera. Los iba a añorar.

La cría descubriría en los días sucesivos a su llegada que la casa estaba en una calle muy transitada y que las mujeres y los hombres que por ahí pasaban saludaban a la vieja. Unos vecinos iban de camino a la carnicería, en la misma calle, pero más cerca de la puerta de la muralla. Otros iban al herrero en busca de cuchillos, navajas u otros utensilios de hierro. Este tenía su taller en la propia puerta de la villa, que además frecuentaban aquellos que estaban de paso y necesitaban arreglar las herraduras de las monturas. La casa también estaba cerca del camino a las tenerías, ubicadas a orillas del río porque necesitaban buenas cantidades de agua para trabajar las pieles. Era un camino bordeado por una vegetación espesa y por una hilera de árboles que podían servir como escondite y representar un peligro para las mujeres.

—Cuídate mucho de andar sin compañía. No seas burra. Las riberas no son lugar para una mujer sola. Y tú, aunque pequeña, eres mujer, y los malandrines que en estos tiempos tientan a la suerte con malas artes no entienden de edades. A ver si sales más lista que tu madre —le advirtió la vieja.

La cría entendió dos cosas. La primera fue que la vieja conocía más detalles sobre su madre que ella. De la mujer que la había vendido por un puñado de monedas solo sabía que se llamaba Cecilia, que era la hija de un aguador y una lavandera, y la esposa del dueño de un taller de cuchillería. Pero quizá la vieja le podría contar todo lo que ignoraba. La segunda fue que su cuerpo no valía más que el de una liebre, así que debería protegerlo de los hombres lobo que se esconden hambrientos entre los arbustos.

3

La muda

Los golpes en la puerta despertaron a la chiquilla. La vieja se puso el manto sobre los hombros al salir de la cama y fue a abrir maldiciendo entre dientes.

Una joven lloraba apoyada en el quicio de la puerta como si las piernas no pudieran sostener su peso. Imploró ayuda y la vieja la hizo pasar. La mujer se sentó en uno de los taburetes y ocultó el rostro entre las manos para disimular sus lágrimas. La anciana removió las ascuas del hogar para reavivar un fuego, que estaba herido de muerte, y le sirvió un vaso de vino.

—Venga, que no son horas estas para perder el tiempo en lloriqueos. ¿Cuál es el mal que te ha traído a mi puerta a deshoras, poniendo mi honra en riesgo?

—No digas tonterías. ¿Qué honra te queda a ti que aún puedas poner en riesgo?

—Sol, no seas necia, y a ver si apaciguas esos aires si quieres que esta puta vieja y cansada te ayude a reparar el daño que hayas sufrido, porque entiendo que esas lágrimas son por algo malo que te ha acaecido, ¿no es así?

—Sí... ¡Uy! ¿Y esa niña? ¿Quién es? —preguntó al reparar en la presencia de la cría enclenque que la observaba fijamente de pie en la entrada del cuarto.

—¡Bah! No es nadie. Su madre no puede hacerse cargo de ella y me vino a buscar. Lleva aquí dos días y no ha pronunciado más de cuatro palabras seguidas. Creo que la truhana de su madre no me dijo que la niña es medio babieca. Ya veré de qué me sirve, si es que para algo me es útil.

—Pobre desgraciada. ¿Y hablas así delante de ella? Bastante tendrá con sufrirte.

—¡Ea! Deja de entrometerte y cuéntame ya qué mal te trae a mí.

—Necesito un remedio de los tuyos para la sangre que no baja. Hace diez días que la echo de menos, más que esa cría a su madre.

—Majadera, ¿no te dije que debes aclararte con agua de acacia y limón mientras te preparas para la ansiada visita? ¿No masticas, nada más irse tu enamorado, las semillas de zanahoria que te di?

—Los enjuagues sí los hago, pero se me acabaron las semillas... Ojalá fuera amor, madre. Tú me enredaste con tus palabras, como la sierpe hizo con Eva; me hiciste creer tal cosa y ahora ya es tarde. Nada puedo hacer, porque aunque mi honra está perdida y su intención me quedó bien clara la primera noche que se metió entre mis faldas. Sus caricias y sus manos añoro con tanta fuerza que me duele el cuerpo si no lo tengo al lado, y sé que mil veces más me perdería por notar sus brazos.

—Ja, ja, ja, y otras partes de él quieres notar, pecadora.

—Anda, vieja, calla. Miedo tengo ahora de no poder disimular por mucho tiempo nuestro amor. Mi padre me matará.

—Si bebes caliente lo que ahora te daré nada habrás de temer.

La muchacha se echó a reír ante las palabras de la vieja, que se levantó y se dirigió al hogar. Golpeó las brasas con una vara de hierro, para avivar el fuego, y añadió un leño de los que tenía apilados a un lado. Hasta que no bajaron las llamas no puso sobre los tizones una cazuela que había llenado con el agua de una jarra. Cuando esta rompió a hervir llamó a la niña:

—Tú, muda, acércame esos cuatro tarros que hay sobre el mueble, los que están más cerca de mí. —La cría, que tenía los ojos muy abiertos y tiritaba de frío, no se movió—. A ver si además de muda vas a ser sorda... ¡Ea, idiota, muévete!

Con el grito, la pequeña reaccionó e hizo lo que se le pedía, tal como su madre le dijo que hiciera. Acercó los tarros a la vieja. Esta le agradeció la ayuda dándole un golpetazo con un cucharón de madera en la cabeza y diciéndole que si la oía debía obedecer a la primera voz y no cuando ya estuviera cansada de llamarla. La niña ni replicó ni emitió ningún quejido, sino que se limitó a mirarla fijamente con esos ojos enormes y negros que tenía, como si en vez de palabras por la boca pudiera lanzar relámpagos por las pupilas.

—Anda, flacucha, quédate cerca del fuego, que estás temblando como una hoja al viento.

La vieja echó una pizca del contenido de cada tarro en el agua mientras pronunciaba unas palabras que la niña no entendió y que le parecieron dichas en otra lengua, iguales a las del párroco en la iglesia. Sí que pudo entender el nombre de las hierbas que iba añadiendo al agua: salvia, toronjil, cedro y canela. Cuando el bebedizo estuvo listo, después de hervir unos pocos instantes, la vieja lo sirvió con el cucharón en una escudilla que sacó de uno de los cajones del mueble y se lo ofreció a la joven, que de nuevo estaba llorando.

—Sol, bébetelo de un trago y, cuando llegues a tu casa, acuéstate en la cama con piedras calientes sobre el vientre envueltas en trapos. Y mañana carga todo el peso que puedas y salta fuerte hacia atrás siete veces cuando nadie te vea. Como mucho, en un par de días la sangre manará de tu cuerpo, para tu consuelo.

—¡Ojalá! Gracias, madre. Te debo la vida.

—La vida y un puñado de maravedíes que espero que traigas contigo, porque ayudar está muy bien y de la bondad de mi alma es muestra, pero esta alma caritativa necesita un cuerpo que habitar y este precisa buenas viandas que llevarse a la boca. A gachas llevo una semana, y con tus monedas espero poder comprar un saco de legumbres o chorizo.

—Vieja ruin, ¿no tuviste para suficientes longanizas con las monedas de oro que por acercarse a mí te pagó Nuño? Mi mal es por culpa de tus engaños y triquiñuelas.

—¡Ea, golfa! Calla o derramo la infusión ahora mismo. Según estoy enterada, Nuño no te forzó, sino que enamorada le ofreciste tu flor, y él, muy honrado, la recogió. Tus males tuyos son, y si el remedio quieres su precio has de pagarme, como todas las que me buscan.

—Puta vieja, toma las monedas y dame por fin la escudilla, que se va a enfriar y dijiste que conviene beberlo caliente.

—Dame la bolsa ya y toma el remedio. Habrás de entretener con tus pezones y labios a Nuño durante unas semanas, porque debes guardarte un tiempo. Tu vientre estará abierto, así que cierra la puerta que tienes entre las piernas hasta que tu cuerpo vuelva a saber en qué semana del mes se encuentra.

La niña, que había dejado de temblar gracias a las brasas del hogar, escuchó con atención todo lo que esa mujer con la que se veía obligada a vivir había dicho. Le pareció que tonta no era y le recordó a las hechiceras de las historias que su madre le explicaba algunas noches antes de dormir. Le contaba cuentos de hadas y ninfas de los bosques y de mujeres sabias a las que la naturaleza les hablaba y les confesaba sus secretos. Mujeres poderosas que podían sanar a los hombres o envenenarlos si ese era su deseo. Su madre le decía que había que respetar a las hechiceras, porque podían lanzarte un mal de ojo o enviar algún demonio a tu casa para atormentarte.

Decidió que haría caso a la vieja y que aprendería cuanto pudiera, porque ella también quería llegar a ser una mujer sabia, una mujer escogida por la naturaleza.

La joven Sol se marchó nada más tomarse el brebaje entre arcadas y advertencias de la vieja sobre lo inoportuno de vomitar; no debía hacerlo en todo lo que quedaba de noche o no le haría el efecto deseado. Al cruzar el umbral, ocultó el rostro bajo su manto de lana marrón y salió, protegida por la oscuridad de ese cielo sin luna, en dirección a su casa. Allí sus padres, desconocedores de su ausencia, dormían plácidamente con la satisfacción de saber que su preciosa e inocente hija iba a ser entregada en ventajoso matrimonio al joven y bien situado Franco, hijo de un mercader genovés afincado en la villa con el que ya estaban negociando la dote.

4

El último día del año

Al sexto día con la vieja, la niña ya no pensaba en las flores del alféizar de su antigua ventana ni en el ruido sordo que hacía el jilguero cuando aleteaba en su jaula. Sin embargo, por las noches, cuando no podía dormirse a causa de los resoplidos y ronquidos de la mujer, se ovillaba para engañar al frío y apretaba los párpados. Creía ver las cortinas blancas bordadas con hojas de parra que el aire inflaba y que dejaban pasar un rayo de sol. Este atravesaba el suelo de la sala de la casa de su madre, un haz cálido en el que la gata de colorines que en verano les llevaba salamandras muertas como regalo por darle algunas sobras de vez en cuando se echaba la siesta. La niña se calmaba imaginando el movimiento ondulante y tranquilo de las cortinas y acababa durmiéndose a los pies de la vieja.

Estaban a finales de año y había pasado ya la Navidad. Al día siguiente celebraría por primera vez en su vida el cambio de año sola. O peor, junto a una desconocida que podía tratarla como deseara. La niña no quería que llegase, porque temía que empezar el nuevo año la obligaría a dejar atrás su vida anterior. No podría negar más su realidad, pensar que aquello era un error y que su madre aparecería un día cualquiera, arrepentida de haberla abandonado de ese modo.

Era domingo 31 de diciembre y la vieja se había levantado nerviosa. Esa vez el 1 de enero caía en lunes y, según los augurios, eso significaba que iba a ser un año variable como la luna, así que tendría que esmerarse en la limpieza de la casa y sobre todo de los umbrales si quería atraer la buena suerte. Gritó a la niña que se apurara, que llenara la jofaina con el agua del aguamanil y que se lavara bien la cara, el cuello y los brazos. Era día de purificarse para evitar que el mal fario se les pegara a la piel durante el año nuevo. Cuando la pequeña acabó y se puso de nuevo la camisa y el vestido de algodón encima, fue la vieja la que empezó su ritual de aseo. La niña se la quedó mirando, entre asombrada y asqueada ante la visión de la piel arrugada y colgandera de sus brazos. Hasta ese momento no la había visto desvestida y nunca había estado ante un anciano sin ropa.

—¿Qué miras, alelada, ahí parada con esos ojos alucinados que tienes? Déjame sola, que no quiero que mi vejez te sirva de espectáculo. ¡Ay de mis años mozos! ¡Ay de mi belleza extraviada! Tu cara me ha hecho recordar lo bien puestas que tenía las tetas, la piel lisa de mi vientre que fue campo de tantas batallas de amor. ¡Ay de mi boca, que tantos cuerpos ha catado! ¡Todos anhelaban besarla! No quiero ponerme melancólica justo hoy porque puedo atraer al demonio de la tristeza. Vete y, entre los atadillos que están colgados, busca tomillo, romero y laurel. ¿Sabes cómo son? —La niña asintió con la cabeza—. Coge, además, el vinagre que verás en la jarrita que hay a la izquierda de los tarros y viértelo en la cazuela pequeña. Después, reaviva las brasas, porque vamos a necesitarlas. El último día de diciembre siempre preparo el vinagre purificador de los umbrales y las puertas de la casa. Mañana es Año Nuevo, y no queremos que nos entren malos espíritus y se queden a vivir con nosotras... ¿A que no?

Asustada, la niña negó con la cabeza y salió corriendo de la habitación. Recordó el día en que su madre la llevó a un palacete del centro de la ciudad, de esos con grandes puertas de madera y caballerizas. Entraron juntas y esperaron en el zaguán a que las recibiera la dueña de la casa. Apareció una mujer ya mayor pero aún hermosa, muy bien vestida y con el pelo igual de rizado que el de su madre, y recogido de la misma forma, con unas trenzas laterales que se unían en una sola que acababa en un moño cubierto por una toca fina y bordada. La mujer se acercó a su madre y la abrazó con una confianza que pilló por sorpresa a la cría. Sin embargo, a la niña ni la miró, se limitó a hacer una seña a una criada para que se la llevara lejos de su vista. Acabó en la cocina, viendo sobrecogida cómo se le movían las carnes blandengues de la papada y las mejillas a la cocinera, que debía de tener al menos cien años, cuando majaba en un mortero ajos y cebollas. Luego, mientras la mujer estaba despiezando un conejo que acaba de pelar, su madre regresó a por ella con los ojos enrojecidos e hinchados, pero no le contó nada de lo que había ido a hacer allí.

Cuando la vieja acabó de lavarse y de recogerse los cuatro mechones grises encrespados que conservaba en un moño alto, se dispuso a calentar el vinagre al fuego. Se fijó en que la niña había cogido una rama de tomillo, otra de romero y un par de hojas de laurel.

—Por lo que parece, sí sabes qué plantas son. Eran de las fáciles, pero quizá no se te den mal las hierbas. Ya lo iremos viendo. Cógeme otras dos hojas de laurel y una rama más de tomillo.

Sin abrir la boca, la cría se aupó a uno de los taburetes para alcanzar los atadillos y tomó lo que se le pedía. La vieja la observó y descubrió que se movía de manera más relajada, como un animal perdido y asustado que va cobrando confianza poco a poco. Se desplazaba por la estancia como si ya no le fuera extraño el escaso espacio ni los obstáculos que podían entorpecerle el paso. Se fijó en lo escuálida que estaba, era todo rodillas y codos, y además el vestido le empezaba a venir corto. Tendría que gastar algún maravedí en prendas para ella si quería ir acompañada por la calle de una sirvienta en condiciones. Dejó que fuera la niña la que colgara la cazuela con el vinagre del gancho que había en el brazo de hierro que servía para colocar el caldero o las cazuelas sobre las llamas. La animó también a echar las hierbas en cuanto el vinagre empezó a burbujear. La pequeña lo hizo con miedo a quemarse con las salpicaduras.

—¡Sin remilgos, muda! No estás en el palacio de Segovia. Se nota que tu madre te trató demasiado bien. Una somanta de palos te hace falta para espabilar.

La niña se volvió y la miró con sus ojos enormes. No le hizo falta abrir la boca para enfadar a la vieja, que consideró esa mirada una ofensa y un desafío, al que respondió con un tortazo que tiró a la cría de lo alto del taburete y con dos bastonazos en la espalda. Pero ni lloró ni pidió perdón, solo se quedó quieta mirando al suelo hasta que la vieja le dio la siguiente orden: que sacara una vela del último cajón del mueble. Le explicó que esa vela había sido bendecida por la Virgen de las Candelas el febrero anterior y que su llama las protegería del mal de ojo y de la envidia ajena. Había que ponerla encendida detrás de la puerta de la casa para lograr protección y allí debía permanecer hasta que llegara el año nuevo. Le encomendó que estuviera pendiente de que no se apagara, cometido que le pareció imposible a la niña porque el día se había levantado ventoso.

Después, la vieja llenó una palangana con el vinagre, le dio un paño a la cría y ella cogió otro.

—Tú limpiarás el quicio de la puerta de la habitación y yo haré lo propio en la de entrada. Tienes que apartar la cortina y frotar bien con el trapo humedecido, pero escúrrelo para que no gotee todo el suelo. No puedes dejar ni un trozo sin limpiar. ¿Has entendido, muda? —La niña asintió—. Cuando acabemos, calentaremos las gachas de avena que sobraron de anoche y cortaremos unos pedazos de queso.

Pero no llegaron a desayunar, porque antes de acabar la limpieza se presentó una mujer con ropas de criada y un mechón de pelo fuera del tocado, que interrumpió la tarea de la vieja. La mujer llegó sin aliento y al entrar en la casa haldeando apagó la vela para espanto de la niña, que creyó que el mal de ojo le caería a ella por haber sido quien la había encendido. La vieja no se percató por la urgencia de la visita, y la cría decidió volver a encender la mecha en cuanto la mujer entretuviera la atención de la anciana.

—Menos mal que te encuentro, madre. Vengo corriendo.

—¡Niña, trae un vaso con agua para esta mujer! Dime, Juana, ¿qué tan urgente te ha traído hasta mi puerta? Aunque, si sigues teniendo por ama a doña Isabel, algo me puedo imaginar. ¿Tan inoportuno será el suceso que no voy a poder ni terminar de purificar mi casa antes del cambio de año? ¡Ay, qué mala cosa, la verdad! Pero una vida nueva es más importante que otra que está a punto de marchar de este mundo. ¿Es eso, Juana? ¿Tu señora se ha puesto de parto?

—Sí, madre, desde antes del amanecer anda dando alaridos por la casa. Pero no nos avisó nada más sentir el primer pinchazo y no hemos podido calcular bien el tiempo. Me temo algo malo por cómo se retuerce.

—Como todas las primerizas. No adelantemos males... ¡Muda, el agua!

La cría ya llegaba al lado de la mujer para ofrecerle el vaso y, en cuanto esta y la vieja recuperaron la conversación, cogió la vela y acercó la mecha al hogar sin que ninguna de las dos se percatara. La colocó de nuevo en el suelo, protegiendo la llama temblorosa en el hueco de su mano mientras fingía un gran interés, que se tornó real en cuanto entendió que la mujer no había ido solo a contar una noticia, sino que buscaba a la vieja para que ayudara a su ama a parir.

—Te quiere a ti, madre. Dice que aunque estás mayor y ves menos que un topo, eres la que más sabe de partos y que tus buenas artes la ayudarán a parir bien. Y me manda decirte que le podrás pedir los reales que convengan.

—¡Ea! No se hable más, que en estos trances cada momento importa, y no me gusta eso que me has contado. Será el último niño del año el que le saquemos a tu ama. Muda, del último cajón coge la bolsa grande de cuero que verás y métela en la cesta de mimbre junto con unos paños limpios. Lo demás nos lo habréis de dar en la casa, Juana.

—Claro, madre, ya hemos empezado a preparar el cuarto y a caldearlo bien.

—Pues me cambio el mandil por otro más adecuado y nos vamos. Niña, tú vendrás con nosotras. Juana, espérame fuera mientras cojo los ungüentos para la parturienta.

La cría notó que las piernas se le aflojaban. Sintió miedo. Nunca había visto un parto y no sabía si sería capaz. Recordó el día en que una vecina de su madre que ya lucía barriga de embarazada se puso a llorar sin consuelo durante su visita porque había soñado que se moriría de parto igual que le había pasado a su propia madre. Había escuchado a algunas ancianas decir que cuando una mujer pare la muerte pasa por debajo de su cama.

La vieja estuvo rebuscando entre los tarros y se decidió por dos, los puso sobre la mesa y encendió dos velas, una a cada lado. Luego empezó a salmodiar con los ojos cerrados y las manos juntas. Eran palabras de las que la pequeña solo pudo entender el principio de lo que creyó una oración: «¡Oh, Asmodeo, señor que calmas las necesidades de los cuerpos, te invoca tu sierva, que te pide ayuda!». Supuso que estaba presenciando los rezos de la mujer antes de asistir a un parto, invocando al santo patrón de las parteras, que debía de responder a ese extraño nombre que había escuchado. Sin embargo, le pareció raro, porque ella creía que era a la Virgen a quien se encomendaban esas mujeres sabias. Pero qué sabía ella. Al acabar su oración, la vieja se colgó la cesta al hombro y se pusieron en camino.

La casa de la parturienta no estaba cerca. Cruzaron la muralla por la puerta del Río y siguieron a la criada por las calles que subían hacia el centro de la ciudad. Dejaron atrás la catedral y luego la universidad, y enfilaron la rúa de San Martín hasta llegar a la plaza del mismo nombre, que estaba muy concurrida para ser tan temprano. En una de las calles que iban a morir a la plaza, en la rúa de los Lenceros, vivía la dueña.

Antes de entrar en la casa, la niña entendió por qué había gente congregada allí si no era día de mercado al ver cómo subían a la picota a una mujer maniatada y desgreñada. Una multitud rodeaba el patíbulo para abuchear e insultar a la desgraciada que iba a sufrir el escarnio ante sus vecinos de la villa, dispuestos no solo a ver su desgracia, sino a colaborar en su humillación con insultos y verduras pasadas. La cría oyó la palabra «bruja», que sonaba como un gargajo en esas bocas podridas, una y otra vez. Las dos mujeres y la niña se quedaron paradas mirando cómo un verdugo la esquiló como a una oveja y le dejó el cráneo lleno de calvas y trasquilones. Luego le abrió a tirones la saya y la camisa hasta dejarle el torso al aire, y la azotó para regocijo de los asistentes, que gritaban excitados y movían los brazos pidiendo que se ensañara más. Con la piel de la espalda abierta y los pechos expuestos a la vista de todos, la mujer mantenía la mirada al frente, perdida en un punto fijo más allá de esa muchedumbre convertida en una jauría de perros salvajes por el olor de la sangre. La mujer miraba hacia el final de esa calle, que llegaba casi a la orilla del Tormes, el río grande de aguas oscuras. Si la hubieran avisado con tiempo de que una vecina celosa la había acusado ante las autoridades de practicar la brujería y de fornicar con su esposo, se habría tirado sin dudarlo desde el puente viejo para que se la tragaran las aguas antes de que esos hombres aporrearan con puños airados su puerta.

—Desdichada... Maldita la envidia y malditos los hombres y su miedo. La acusan de hacer un amarre al marido de una beata estirada para poder decir que estaba bajo los efectos de un hechizo cuando se le metió entre las piernas y quitarle así la culpa a él. Mirad qué buenas ubres... Esas son las que lo tenían hechizado. Menudos fanáticos ignorantes, malditos todos los que prefieren convertirnos en demonios a reconocer que llevan el pecado dentro —dijo la vieja, y escupió al suelo con desprecio—. Si esa mujer es una bruja, yo soy la abadesa del convento de Santa Clara.

5

El parto

Aquella casa nada tenía que ver con las que la niña conocía. Tenía dos plantas y la fachada era de piedra. Sobre la puerta había un león cazando un carnero tallado dentro de un óvalo que representaba el escudo de la familia. La pequeña se fijó en que una de las habitaciones que daban a la calle era el taller de un zapatero que estaba recortando pieles en esos momentos. Al traspasar la alta puerta de madera cruzada de vigas remachadas con clavos de metal, pasaron a un atrio en el que Juana, la criada, las hizo esperar mientras iba a dar el aviso de que la partera había llegado. En el atrio, la niña vio a la izquierda una escalera que bajaba. Era el acceso a la bodega en la que la familia guardaba los víveres. Vio también una arcada que rodeaba un hermoso patio interior cuadrado al que daban las estancias del piso superior. Nunca había conocido una casa así de hermosa, con ventanas de arco apuntado que tenían pequeñas columnas retorcidas. El patio estaba lleno de plantas y se oía el canto de los muchos pájaros que había repartidos en diferentes jaulas. No tuvo tiempo de preguntarse cómo serían las habitaciones porque Juana apareció por la escalera que había a la derecha del vestíbulo y las invitó a ir al piso superior. Antes de hacerlo, la vieja se acercó a la niña y le advirtió al oído:

—Obedece a la primera a todo lo que te diga, la vida de la mujer que ha de parir depende de nosotras. No te preocupes, solo te pediré cosas fáciles, porque lo que me vas a ver hacer no se aprende en un día. Yo estuve mucho tiempo aprendiendo de una gran maestra. Fíjate bien en lo que hago, porque ahora eres tú mi ahijada. Que no te espanten los gritos, son necesarios para concentrar la fuerza que hace falta para expulsar al hijo del vientre. Y no me seas delicada, tampoco te vayas a amilanar con la sangre que verás, es lo normal en estos trances.

La niña asintió con la cabeza y volvió a notar un temblor en las piernas, pero no despegó los labios para quejarse ni para confesar que estaba muerta de miedo.

Cuando Juana abrió la puerta de la alcoba, la cría notó una agradable sensación de calidez que salía de dentro y que contrastaba con la gelidez de esa mañana de diciembre. Pero la calidez no cruzó sola el umbral, sino que llegó acompañada del llanto desesperado de la dueña de la casa. La habitación le pareció cosa de maravilla: en el centro había un lecho de madera con dosel y un colchón grueso cubierto por una preciosa colcha con estampado de pájaros exóticos. Sobre la cama había almohadones mullidos que invitaban al descanso, y de las columnas del dosel colgaban gruesas cortinas de terciopelo que protegían del frío el sueño de la señora. Decoraban las paredes tapices bordados con todos los colores del arcoíris, que representaban o escenas de caza, o escenas en las que doncellas bailaban cogidas de las manos en medio de un jardín lleno de flores. Pero lo más envidiable de todo era la chimenea que entraba en uno de los muros y originaba ese calor que la había embriagado al abrirse la puerta.

Después de pasear la mirada por toda la alcoba, se fijó en el trajín de las sirvientas de la casa que atendían en lo que podían a su ama. Una de ellas llenaba palanganas del agua caliente que humeaba en el caldero que descansaba sobre las llamas. Otra pasó una cuerda por encima de la estructura del dosel mientras Juana hablaba con la vieja. La dueña, sentada en una silla de madera de respaldo alto y tallado, se retorcía sobre el vientre, lloraba y se encomendaba a la Virgen para que su parto fuera bueno. Nadie parecía ver a la niña, como si se hubiera dejado el cuerpo en la casucha y solo su espíritu hubiera acompañado a la partera hasta allí.

Al fin la vieja dejó de hablar y acarició la cabeza y la espalda de la señora. Le susurró al oído que se calmara y le pidió que la escuchara. Ella le diría lo que tenía que hacer en todo momento. Luego le desabrochó la camisa por la parte de delante y dejó al aire los senos y el vientre inflado. La cría se quedó impresionada ante ese espectáculo. Jamás había visto a una mujer así de desnuda. Los pechos turgentes y llenos, con grandes aureolas moradas, la asombraron, pero el tamaño de la barriga la sobrecogió; parecía que iba a abrirse por la mitad como una sandía, justo por la línea de vello oscuro que la recorría desde el ombligo hasta la vulva. Estaba muy nerviosa y excitada, nada de lo contemplado esa mañana le resultaba conocido. ¿Cuántos misterios más tendría el mundo reservados a sus ojos?

La voz rasposa de la vieja que le pedía los tarros que llevaba en la cesta la sacó de sus pensamientos. Se los acercó corriendo y se quedó quieta, a su lado. Vio que de uno de los recipientes sacaba con los dedos una pasta espesa que empezó a extender por la inmensa barriga con movimientos circulares que iban desde las costillas hasta la pelvis. La mujer se quejaba, pero parecía agradecer el masaje. La vieja le dijo que se pusiera de pie y se cogiera con fuerza a ambos extremos de la cuerda pasada por el dosel, y añadió que, cuando sintiera el dolor, se colgara y apretara hacia abajo con todas sus fuerzas.

—Venga, señora, que ya viene otra embestida, agárrate y empuja. Pero cuando yo te diga, para, porque, si sigues empujando, te harás daño. Déjame ver —le pidió remangándole la camisa y separándole los muslos. A la niña se le abrieron mucho los ojos cuando vio cómo le metía la mano entre las piernas, bajo el pubis oscuro e hinchado—. Está arriba todavía, aunque bien colocado. Eso es una gran noticia. Falta rato, pero que no baje con las nalgas por delante es una alegría, señora. Juana, trae paños calientes, que se los he de poner a tu ama sobre los riñones mientras vuelve el dolor —ordenó la comadre mientras fijaba con un trozo de lienzo bien arriba del muslo izquierdo de doña Isabel un atadillo de raíz de espárrago, porque conocía las virtudes de esa planta, que ayudaba a que el parto fuera más rápido.

—¡Ay, mujer sabia! ¿Es cierto lo que me dices? Miedo tengo de que me parta el alma esta criatura que llevo dentro. No sé si soportaré tanto sufrimiento. He rezado mis oraciones y hace dos días confesé mis pecados al buen párroco. Si se tuerce el parto, al menos me iré en paz con Dios.

—¡Ea, mujer! Deja esos pensamientos de muerte y concéntrate en sacarte la vida de dentro, que vas por buen camino. Además, la barriga se te está poniendo dura y tienes que estar concentrada. Ánimo, señora, que viene.

Un grito terrible provocó un sobresalto a la niña, que vio cómo tuvieron que sostener entre dos criadas a la señora. La cogían por las axilas mientras la vieja le aplicaba el ungüento y le apretaba el vientre hacia abajo con mucha fuerza. La comadre volvió a separarle los muslos y con la mano procuró ayudar a abrir un poco la matriz para que el crío pudiera nacer.

—Juana, di a las chicas que enciendan velas, ya aguanto yo a tu ama. Y, niña, pon a calentar el contenido del otro tarro en una escudilla. Vigila que no hierva y, por tu vida, tráemelo en cuanto lo notes caliente.

La pequeña se tropezó con una alfombra que sobresalía de debajo de la cama y se cayó de bruces. A punto estuvo de romper el tarro de barro contra el suelo, pero la misma alfombra que había causado su caída amortiguó el golpe del recipiente y evitó que se quebrara. La vieja la insultó, pero ella se levantó como si nada y, aunque ahora no le temblaban las piernas, sino el cuerpo entero, logró hacer lo que le había pedido y llevarle el líquido caliente sin derramarlo. La vieja ofreció el bebedizo preparado con belladona a doña Isabel, que estaba muy mareada y amarillenta por culpa de los dolores.

—Tómate esto, te aliviará las náuseas y un poco el sufrimiento, y te ayudará a parir.

—Pero los religiosos dicen que estamos condenadas a parir con dolor porque cargamos con la culpa de Eva, madre.

—Mi señora Isabel, no hagas caso de las palabras de esos curas, que no son santos, sino varones, y si fueran ellos quienes tuvieran que parir a buen seguro que suplicarían y se beberían todo el vino que hiciera falta para no enterarse de nada. Ya hemos encendido las velas y ya he visto que has usado la cinta de la Virgen, que seguro que te has pasado por el vientre. Ahora no me repliques y sigue mis indicaciones, que por tu bien y no el mío te hago y digo todo lo que hoy me verás hacer y decir.

—Tienes razón, madrina, que por algo mandé a Juana a buscarte a ti y no a otra. Dame la escudilla. —Y la mujer se bebió todo el líquido amarillento que había calentado la niña.

Se hizo oscuro y la mujer aún no había parido. La niña se encontraba cansada, aunque no tanto como la señora, que estaba desfallecida y había vomitado sobre una de las sirvientas. La vieja la había echado sobre el lecho para que descansara, pero las contracciones eran ya tan seguidas que no daban tregua. La mujer gritaba con los ojos cerrados y los dientes apretados, deformado su rostro por una mueca desesperada y angustiada. Las criadas la tenían que sostener porque las piernas le fallaban y el dolor la hacía plegarse, pero la vieja necesitaba que estuviera algo erguida para poder introducirle la mano y buscar al niño, que estaba tardando más de lo previsto en bajar. Los masajes con el ungüento y los apretones hacia abajo eran cada vez más intensos, y cuando la vieja se cansaba, la sustituía Juana, que parecía tener cierta experiencia en atender a parturientas. La niña miraba todo el rato hacia el lecho, asustada, porque estaba segura de que en cualquier momento podría ver a la muerte agarrada a una de las columnas, decidiendo si llevarse a la dueña o si pasar por debajo de la cama e ir en busca de otra alma. Rezó para que no se percatara, como tampoco las criadas habían hecho, de que ella estaba en el cuarto, no fuera a encapricharse de un alma tan inocente como la suya.

Al final, entre sangre y alaridos que se asemejaban a los que lanzan los animales heridos, la vieja logró sacar una cabeza cubierta de pelo negro y grasa. La niña se espantó porque creyó que la mujer estaba pariendo un sapo asqueroso de tan hinchados como el bebé tenía los ojos y la boca, y por el color grisáceo de su piel. Al siguiente empujón apareció un hombro entre los gritos desgarradores de la madre. La partera giró un poco al crío y consiguió sacar el otro hombro. En cuanto este salió, el bebé se escurrió entre las piernas de la mujer con un ruido que recordó a la niña el de los peces resbaladizos entre las manos. La vieja lo recogió y, aunque el sapo seguía enganchado a la mujer por un cordón azul violáceo, una cascada de sangre empezó a regar el suelo. Las sirvientas preparaban las palanganas de agua caliente y los paños que usarían para lavar a su señora cuando la comadre cortara el cordón con uno de los instrumentos metálicos que llevaba en la bolsa de cuero que había llevado consigo.

Una vez separado del cuerpo de la madre, la vieja partera le enseñó el recién nacido.

—Un varón, señora, hermoso y sano. Te felicito. Pero no hemos acabado. La placenta debe salir, y aún tienes que empujar.

La mujer recién parida se desmayó, y la niña se dio la vuelta para buscar la figura de la muerte a su espalda; sin embargo, para su alivio, no descubrió ninguna sombra sospechosa.

La vieja abrió la boca al bebé y le metió los dedos, y el crío se puso a llorar con tanta fuerza que la niña dio un respingo. Luego se lo entregó a las criadas para que lo limpiaran con un agua aromatizada con hierbas y, después, lo fajaran y envolvieran bien apretado en telas para mantenerlo abrigado y recto. Mientras las sirvientas se ocupaban de la criatura, Juana y la vieja llevaron a la parturienta a la cama y pusieron paños bajo su cuerpo. Cuando volvió en sí, doña Isabel cogió a su hijo en brazos un momento antes de intentar acabar de echar la bolsa.

—Comadre, un varón, qué afortunada soy, qué alegría para mi esposo cuando sepa que ya tiene heredero.

—Sí, señora. Siempre es una gran alegría para un hombre y para su casa tener un hijo varón. Te felicito de nuevo. Y ahora vamos a acabar con esto. Cuando yo te lo diga, aprieta el vientre.

La niña no se esperaba que del cuerpo de una mujer pudiera salir tanta sangre y tanta inmundicia como vio ese día. Cuando la dueña expulsó una bolsa pesada, blanda y de aspecto gelatinoso, la pequeña se mareó y no logró controlar la arcada que le nació en el estómago. Nada pudo hacer para reprimir el vómito que manchó la alfombra que antes la había hecho caer. Sintió que su cuerpo había lanzado una pequeña venganza contra aquel objeto traicionero y sonrió para sus adentros.

La vieja se fijó en el estropicio que había hecho la niña, pero estaba demasiado ocupada para reprimendas aseando a la mujer. La estaba limpiando entre las piernas con una loción que la ayudaría a prevenir infecciones mientras le daba una serie de consejos para evitar hemorragias.

—Vendré a verte mañana, señora, pero no hagas ningún esfuerzo, porque ha sido un parto bastante sangrón y estarás débil. Necesitas comer bien, caldo y legumbres, para fortalecerte y tener buena leche. Juana te ayudará con lo de amamantar a tu hijo, que de sobras tiene experiencia.

Doña Isabel casi no pudo ni despedirse de lo exhausta que estaba y, con los ojos cerrados, movió apenas una mano como único gesto.

Juana volvió a acompañarlas hasta la puerta de la casa y dio una bolsa a la vieja. Observó cómo la avaricia le iluminó la mirada al ver con cuántas monedas de oro estaba llena.

—Gracias, madrina, por tu saber. No ha sido fácil. Ha pasado la muerte por debajo de la cama.

—Tienes razón. Tu señora es bastante medrosa, y por un momento he temido que fuera a rendirse y dejarnos. Menos mal que ha seguido pujando hasta hacérselo todo encima. Mañana nos hemos de ver. Que te acompañe la suerte esta noche que cierra el año.

—Igualmente. Con Dios.

La niña fue todo el camino pensando en cuanto había visto y en lo sabia que le parecía la vieja. Era cierto, era una mujer de esas a las que hablaba la naturaleza y no solo le contaba los secretos de las plantas, sino que también le había confiado el secreto de la vida. Supo que ya había empezado a aprender.

Una vez en la casa, la pequeña se quedó mirando fijamente con sus ojos enormes a la vieja y le dijo:

—¿Me contarás lo que sepas de mi madre?

La vieja se sorprendió al oír la voz de la cría y esa vez fue ella la que, en contra de su costumbre, no dijo ni una palabra y solo asintió con la cabeza.

6

Por ensalmo

La vieja había quedado impresionada por la templanza de la niña durante el parto. No le había reconocido el mérito para que no se creyera mejor de lo que había sido, pero se esperaba llantos, ruegos para abandonar la alcoba, desmayos y otros espectáculos; sin embargo, únicamente había vomitado. Aún se acordaba de su primer parto. Debía de tener un par de años más que la cría y se mareó nada más entrar en la habitación y notar el olor que desprendían la parturienta, la sangre y las heces. No pudo soportarlo y perdió el sentido. La tuvieron que sacar de allí y llevarla a la cocina para que recuperara el ánimo, y no volvió a entrar hasta que el niño ya había nacido. Su nueva ahijada tenía carácter y fuerza, además de una curiosidad insaciable que le salía de esos ojos endemoniados. Si no le fallaba la intuición, serían su mayor atractivo cuando creciera. De momento era flacucha y poca cosa, pero sus ojos eran hermosos y tremendamente expresivos, rodeados de unas pestañas tupidas y largas, y enmarcados por unas cejas finas. Tenía, además, la tez pálida, no sabía si de natural o de la debilidad y la pena que la carcomía, pero, fuera como fuese, su piel era lisa y blanca como el mármol pulido. Esperaba que al desarrollarse no tuviera las caderas anchas ni los pechos demasiado grandes, porque esos rasgos la harían parecer una matrona antes de los catorce años, cosa poco deseable si quería resultar atractiva a los hombres.

Era la mañana del día 1 de enero y se había despertado con el cuerpo aún cansado después de los esfuerzos de la jornada anterior. Se empezaba a notar demasiado vieja para ayudar a parir a primerizas. Debería escoger a mujeres que ya tuvieran el camino abierto. El tiempo y el riesgo bajaban, aunque bien era cierto que en cuestión de partos nunca se sabía hasta que empezaban. Había asistido a madres de cuatro o cinco hijos que se le habían muerto al dar a luz a la siguiente criatura. Aunque nadie en la ciudad podía decir que se le habían ido muchas mujeres, ni niños, de ahí su gran fama y las recomendaciones que entre dueñas se hacían.

Tardó algo más de lo acostumbrado en salir de la cama y pensó que se haría un jarabe de miel y limón en el desayuno, para aliviar el picor de garganta que empezaba a notar. El viento del día anterior era un buen aliado de los enfriamientos, y el año había empezado frío.

La cría aún dormía. Le dio un bastonazo en el vientre y la sacó de un sueño intranquilo en el que la niña ayudaba a parir a una gata que sacaba un bicho asqueroso con cara de demonio de su cuerpo.

—Venga, muda, ¿te crees la hija de un califa? Levanta ya y mientras me visto enciende el fuego del hogar. Ojalá nos acompañen hoy los buenos augurios para este año que empieza. Vamos a pedir a Belcebú no ver a nadie al salir de casa. Pero antes nos tomaremos un jarabe para el catarro y ya después me ayudarás a preparar lo que he de llevar a casa de doña Isabel. Es una familia rica con la que nos interesa llevarnos bien. Su esposo es prestamista, y pudiste ver los lujos que hay tras esos fuertes muros de piedra. Quizá la dueña tenga el corazón tan henchido de amor que sea generosa con nosotras y nos haga un regalo imprevisto. Además, ver a un rico la mañana de Año Nuevo trae buena suerte. Eso sí, si ves a un pobre, no lo mires a la cara; evítale la mirada, al menos hasta que salgamos de casa de doña Isabel. Da mala suerte, lo perderías todo.

La niña pensó que ya estaba viendo a un pobre: una vieja desgreñada y fea que realmente parecía un pájaro de mal agüero. Sin embargo, en su caso había sido al revés; primero lo había perdido todo y luego había cruzado su camino con el de la anciana desgraciada.

La mujer cogió ungüentos, bebedizos y un colgante del que pendía un colmillo de jabalí.

—Igual que santa Cecilia llevaba los Evangelios escondidos en su seno, la señora Isabel llevará escondido el colmillo de esta bestia entre las tetas para que le salga abundante leche con la que dar bien de mamar. Niña, trae acá una vela.

Y la vieja empezó a recitar unas palabras sobre la llama de la vela, con los ojos apretados y el colmillo entre las manos, para dotar al diente de jabalí de un poder mágico que por sí solo no podía tener:

San Bartolomé, que de Cristo eras amigo,
te he de pedir un donecillo:
en la casa donde te voy a tres veces nombrar
ni centella ni rayo caerá,
ni la mujer que lleve este colmillo
de los males del parto finará,
y el niño que entre sus tetas está a gustillo
buena leche mamará
y de espanto no morirá.

La niña escuchó con atención. Nunca había visto realizar un ensalmo y supo que la vieja además de partera era hechicera, porque ¿qué era eso de llamar al diablo? Si así era, tendría mucho por aprender a su lado, ya que sabía que para cada mal, para cada petición a los santos, había muchas y diferentes palabras. No era cosa fácil recordarlas todas y acertar en la ocasión, aunque era menester hacerlo bien para conseguir que la gente te buscara como ensalmadora.

—Muda, cuando le explique a la dueña recién parida los beneficios del colmillo has de alabarme y contarle lo bueno que es el ensalmo que me has visto hacer. Se creerá tus palabras por la inocencia que se presume a tu corta edad. No me busques con la mirada cuando hables, ni antes ni después, como si fuera todo cosa tuya. Así su confianza en el colgante será mayor y mayor será el pago que haga por él. ¡Ea! Ponte la mantilla y vamos ya.

Fueron tan rápido como la vieja podía, caminando por la rúa de los Desengaños, que bordeaba empinada la muralla y llevaba hacia el centro de la villa, agachando la cabeza para esconderla tanto del frío cortante de la primera mañana de enero como de la posible visión de algún pobre resguardado bajo un saledizo.

Al llegar a la casa de la mujer del prestamista, una sirvienta las hizo subir sin demora a la habitación de su señora. Estaba acostada en la cama, ojerosa y pálida, con la camisa medio abierta por delante. Se oía el llanto ansioso del bebé. La niña volvió a dejar que la atmósfera cálida de la alcoba la envolviera y la caldeara por dentro hasta los huesos.

—Escucha, niña, este bebé no ha comido casi nada desde el nacimiento. Doña Isabel debe de tener los pechos vacíos todavía. Ya verás qué bien va a recibir el ensalmo del colmillo. Haz lo que te he dicho antes si no quieres que te corra a mamporros al salir de aquí.

Juana las saludó y les avisó de que su señora parecía sufrir la tristeza del parto y de que estaba de un humor de perros esa mañana. La vieja agradeció el aviso y le habló más zalamera que de costumbre para evitar ser rechazada.

—Señora, buenos días y buena fortuna para este año que empieza. ¿Cómo has pasado la primera noche de madre? Habrás descubierto que es agotador, y es normal tener los humores revueltos.

—¡Ay, madrina! Siento un dolor enorme en el vientre y un agujero en el pecho que me estira hacia dentro. Además, el niño no se me coge a los pezones, y no deseo ama de cría porque quiero transmitir mi sangre y la nobleza de mi linaje a mi primogénito. ¡Ay de mí, que no sé cómo hacerlo! Juana ha intentado colocármelo encima, pero no lo ha logrado.

—Señora, ya te he dicho que no debes desesperar. Lo primero es descansar y cuidarse bien para no enfermar de fiebres ni sangrados, no fuera a ser que el niño se quede no solo sin la leche, sino sin la madre también. Cuando me vaya, bébete el contenido de este tarro que traigo. Que esté tibio. Te ayudará con los dolores. Y pide que te unten en los pezones este potingue que aquí te doy. Es doblemente bueno porque, además de evitar que se te llaguen, es dulce y agradará al bebé. Y como no soy nueva en esto, he imaginado las dificultades que podrías tener, así que antes de salir de casa he cogido este colgante protector contra varios males de las madres y propiciatorio de la leche materna.

—Es cierto, señora, tendrías que haber visto cómo mi madrina ha recitado un ensalmo, tan concentrada, con tanta devoción, que es seguro que ese diente que ves oscilar ahora en el aire convertirá tus pechos, en cuanto los toque, en manantiales de leche que saciarán el apetito de ese precioso niño que llora desesperado de hambre, y ahuyentará la muerte del lindar de tu casa.

La vieja miró a la niña con asombro; no se habría imaginado ni en cien años que sus palabras pudieran ser así de elocuentes y oportunas. Rio para sus adentros y confió en que su efecto sería justamente el deseado.

—¿Es cierto eso, comadre? —preguntó doña Isabel intrigada.

—Sí, las primerizas sufrís muchas veces por la leche, y he preparado este colgante con un colmillo de jabalí que ayudará a que se te pongan las tetas como cántaros. Solo me tienes que permitir pronunciar el nombre de un santo tres veces aquí, en tu casa.

—Hazlo, pues.

Y enseguida la vieja dijo tres veces el nombre de san Bartolomé y alargó el colgante a la señora de la casa, que se lo pasó por el cuello y se lo puso bajo la tela de la camisa.

—Lo esconderé así porque sospecho que mi esposo no

aprobaría que confiara la suerte de nuestro hijo a estas cosas de hechicería.

—Señora, no sé cómo piensas así si ya sabes lo bien amado por Cristo que era san Bartolomé. Y ya sabes que la fe en las palabras no es pecado ni blasfemia si al leerlas o pronunciarlas se hace pensando en el poder de Dios y en su benevolencia. Así he recitado yo el ensalmo esta mañana. Y cuando lo necesites, puedo venir a tu hermosa casa para pedir lo que sea que precises.

—Ahora que lo dices, miedo tengo de que el niño esté ya mal aojado; tanto llorar y tan poco dormir no es natural. De Juana no desconfío porque son ya muchos años en casa, pero de las sirvientas nuevas no puedo fiarme, ¿y si me han mirado a mí o al niño con envidia? Yo creo que ha podido ser la que se llama Aldonza, porque ya viste lo hermoso que ha nacido mi primer hijo. Y un varón. Creo que ella solo tiene hembras, cuatro hijas al menos. Quizá lo miró mal, y ahora mi niño sufre de mal de ojo. ¡Ay, madre, tan pequeño!

—Tranquila, que no sería yo digna de servirte si no supiera prevenir o remediar lo que me dices. Maldita y mala es la envidia de las mujeres. Seguro que tu intuición es cierta, porque te salió del cuerpo un auténtico querubín. Di a Juana que observe de cerca a las criadas y pídele que te avise si alguna no es digna de servirte. Ahora manda traer unos carbones humeantes, y con unas hojas de laurel bendecido en Domingo de Ramos que llevo en el talego lo arreglo.

La niña había visto cómo la vieja cortaba un par de hojas de laurel del atadillo que colgaba del techo de su casa y, por lo poco que sabía, esas hojas no habían pasado por iglesia alguna.

Cuando tuvo delante las brasas, la vieja añadió las hojas, que empezaron a quemarse y a producir un humo de un gris plomizo. En ese momento, pidió a la mujer que se levantara y cogiera al bebé. Necesitaba que fuera su madre la que lo pasara varias veces sobre el humo mientras ella pronunciaba otro ensalmo específico para evitar que los niños de pecho sufrieran de mal de ojo. Juana ayudó a salir del lecho a su ama, que estaba débil y dolorida, y le puso el crío en los brazos.

—Vamos, señora, son solamente dos pasos y luego volverás a descansar.

La dueña hizo lo que se le pidió mientras la vieja pronunciaba en voz alta su ensalmo:

—Si otro te embrujó, desembrújote yo. Si yo te embrujé, yo te desembrujaré… ¡Ea! Ya está. Tu hijo ya está libre de malas miradas. Ahora lo que tienes que hacer es acostarte, comer caldo de gallina migado con pan y mandar que te hagan masajes en el vientre, fuertes y hacia abajo. Son normales esos dolores que sientes, tu útero se está haciendo pequeño de nuevo y se contrae. Ahora te hago uno. Juana, ven y mira, aunque si te conozco un poco, sé que ya sabrás hacerlo. Acerca la bacinilla. Tu señora tiene que orinar mucho, eso también le aliviará los males.

—Gracias, comadre. Me alegro de haberte llamado. Sé que tus remedios son buenos y me ayudarán.

Al acabar de masajear a doña Isabel, Juana acompañó a la niña y la vieja al zaguán. Allí la vieja se quejó porque con el agradecimiento no iba a poder comprar ni una libra de costillas de cerdo para hacer un guiso ni un vestido en condiciones para su ahijada. La criada la tranquilizó y le ofreció la paga por sus servicios, un buen puñado de maravedíes.

—¡Oh, Juana! ¡Qué generosa es tu señora! ¡Que Dios la colme de bienes y la proteja de la enfermedad en estos días delicados! Ya sabes dónde encontrarme, si se le presenta alguna necesidad. Quizá empiece con más dolores o con algo de sangre. Avísame enseguida, si eso pasa, porque el color que tenía en el rostro es de debilidad.

—Claro, madre, así lo haré. Ve con Dios.

—Con Dios.

Y la vieja y la niña volvieron a la casucha. Una vez allí, la mujer guardó el dinero en un cofre de metal que tenía dentro del arcón de su habitación procurando que la cría no viera lo que hacía. Aunque el arcón siempre estaba cerrado con llave, la vieja sabía que la tentación era más fuerte que las cerraduras.

—Se ve que no eres muda. ¡Menuda cháchara antes! Espero que empieces a hablar aquí también, porque parece que vivo con un fantasma y me estoy empezando a hartar. Si no te oigo más, te echo a patadas y te espabilas como un perro callejero tu sola.

—Me prometiste que me ibas a hablar de mi madre.

—Cierto es, pero no me da la gana ahora. Primero ve a la tabla del cortador y trae un arrelde de costillas de cerdo para la olla. Tengo las alubias en remojo y un trozo de tocino viejo que hay que gastar. Toma este par de monedas, deberías tener bastante, que no te time. Ese hombre es más cerdo que los animales que verás destripados en su tienda. Si haces una buena compra, hablaremos.

7

Cecilia

El negocio de los cortadores no estaba lejos del matadero. La cría decidió caminar por el interior de la muralla porque, aunque tenía que dar un rodeo, evitaría así la ribera del río. Recordó que la comadre le había dicho que ir por los arrabales no era seguro. Fue hasta la puerta de los Milagros caminando entre el bullicio con rapidez y sin atender a las voces que la llamaban. Un vendedor ambulante que iba en dirección a la calle principal, la que lleva hasta la plaza del Mercado Viejo, se le acercó por detrás y le preguntó con la cara a un palmo de su cabeza si quería tener un amo amable. Un escalofrío recorrió el cuerpo de la cría cuando notó el calor del aliento apestoso de ese hombre en la nuca, y con las dos manos se ajustó más la mantilla al cuello para protegerse del viento y del asco, y aceleró el paso. Tenía frío. El vestido le quedaba corto y no le cubría bien las espinillas. Notaba el aire helado de la mañana treparle por las piernas y subirle hasta mitad de la espalda. Odiaba el frío, la hacía sentirse desamparada y sola.

Al cruzar la puerta de los Milagros se le dilataron las narinas sin poder evitarlo al recibir como un golpe el olor metálico a sangre y la pestilencia de las vísceras de los animales sacrificados. El matadero estaba en esa orilla del río grande porque a sus aguas iban a parar la inmundicia y los desechos que pegoteaban el barro del suelo y las mesas de trabajo y que acababan contaminando el caudal a causa de la putrefacción de los restos. A la niña se le revolvieron las tripas y agradeció no llevar nada dentro del estómago, porque estaba segura de que lo habría echado en medio de la calle. En el matadero no se vendía la carne, solo se preparaba para abastecer las tablas de cortadores y menuderos, que estaban cerca, en la muralla. La cría se paró ante el espantoso espectáculo de cabezas, lenguas, tripas, corazones, cerebros, testículos y otras vísceras que decoraban la mesa de uno de los menuderos, como una naturaleza muerta desordenada sobre la que zumbaban algunos insectos. El menudero gritaba a todo pulmón que esas entrañas y esos órganos ensangrentados eran bien recientes, que nadie encontraría casquería más fresca en el mercado viejo. Justo al lado estaba la tabla de un cortador. Afilaba los cuchillos que empleaba para hacer los cortes de la carne que vendía al peso. La niña vio una buena pieza de cerdo, bien roja y con sangre, y le pidió un arrelde de ese costillar para el guiso de alubias que quería cocinar la vieja. El cortador la miró y le preguntó:

—¿Qué te has creído, piojosa? ¿Piensas que estoy aquí para dar comida a los mendigos? Vete a la escalera de alguna iglesia a pedir limosna. Vete, que me espantas a las mujeres.

—¿Cómo te atreves a hablarme así? ¡No soy ninguna piojosa! Nunca en mi vida he tenido que raparme para librarme de esos bichos del demonio. Soy la ahijada de una vieja que vive en la cuesta de las Tenerías y que es bien recibida en las casas del centro porque es partera. No le ha de faltar el dinero con que pagar. Me iré a otra tabla en la que me traten mejor, porque no sé si quiero dar mi dinero a un mendrugo que no sabe atender a sus clientas.

—Niña, calla. Ya sé de quién me hablas. Es la vieja medio ciega que siempre va haldeando de aquí para allá porque la reclaman de todas partes. Todos la buscan para que los ayude y les vende cordones de san Blas para el dolor de garganta, mejunjes para el mal de estómago y para las muelas agusanadas y para otros muchos otros males. Aunque poco viene a verme la comadre.

—Pues me indicó que me llegara justamente aquí y me alabó la calidad de la carne que vendes. Es más, se lo comentó delante de mí a varias criadas de algunas dueñas importantes. Seguro que te interesa que ella, que con todos habla, les cuente cosas buenas de ti.

—Pequeña te veo para tanta mala idea, pero sí, ratera, claro que me interesa.

—Pues espero que me des unos buenos trozos de lo que te he pedido para que quede contenta la vieja y todos lo sepan. Si me engañas o me corres de aquí, también lo sabrán.

El cortador le entregó por las dos monedas un arrelde generoso de costillar y de regalo le puso un chorizo picante para añadir al guiso o comerlo acompañado con pan. Todo el camino de vuelta a la casucha, la niña fue abrazando el paquete como si se tratara de un tesoro. Creyó que, al igual que había recibido unas tajadas de cerdo por unos maravedíes, recibiría a cambio del paquete unos pedazos de la verdad sobre su madre huida y quizá podría entender por qué lo hizo.

Cuando la vieja vio aparecer un chorizo entre las costillas, se quedó no menos asombrada que si hubiera visto aparecer a la mismísima Virgen. Conocía a ese cortador, y no era precisamente un ángel caritativo. Era un estafador que ayudaba a un carnicero chanchullero a introducir sus animales despiezados por las noches para evitar pagar el arancel que el alcalde cobraba a todos los que pasaban mercancías a través de las puertas de la muralla durante el día. El carnicero engordaba a sus ovejas, cerdos y carneros fuera de la villa y, como no le parecía suficiente el dinero que le pagaban por abastecer de carne la ciudad, intentaba sacar unos reales más engañando. El cortador, tipo rudo y malencarado, se llevaba unos maravedíes y la fidelidad de ese carnicero, que le guardaba las piezas buenas que aún no olían a podrido.

—Ven, muda, has de explicarme lo de este chorizo.

—No —negó la cría subiendo los hombros en un gesto de desinterés—. Quiero que me hables tú —añadió, y se llevó un buen coscorrón antes de que la vieja le hablara.

—Pues no repliques y ayúdame con el caldero. Qué alegría, niña, podremos hacer olla podrida. Tendremos puchero para estos días de tanto frío. Llénalo de agua y colócalo sobre el fuego. ¡Ea! Mientras lo voy preparando te contaré lo que tanto preguntas, aunque no sé si es bueno saber las penas y los pecados de aquellos que amamos. Nos los alejan del corazón, nos los hacen pequeños y más feos que antes de conocer sus fallos. El tocino está guardado en el primer cajón, envuelto en un trapo. Tráelo.

La vieja fue a por las alubias remojadas y las echó a la olla. Después añadió cinco dientes de ajo, el tocino y las costillas. Por último mandó a la cría cortar dos hojas de laurel de las que colgaban del techo y tiró un buen puñado de sal. La cría se acordó de las lentejas de su madre, de su olor tan agradable y del calor que metían en el cuerpo. Se le hizo la boca agua y deseó que la vieja fuera la mitad de buena cocinando potajes que su madre.

—¿Qué quieres saber, que tu madre era una puta? A veces saber las cosas es una condena.

—¿Qué dices? No mientas, no digas barbaridades. Mi madre es buena mujer.

—Calla, boba, y escucha si quieres saber. Tu madre te vendió porque le molestabas para seguir adelante, pero no porque no te quisiera. Fue un poco antes de que te trajera aquí. No podía seguir viviendo en la villa con la deshonra y vergüenza del abandono, y no tenía otra manera de sobrevivir que vendiéndote. Eres muy pequeña para entender la vida, muda, pero tu madre no lo ha tenido fácil. Tiene un nombre precioso, de dueña: Cecilia. Hubo un tiempo en el que era la envidia de las jóvenes casaderas que vivían cerca de la puerta del Río porque el hijo de un boticario le andaba detrás, un pretendiente muy por encima de su nivel. Era guapa, pero solo era la hija de un aguador y de una lavandera. Muy poca cosa. Pero, contra todo pronóstico, el padre del boticario aceptó el compromiso por ser gente honrada, y se decidió que al cabo de un año, cuando la joven Cecilia cumpliera catorce primaveras, se casarían. Sin embargo, la fortuna es mudable, niña, no te puedes confiar. Un día, con apenas trece años, de camino al lavadero, a donde se dirigía para acercar ropa sucia a su madre, que estaba allí faenando, la asaltó un hombre que la violentó entre los arbustos del camino del río.

La niña no podía decir nada. Su ceño estaba fruncido y sus ojos transmitían horror y tristeza. Apretó los puños y se mordisqueó la mejilla por dentro hasta notar el sabor metálico de la sangre. Ni una palabra, ni un quejido. No sabía nada. Aguantó la respiración mientras la vieja pelaba una patata y la troceaba con la navaja de cachas de madera que llevaba siempre en el delantal. No acababa de cortar los trozos, sino que los rompía al final con un chasquido que parecía que salía de su corazón lastimado. Pero había algo en el tono de voz de la vieja y en cómo miraba hacia otro lado cuando le explicaba la historia que la hizo desconfiar de sus palabras.

—No vayas a llorar, idiota. Ya es hora de que te enteres de que estos ultrajes nos pasan a casi todas. Al culpable lo condenaron a unos azotes, yo lo vi, vi cómo le saltaron la piel de la espalda. Tenía cara de bruto y manos de bestia. Lloré por tu madre ese día, porque el tipo no tenía ni un maravedí, así que no pudo comprarle la honra perdida y simplemente fue desterrado. Si al menos le hubiera pagado una cantidad equivalente a una gran dote, quizá se podría haber casado. Pero no fue así. Por eso lloré, porque era muy buena e inocente tu madre entonces y siempre sonreía al pasar. Sentí rabia contra ese hombre, contra ese animal que había destrozado una vida. Otra vida de mujer tirada al camino como el agua sucia de una bacinilla, por culpa de una alimaña. Los hombres son así. Cuídate siempre de ellos. Yo les intento sacar provecho, pero no los quiero, ni cerca ni lejos. ¡Ea!, deja de sorberte los mocos y trae un par de zanahorias y una cebolla.

Cuando dio la espalda a la vieja, la niña sacó el aire contenido por la nariz con fuerza y se enjugó con el dorso de una mano la lágrima que no había logrado reprimir. Le acercó las verduras y se fijó en cómo las peló y cortó antes de echarlas al agua, que estaba rompiendo a hervir.

—¿Ya está? ¿No hay más?

—No está, no. Pero por hoy es suficiente.

—No es suficiente. Dime algo más, te lo suplico.

—Tu madre se ha rendido, muda. Ahora estará en otro lugar donde nadie la conozca. Pero no llores, muda, que podría ser peor, podría estar muerta o no haberte querido nunca. Y sé que te quería. Debió de dolerle dejarte aquí, con esta puta vieja medio ciega.

—¡Calla ya, vieja! ¡Calla! Ya verás como un día volverá a por mí. Mi madre me ama. Y no me llames más muda. Llámame Celestina, que es el nombre que me puso mi madre.

—Más bonito es que el mío, sí. Mejor suena Celestina que Sancha. Pues así te habré de llamar a partir de ahora, niña.

Y así fue como Celestina supo el nombre de la vieja y comprendió que la suerte de las mujeres era escurridiza y venenosa como una culebra. Mientras veía bullir el agua en el que parecían danzar las costillas con las zanahorias, pensó que se sacaba más provecho de un cerdo cuando estaba bien muerto.

SEGUNDA PARTE

El mes de los muertos

8

Frío

No se acababa el mes de los muertos. Hacía un frío del demonio ese febrero, y Celestina tenía las manos enrojecidas e inflamadas por los sabañones. Se las miraba y le recordaban a las de su madre el día que la llevó a la casa de Sancha. A pesar de que la vieja le preparaba un emplasto con apio, nabo y ajo hervidos aplastados, no mejoraban. Se lo tenía que untar por las noches y envolvérselas con telas, pero el frío no cedía y sus manos se resistían a la cura, lo que la hacía sufrir mucho porque tenía que cumplir con todas las tareas igualmente y había días en que le sangraban.

De su madre se acordaba a retazos. En los dos años que habían pasado, se había ido olvidando poco a poco de ella, aunque seguía confiando en que volvería a buscarla. Ya no conservaba su voz, su altura, su risa o su boca, pero le quedaba aún el aroma de sus abrazos, que olían a romero porque siempre llevaba una ramita entre los pechos. También recordaba su pelo negro largo y ondulado. Se lo separaba en dos mitades, que trenzaba y llevaba hacia atrás tapándose las orejas; luego formaba con las trenzas un moño en la parte baja de la cabeza y lo cubría con una albanega, que fijaba con los alfileres que aguantaba entre los labios mientras se peinaba. Tenía grabada esa imagen de ella al contraluz de la ventana.

Antes de dormir, intentaba pensar unos instantes en su madre. Lo hacía cada noche como un acto íntimo de rebeldía. Lo hacía porque la vieja siempre se burlaba de ella cuando, después de alguna golpiza, Celestina le gritaba que su madre iría a buscarla un día y tendría que rendir cuentas por todo el mal que le había hecho. Sancha se carcajeaba y le decía que dejara ya esas ilusiones infantiles y que aceptara de una vez su suerte. Ahora era su ahijada, y su madre no iba a volver, estaba muy segura de ello. Le decía, además, que la había dejado atrás, que ya no pensaba en ella, que ni la recordaba.

—¡Claro que me recuerda! Más que yo a ella, porque mi memoria era pequeña, pero la suya era grande. ¡Prefiero morirme a estar aquí, prefiero que me viole un bruto como le pasó a mi madre y que me rompa el cuello igual que a una gallina que vivir contigo! —gritó Celestina llorando y golpeándose los muslos con los puños.

—¿Qué dices, niña? A tu madre no la violó nadie. Le pasó lo peor que puede pasarle a una mujer, se enamoró y esa fue su perdición —dijo la vieja arrugando la frente, extrañada por las palabras de la cría.

—Pero si me contaste que la habían deshonrado en la orilla del río.

—¿Eso te dije?

—Sí, incluso me explicaste que habías presenciado los latigazos que recibió el violador.

—¿En serio? Me debe de fallar la memoria. No me hagas caso. Estoy demasiado vieja y de seguro confundo las historias de las mujeres desesperadas que han pasado por esta casa para pedir auxilio.

—¿No me habrás mentido, madre?

—¿Qué ganaría yo con mentirte? ¿A mí qué más me da que asaltaran a tu madre o que fuera un puta?

—¡Cállate! Mi madre no era eso.

—No, no lo era.

—Pues también me dijiste que era una cualquiera.

—¡Cuántas cosas te dije! Es mejor tener la boca cerrada. Si la abres, te acaban entrando moscas.

—Sé que me estás mintiendo. O ahora o antes. Pero no dices la verdad. ¡Encima de bruja, embustera!

—¡Silencio! Se acabó la cháchara —exclamó Sancha, y le dio un tortazo que le partió el labio.

En el lecho, cuando la vieja roncaba, Celestina apretaba los ojos por el esfuerzo de ver a su madre dentro de su cabeza. No la iba a olvidar; cuando volviera a la villa, la reconocería al primer vistazo y la abrazaría y se la llevaría lejos de esa casucha con tufo a moho y de esa vieja que olía a muerte y meados.

Pero no solo tardaba en dormirse por el esfuerzo de pensar en su madre, sino que el miedo que pasaba tampoco la dejaba descansar. Sancha había empezado a ver espíritus y aparecidos otra vez. A mediados de febrero comenzaba el peor momento. Ya el primer año le contó la leyenda de los muertos. Le explicó que desde el 13 de febrero hasta que se acababa el mes los espíritus andaban fuera de sus tumbas, revueltos e inquietos, en busca de sus familiares o de mujeres como ella, que podían entenderlos y, por tanto, ayudarlos. El primer febrero que pasaron juntas la niña lloraba y se agarraba a las faldas de la vieja si esta pretendía dejarla sola en la casucha después de la puesta de sol, con un espíritu burlón que le tiraba de la ropa y se escondía bajo el lecho. Le pedía acompañarla en todos sus tejemanejes porque temía romperse los dientes de tanto que le castañeaban a causa del pánico que le producía la posibilidad de toparse con el fantasma en el dintel de la puerta. Gracias a su miedo, averiguó que Sancha no solo atendía partos, porque acabó por acompañarla en todas sus idas y venidas y así la vio vender afeites y cosméticos para el rostro, además de brebajes o medicinas para todo tipo de males.

En una ocasión, la vieja la llevó a casa de un orfebre rico que tenía su comercio en los bajos de su vivienda, un palacete de piedra maciza de dos plantas con un balcón saledizo, situado en las proximidades del Alcázar. A la cría le llamó la atención ver que el hombre llevaba cosido sobre el pecho de su jubón de seda azul un círculo bermellón. No armonizaba ni con el color ni con el diseño de sus ropas. La vieja le aclaró que todos los judíos lucían ese distintivo por ordenanza de las autoridades, tal como los musulmanes tenían que llevar una media luna azul cosida en el mismo lugar. Desde ese día, la niña jugaba a contar con cuántos infieles se cruzaba cada vez que Sancha la enviaba al especiero a comprar el comino, la canela o los clavos de olor que le servían para elaborar el remedio contra el dolor de muelas, que era uno de los más demandados.

Aquel día acudieron al llamado de la señora de aquella casa. La vieja le contó que era una dueña que llevaba años casada, pero que no había concebido. Era tal la tristeza que sentía la mujer que una de sus hermanas le había confiado la educación de la menor de sus hijas, una hermosa joven que tenía ya trece años.

—Ya verás, Celestina, la mala cara que tiene la dueña. Es más fea que un murciélago. Yo creo que no tiene hijos porque su esposo no logra animar su culebra ni llamando a un flautista encantador de sierpes. Pero por lo menos es presumida y nos da faena. Seguro que quiere encargarme algún afeite. Y depende de lo triste que se encuentre, intentaré venderle también algún remedio que la ayude a preñarse.

La niña se rio al escuchar lo del encantador de sierpes porque se imaginó al orfebre con un bulto en movimiento dentro de las calzas.

—Celestina, no digas mucho. Mejor nada, si no es que ella te pregunte algo directamente. Es bueno que no se fije en tu presencia para que la vergüenza de ser escuchada por más pares de oídos no le frene la lengua ni le guarde la bolsa de las monedas.

La niña entendió lo que se le pedía. La vieja sabía que haría exactamente lo que necesitaba, como siempre. En esos dos años que llevaban juntas, aún se asombraba la comadre de la intuición de la mocosa para adaptarse a lo que más le convenía.

Cuando entraron en la alcoba de la señora, la vieron sentada en una butaca forrada de terciopelo rojo. Celestina sintió el impulso de acercarse al asiento para acariciar esa tela que parecía suave como la piel de un felino. La mujer les ofreció un jarro de vino pequeño a cada una y les pidió que se sentaran junto a ella. Al aproximarse, notaron el calor que desprendía un brasero, y, cuando la vieja tomó asiento en un arcón con almohadones, la cría se sentó en el suelo, todo lo cerca que pudo, para intentar aliviarse el dolor de las manos y para tener a su alcance los bajos de la butaca vellotada.

—Señora, ¡qué amable! Mis huesos doloridos agradecen reposar sobre estas plumas que los alivian de sus dolores, y el vino ayudará a sacarme el frío de este invierno que nos está atacando con saña. Me avisó tu sirvienta, la Paula, pero no me dijo qué se te ofrece.

—Pues se me está acabando el solimán para el rostro. Y estoy tan acostumbrada a verme con la cara emblanquecida que quiero ya otro frasco. Y si pudieras también conseguirme un perfume de flores...

—Claro que puedo. Solimán no llevo en el cesto ahora mismo. Lo prepararé y te lo traeré en cuanto lo tenga. Lo que sí puedo ofrecerte ahora es el perfume y un carmín. El perfume lo elaboré en mi casa en primavera con las primeras flores de azahar y jazmines olorosos. Te va a encantar. Y el carmín te teñirá los labios y las mejillas de un rojo intenso. Aprendí a hacerlo años ha con cochinillas secas. No hay pigmento mejor para poner pasión en la boca y rubor en las mejillas.

—Pero bueno, madre, ¿qué dices de pasión? No me hables de cosas que no debo oír. No me agravies por el hecho de haber sido amable y haberte invitado a vino.

—Dios me libre, señora. No era esa mi intención, sino la contraria. Quería explicarte los beneficios de los afeites. Alegran el corazón de las mujeres, animan el cuerpo y hacen atractivas a las esposas a ojos de los maridos... Sin voluntad de importunar, supongo que no has renunciado a la posibilidad de concebir un hijo estando aún tan lozana.

—Calla, madre, que te veo deslenguada e imprudente hoy. No es lugar mi alcoba para hablar de estos asuntos.

—¿Cómo que no? Es tu lugar más privado e íntimo. Aquí es donde puedes confiarme a mí, que por vieja sé más que el diablo, qué cuitas te oscurecen esas ojeras. Sé que algo te angustia. Y ni con cien azotes me lo arrancarían, porque tu secreto será mío también.

—¡Ay, madre! Qué bien ves las cosas, a pesar de estar casi ciega. Sí tengo un pesar. Ya sabes que tomé aquel potingue hecho de un pan triturado con la leche de la madre de un varón, y no una vez, sino dos. Y no pasó nada. Mi vientre sigue vacío, igual que el de una virgen. Me pregunto si no tendrá que ver en esta desgracia que mi marido me reverencia casi tanto como un devoto cristiano a vuestra Virgen María. Si no fuera porque somos judíos, casi creería que ve en mí una encarnación de la mismísima madre de vuestro Dios y por eso me respeta tanto. Si así sigue y concibo un hijo, habré de convertirme en divinidad de un nuevo credo, porque será un auténtico milagro.

La niña, mientras acariciaba la silla entusiasmada con la suavidad de la tela cuando no se rascaba las manos por culpa del picor que el cambio de temperatura le provocaba en los sabañones, escuchaba atentamente el relato de la dueña intentando comprender el sentido de las palabras, pero le estaba costando no perderse. Tanta teoría teológica la había despistado, cuando creía que iba a ser una cosa simple de venderle un ungüento y recomendarle dormir con el marido la noche de luna llena.

—Señora, ¿qué me dices? Si al final el problema no estará dentro de tu cuerpo, sino fuera. Menos mal que me avisas, porque para esos males que me confías también tengo remedio. Mañana te lo traeré, junto con el solimán. Tendrás que echar los polvos que te daré en la comida o en el vino de tu esposo durante la cena. Ya verás como al poco rato tendrá una urgencia de ti que no podrá reprimir. Te montará durante toda la noche.

—¡Qué desvergüenza! ¡Qué palabras impuras he de oír! —dijo la dueña tapándose los oídos con las manos como si pudiera remediar lo que ya había sucedido.

—Señora, yo solo he entendido lo que tú me querías decir. No pretendo otra cosa que ayudarte. Quizá así logres llenar de vida al fin ese vientre mustio, y hasta donde yo sé, no hay otra manera de conseguirlo que la junta de varón y hembra sin ropajes de por medio. Y si no lo logras, al menos te llenará de gozo. Pero escoge bien la noche, mejor una de luna llena o cuando hayan pasado catorce días desde la última sangre.

—Si me lo traes mañana, sería perfecto, porque coincide el ciclo de la luna con el mío y la fortuna podría estar de mi lado.

—Quisiera poder hacerlo, pero necesito comprar en el herbolario una sustancia que es algo cara porque para obtener el polvo se necesita una buena cantidad de un tipo de escarabajo verde desecado. Primero habré de comprobar si tengo en mi arcón suficientes reales para adquirir los bichos, además del mercurio para el solimán. Ya te mandaré a la niña mañana por la mañana para confirmártelo. Te prometo que no tardaré más, porque si dejáramos escapar un solo día, el remedio sería inútil y solo serviría para alegrarte la cara —dijo la vieja para generar zozobra en la mujer.

—No podré soportar tanta angustia. No se diga nada más. No te quiero entretener de tus demás quehaceres.

Baja, y mi criada te dará cuantos reales necesites, habla con Paula.

—¡Ojalá fueran todas las dueñas tan generosas! ¡Ojalá fuera tan fácil hablar! ¡Nunca había sabido de una manera tan clara qué hacer y cómo hacerlo para acertar en lo que se me pedía!

—Anda, anda, déjate de lisonjas embusteras y baja ya.

La vieja pensó que quizá la dueña no era tan tonta como parecía por culpa de su fealdad, que sabía que quien adula engaña, así que tendría que medir muy bien sus palabras en las siguientes ocasiones para no perder su favor, aunque no confiaba en que se quedara preñada. Al orfebre Alfaro no se le conocía ni un bastardo en la villa, y la sirvienta le había contado que su amo jamás había preñado a ninguna de las criadas, ni a las más guapas, ni a las más tontas.

Salieron de la casa con la bolsa sonando a monedas, para alegría de la vieja. Dio unos maravedíes a Celestina y le dijo cuánto mercurio y cuántas papelinas de mosca cantárida tenía que comprar. Ella marchó sola hacia la casa para ir preparando las pociones, porque necesitaban horas de reposo y no iba sobrada de tiempo.

Cuando Celestina volvió a la casa, se encontró a Sancha con los ojos cerrados y los brazos extendidos con las palmas de las manos orientadas al techo. Estaba hablando para sí misma, diciendo algo de unas monedas de oro. La niña la saludó, pero la vieja no reaccionó. La cría se sentó cerca del hogar para intentar sacarse ese frío que tenía metido hasta el tuétano de los huesos y para secarse un poco los bajos de la saya, que se le habían empapado durante el camino porque las calles estaban embarradas. Celestina contó que había conseguido tanto el mercurio como los bichos, pero el rostro de la vieja permaneció inexpresivo y con los labios ligeramente separados, como si durmiera, aunque de pie. La niña empezó a temblar, y no por culpa del frío. Reconoció la expresión del trance en el que estaba Sancha. Miró en derredor, pero no supo ver nada fuera de lo habitual; sin embargo, estaba ahí, en algún lugar, lo sabía. Pegó la espalda a la pared, se agarró la tela de la saya y, sin pensar, la fue enrollando hasta dejar al descubierto sus abarcas manchadas de barro. Buscó con ojos nerviosos alrededor de la vieja, que continuaba inmóvil, musitando. Supo que había algo junto a ella porque las llamas de las velas titilaban como si un aliento invisible cayera sobre ellas. Se le erizó el vello del cuerpo y notó un frío extraño recorriéndole el espinazo. No sabía si era un demonio o un aparecido. Los dos le provocaban el mismo pavor. ¿Y si se fijaba en ella? ¿Y si deseaba poseerla y se le metía en el cuerpo? Se santiguó y empezó a rezar un padrenuestro con los ojos cerrados. Al abrirlos vio una sombra en la pared con el perfil de una vieja. Se deslizó desde la zona del hogar hasta la puerta de entrada, que se abrió por una corriente de aire que apagó todas las candelas de la casa. La niña chilló tan fuerte que Sancha salió con un sobresalto del trance en el que se encontraba.

—¿Qué gritas, loca? —dijo la vieja mientras acercaba una de las velas al hogar para encenderla.

—¡Madre! ¡Madre! Una vieja... Había aquí una vieja. Un espectro.

—¿La has visto?

—Una sombra solo. Negra.

—¿Es la primera vez?

—Sí.

—Bueno, bueno, curioso. No pasa nada, cagalindes. No te va a arrastrar al infierno para ofrecerte como tierno regalo a Satán. Era un alma del purgatorio. No puede descansar y ha venido aquí a tocarme las narices. Quiere que ayude a su hija, cosa de un secreto sobre unas monedas escondidas que se llevó a la tumba.

—¿Te ha hablado?

—No con palabras. Pero los entiendo. Comprendo su pesar, por eso vienen.

—Pues estos clientes no te pagan, ¿por qué los ayudas? Deja de hacerlo y se irán de aquí. Me dan miedo. Casi me meo encima. Si no les haces caso, buscarán otra bruja.

—¡Cuida esa lengua, burra! He sido más puta que bruja. ¿Me has visto enseñar el culo por la ventana las noches de luna llena? ¿Me has visto robar niños de pecho y cocinarlos en el caldero? ¿Me has visto volar montada en una escoba con otras brujas desgreñadas? ¿Me has visto frotarme el coño con belladona? —A cada pregunta, la vieja lanzaba un tortazo a la niña que le hacía perder el equilibrio.

—Para ya, vieja loca... No la he visto. ¡No! Pero sí he escuchado en tus conjuros el nombre del Maligno. Y te he visto usar una mandrágora horrible.

—Ignorante. Como le vayas con el cuento a alguien, te mato a palos. ¿Entiendes? Yo hago ensalmos y brebajes. Y listo.

—Lo que tú digas, vieja bruja.

Esa noche, cuando se echó a los pies de la cama, Celestina tenía más cardenales en la espalda de los que había en

Roma, además del labio partido. Notó que la sangre de la boca se le mezclaba con la hiel que la iba envenenando en contra de la vieja y le acrecentaba la desesperación, porque pasaban los días y su madre seguía sin aparecer para recuperarla.

9

La poción

Fueron a casa del orfebre Alfaro temprano. La dueña las esperaba en la cocina, que era el lugar más caldeado de la vivienda. Dos criadas muy jóvenes, de unos dos o tres años más que Celestina, estaban desplumando unas gallinas.

—¡Dios santo! ¿Qué le ha pasado a la cría? —exclamó la señora al ver el aspecto magullado de Celestina, que tenía el labio muy hinchado y un ojo todo morado.

—Mi ahijada anoche no tenía ganas de ser obediente ni respetuosa —explicó la vieja, que no sintió ninguna necesidad de justificarse o disimular.

—Estas jóvenes de hoy día no son tan fáciles de domar como fuimos nosotras. Mi sobrina, aunque virtuosa, tiene a veces dificultades para refrenar sus ganas de vivir. Ayer mismo la descubrí hablando desde el balcón de su cuarto con el mozo de mi marido, que pasó por el patio de la casa para coger agua del pozo. Tuve que reprenderla y aleccionarla bien. Todavía no ha entendido que la nuestra no es vida, sino sombra de la vida de nuestros hombres. En breve tomará un esposo que ya tiene decidido su padre, y así se acabará este sinvivir de estar pendiente de su honra.

—Nos tocó en suerte ser féminas. Los hombres, aunque son libres para entrar y salir, para acertar y para errar, no pueden confiar a nadie sus cuitas, y si lo hacen ponen en riesgo su hombría. Han de mostrarse fuertes siempre, siempre solos, y la compañía de sus iguales es únicamente para bromear, para comer o para pelear. Por lo menos a nosotras nos queda lamentarnos juntas, señora.

—Triste consuelo me parece, comadre. Creo que preferiría esa libertad de la que hablas. Además, por lo que me ha tocado vivir, los hombres también buscan consuelo, pero no hablando entre ellos, sino de otras maneras: nos fuerzan o nos pegan cuando les viene en gana, y poco o nada podemos hacer nosotras por evitarlo. Más habría preferido al nacer ser mi perrito bodeguero, que recibe caricias y comida de todos los de la casa y juega por el patio a cazar ratones de día y por la noche duerme sin preocupaciones al calor del hogar.

Celestina se había acercado al fuego de la cocina y, con las manos extendidas sobre las llamas, miraba con desagrado los cuellos flácidos de las gallinas y sus lenguas afiladas asomando del pico entreabierto.

Sancha entregó a la señora el solimán y la poción de los bichos, y le explicó cómo emplearla correctamente. Había conseguido producto para dos ocasiones, pero le recomendó no usar los polvos una segunda vez sin antes hablar con ella, porque eran poderosos y podían ocasionar algún mal si no se usaban con mesura. La criada que sirviera la cena debía disolver una de las papelinas en una copa de vino. El orfebre no apercibiría nada porque no tenía casi aroma.

La vieja le ofreció también algunos consejos para conseguir el éxito esperado:

—Alarga la cena, dale conversación, pero que sea agradable. Olvida las quejas y los reproches, cuéntale algún chisme, reíd. Procura que la criada que os sirva los platos sea la más lozana y asegúrate de que lleve un vestido de escote cuadrado con la camisa abierta, que ofrezca el espectáculo de sus tetas bien prietas. Alaba, señora, la belleza y juventud de la moza, comenta tu propia añoranza de ciertos gozos. Si ves que tu esposo no reacciona, anímalo a agarrarle el culo o la cintura a la muchacha, a sentársela en el regazo. Juega tú a despertarle el deseo, las ganas de retozar en el lecho. Durante el jugueteo habrá de hacerle efecto la poción, y, cuando lo notes diferente, incómodo, con prisas, exígele que te visite en tus aposentos y no lo dejes marchar hasta que te haya ensartado con su espada y se haya vaciado dentro de ti.

—¡Ay de mí! ¿Cómo me he de ver así, empujada a la deshonra y la desvergüenza?

—Pero, señora, ¿por qué te lamentas? ¿Por qué va a ser vergüenza desear que el marido haga lo que se espera de él? ¿Por qué va a ser deshonra desear parir una criatura, darle un heredero a la casa? No te lamentes y procura disfrutar, porque ya verás que los efectos de los polvos son de lo más visible. Si antes te comías un espárrago, tendrás de postre un buen nabo esta noche.

—Calla, vieja golfa. Las primeras palabras me han parecido sabias; las últimas, escandalosas. No me espantes.

La niña, que había escuchado toda la conversación, se imaginó a la dueña, con esa cara chata de cejas y bigote renegridos que tenía, con las faldas remangadas y los pechos enormes fuera del vestido, desparramados a los lados, mientras el marido se deleitaba entre sus piernas emitiendo gruñidos como un cerdo cuando montaba a su hembra. Hasta el momento, Celestina no había visto cómo jodían las personas, pero, tras oír a la vieja hablar del acto con diferentes dueñas, no se imaginaba un momento mucho más elegante que el que había presenciado por las calles cuando las perras estaban en celo.

Quedaron en volver al día siguiente para comentar cómo había resultado el intento. De la visita salieron con algunos obsequios. La dueña regaló a la niña un delantal casi nuevo que una de las criadas ya no usaba porque tenía un zurcido en la parte delantera y daba muy mala imagen si tenían convidados. A la vieja le regaló un cordón ceñidero para la cintura de la saya elaborado con una seda tan suave que se resbalaba de las manos y tan dorada que brillaba al contacto con la luz del sol más que una tea. Celestina sintió envidia y rabia. Su regalo era solo un trozo de tela que iba a servir para hacer trapos, mientras que la vieja, por sus pociones engañosas, salía con un cordón tan hermoso. Se llevaron, además, una gallina ya pelada y un cesto con unas manzanas, medio cuartillo de garbanzos y unas zanahorias.

—Vamos rápido, Celestina. Con todas las viandas que nos han dado haremos un buen caldo que nos mantendrá calientes estos días.

Cuando llegaron a la casucha, Sancha vio a una mujer desaliñada apoyada en el alféizar de la ventana. Tenía el rostro medio tapado por los mechones desordenados de su pelo y no saludó cuando entraron.

La vieja pidió a la niña que fuera cortando las verduras y troceando la gallina para el caldo. Luego, mientras Celestina estaba ocupada cocinando, se puso sobre la saya una guirnalda protectora hecha de salvia blanca y ramas de tejo que había preparado antes de la llegada de febrero y que había colgado junto con los demás atadillos de hierbas, y fue a buscar el tarro de la sal. La niña se quejó del mal estado del cuchillo que tenía la vieja para despiezar las aves y le comentó que habría que llevarlo a afilar al cuchillero. Al momento se puso triste porque recordó que su padre fue la primera persona en abandonarla. Al principio, no entendió por qué desapareció un día sin decir adiós. Su madre le explicó, para consolarla, que a veces los señores necesitaban más hombres para sus ejércitos y que su padre había sido requerido para ayudar a un caballero en batalla, para ocuparse de sus armas, y la niña la creyó. No tenía motivos para desconfiar de su propia madre. En esos días en los que los señores guerreaban por los territorios, muchos hombres desaparecían de la villa. Del mismo modo, otros que no habían nacido en ella aparecían en busca de asilo y comida mientras vagabundeaban por las calles de los arrabales y buscaban mujerzuelas en las orillas del río. Su madre la había advertido muchas veces. Esos hombres eran peligrosos y había que rehuirlos. Volvían de estar demasiado cerca de la muerte y la vida ya no les parecía gran cosa, no la respetaban. Celestina supo que toda aquella historia del caballero era mentira. Su padre las había abandonado. Fue Sancha la que se lo contó. La vieja le dijo que su madre era demasiado guapa y que, cada vez que volvía borracho de las tabernas, el cuchillero le abría con una navaja las ropas y la olfateaba como un sabueso rastreando el olor de otro macho mientras la llamaba ramera. Cuando se cansaba, la montaba mientras le restregaba sus ropas sucias por los pechos y el vientre para impregnarla con el olor de su hombre. La vieja lo sabía porque se lo había contado la propia Cecilia alguna de las veces que había acudido a su casa en busca de remedios para disimular los moratones o para curar las infecciones que sufría por culpa de la violencia del sexo.

A Celestina le resultaba ahora incomprensible, pero al cabo de un tiempo empezó a añorar lo mismo que le molestaba cuando su padre estaba en casa: su olor. Una mezcla del olor a metal que impregnaba la ropa y que llevaba pegado al mandil de cuero y del hedor que despedía su piel manchada y sudada, una mezcla del sudor acre con la acidez del vino.

—¿Qué haces, madre? —preguntó Celestina al ver que la vieja iba de un lado a otro de la casa rezongando.

—¡Chis! No estorbes, que me están buscando y tu voz los confunde.

—Si nadie ha tocado a la puerta, madre, ¿qué dices?

—Ni tocará, niña. No puede ya tocar nada, solo pasearse por las calles buscando aquello que necesita encontrar hasta finales de mes, cuando habrá de volver a su tumba.

—¡No, otra vez no! ¿Está aquí? ¿No pueden parar ya? ¿Tantos hay que se fueron con cosas pendientes? —gritó la niña, y miró a su espalda y a los lados con los ojos muy abiertos y amenazando al aire con el cuchillo.

—Todos nos vamos con asuntos pendientes; si viviéramos como deseamos, quizá no. Pero todos hacemos lo que podemos, casi nunca lo que queremos, y vamos dejando atrás caminos por andar. Pero calla ya, idiota.

—¡Que se vaya!

—Chisss... Que no grites —le susurró Sancha en la oreja mientras se la estiraba fuertemente con los dedos—. Solo le queda una semana al mes de los muertos. Cuando acabe febrero, nos dejarán en paz todos los espectros. Además, este no ha entrado en casa aún. Está en la puerta, cuando hemos llegado nos lo hemos cruzado.

—Yo no vi a nadie, madre.

—Mejor, que ya me espantó demasiado que pudieras ver una sombra el otro día. Ya se verá si también llegas a ver aparecidos. Esto no se aprende, no es como preparar bebedizos. Te viene en la sangre, y tú no tienes la mía en el cuerpo. Este espíritu quiere pasar, pero no se lo voy a permitir —dijo Sancha mientras hacía montones con la sal del tarro bajo la ventana y bajo la puerta, tal como había hecho también en la puerta de la habitación y en todos los rincones de la casa.

—¿Te ayudo, madre?

—No, lo tengo que hacer yo... Niña, voy a salir a ver qué quiere. Tú no abras a nadie si yo no te doy permiso. Ni a mí misma. Solo si te llamo por tu nombre tres veces seguidas seré yo realmente quien quiera entrar aquí contigo. Mientras no haga eso, ni loca me abras.

Celestina se quedó sola, sentada en el suelo, notando cómo el frío le entraba por la piel de las nalgas y los muslos y le conquistaba el cuerpo entero. Se le heló incluso esa sangre que la mantenía a salvo de ver fantasmas, a pesar de estar junto al hogar.

Podía oír las maldiciones de la vieja desde dentro, invocaba al arcángel san Miguel, también a Lucifer, y no sabía si le pedía ayuda o que no apareciera. La niña se abrazó las rodillas y escondió la cabeza entre los brazos. El viento que se filtraba por entre las tablas de la ventana le llevó una voz de mujer. Decía que no. Muchas veces no, como una culebra de noes que se le enroscó alrededor de la cara y el cuello. Se estremeció y se tapó los oídos con las manos para no escuchar más. Pero el viento se le colaba entre los dedos. Y oyó que la voz pronunció su nombre arrastrando las sílabas de manera lastimera: «Ceeeleeestiiinaaa». Y después una nueva cadena de noes. Apretó los ojos con fuerza y unas lágrimas le recorrieron las mejillas. ¿Por qué ese espectro la estaba llamando? ¿Por qué sabía su nombre? Y de repente nada. Solo silencio.

Tocaron a la puerta, dos golpes secos. La niña se sobresaltó y oyó que la vieja le pedía que abriera, pero ella no se movió. No lo haría hasta que la llamara tres veces. Cuando lo hizo, Celestina abrió y vio que Sancha estaba pálida y encorvada.

—Niña, acércame el taburete. Estoy agotada.

—¿Ya está?

—Sí, era tu madre.

—¿Cómo? ¿Puedo salir? ¿Me está esperando? Ya te lo dije, te dije que vendría a por mí, puta vieja. ¡Tenía razón! Me iré con ella.

—Niña, calla. Tu madre ha muerto. Era su espíritu el que estaba en la puerta. Quería quedarse contigo, pero eso es malo, muy malo. No te habría permitido descansar nunca más. Te habría chupado toda la fuerza, te habría convertido en un alma en pena. No querrás eso, ¿verdad, niña?

—¡Calla! ¿Qué estás diciendo? Mi madre ha venido a buscarme. Mi madre me quiere y desea que vuelva con ella.

—Ya está bien, imbécil. Tu madre ha muerto de unas fiebres. Qué lástima, con lo guapa que era... Y qué horrible estaba su espíritu. Pero está claro que te quería. Ha venido aquí para entrar y quedarse para siempre contigo, por eso estaba en la puerta de la casa.

—¿Por qué no la has dejado pasar? El otro día entró una vieja...

—Celestina, si hubiera entrado, su espíritu se habría atascado en este mundo y habría ido convirtiéndose en una presencia amargada y maligna. Te habría hecho daño a la larga. Y a mí también. Eso no lo podía permitir yo. Un espíritu tiene que encontrar la paz y volver a su tumba para descansar eternamente.

—Pero ¿por qué no me has hecho salir, entonces? ¿Por qué no me has llamado para que pudiera despedirme?

—Porque habría sido inútil. Tú no puedes verla, únicamente habrías sido testigo de la locura de una pobre vieja que habla sola en medio de la calle.

—Pero la he oído... ¡Me ha llamado!

—¿Te ha llamado? ¿Has oído algo?

—Sí, una voz pronunciaba mi nombre y decía muchas veces que no. Pero no la he reconocido —contestó la niña llorando desconsoladamente—. He olvidado la voz de mi madre.

—Ya es hora de que te cuente la verdad.

—¿Qué verdad?

—Tienes derecho a saber quién era realmente Cecilia. Ahora ya no importa. Tu madre no era la hija de un aguador. Ni una puta. Era en realidad la hija de un abogado de la ciudad, un hombre rico y respetable. Pero se enamoró del borracho del cuchillero, y esa fue su condena y a la larga también la tuya. Una noche el cuchillero la raptó de su casa y el abogado no pudo negar la unión de su hija con ese hombre de baja estofa, pero renegó de Cecilia y le prohibió cualquier contacto con su familia. Cecilia amaba a tu padre y renunció a sus riquezas para estar con él, para tenerte a ti. Y no le pesaba, quería a ese hombre con locura, demasiado para lo poco digno de su amor que resultó ser. Deseaba formar una familia hermosa y te quería, pero cuando el borracho del cuchillero desapareció ella comprendió que no lograría sobrevivir sin un hombre, que estaba condenada a convertirse en una puta, y no pudo aceptar su destino. Un día te llevó al palacete de tus abuelos y suplicó a su madre que la ayudara. Al final aceptaron ofrecerle una salida, pero solo si renunciaba a ti. Querían borrar todo rastro de su pasado deshonroso, todo lazo con el hombre que le arrebató su virtud y su posición, por eso te dejó conmigo.

—¿Y ha estado en la ciudad todo este tiempo?

—No, la obligaron a entrar en un convento en Ávila. La alejaron de aquí para alejar también los rumores y las habladurías. Y de ti no han querido ni quieren saber nada. Un día me acerqué a informarlos de que su nieta estaba conmigo, pero me dieron con la puerta en las narices, así que solo me tienes a mí, niña.

Celestina se puso a llorar y gritó a la vieja que quería ver a su madre muerta, que la volviera a llamar, que la hiciera regresar.

—Niña, estate tranquila ya. Ha sabido que estás bien y la he ayudado a despedirse. Ahora podrá hacer su camino hacia el infierno y disfrutar de las placenteras torturas de Lucifer.

—¡Te odio! ¡Te odio! Ojalá también se te lleve el diablo pronto.

Sancha le dio tal guantazo que Celestina perdió el equilibrio y se cayó, golpeándose la sien contra el suelo. Quedó inconsciente, y la vieja la dejó ahí tirada un buen rato, hasta que la cría poco a poco fue recobrando la consciencia. Cuando despertó, el caldo ya estaba listo y la vieja la obligó a tomar una escudilla llena, con trozos de gallina ya separados del hueso, para que pudiera recobrar el calor del cuerpo y las fuerzas.

Esa noche, Celestina se la pasó entera llorando porque comprendió que ya nadie la socorrería. Se vio perdida para siempre. Comprendió que estaba sola en el mundo, que a nadie le importaba su suerte y que no podría separarse de la vieja en mucho tiempo.

10

Alcahueta

Cuando entraron en la alcoba de la mujer del orfebre, la encontraron aún en la cama. Las recibió rebañando la yema pegajosa de unos huevos con pan untado en aceite. Al entrar les ofreció beber del contenido de una jarra, y una de las sirvientas más jóvenes les llenó unos vasos de barro con un líquido que sorprendió a Celestina. No tenía el color rojo del vino, sino que era de un tono dorado. Nunca había probado esa bebida de la que decían que era como el néctar de los dioses. Sabía que se llamaba hidromiel. Ese nombre le sonaba por las historias de hadas y ninfas del bosque que le contaba su madre y que aún guardaba en su memoria. La niña agradeció la hospitalidad con un gesto brusco de la cabeza y se aproximó el vaso a la nariz. Tenía un olor dulzón, aunque cuando lo bebió notó un amargor que la llevó a entornar los párpados y a toser.

—Cuidado, niña —le advirtió la vieja—. De buena mañana y con las tripas más limpias que las que se usan para los chorizos, esta bebida te puede marear. Es deliciosa, pero más fuerte que el vino al que estás acostumbrada. La señora regaba con ella unos buenos huevos fritos, pero a ti te está cayendo en campo en barbecho, así que bebe poco a poco, que te necesito bien despierta.

Celestina miró de reojo a la vieja y apuró su copa de un solo trago. Notó una quemazón en la garganta y que empezaba a arderle el estómago. Enseguida desapareció la sensación de estar vacía por dentro que la agobiaba desde que supo que su madre estaba muerta. La dueña rio al ver la rapidez con la que la cría había vaciado su vaso y ordenó a la criada que se lo rellenara, pero solo hasta la mitad. Celestina volvió a acabarse el hidromiel en un santiamén para regocijo de la mujer, que se reía porque sabía que se iba a emborrachar. A Celestina le daba igual que se mofaran de ella, lo único que quería era llenar ese agujero que sentía en las tripas.

—Señora, no des más hidromiel a la niña, que no estoy yo para llevar ningún peso a rastras. Y ya te he dicho que hemos venido con tanta prisa por saber cómo había ido la poción que te di ayer que no hemos perdido tiempo en desayunar. Al verte rebañar el plato, se me ha hecho la boca agua. Seguro que esos huevos estaban deliciosos, señora.

—Sí que lo estaban, comadre —afirmó la mujer del orfebre mientras permitía que una de las criadas le deshiciera las trenzas para cepillarle la larga melena enrubiada por el uso de lejías—. Coged ambas un poco de pan de la cesta. No quiero que desfallezcáis mientras yo me lleno la panza.

—Gracias, señora. Espero que los huevos te hayan servido para recuperar fuerzas después de pasar la noche revolcándote entre las sábanas —dijo la vieja riéndose y mostrando todas sus mellas a la dueña.

—Pues no hubo revolcón alguno.

—¿Cómo así? ¿No bebió de la copa correcta tu esposo?

—Sí lo hizo. Se la rellenó dos veces.

—¿No se empezó a turbar al poco de beberse el vino especiado que le serviste? ¿No se removía molesto en su silla?

—Sí, se puso inquieto y parecía querer marcharse del salón, así que seguí tus consejos para conseguir su motivación y atención. A la señal que habíamos convenido antes de la cena, Paula, mi sirvienta más dotada, le puso los pechos delante de los ojos y el culo al alcance de las manos cada vez que le servía comida o bebida, pero mi esposo, en vez de animarse, parecía cada vez más molesto, hasta el punto de levantarse e interrumpir la cena. Dijo que se encontraba muy indispuesto y abandonó la sala sin atender a mis preguntas y ruegos. Se fue directamente a su habitación, y tan enfermo se puso que su criado de más confianza se ha pasado toda la noche en su alcoba ayudándolo a pasar su mal. Paula me ha dicho que aún no han salido del cuarto.

—¡Ay, señora! ¡Muy malas noticias son esas!

—¿Por? ¿He envenenado a mi esposo? ¿Morirá por mi capricho de concebir? ¡Qué egoísta he sido! Por el enfado que sentía, ni he pensado en tocar a su puerta para preguntar por su estado.

—Señora, no te preocupes, que muerto no está... Di a la criada que nos deje solas, porque he de hablarte de mis sospechas y mejor será que nadie más que tú escuche lo que de mi boca va a salir.

—Y su niña, ¿no se va?

Celestina miró a la vieja con la intención de intuir si debía dejar de mordisquear el pan que había cogido, pero no supo leerle la mirada, así que, por si acaso la echaban, alargó el brazo, apresó una hogaza más y se la guardó en el bolsillo del delantal remendado que la vieja la había obligado a ponerse esa mañana para que la dueña viera lo agradecida que estaba por recibir sus regalos.

—Esta cría está aprendiendo todo de mí. Los suyos son mis ojos y mis oídos ahora que los míos están viejos y perezosos. Y pronto será mi voz y mis manos. Piensa, señora, que ya estoy muy cerca de Dios, o del demonio, ya veremos cómo me va el juicio, y cuando yo falte tú seguirás necesitando sus afeites o, Dios lo quiera, una partera que te asista. Celestina debe escuchar para conocer el mundo, porque con aprender el oficio no será la mejor en lo suyo. A mí me ayuda más conocer la naturaleza oculta de los hombres y las mujeres que saber por dónde cortar el cordón del ombligo, y eso solo se aprende observando y escuchando. Además, es casi muda. Nada dirá de lo que aquí escuche, por mis muertos te lo juro.

—Bueno, bueno, dejemos a los muertos en paz, que estos días están inquietos y no queremos molestarlos —dijo la mujer del orfebre antes de hablar a su criada—. Ana, ven rápido, acaba ya de peinarme. Quiero que me hagas el tranzado con esa tela de color rosa de allá que tiene un bordado de enredaderas verdes. Cuando me cubras la trenza con la tela, parecerá que la yedra se me enrosca por los cabellos.

—Seguro que queda precioso, señora. Digno de la reina de las hadas.

—No me lisonjees, te lo tengo dicho, vieja, que sé perfectamente lo que tengo y lo que no. Ana, cuida de no darme tirones y hazme bien la raya en medio. Despéjame la cara, que se me vean bien las orejas, porque hoy voy a ponerme los pendientes de oro que elaboró mi esposo especialmente para nuestro aniversario y quiero lucirlos, que me envidien las otras dueñas durante el paseo hasta la plaza Mayor. Luego ve a la cocina para ayudar a Paula con el guiso de hoy. Y si es menester, la acompañas al mercado.

La criada acabó de cubrir con la tela bordada la trenza de su ama, que le llegaba más abajo de la cintura, y salió de la habitación sin decir ni una palabra. Celestina notó una ráfaga de viento gélido que se coló por la puerta. Odiaba ese frío que se le metía en el cuerpo, le encorvaba la espalda y no la dejaba ponerse recta hasta la primavera. Se acercó aún más al brasero para sumar al calor que sentía en las tripas, gracias a la bebida fermentada, el calor que venía de las brasas y así poder comerse más a gusto su pan mientras fingía no estar atenta a la conversación de las mujeres, tal como se esperaba de ella. Sin embargo, tenía claro que la vieja guardaba una revelación dolorosa y vergonzante que pondría a sus pies la voluntad de la dueña. Ella también sabía unir cabos y fijarse en lo dicho y lo callado.

—Señora, ahora que estamos a solas te diré lo que pienso. Tu esposo no está enfermo ni le hemos provocado ningún daño permanente, aunque sepas que bien podrías condenarlo eternamente, porque el mal que sufre le hace buscar un goce prohibido por Dios y por las leyes de los hombres, un pecado que lo llevará directo a la hoguera o al cadalso, y, sin duda, al infierno.

—¿Qué me estás queriendo decir? ¡Ay de mí! ¡No será lo que me temo! ¿Tan desgraciada seré?

—Ya viste que no se fijó en las hermosas caderas de Paula y que de las tuyas ni se acuerda, según tú misma me contaste. Me temo que anoche apagó en el culo de su criado la fogosidad que sin duda la poción de los escarabajos le provocó.

—¡Comadre...! ¡No! ¡Me siento morir!

Celestina vio cómo palidecía la dueña y se le ponían los ojos en blanco antes de desmayarse. Menos mal que la mujer no había salido aún del lecho, pensó, porque así se ahorraba los esfuerzos de levantarla del suelo, y poco no debía de pesar la señora, dado que era bien ancha de cuerpo. La vieja le palmeó la cara hasta que volvió en sí, aunque continuaba igual de alterada.

—¡Tienes que estar equivocada! ¿Cómo va a ser un sodomita mi esposo?

—Cuando me contaste que apenas había procurado yacer contigo desde el casamiento ya tuve mis sospechas. Sin embargo, primero lo creí mujeriego y puse oído atento a las charlas de las criadas, pero nada, tampoco se le conocen amoríos ni caprichos. Ayer pasé por la mancebía para averiguar, y por allí ninguna mala mujer lo ha visto nunca. Lo lamento, señora, pero si anoche, en vez de apagar su fuego en ti, se encerró con un hombre en su alcoba, no me cabe la menor duda.

—¡Qué humillación! ¡Y yo sin hijos! ¡Lo denunciaré al alguacil y que haga con él lo que se hace con un perro rabioso!

—Calma, mujer, no te dejes llevar por la furia. Piensa en cómo sacar algo en tu provecho de todo esto. ¿Te imaginas el escarnio de ser la viuda de un sodomita quemado en la hoguera? Además, ¿qué sería de ti, viuda tan joven y sin hijos en cuyo amor ahogar sus penas?

—Pero ¿qué provecho voy a sacar de algo así, comadre...? Ninguno veo.

—Tú quieres un hijo y tu marido no va a dártelo. Desde que supe que no cumplía con su deber de esposo, tengo puestos mis ojos en el mozo que se ocupa de sus monturas. Es alto, ancho de hombros y bien parecido. Además, me han contado las criadas que anda siempre buscando la manera de meterse bajo sus faldas y que alguna ha recurrido a remedios para ayudar a que la sangre le baje por culpa de entretenerse con el mozo.

—No veo adónde quieres ir a parar, vieja.

—Pues es bien sencillo. El mozo para semental sirve, y si tu marido no te hace un heredero, que sea ese joven el que te lo haga. Tú eres su señora, no va a poder negarse a tus deseos.

—Pero mi esposo sabrá que no es hijo suyo. Y si no me preña, ¿qué seré? ¿Una esposa infiel? Podría denunciarme y repudiarme, y me esperaría la vergüenza pública.

—Si no te preña, señora, goza del mozo como sabes que tu señor esposo goza del culo de su sirviente. El conocimiento es poder, y esa certeza que tienes le podría costar la vida al orfebre, así que no creo que se ponga muy caprichoso con el origen del niño. Además, piensa que a él también lo beneficiaría.

—¿Cómo así? No veo la manera en que ser un cornudo y criar como heredero a un bastado con sangre cristina podría beneficiar a un judío rico e importante en la villa como es él.

—¡Ay, señora, qué poca picardía tienes! Los llantos de ese hijo, si llega, se impondrán a los rumores que las vecinas, criadas y envidiosos expanden entre susurros a vuestro paso. Murmuran ya, esta cría que llevo conmigo me lo ha contado, dicen entre dientes que este judío avaro podría haber vivido como un rey en Gomorra. Un niño callará las bocas.

Celestina miró a la mujer, que se cogía la barbilla con una mano mientras con la otra se secaba las lágrimas que le caían de los ojos. Luego miró de mala manera a la vieja, que se puso enseguida un dedo sobre los labios al entender que la mirada de Celestina tenía que ver con un impulso de desmentirla. La niña no había oído ninguna habladuría sobre el orfebre, la maldita Sancha se lo estaba inventando todo para animar a la dueña a pasar por el lazo que le ponía justo bajo los pies.

—Visto así, tienes razón, madre. Si ninguno de los dos hiciera escándalo del origen del niño, para todo el mundo sería el heredero de nuestra casa.

—Eso quería que entendieras. Y si tu esposo es tan estúpido como para reclamarte algo por tu vientre hinchado, amenázalo con el fuego de la hoguera y ya verás qué pronto cambia de actitud... Sécate bien las lágrimas y ponte sobre la camisa una saya ligera de fácil quitar. Hay que aprovechar que estás en tus días de luna.

—Madre, ¡pero qué locura es esta!

—Las cosas en caliente se han de hacer. Si me ayudas un poco, mando a la niña a por el mozo. Tu marido no va a reclamar su presencia esta mañana. Y yo me puedo encargar de decir a las criadas que estás indispuesta y que no entren hasta que tú las requieras. Es más, las puedo tener bajo control si les digo que me has encomendado que prepare en tu cocina un brebaje para tu mal de estómago.

—¿Qué mal de estómago?

La vieja rio a carcajadas ante la pregunta tonta de la dueña, que demostraba de nuevo no ser demasiado espabilada.

—Señora, el mal que te va a mantener en el lecho toda la mañana y parte de tarde, si fuera menester.

—¡Ah! Pero ¿qué va a pensar el mozo de su señora? Ay, comadre, que yo soy una mujer honesta, nunca he conocido otro varón que este odioso orfebre... ¿Cómo voy a hacer lo que me dices?

—Señora, no hagas nada. Deja que sea ese muchacho el que haga lo que tiene que hacer. Ya me contarás si notas diferencia. Justo hemos escogido al mozo experto en yeguas, ya verás cómo te monta. Otra cara se te va a poner.

—Vieja golfa, calla. No me hables más.

—Pues ya está todo dicho. Bueno, casi todo, porque habrá que dar unos maravedíes al mozo para que se quede mudo, y yo te agradecería un reconocimiento a mi devoción por ti.

—Sí, sí. No te preocupes. Habla con Paula y dile que su ama ordena que te dé lo mismo que la otra vez, pero doble, y ya te arreglarás tú con el mozo. Y te prometo que, si de esta desgraciada aventura salgo encinta, no te ha de faltar comida el resto del invierno.

—¡Oh, señora, qué generosa eres! Sabré agradecértelo y serte leal en otras situaciones que puedan llegar más adelante.

Sancha pidió a la niña que avisara al mozo de que la señora quería verlo en sus aposentos. Celestina se lo encontró limpiándole de barro y mierda las patas al percherón enorme que tiraba habitualmente del carruaje de la familia. El mozo, que se llamaba Lázaro, se restregó las manos en el mandil que llevaba atado a la cintura y puso cara de sorpresa cuando escuchó las palabras de Celestina, pero la acompañó en silencio hasta la alcoba de su ama.

Era un joven de unos dieciséis años, moreno, con el cuello ancho y las clavículas marcadas. La niña pensó que era demasiado guapo para vivir como un privilegio lo que lo esperaba al final de la escalera. No llevaba ninguna prenda de abrigo porque estaba acalorado del trabajo, y al tener remangadas las mangas bobas de la camisa mostraba sus antebrazos, fuertes y recorridos por venas. Al abrir la puerta, fue la vieja la que le habló, porque su ama seguía en el lecho, tapada hasta el cuello. Le dijo que la señora estaba indispuesta de un mal que solo se podía solucionar con la ayuda de un hombre. Le contó que su amo, el orfebre, estaba enfermo y que no podía auxiliar a su amada esposa, así que faltando él, ella, Sancha, como mujer sabia y hechicera, había recomendado a la dueña que recurriera a la ayuda de su apuesto mozo. El chico se espantó y empezó a mirar hacia la puerta de la alcoba, que Celestina había cerrado en cuanto cruzaron el umbral.

—No te asustes, mozo, te hablo yo, pero nada digo que no esté en la cabeza de tu ama. Ella te ordena que te metas en su lecho y que la ayudes con el mal de madre que la tiene retorcida de dolor. No has de hacer nada que no hayas hecho antes, así que solo tienes que quitarte las calzas y buscar el calor del cuerpo de tu dueña bajo las sábanas.

El chico miraba al suelo, no se atrevía a mirar hacia el lecho. Temía que lo estuvieran poniendo a prueba por alguna sospecha. Pensó que quizá era sospechoso de intentar seducir a la sobrina de la mujer del orfebre. Cierto era que la joven era muy bella y tenía una silueta de diosa, todo lo contrario que esa mujer que se tapaba hasta los ojos su fea cara chata, pero podía jurar ante Dios que ni siquiera había mirado directamente a la doncella para evitar ser azotado o despedido. Quizá alguna criada despechada lo había acusado de algo. Eso era probable. Lo que no se esperaba era recibir un vaso lleno de hidromiel de las manos de la niña con ojos de odio que iba siempre pegada a las faldas de la vieja. El chico se lo bebió de un trago y sonrió a Celestina, que no alteró ni lo más mínimo su gesto amargo. Sancha se acercó a él y le pidió que se quitara toda la ropa menos la camisa. Y así, con carne de gallina en las piernas, se metió entre las sábanas bajo las que su ama permanecía inmóvil por los nervios.

—Señora, la niña y yo nos quedaremos aquí para disminuir las sospechas. No miraremos hacia el lecho.

—¡Ay, mi honra! ¿Dónde quedará, vieja?

—Señora, tu honra quedará intacta y tu cuerpo saciado. ¿Acaso prefieres estar a solas con el muchacho y no controlar las habladurías de las criadas? No pienses más y déjate llevar por las caricias que este delicioso joven te va a regalar. Y tú, mozo, mete las manos bajo la camisa de tu señora y recorre con suavidad las curvas de sus pechos y su cintura, cálmala y prepárala. Luego busca su fuente de miel con tu boca. Bebe de ese manantial antes de introducirte en ella, porque poco ha sido usada y no querrás hacerle daño y provocar su enfado, ¿verdad? Deléitala con tu hermosa boca y, cuando veas que no puede abrir los ojos por el placer, hunde tu carne en la de ella hasta que te derrames dentro de su cuerpo. Y cuando recuperes las fuerzas, hazlo otra vez.

El joven se dejó llevar de la mano hasta la cama. La vieja le agarró el pene para comprobar que estaba duro y, al ver que estaba preparado, le dio unas palmaditas en el culo y le dijo:

—Veo que no tienes nada que envidiar a los caballos que cuidas. —Luego se dirigió a la vergonzosa dueña—. Señora, qué suerte has tenido. Con esa verga, seguro que te cura el mal de madre y otros males que puedas tener.

Sancha separó las sábanas y mantas para que el muchacho pudiera meterse con facilidad en el lecho e intentó relajar a la dueña, pero la mujer estaba tan avergonzada que no quería ni mirarlo a la cara. Las manos de Lázaro modificaron su conducta en cuanto acariciaron sus pechos. La dueña lo agarró de la nuca y buscó con su boca ávida esos labios que le iban a provocar espasmos y gemidos al acabar entre sus piernas.

Celestina no podía apartar la mirada del lecho. Por fin veía joder a dos personas. No le pareció para tanto, aunque los momentos en los que la dueña se mordía los labios y ponía los ojos en blanco le despertaron la curiosidad. Esa mueca parecía provocada por un placer indómito, o al menos ella lo creyó así. Al cabo de poco, el joven se montó encima de su señora y empezó a empujar entre gruñidos mientras le agarraba una teta con una mano e intentaba lamérsela a la vez que la penetraba. La señora había olvidado todos sus remilgos y se ofrecía abierta a su joven criado. Justo antes del resoplido final del chico, la vieja le agarró el culo con fuerza y apretó hacia la dueña, que gemía y se relamía los labios como una gata. Lázaro dio tres arremetidas finales antes de acabar desplomado sobre los pechos desnudos de su ama.

—Qué espectáculo más maravilloso, señora. Qué placer veros follar así. Qué dotado está este mozo para el amor. Disfrútalo —comentó la vieja justo cuando los amantes estaban aún uno sobre otro. Luego se volvió hacia la niña y le dio una orden—. Celestina, ve a la cocina y di que la señora tiene mal de estómago y que me preparen anís estrellado, apio y hierbabuena para el remedio que voy a elaborar. ¡Ea, ve!

La cría abandonó la alcoba mientras la dueña se cubría el cuerpo medio desnudo porque, tras calmarse la marea de goce que la había arrastrado, había vuelto a recobrar el pudor. El mozo se sentó en el borde del lecho, de espaldas a su ama, como para no importunarla o violentarla con su mirada. Ninguno de los dos sabía cómo proceder, pero para eso estaba Sancha, que no parecía incómoda en modo alguno. Se sentó junto a Lázaro y le acarició el lomo con sutiles palmadas, como si amansara a un potro agitado. Mientras hacía eso, dirigió a la dueña una pregunta:

—¿Ha sido de tu agrado, señora, mi remedio para tu mal?

—¡Ay, vieja! No sabía que existían píldoras con gustos tan dulces para los males femeninos.

—No todo va a ser sufrir. Pero la solución no es certera, no del todo. Este mozo tiene que cabalgarte de nuevo en cuanto se reponga del esfuerzo. Y mañana tendrá que volver a hacerlo, también dos veces. Así quizá podamos celebrar una mejoría total a los pocos días.

—¿Mañana de nuevo? ¿No será demasiado arriesgar?

—Vendrá cuando todos duerman. ¿Me has oído, Lázaro? Cuando veas las candelas de las criadas apagadas, espera aún un rato y luego sube a la alcoba de tu señora. Te estará esperando más abierta que una flor de jazmín al atardecer. ¿Lo has entendido, muchacho?

—Sí, sí. Pero yo no quiero culpas. Me juego el cuello. Si alguien me interroga por este asunto, solo diré que fui un criado obediente que no quiso contrariar las órdenes de su ama.

—De acuerdo, Lázaro. Yo soy tu señora, y por este gran favor que me has hecho te protegeré de cualquier responsabilidad. No desconfíes de mi palabra y vuelve bajo estas sábanas, que te estás enfriando.

—Te veo, señora, mucho más decidida. Así me gusta —dijo la vieja—. Una mujer dueña de sus decisiones... Lástima que ese no sea el orden de este mundo. Eso deberíamos poder ser todas, libres. Aprovecha este momento, que ya sabes que en la vida hay más naranjas bordes que dulces. En cuanto vuelva Celestina, iré a la cocina a hervir un poco de vino con unas hierbas que servirá para ahuyentar sospechas y no te hará ningún mal.

La vieja se estremeció de envidia al ver que Lázaro estaba de nuevo lamiendo la fruta húmeda de su señora. Añoró sus días de placer y recordó a su esposo amado, su bella tez morena y su boca mora. Se le fue de un cólico al otro mundo cuando era demasiado pronto para pensar en la muerte. Pero no debía distraerse; lo más importante era que aquellas semillas tan jóvenes y vigorosas de Lázaro no cayeran en tierra yerma, así que una vez en casa prepararía un hechizo o un ensalmo para la fertilidad, con el que conseguiría otras tantas monedas.

Durante el poco rato que esperó a que le abrieran la puerta, Celestina pegó la oreja a la madera por si lograba escuchar lo que estaba ocurriendo dentro, ya que temía que, si ella podía oírlo, cualquier criada también podría enterarse de lo que secretamente estaba pasando. De golpe la sobresaltó un gemido, que no solo alcanzó su oído, sino que traspasó la madera noble y bajó rebotando por los escalones que llevaban directamente a la cocina, donde estaban atareadas las criadas de la casa. La vieja se acercó al lecho y tapó la boca de la dueña con la mano.

—¡Chis! Señora, veo que este mozo está acertando con las cuerdas que toca. Pero no chilles. Tienes que controlar tus gemidos, o todos mis disimulos no servirán de nada.

La dueña se mordió los labios y asintió con la cabeza mientras el joven seguía un ritmo pausado que parecía agradar especialmente a su ama, que se agarraba a las sábanas como si tuviera miedo a caerse de la cama.

Cuando la niña entró, la vieja le dio instrucciones al oído y bajó con prisas a la cocina. Le contó a Paula que su ama se estaba retorciendo de dolor y, en un tono de voz bien fuerte para que la oyeran en todos los rincones de la casa, aseguró que algo en la cena de la noche anterior debía de estar en mal estado, porque tanto el señor orfebre como su esposa se hallaban indispuestos y encamados. Mientras hervía el vino en el que echó las hierbas que antes había pedido, Sancha también dijo que había hecho llamar al mozo para que fuera a caballo a la casa de una hechicera que vivía a las afueras, al sur de las landas del bosque que empezaba en el meandro donde el río pequeño se juntaba con el grande. Temía, añadió, que el brebaje que estaba preparando ella no fuera suficiente por los quejidos que se le escapaban a su ama, y sabía que esa mujer tenía una hierba rara por esas tierras que mejoraba rápidamente los problemas del estómago. Las dos criadas más niñas ayudaron a la vieja con el potingue mientras rezaban a la Virgen para que su ama, que era buena con ellas y nunca les negaba el sustento ni el descanso cuando era merecido, no sufriera más. Se estremecieron al oír un nuevo quejido que llegó hasta la cocina y les provocó un llanto de preocupación. Paula enarcó las cejas y se cruzó de brazos, exasperada por la inocencia de sus compañeras. Ella sabía perfectamente que en esa casa el único mal que iba a atacar a sus amos era el mal de conciencia, pero para sus señores su cualidad más valiosa, aquello que la diferenciaba de otras muchas jóvenes sirvientas, era su absoluta discreción, y así seguiría siendo.

Cuando el mozo apareció por la cocina, a Paula no le hizo falta nada más que fijarse en que estaba algo despeinado y en que se ruborizó al evitarle la mirada para saber qué tipo de dolor tenía su ama. Sancha le ordenó que fuera rápidamente a buscar raíz angélica a casa de aquella vieja medio bruja, medio mendiga que vivía sola en el inicio del bosque en una choza cochambrosa y que se llamaba Aquilina.

El joven se fue rápidamente, pero no en dirección a la casa que Sancha le había indicado. Celestina se escabulló sin ser vista y esperó a ser recogida en la parte de atrás de la casa por el mozo, que debía aparecer ya montado en el percherón. Los dos seguían las instrucciones que la vieja había dado a la cría antes de bajar a la cocina para distraer y entretener al servicio de la casa. La niña y el mozo fueron a casa de Sancha, y allí Celestina cogió una cantidad generosa de esa raíz que la vieja tenía en uno de los tarros destinados a las plantas más difíciles de conseguir. Descansaron un poco antes de regresar, porque Sancha vivía más cerca que la vieja bruja a la que se había referido. Mientras esperaban, el mozo preguntó a la niña por sus padres. La pregunta fue como un chorro de vinagre echado directamente sobre una herida abierta. Celestina miró a Lázaro con todo el dolor y el odio que tenía agarrados a las tripas y le respondió con una voz deformada por la rabia:

—Anoche vino el espíritu de mi madre a despedirse de mí o a llevarme con ella, no lo sé. Sancha me impidió verla. Preferiría estar muerta y vagando con mi madre que vivir con esa puta vieja tramposa que solo sabe enseñarme a palos sus malas artes.

Arrancó unas violetas que habían crecido silvestres en el borde del camino y las puso en el alféizar de la ventana de la casucha como ofrenda a su madre.

El mozo había tenido suficientes emociones por un día, así que no añadió ni una palabra y subió a la niña al caballo para volver en silencio a la casa de sus señores, donde lo esperaba un destino incierto.

11

El último día

Por fin había llegado el último día del mes de los muertos. La niña estaba deseando que empezara marzo para que los espíritus volvieran de una vez a sus sepulturas y dejaran de rondar la casucha en busca de la vieja bruja que podía arreglar sus asuntos pendientes.

Esa mañana Sancha le explicó que iría sola a casa de la mujer que convivía con unas monedas de oro sin saberlo. Antes del final del día, tenía que cumplir la petición de la vieja aparecida cuya sombra vio Celestina, o su espectro se quedaría rondando la casa durante un año entero. No le apetecía lo más mínimo que se les metiera en la vivienda un espíritu rencoroso ni que se escondiera bajo la cama para enfriarles los pies mientras dormían. Además, el encargo era sencillo, únicamente debía tocar a la puerta, convencer a una hija en pleno duelo de que tenía el poder de hablar con los difuntos para, después, transmitirle las palabras de la finada. Sabía que serían recibidas con sorpresa y júbilo.

Sancha comentó a la niña que si el refrán tenía razón, si de bien nacido es ser agradecido, volvería a casa con alguna de las monedas de oro que la hija iba a encontrar bajo el viejo jergón de esparto de la madre, envueltas en un pañuelo y escondidas en un agujero que aquella hizo en el suelo y que luego tapó con arcilla. La vieja sabía que a los vivos les da pánico contrariar a los muertos, así que si le decía que su madre habría querido que le recompensara el favor que le estaba haciendo, no tardaría en aflojarle algún real.

Antes de irse, encomendó a Celestina una tarea. Por primera vez iría ella sola a una casa. Sancha quería evitar las suspicacias que una nueva visita suya en la misma semana al palacete del orfebre podría generar. Si acudía la niña a entregar un encargo, sería más seguro para la buena fama de la casa y, en consecuencia, para su negocio.

La cría tenía que volver a las tablas de cortadores de las murallas a por un buen trozo de mantequilla. Se detuvo en aquella en la que el hombre la había obsequiado con un inesperado chorizo. Esa vez no le regaló nada, aunque la reconoció cuando le dijo que esa manteca se la iban a comer en casa del orfebre Alfaro y que ella en persona se encargaría de hacer sabedores a los señores de la procedencia de tan sabrosa mantequilla para que pudieran enviar a sus criadas a por otras viandas. El cortador le envolvió en una tela una tajada de mantequilla nueva, no de la barra que estaba a la vista y que empezaba a tener ese color oscuro que delataba que se estaba poniendo rancia, y le dio recuerdos para la vieja Sancha. Después de pagar, la niña se sentó en un tranco al otro lado de la calle y sacó del delantal el cuchillo que le había dado la vieja para hacer lo que le había ordenado que hiciera antes de aparecer por la casa del orfebre.

La noche anterior, Sancha había usado ese cuchillo en un ritual. Avivó las llamas del hogar y lo colocó sobre ellas, agarrándolo con un trapo para evitar quemarse, hasta que la hoja se puso al rojo mientras pronunciaba una retahíla de palabras que acabaron con el nombre de Asmodeo. La niña se atrevió a preguntar quién era el santo al que invocaba y para qué hacía todo aquello. Sancha le contó que pretendía conseguir que no le cerraran las puertas de aquella casa noble porque la dueña era crédula y manirrota. Por el bien de ambas, la dueña tenía que quedar preñada. Si eso pasaba, esa mujer sería para ellas una fuente de monedas, pero como no estaba segura de que con dos acometidas del mozo de cuadra lo lograra, había pedido un poco de ayuda al señor de la lujuria. Con ese hechizo sería más fácil conseguir que la dueña anidara un bastardo en el vientre. Esa noche, Celestina supo que Asmodeo no era un santo, sino todo lo contrario: era uno de los siete demonios a los que la vieja servía.

La niña insultó a Sancha, «¡Bruja!», la llamó a la vez que se santiguaba, pero no pudo decir nada más porque el dolor de la hoja ardiente del cuchillo apretada contra el dorso de la mano la enmudeció. Notó el olor a piel abrasada y, en cuanto la vieja apartó el cuchillo, se apretó la herida con la otra mano de manera instintiva, aunque el contacto le produjo más dolor. Sancha la cogió de los pelos y atrajo la cabeza de la cría hacia su boca para susurrarle al oído con furia contenida que ya le había advertido que en su casa no podía usarse esa palabra.

Celestina no lloró. Convirtió todo su dolor y toda su impotencia en una mirada llena de inquina y desprecio.

Después de aplicar miel sobre la quemadura para aliviar el dolor y evitar que se infectara la herida, la vieja enseñó a su ahijada a dibujar unas letras que debería grabar en la barra de mantequilla. Celestina tenía que fingir que había sido la propia Sancha la que las había escrito mientras realizaba el ensalmo, y acordaron que, si la dueña le preguntaba por qué le habían quedado temblorosas, diría que la vieja las había escrito con los ojos cerrados mientras rezaba.

Celestina sacó la mantequilla de la cesta, se la puso sobre las rodillas y la desenvolvió. Cogió el cuchillo que llevaba en el bolsillo del delantal y, usando la punta afilada como si fuera una pluma, dibujó con pulso temblón las palabras encadenadas que había aprendido de memoria en la superficie dura pero resbaladiza de la mantequilla:

P
A S M O
T
D E O
R

Al acabar, envolvió de nuevo en el trapo la mantequilla y la guardó en el cesto. Se fijó en la quemadura. La herida, con una ampolla a punto de reventar en el centro y la piel de los extremos levantada y enrojecida, tenía forma de media luna; parecía que el mismísimo diablo la había marcado. Antes de guardar el cuchillo, empleó la grasa que brillaba pegada a la hoja como pomada sobre la herida. Pensó que quizá le aliviaría el dolor que sentía, pero solo logró añadir un fuerte escozor que la obligó a apretar los ojos y los labios y a maldecir su suerte de niña perdida.

Cuando se incorporó, se despidió del cortador con un «hasta la próxima» y cogió la calle principal que llevaba hasta la casa del orfebre.

Celestina aguardó en el zaguán del palacete a que alguna de las sirvientas le dijera qué debía hacer. Mientras esperaba, vio pasar a Lázaro, que andaba ojeroso y cabizbajo. La niña levantó el mentón a modo de saludo y el chico se lo devolvió con un gesto de las cejas. La cría pensó que Lázaro estaba diferente, que ocupaba menos espacio, como si replegara el poder de su cuerpo sobre sí mismo, como si sus hombros y sus brazos, ahora caídos y pesados, fueran los jirones de las velas de un barco naufragado. «Los efectos del poder de Sancha», pensó Celestina.

Esa vez la dueña la recibió en la sala de estar. En una de las paredes había dos agujeros, uno era de luz y el otro de sombra. El que quedaba más elevado y a la izquierda era una abertura alargada y estrecha que dejaba entrar la luz y salir el humo que no daba abasto en tragar el otro agujero, que parecía un bostezo a ras de suelo. Era una chimenea enorme que maravilló a la niña, tan amante del calor y el fuego. Encima de la repisa que remataba el hogar colgaba un tapiz que estaba ennegrecido, pero que dejaba ver aún el color amarillo oro original del fondo. La cría vislumbró sobre él el bordado de un yelmo plateado rodeado de motivos vegetales azules encima de lo que parecía una media luna con las puntas hacia arriba. Celestina se observó el dorso de la mano y comprobó que la quemadura era exactamente igual a ese símbolo del escudo, y se preguntó qué mensaje oculto podía haber tras esa siniestra casualidad.

—¿Hoy no viene a verme la comadre?

—No, señora —dijo la niña mirando la cesta que agarraba con ambas manos por delante de su cuerpo—. La vieja tiene dolor de huesos, y he venido yo a ofrecerte un ensalmo que ha preparado empleando todas sus artes para garantizarte el remedio definitivo para ese mal de estómago que nos entretuvo el otro día aquí, en tu casa.

—¿Qué mal de...? Ah, ya, ya, el que me tuvo postrada en el lecho dos días retorciéndome entre las sábanas. Veo que entiendes mejor de lo que parece. ¿Qué ensalmo es ese del que me hablas?

—Mi madre ha encendido velas del día de la Candela y ha rezado y pedido que tu deseo sea cumplido. Si me lo permites, te explico lo que tienes que hacer.

—Habla, niña.

—Pues aquí traigo un trozo de mantequilla con unas palabras santas, mira. —La cría le mostró la superficie escrita de la barra que, con el calor de la sala, empezaba a ablandarse—. Debes, señora, lamer las letras hasta que desaparezcan mientras pronuncias en voz alta «Deo pater» entre lamida y lamida. Si lo haces, seguro que el alivio será permanente.

—¡Uy, qué letras más trémulas!

—Es que estamos cerca del fuego, y ya ves que se está deshaciendo la manteca. Debes decidirte rápido, señora, porque si tardas, no habrá letras que lamer.

—Nada tengo que perder, salvo unos cuantos maravedíes. El remedio del otro día me complació tanto que ahora no quiero pasar sin esa medicina. Esta tarde, durante la siesta de mi esposo, tomaré una nueva dosis. Y mañana, otra —dijo la dueña tapándose la sonrisa con ambas manos—. Si este ensalmo es la mitad de efectivo, ya me sentiré servida. Ten esta bolsa como pago a los remedios que me ha procurado la vieja.

—Gracias, señora. Por el peso noto que te hemos de estar muy agradecidas. Como la vieja Sancha siempre me dice, pocas señoras hay tan generosas y amables como tú. Venía yo nerviosa por afrontar sola este encargo tan importante, y me has facilitado mi tarea. Espero poder servirte siempre que lo requieras.

—Veo que tu maestra te ha enseñado a ser lisonjera. Modera ese vicio.

Celestina asintió con la cabeza y bajó la mirada. No quería estropear lo que la vieja había conseguido. Apareció Paula para acompañarla hasta la salida y dejaron sola a la mujer del orfebre dando lametazos a la mantequilla a la vez que rezaba sin ser consciente a uno de los sirvientes de Belcebú.

La niña tomó el callejón que pasaba tras la casa y que empalmaba con la calle grande que desembocaba en la plaza Mayor. Se sintió libre sin tener que ir pegada a la vieja y quiso dar un rodeo para ver la vida que bullía en las calles ese mediodía de viernes. Pero no llegó a salir del callejón. Una mano le arrancó la toca desde atrás y la tiró al suelo. La cría se tapó el rostro con las palmas para protegerse, aunque sus huesos frágiles poco pudieron hacer ante la lluvia de golpes que le cayó encima. Hubo un momento en que no supo si se trataba de manos o de pies lo que la lastimaba con tanta saña. No podía ver bien por la sangre que le chorreaba de una de las cejas y por el miedo que la alejaba de donde estaba y la acercaba a aquel rayo de sol que cruzaba el suelo de la casa de su madre. Cuando la violencia cesó, oyó una voz. Era la de Lázaro.

—Di a la vieja maldita que me llevo la bolsa que te han dado hoy en pago de los remedios que mi ama me sigue reclamando. Y dile que si no me da la semana que viene la misma cantidad, te haré un daño mucho más irreparable que el de hoy. Seguro que lo entiende, la muy puta.

—Pero ¿por qué a mí, fantoche? Yo no te he hecho nada. Rómpele los cuatro dientes que le quedan a la vieja. ¡Yo estaré contenta si lo haces! —le gritó la niña apartándose la sangre que le caía sobre el ojo izquierdo con los dedos.

—A la vieja solo le duele el dinero, ni a los dientes que le quedan les tiene tanto cariño. Si a ti te hago lo que ella se imaginará cuando le digas mis palabras exactas, la estaré dejando sin un negocio. Ese es el mayor dolor que le puedo causar, no darle cuatro palos en ese lomo encorvado y arrugado suyo.

—Suerte tienes de que yo no sea un mozo fuerte como tú, porque juro ante Dios que de tu piel haría parches para un tambor.

Lázaro se marchó riéndose a carcajadas, dejando a la niña desgreñada y sangrando en el suelo.

Cuando la vieja la vio aparecer de esa guisa, se echó las manos a la cabeza y exclamó:

—¡Ay, pardiez! ¿Qué te han hecho, niña?

Celestina le contó lo sucedido y le dijo, una por una, las palabras que había pronunciado Lázaro.

—Hijo de puta, el mozo. No lo he visto venir. Lo creí manso como el percherón al que le quita la mierda. Me equivoqué, es más un potro encendido en cólera. Yo le apagaré ese fuego. Ya se me ocurrirá algo. Y pagará por todo.

Sancha lavó la cara a la niña. Luego, de entre los atadillos de hierbas que había en la casa, cogió uno de hojas de níspero, las machacó y se las colocó sobre la brecha de la ceja. Finalmente le tapó la herida con estopa empapada en vino y le ató un trapo alrededor de la cabeza, para que el emplaste le aguantara todo el día. Cuando Celestina abrió la boca para darle las gracias, la vieja vio que el desgraciado le había partido un diente, una de las palas.

—Me cago en sus muertos, te ha estropeado la dentadura, con lo bonita que la tenías. Espero que no se te ponga negro el paleto y te quedes mellada, porque no me servirías de mucho. Bueno, aprenderás a sonreír sin separar los labios.

12

Casi primavera

Era un día muy ventoso. Antes de salir de casa, Celestina se ató bien la melena en un moño que protegió bajo la toca. La vieja Sancha la había enviado con la cesta de mimbre al otro lado del río. Tenía que cruzar el puente viejo y buscar el laurel más alto de los que crecían no lejos de la orilla. Se acercaba Semana Santa y quería una buena cantidad del mejor laurel para bendecirlo en Domingo de Ramos. Lo usaría para amuletos de protección, pero también para diferentes hechizos y, por supuesto, en los estofados. Además, le encargó que arrancara toda la vinca que pudiera llevarle. La reconocería por sus ramas trepadoras y sus flores lilas, que empezaban en marzo a florecer. La necesitaba para elaborar remedios para la tos, porque los resfriados durante ese mes caprichoso y cambiante eran muy frecuentes. Pero la niña sabía que no le había dicho toda la verdad. Ya había aprendido que la hierba doncella, como la llamaba su madre, tenía otro uso, uno mágico. La vieja la emplearía en hechizos a los que les iba muy bien la naturaleza de enredadera de la planta, ya que servía para liar las voluntades de dos cuando uno busca amar a otro o lo desea. Algo tramaba la bruja, pensó la cría.

Celestina pasó por la puerta del Río y cruzó el puente romano que llevaba a la otra ribera del río grande, un poco más abajo de donde se cruzaban sus aguas con las que venían siempre revueltas del arroyo de los Milagros. Le encantaba pasar por allí. Justo al otro lado de los muros de la cerca, se paraba a ver el agua nerviosa y transparente del arroyo que se metía rebelde y protestona en el cauce del río grande, ancho, profundo y oscuro. Esas otras aguas a la niña le daban miedo porque todo se lo tragaban. Había visto cómo engullían un álamo viejo entero en menos de un suspiro. Fue durante una de esas tormentas de marzo que a su madre y a ella las pilló por sorpresa volviendo del arrabal. La cría se espantó tanto con los rayos y los truenos que rompían el cielo como con los vientos furiosos de marzo que se peleaban en los aires y arrancaron árboles y tejados.

El agua profunda del río grande también la asustaba, porque sabía que algunos desesperados se lanzaban desde ese puente viejo a las aguas. Nadie hablaba de ellos en voz alta, solo en susurros, pero sabía que algunos a veces desaparecían para siempre. Esos eran los endemoniados más afortunados. Los que el río devolvía, muertos y expuestos sus cuerpos cerca de la puerta Nueva o de la de Santo Tomás, no acababan su tormento ahogándose, pues eran arrastrados en una carreta fuera de la ciudad entre los llantos de sus madres y las maldiciones de las gentes, que se hacían cruces y rezaban un padrenuestro al ver sus carnes hinchadas y azules. Los vivos, al saber de su mala muerte, escupían al suelo y les deseaban todas las torturas del infierno por provocar la ira de Dios al haber decidido sobre su propio destino. ¿Quiénes eran ellos, desgraciados, para acabar con su vida, el regalo más sagrado de Dios? ¿Quiénes eran esos hombres y mujeres tristes y desesperanzados para poner fin al sufrimiento de su alma? Si Dios los había hecho sufrir, debían resignarse y agachar la cabeza ante los designios divinos, refugiarse en su fe. Sus lágrimas eran enviadas desde el cielo por el mismísimo Dios para fortalecerlos, para que aprendieran a sobrevivir en ese tiempo cedido en que el recipiente del alma estaba en la tierra esperando el momento de liberar su don celestial. Pero condenar así a su espíritu, ¿qué se habían creído?

Una vez, Celestina vio a una mujer muerta en la orilla. La observó de lejos, aunque su madre le tapó la cara con las manos para que no pudiera ver lo que ya había visto: unos ojos grises abiertos con gran espanto, y la piel de piernas y brazos arrugada y levantada a trozos. La niña soñó con esa mujer en muchas ocasiones. A veces, durante las noches, creía oír las gotas de agua que caían de su pelo empapado en el suelo de su habitación. Se agarraba al pecho de su madre y lloraba sin decirle nunca que la ahogada estaba con ellas, mirándolas con esos ojos que ya no veían nada de lo que pasaba fuera de su cuerpo, condenados a contemplar su sufrimiento eternamente. Siempre creyó que habían sido pesadillas, pero después de haber presentido la presencia de espíritus ese mes de febrero, se preguntó si quizá la muerta la había buscado para que la ayudara, si quizá ella también tenía el poder de ver a los espíritus. No había vuelto a pensar en aquella infeliz hasta ese día al cruzar el puente y mirar hacia el lugar en el que al final fue sepultada. La ahogada se había tirado del puente porque no pudo soportar las palizas de su marido, que no solo estaban acabando con ella, sino que habían acabado con la vida de su primer hijo de apenas dos años un día antes de su acto infame. Tres días estuvo su cuerpo en la orilla, custodiado por el merino de la villa para que nadie lo profanara; tres días en los que las autoridades tenían que decidir si la mujer se había quitado la vida por culpa del diablo, de la locura o de la melancolía. Al final, decidieron que la desesperanza y la tristeza habían sido las culpables y libraron a su cadáver de ser ultrajado y arrastrado por las calles de la villa o quemado como castigo a su acto de rebeldía. Sus padres la enterraron cinco varas hacia el interior del bosque que empezaba en la ribera en la que había aparecido, sin la presencia de ningún sacerdote, sin santificar el suelo ni el rito. Ahí seguirían sus huesos, crujiendo de pena e impotencia.

Al poco tiempo, el marido se volvió a casar. Su madre contó a Celestina que el desgraciado había escogido a una chica muy joven e inexperta para poder hacer lo mismo con ella que con su anterior mujer. La niña recordó que le dijo a su madre que había visto que a ese hombre lo rondaba siempre el fantasma de la ahogada, que dejaba un rastro de agua. Su madre se horrorizó y se santiguó al oír esas palabras, por si acaso, aunque creyó que era cosa de la imaginación de la niña y le siguió el juego, le dijo que probablemente la suicida quería proteger a esa pobre desdichada de su melancolía y de los golpes del marido. Sin embargo, Celestina no se lo imaginaba; durante ese paseo por la orilla del río, el viento le trajo esos recuerdos del pasado, y supo que con cinco años había podido ver el alma en pena de la ahogada siempre detrás de su verdugo. Por ese entonces, el maltratador empezó a sufrir asma y reuma. El hombre cada vez tenía más dolor en todas las articulaciones y se quedaba sin resuello cuando hacía algún esfuerzo, hasta el punto de haber de mantenerse postrado en el lecho durante semanas enteras. Notó que se ponía peor cuando le levantaba la mano a su joven esposa, así que dejó de pegarle para ver si mejoraba de sus males, pero ya estaba muy débil. Murió una noche asfixiado en su cama mientras el pelo empapado del fantasma de ojos grises le goteaba en la cara. La niña entendió que la ahogada lo había enfermado metiéndole en el cuerpo la humedad del río. Cuando consiguió acabar con ese hombre violento y cruel, desapareció de aquella casa maldita y dejó a la joven tranquila.

Celestina se adentró entre las matas y los arbustos en busca de los laureles, y tenía que estirar con fuerza de las faldas, que se le enganchaban constantemente en las zarzas, para su desespero. Caminó hacia el lugar en el que creía que estaba la tumba de la ahogada, pasándose la lengua por los dientes superiores una y otra vez. Había adquirido ese vicio desde la paliza que le dio Lázaro y que le había dejado de recuerdo un diente roto y una ceja en dos mitades, porque sobre la cicatriz del corte no le había vuelto a crecer el pelo. Le gustaba notar cómo raspaba y lo afilado que estaba su paleto partido. Era su pequeño cuchillo, y a veces se imaginaba usándolo para desgarrar la carne de los hermosos antebrazos del cobarde de Lázaro. Algún día se las pagaría. Al llegar al lugar, vio que habían marcado la tumba con una piedra en la que habían grabado un nombre: María. Nada más. Todo era tierra blanda y vegetación. Celestina se santiguó tres veces y se besó el pulgar y el índice con mucha fuerza. Le deseó que hubiera encontrado reposo y le pidió perdón por no haberla entendido cuando se le apareció. Para su alegría, vio que cerca de la tumba había una hierba doncella enorme y arrancó unas cuantas flores moradas e hizo un pequeño ramillete que dejó sobre la piedra.

Sancha tocó a la puerta del palacete del orfebre de vuelta del mercado. Había ido a por chirivías, acelgas y garbanzos, porque quería tener suficientes ingredientes en casa para preparar los potajes de los días de la pasión de Cristo.

Había calculado bien, y si la dueña estaba encinta ya lo debía de saber, así que era el momento de hacer una visita. Cuando entró en la habitación de la señora le vio un brillo en la mirada que no podía deberse a otra cosa que a un embarazo. Siempre lo adivinaba. Era otro de sus poderes de mujer sabia.

—No me digas nada, señora. Te brillan los ojos como si estuvieras poseída por la fiebre, pero por tu sonrisa y tu buen color se ve que enferma no estás. ¡Por Dios, qué enorme alegría! ¡Enhorabuena! Esta casa va a ser bendecida con un heredero. Con suerte tendrás un varón. Y si no, una hija que te dará nietos.

—¡Sí, madre! Hace quince días que me falta la sangre. Espero no errar, pero me despierto con mareos y angustia. Creo que no me precipito al empezar a bordar esta toquilla. He contado y, si no me equivoco, hará frío cuando nazca mi hijo.

—Sí, señora. Según mis cálculos, lo esperas para diciembre. Vendrá como un Niño Jesús. Es otro hijo milagroso.

—Vieja, no blasfemes. Ya sabes que a nosotros poco nos importa vuestro Dios, pero comparar ese milagro con el que ha hecho el mozo de tanto montarme no sé yo si no será pecado hasta en esta casa.

—Y tu esposo, ¿qué ha dicho al respecto?

—Nada malo. Y nada dirá. Ya no se esconde de mí cuando recibe a su criado en sus aposentos, y yo no le oculto las visitas del joven que me enjaeza las crines. Me ha llegado a decir que, si es cierto que estoy preñada y doy a luz un varón, se llamará como él, Alonso. ¡Ay, madre, qué plena y bella me noto! Hasta mis pechos se han vuelto orgullosos.

La vieja pensó que seguía tan fea como siempre, con esos pequeños ojos negros redondos y con sus rasgos apiñados en el centro del rostro. La dueña se reía, y Sancha se horrorizaba con el movimiento de las aletas de esa nariz tan respingona y chata que la hacía parecer un murciélago furioso.

—Pues ya sabes lo que dicen las viejas como yo, señora, que si una se pone tan resplandeciente como tú lo estás ahora mismo lo que lleva dentro es un varón.

—¡Ojalá! Ya se verá, mujer.

—Y si lo deseas, cuando llegue el día, estaría encantada de ayudarte a traer a tu hijo al mundo. Casi que me siento madrina de la criatura antes de que exista.

—Menos aires, vieja. Sé que me has hecho un servicio, pero pagado está. Sobre este hijo que se está formando en mi vientre nada has de sentir, es mío únicamente.

—Si solo compartía mi ilusión contigo... Ya sé bien cuál es mi lugar.

—Pues así mejor. Y espero que para el momento del parto aún no estés ciega del todo y puedas asistirme.

—Sabes que Celestina aprende rápido y ya lleva tiempo conmigo como aprendiza del oficio, así que dispondrás de toda mi experiencia y de unas manos jóvenes.

—Se irá viendo. E iremos hablando, porque necesito consejo de todo lo que me está por venir.

—Para eso estamos, señora, para servirte.

—Déjame ya, que quiero descansar un rato. Pide a Paula bacalao salado. Os vienen días de comer poca carne, y precisarás tener pescado de sobra. ¡Ah! Y trae en la próxima visita hilos de colores para los bordados.

—Así lo haré. Muchas gracias, señora. Duerme mucho, es lo que más necesitas ahora. Cuando duermes, el bebé crece.

La vieja dejó a la dueña estirada en el lecho con la labor tirada a un lado, y tras añadir a su cesta un par de bacaladas gruesas que la pusieron contenta, se fue directa a su casa.

La niña se divertía sola entre los arbustos. Se imaginó que era un hada y jugó a perseguir duendes que no eran más que ardillas o conejos que saltaban y se escondían a su paso. Se hizo una guirnalda con una yedra a la que entrelazó las últimas flores de almendro, y evitó ponerse las flores lilas de la vinca en la cabeza porque sabía que daban mal fario. Eran flores de niña muerta, con ellas se adornaban los cadáveres de las jóvenes que morían doncellas.

Cuando regresó a la casucha, se encontró a la vieja más contenta que de costumbre. No se enfadó al reparar en que la cría no llevaba el pelo recogido en un tirante moño y se rio al verla aparecer coronada como una ninfa de los bosques, con la melena desordenada por el viento.

Sancha le dijo que era su día de suerte. Le contó que había pasado esa mañana por casa del orfebre Alfaro y que la señora la había recibido en su alcoba. Le había hecho otro encargo, unos hilos para la labor que estaba realizando. Le contó también que cuando la dueña le enseñó el paño que estaba bordando comprendió lo que le quería decir. Esa pieza de lana iba a ser una toquilla de abrigo para arropar a un bebé, con lo cual tendrían una clienta a la que sacarle monedas durante un tiempo.

—Anda, niña, tienes que empezar a decidir si prefieres ser una anjana buena o una lamia peligrosa. Te queda poco para hacerte mayor y necesitas saber quién vas a ser. Las dos son hadas hermosas y se peinan sus largas cabelleras con peines de oro, pero las anjanas persiguen comprobar la bondad de los hombres y los premian por ella. En vez de hacer eso, las lamias lo que ansían es atraer a las orillas de las que emergen a los hombres para ahogarlos y devorarlos después. ¿Has visto alguna de esas hadas hoy, niña?

Celestina se encogió de hombros y se guardó para sí el recuerdo de la ahogada cuando descargó la cesta que llevaba llena hasta los topes con las hojas y hierbas que la vieja le había pedido. Mientras separaba el laurel de la hierba doncella en el tablero que Sancha había colocado sobre los caballetes para poder trabajar, se pasó la lengua por el diente astillado y se imaginó convertida en una atractiva lamia que se vengaba de todos los hombres que habían hecho daño a su madre solo por el hecho de ser mujer, desde ese abuelo al que la niña no había llegado a conocer hasta su propio padre, que las había dejado solas. Definitivamente, elegía ser una lamia. No confiaba en la bondad de las personas, mucho menos en la de los hombres. Lo decidió incluso antes de averiguar que a lo largo de su vida más de un hombre la heriría solo por el hecho de haber nacido mujer en un mundo áspero y violento.

TERCERA PARTE

Primavera

13

Abril

El aire de esa mañana acercaba olor a tierra mojada y arrastraba las gotas de rocío que pesaban sobre las hojas nuevas que verdeaban las copas de los árboles. A Celestina le gustaba aspirar profundamente ese olor con los ojos cerrados porque sabía que le llevaba los primeros aromas de la primavera. Por fin el invierno iba a quedar atrás. Las lluvias de los últimos días habían llenado los aljibes de las casas, empapado las tierras oscuras de cultivo para hacerlas fértiles y acelerado el nacimiento de las primeras flores de la temporada. Aunque el agua caída durante casi una semana seguida también había embarrado las calles de la ciudad y la había convertido en un lodazal pestilente casi impracticable. Las damas que querían salir ahora que había cesado la lluvia al mercado viejo o a misa se calzaban los chapines más altos para poder caminar por las calles sin estropear los bajos de sus ricos vestidos. A Celestina le entusiasmaba fijarse en ese calzado. Algunos estaban recubiertos de seda de vivos colores y llevaban joyas cosidas, así la dueña podía alardear de su riqueza ante las demás damas. Las señoras parecían deslizarse en vez de caminar. La dificultad de andar por los desniveles del terreno o los adoquines sin tropezar ni torcerse un tobillo a causa de la altura de las plataformas de corcho las obligaba a dar pasos muy cortos y cautelosos.

Los señores tampoco querían mancharse de barro las polainas repujadas de puntas puntiagudas ni las calzas, así que se subían a las galochas que sujetaban a su calzado mediante dos tiras gruesas. Resultaban menos elegantes que los chapines de las mujeres, pero de igual modo los obligaban a caminar de forma cómica, porque las gruesas suelas eran rígidas, de madera, y no les permitían flexionar los empeines ni un poco.

La niña se ahorraba todos esos equilibrios porque las pobres como ella no tenían chapines; como mucho, unos rústicos zuecos de madera. Ella ni eso. Iba con sus servillas de piel de suela fina, que no aislaban sus pies ni del frío ni de la suciedad y que tendría que limpiar al final del día con un trapo húmedo. Aunque lo que más lamentaba era ensuciar su saya nueva.

Celestina se había estirado mucho últimamente, y Sancha no tuvo más remedio que ir a un sastre para que le confeccionara un vestido. La camisa era tan blanca que la niña tuvo que entornar los ojos cuando la vio, como si hubiera mirado directamente el sol de mediodía. La anterior estaba agrisada y roída por la parte de los bajos, además de tener remendadas las mangas por varias partes. Sobre la camisa, cuyas mangas anchas recogía con unos cordeles a fin de sentir los brazos libres para trabajar, se puso la saya nueva, que no era parda, sino de lienzo teñido de un tono granate oscuro como la sangre. Estaba entusiasmada porque tenía mucha tela y las faldas le abultaban las caderas y así parecía ya una mujer. El ceñidor que ajustaba la cintura era del mismo ocre que la gorguera que iba bajo la tela del corpiño con el fin de cubrir decorosamente la piel que el escote cuadrado y amplio dejaba a la vista. El corpiño estaba abierto por delante en dos mitades que se unían mediante cordeles pasados por ojales que permitirían ensancharlo según se le fueran formando los pechos, que ya habían empezado a abultársele bajo las ropas. La vieja había pedido al sastre que le hiciera tanto el cuerpo como la saya crecederos porque la niña estaba en esa edad en la que los jóvenes parecen alargarse de noche como los pepinos. El pelo también le había crecido mucho, y como a los doce años aún lo podía llevar suelto, a veces le caía por la espalda en una cascada de rizos negros. Sin embargo, solía separárselo con la raya en medio y se lo apartaba del rostro trenzando varios mechones laterales, para luego recogérselos en la parte de atrás de la cabeza en un moñete que cubría con una cofia pequeña.

Esa mañana de primavera el cielo brillaba. Celestina estaba contenta porque el sol por fin había salido y porque la vieja, que cada vez estaba más ciega y torpe, la había enviado sola a hacer los recados por el miedo que le daba quebrarse una pierna a su edad. Llevaba en una bolsa unas espardeñas de Sancha que se habían estropeado por las lluvias. Tenía que ir al zapatero para preguntarle si podía arreglarlas.

Cuando llegó a los bajos que ocupaba el taller, recordó que en una alcoba de ese palacete propiedad de un prestamista rico vio por primera vez un parto y que a punto estuvo de echar todas las tripas por la boca. En el local estaba el zapatero dando forma de botín a un trozo de piel con el que envolvía una horma de madera fijada en un trípode de hierro. Eso le permitía al artesano trabajar de manera más cómoda porque podía emplear ambas manos: con una sujetaba y tensaba el cuero y con la otra daba golpes con el martillo remendón para ablandar y moldear la piel. Celestina se quedó parada mirando cómo trabajaba, así como todas las herramientas, colgadas algunas en las paredes de piedra y otras repartidas por el tablero sobre el que bregaba. Eran martillos de diferentes formas, hormas de todos los tamaños, tenazas para fijar la piel a la suela, cuchillas para cortar el cuero y leznas para agujerearlo y adornarlo. A Celestina le parecía un trabajo hermoso. Le gustaba ver cómo de un trozo de pellejo curtido salía una polaina puntiaguda ricamente repujada o un borceguí con orejas de las que surgían cintas y hebillas para ajustar la bota a la pierna. El zapatero tenía entre los labios unos cuantos clavos que iba usando para unir la suela del botín que estaba elaborando. La niña, quieta y todo ojos, esperó a que el hombre pudiera estar por ella. Cuando el zapatero se percató de que llevaba allí un rato observándolo, agarró los clavos con la mano derecha y llamó a voces a un tal Beltrán.

Apareció un joven detrás de una cortina basta y con el bajo deshilachado, que separaba la parte visible del taller de la vivienda del artesano. Caminaba con la cabeza gacha mientras se ataba a la espalda el mandil de cuero porque sabía que tocaba ponerse a trabajar.

—Mira, niño, a ver qué quiere esta joven, que yo estoy muy ocupado.

—Claro, señor —respondió Beltrán.

Cuando el aprendiz miró a Celestina con sus ojos de color aceituna, ella sintió una turbación desconocida, un pinchazo en el estómago que hizo que se llevara a la barriga la mano que tenía libre y que la dejó un instante sin respiración. Nunca había vivido una reacción tan incontrolable e indómita de su cuerpo, tal vez solo cuando vomitaba, pensó.

—¿Qué se te ofrece? —preguntó el joven a Celestina, que por primera vez en su vida notó cómo las palabras se batían en retirada hacia el interior de su boca. Cuando el silencio empezó a volverse raro, el aprendiz le habló de nuevo—. ¿Eres muda?

—Lo fui de niña, un tiempo, por rabia y pena. Pero ya no, ahora hablo bastante, la verdad —contestó al fin Celestina, que no sabía por qué no se había limitado a sacar las alpargatas de la bolsa y había tenido que soltar esa sarta de tonterías.

—Menos mal que no eres muda. Será mucho más fácil ayudarte. ¿Qué necesitas? —dijo Beltrán sonriendo.

—Traigo unas alpargatas mojadas. Son de mi madrina, la vieja Sancha, que me ha pedido que os diga que os agradecería mucho no haber de comprarse unas nuevas si estas tienen arreglo —respondió Celestina sin poder librarse de esa mirada enojada que dedicaba por costumbre a los extraños.

—¡Uf! Complicado. El esparto mojado se abre y se pudre, y no está el tiempo aún como para secarlas al sol. Déjame verlas.

Celestina las sacó de la bolsa, y Beltrán las inspeccionó durante unos instantes que ella dedicó a mirarlo detenidamente. Le gustaron su pelo castaño ensortijado y su mentón de líneas suaves que parecía no conocer aún la aspereza de la barba. Sonrió al descubrir que hacía un gesto cuando pensaba: se mordía el labio inferior mientras cavilaba cómo salvar aquellas alpargatas.

—Bueno, podrían estar peor. Déjamelas e intentaré repararles la suela. Si te pasas mañana a mediodía, te diré qué he podido hacer.

La niña volvió a la casucha distraída, sin darse cuenta de los charcos en los que ensuciaba aún más sus servillas ni de que no devolvía el saludo a las vecinas con las que se cruzaba porque tenía la cabeza demasiado ocupada con preguntas nuevas que no sabía responder. ¿Qué había pasado? ¿Por qué su cuerpo había reaccionado a los ojos de ese muchacho? ¿Por qué deseaba que el día pasara rápido para volver a verlo? Antes de ese momento ya sabía de su existencia; era el hijo del zapatero, un joven algo mayor que ella al que solo había visto de lejos, por las calles, y en el que jamás había fijado la mirada. Pero esa mañana lo había mirado a los ojos y había descubierto que tenía poderes sobre ella, sobre su voluntad, sobre su respiración incluso, como si fuera un brujo.

Se encontró a Sancha sentada en un taburete a la puerta de la casucha, espatarrada, con un cuenco de barro entre las piernas sobre el que estaba limpiando lentejas. No estaba sola, sino que charlaba con Luisa, la hilandera que desde hacía poco le vendía los hilados que luego la vieja llevaba de casa en casa. La joven se había quedado viuda de un albañil que tuvo la mala fortuna de romperse el cuello al caerse de un andamiaje. Era pronto para volverse a casar, pues guardaba luto hacía solo medio año, y el duelo la obligaba a vestirse de colores oscuros y a tener las ventanas de su hogar cerradas a todas horas. Tras reclamar su dote a los padres del difunto, la hilandera solo recuperó setenta maravedíes. Las cuentas no le daban para mucho; pronto estaría en dificultades. Sabía que cuando en una casa faltaba el varón, todo eran penurias. Algunos días salía con el rostro cubierto por un velo negro traslúcido para huir de la tristeza de estar encerrada entre sus cuatro paredes y para poder ganar algunas monedas, que guardaba luego en un tarro en previsión de los malos días que estaban por llegar. La vieja Sancha olfateó su debilidad y desde su primera visita había ido tejiendo una telaraña en la que pretendía atrapar a la desdichada. Celestina sabía que ya la había desplegado y que estaba acechando a la hilandera como una araña.

—Pero, Luisa, ya sabes que menos de un año no puedes esperar para volver a casarte. Y también sabes que aunque esperes cinco, las vecinas te apedrearán igual, porque les darás que hablar y su vida es demasiado aburrida o fastidiosa como para dejar pasar la oportunidad de apartar la mirada y ponerla en otro lugar. Siempre se prefiere ver la paja en el ojo ajeno. Y cuando lo que se observa es lo que hace una mujer en una situación complicada, pues directamente se la despelleja, sin más. Si lo haces por el qué dirán en ese tiempo de espera te habrás muerto de hambre y soledad. Eres demasiado joven para enterrarte en vida, Luisa.

—Madre, es lo que ha querido Dios.

—Dios está demasiado ocupado en las guerras de nuestros señores. Está pendiente incluso del lecho real. Dicen que el rey Enrique está embrujado y que por eso no puede concebir, así que me imagino que el confesor del soberano estará pidiendo la intercesión divina para que nazca un heredero.

—Yo he oído en el mercado que es un inútil, que no le funciona el aparato.

—Ja, ja, ja. Pues ya ves el trabajo que tiene Dios... Como para reparar en tu destino, hija.

Celestina se cruzó por delante de las mujeres para entrar en la casa porque se le había apetecido una manzana. Al salir, mientras daba sonoros mordiscos a la fruta y se limpiaba el jugo ácido que le chorreaba por la barbilla con el dorso de la mano se apoyó en la pared para escucharlas hablar sobre el asunto que la vieja alcahueta estaba intentando cerrar.

—Hombre, niña, ya has vuelto. ¡Cómo has dejado la entrada de barro! Pero ¿por dónde te has metido, hija mía? Limpia el estropicio antes de que se seque y cueste sacarlo más que si fuera una costra. Y trae el jarrillo con vino que está en la mesa, y un vaso. No he ofrecido nada a Luisa.

—Me acabo la manzana en tres mordiscos y voy.

—Más te vale... ¿Qué te ha dicho el zapatero?

—Que intentará remendar las alpargatas, aunque no puede asegurar que queden bien. Mañana he de volver para recogerlas —respondió Celestina.

—Si está seco el suelo, iremos juntas, no vaya a ser que quieran timarte.

La niña asintió, aunque le apartó la mirada a la vieja, puso los ojos en blanco y se cruzó de brazos del disgusto que sintió al creer que no podría volver al taller ella sola. Sancha no dijo nada, pero intuyó en sus gestos un motivo de recelo, por lo que decidió que, aunque las calles siguieran mojadas al día siguiente, iría con Celestina al zapatero para procurar averiguar qué podía haber alterado el ánimo de la niña de ese modo.

La hilandera retomó la palabra para advertir a la vieja de sus blasfemias.

—Pero, madre, cuidado, que Dios todo lo oye, Dios todo lo ve, Dios todo lo sabe, Dios todo lo planea.

—Mucho dudo de que Dios, desde los cielos, estuviera mirando cómo ponía mortero el desgraciado de tu difunto esposo. Ni sabía que existía. Y menos sabe de nosotras, que somos mujeres solas y desafortunadas. No te está mirando, Luisa.

—Poco me importa que Dios no me mire, yo sí miro al cielo y rezo por mi alma.

—Pues ya te he hablado varias veces de un hombre digno que, mientras tú piensas en tu alma, piensa él en tu cuerpo. Bebe los vientos por ti. Varias veces ha venido a verme en busca de remedios para las palpitaciones y la melancolía. Da pena ver su sufrimiento. Tú le provocas esos desequilibrios en los humores, y aunque le preparo bebedizos, no logro que te saque de sus mientes.

—Pero, madre, deja de hablarme de ese hombre, que no será tan digno si recurre a una vieja tercera para acercarse a una viuda pobre y desventurada.

—No quiere manchar tu honra, por eso me busca a mí, Luisa, para acercarse sin ponerte en riesgo. Y tales son sus palabras cuando me habla de ti que no tengo miedo a equivocarme si te digo que mucho bien te hará complacerlo. Es paciente, amable y generoso; a mí me ha dado buenas monedas por los remedios.

—No sé, madre... Si alguien se enterara, estaría manchada de por vida.

—Nadie ha de saber nada, mujer. Para eso puedes contar conmigo.

La niña salió de la casa con el jarrillo y el vaso. Supo que la araña ya corría por uno de sus hilos y estaba a punto de morder y envenenar a su presa, que ya nada podía hacer por escaparse. Sabía que en ese jarro no había vino, sino una poción de amarre que Sancha había hecho por encargo de Tomé. La vio prepararla la noche anterior: hirvió el vino con hierba doncella mojada de rocío, pelos venéreos del hijo del barbero y un poco de sangre de cabrón negro.

—Celestina, sirve el vino a Luisa, anda... Venga, mujer, bebe, bebe, que te calentará por dentro, ya verás.

—Gracias, niña... No se me ocurre cómo puede salir bien esta locura, madre.

—Lo tengo todo pensado. Mañana, antes del amanecer, vendrás a mi casa y dentro te estará esperando el apuesto galán que te ronda. Te daré quince maravedíes de los que él me dé a mí por el arreglo. Por un rato es una buena paga. Y no tiene por qué ser la única.

—Madre, no sé qué hacer. Temo que me vea alguna vecina —confesó Luisa, y apuró el contenido del vaso.

—No te ha de ver nadie a esas horas. Y yo seré tu coartada. Vendrás aquí a por una poción para el dolor de cabeza. Es más, te la llevarás en un papelillo para tomártela en tu casa con vino caliente y te acostarás toda la mañana para que vean que no sales a vender tus hilados porque no te encuentras bien.

—¿Cómo se llama el hombre?

—Es Tomé, el hijo del barbero. Ya ves que heredará del padre un buen oficio. Podría convertirse en tu amigo, para tu tranquilidad.

—¿Ese? Pues no es desagradable a la vista. Pero ¿no está prometido con la hija del boticario?

—Eso dicen, aunque me temo que ese compromiso está más en su mente y en las conversaciones que tiene con los que van a afeitarse la cabeza o la barba a su local que sobre la mesa de los padres de la chica. Al boticario no le hace ninguna gracia casar a su hija con un barbero. Me imagino que no acabará en nada esa negociación. Y a él no le gusta mucho esa joven. Es su padre el que quiere medrar gracias al casamiento, pero el chico está distraído contigo. Ya te he dicho que bebe los vientos por ti.

—Pero lo que pretende no es puro, madre. Es pecado, y si tanto le gusto no querría ponerme en peligro como me está poniendo.

—Luisa, el corazón es impaciente e impulsivo. Cuando está enamorado lleva sus latidos al cerebro y no deja espacio para nada más que no sea el pensar en la persona amada, el imaginar sus ojos y el momento de volver a verlos, el conseguir estar cerca. Así tienes tú a Tomé.

Al escuchar esas palabras, Celestina sospechó para su horror que quizá el amor la había sorprendido y no había podido protegerse a tiempo. Ella no quería amar a nadie. Era consciente del dolor que provocaba ese sentimiento la mayoría de las veces, y tras perder a su madre se prometió a sí misma que no dejaría espacio en su corazón para nadie más, que lo mantendría lleno únicamente con el rencor y el odio que la ayudaban a sobrevivir junto a la vieja.

—Pues está todo dicho. Luisa, mañana antes de que salga el sol vendrás a esta casa. Yo me encargo de dar aviso a Tomé.

Cuando se despidió de Luisa, Sancha envió a Celestina a la calle Espejo, donde estaba el obrador del barbero. Le dijo que lo reconocería por la cortina blanca y roja de la puerta.

Una vez allí tenía que lograr que fuera Tomé y no su padre el que recibiera el recado. Debía explicar que la vieja no conseguía aliviarse del dolor que le producía una muela con sus propios brebajes. Necesitaba ayuda del barbero, pero ella no podía desplazarse hasta allí porque tenía dolorido un tobillo. La vieja confió en que, al ser el barbero ya bastante anciano, enviaría a su hijo, que era joven y tenía buenas piernas.

La niña no sabía si lograría lo que pretendía Sancha, pero no podía negarse a ir o la convencería de obedecer a bastonazos, así que tuvo que cruzar la cerca nueva otra vez. Fue por la calle de San Gregorio, que bordeaba la muralla y pasaba justo al lado de una peña elevada que era otro de los lugares preferidos por los desesperados para darse la mala muerte que no tenía nombre, entró por la puerta del Río y subió por la rúa de San Martín hasta llegar a la barbería. Cuando entró en el obrador, sintió un repugnante tufo, resultado de la mezcla de la suciedad y el sudor que tenían en el cuerpo algunos de los presentes con el hiriente hedor a óxido de la sangre que se coagulaba en las bacinillas que se habían empleado para hacer alguna sangría. El padre de Tomé estaba despiojando a un hombre que tenía pinta de peregrino mientras otros clientes esperaban a ser atendidos. Dos más estaban sentados a una mesa, jugando una partida de ajedrez sobre un tablero que tenía preparado el barbero para que la clientela se entretuviera mientras aguardaba. Todos se callaron al ver que quien apartaba la cortina no era un hombre con la barba crecida, sino una jovencita, ya que pocas mujeres frecuentaban el lugar.

—¿Qué buscas, niña? —le preguntó el barbero.

—Vengo por la vieja Sancha, la que vive en la cuesta de las Tenerías. Tiene una muela que la está haciendo rabiar.

—¿Y no se alivia sola la hechicera?

—Ningún potingue le hace efecto. Me ha pedido que te diga que cree que no podrá curarse ya con nada.

—Pues ya ves que para hoy tengo para rato. Que venga mañana.

—Señor, me pregunto si no te pasarías por casa, porque por culpa de las lluvias la comadre se torció un tobillo y lo tiene hinchado como un botijo. No podrá llegar hasta aquí arrastrando los años y el pie.

—¡Uy! Pues ni pienses que voy a ir yo hasta allí para sacarle una muela a la vieja bruja esa. ¿No ves que renqueo de esta pierna? —le dijo el barbero a Celestina golpeándose con la palma de la mano dos veces el muslo—. La gota no me deja moverla apenas.

—¿Y no tienes un aprendiz que se haga cargo?

—Mi hijo Tomé, cierto. No lo había pensado. Son tantos los tratos que he tenido con tu madrina en estos años que no se me había ocurrido que pudiera ocuparse otro, pero sí, podría hacerlo él, aunque hoy no será, porque anda fuera todo el día.

—¿Y mañana temprano? Lo antes posible, porque es lastimoso ver cómo se queja la vieja, más que un perro apaleado. —Celestina pensó que la rueda de la fortuna parecía estar girando hacia su lado.

—Hombre, niña, habla con más respeto de la mano que te da de comer. —Celestina pensó que, si fuera una perra, ya habría mordido esa mano que le daba las sobras y los palos hasta arrancarla del brazo—. Ve y di a la vieja que mañana bien pronto le envío a mi hijo. Es joven, pero hace tiempo que aprendió el oficio de sacamuelas. Que no tema su inexperiencia. Y dile que, si se le hincha más el tobillo, podría hacerle una sangría para ayudar a que la sangre vuelva a moverse por su cuerpo. No ha de dejar que se le quede quieta en la pierna mucho tiempo, o se le pudrirá. Aunque ella ya lo sabe. ¡Que se deje de hierbas y que me avise!

—De acuerdo. Le contaré todo lo que me has dicho. Y gracias.

Sancha estaba satisfecha. Todo había ido según lo que había previsto. Se frotaba las manos con avaricia pensando en el pago por sus servicios que iba a recibir al día siguiente. Y no sería poca la cantidad de monedas, por cómo se le alargaron los labios en una sonrisa maligna cuando su ahijada le contó cómo había ido la visita al barbero. Celestina incluso creyó ver que los ojos se le agrandaban y se le ponían oscuros y redondos como los de las arañas. Sintió repulsión por esa vieja que hacía tiempo que había dejado de ser para ella una mujer sabia de esas que hablaban con la naturaleza, y que cada vez más se le asemejaba a un bicho asqueroso.

14

Al alba

Primero apareció, impaciente, Tomé. Celestina acababa de salir a tirar el contenido pestilente de los orinales a la calle y los estaba aclarando con agua de un cántaro cuando lo vio llegar de lejos. Nadie más paseaba a esas horas. Aunque las nubes no se habían levantado aún, no parecía que fueran a dejar lluvia ese día, así que al menos no tendría que limpiar la porquería pegada a los botines de Tomé cuando se descalzara a la entrada de la casa. La niña se arrebujó en el manto porque una ráfaga de aire le metió bajo la camisa los últimos fríos de ese año y entró rápido a la casa.

La vieja terminaba de vestirse cuando Tomé llegó al umbral de la puerta. Sancha ordenó a Celestina que lo hiciera pasar rápido para que nadie reparara en él y que le sirviera un jarrillo de vino. El joven enamorado la esperó sentado ante el fuego del hogar, con la bolsa en la que llevaba el instrumental de barbero cruzándole el pecho. Sancha se sentó a su lado y notó los nervios que tenía Tomé por el tembleque de su rodilla derecha y por cómo se bebió el vino, de un solo trago. La mujer le advirtió que la impaciencia en asuntos de amores solo traía insatisfacción y espanto, así que debía mostrarse sosegado y prudente, al menos, mientras llevara la ropa puesta. Le volvió a llenar el jarrillo de vino y mandó a Celestina que se asomara afuera, a ver si llegaba ya Luisa; así podría decir al mozo unas palabras sin que su ahijada las escuchara:

—Tomé, me has de pagar ahora las monedas de oro que me prometiste, porque después habré de apañarme con Luisa sin que estés tú delante.

—Pero aún ni ha llegado. No voy a adelantarte tanto el pago.

—¿De verdad crees que Luisa va a ver con buenos ojos que saques una bolsa de dinero delante de ella y me la entregues como si te estuviera vendiendo una vaca?

—Tienes razón, madre. No creo que le agrade.

—Recuerda que no estás en una mancebía. Luisa ha sido fiel a su marido y ahora está sola y aturdida al verse pretendida por ti, un joven apuesto del que ha oído solo cosas buenas gracias a esta vieja que te habla en un momento en el que teme por el sustento de esa pobre viuda.

—No sabes cuánto te lo agradezco, madre.

—Más me ayudan a entenderlo tus monedas que tus palabras.

—Vieja avara, ten la bolsa y déjame estar ya.

—Así me gusta. Veo que no has añadido ni un real de propina —comentó la vieja mientras metía los dedos en la bolsa y contaba las monedas—. Desagradecido, no has valorado que tuve que hacer a todo correr el hechizo de amarre cuando viniste desesperado a traerme tus pelos para que pudiera ser más segura la jugada. Luisa se bebió ayer hasta la última gota de la poción. En cuanto la toques, arderá en deseos de ti y solo de ti.

—Ya te daré propina si todo sale según lo acordado y según lo imaginado.

—En tu imaginación nada puedo. Eso corre de tu cuenta. Piensa que Luisa es joven y estuvo poco tiempo casada. Sabe de las mieles del amor, así que quizá, bajo su velo de pena, esconde un buen coño añorado de compañía. Ve al cuarto. Espera allí, será mejor que no te vea nada más entrar.

Luisa llegó ocultándose bajo el manto y con la mirada pegada al suelo. La vergüenza le encendía las mejillas a pesar del frío, y la desgracia de verse sola como mujer joven se le escurría por las mejillas. Sancha la rodeó con un brazo y la zarandeó un poco como para sacarla de ese estado de miedo y pena.

—Venga, mujer, dame el manto y ponte cerca del hogar. Tienes el frío metido en el cuerpo, y así no se puede hacer nada. Bebe un poco de vino, que te caliente y te anime.

Luisa pensó que lo que tenía dentro del cuerpo no era frío, sino la dura certeza de que iba a hacer algo que cambiaría su vida para siempre. No sería ya nunca la que había sido hasta ese momento. Luisa la viuda; Luisa la hilandera; Luisa la mujer de Fernando, el albañil; Luisa la hija de Ruy, también albañil. Todas sus identidades asociadas a la existencia o ausencia de un varón. A partir de ese día que aún no había amanecido iba a ser Luisa la puta. Una identidad marcada a la vez por la ausencia y la presencia de los varones. Por la ausencia absoluta de un hombre protector y por la presencia constante de hombres lobo que querían carne fresca. Junto al fuego, con los ojos todavía brillantes por el llanto que ya había cesado, deseó con todas sus fuerzas que la rueda de su mala fortuna se quedara quieta justo donde estaba ahora, que la dejara como la amiga de Tomé. Podía ser denunciada y subida a la picota, pero sería más fácil de sobrellevar la vergüenza de ser la barragana de un hombre obligado a casarse con una mujer mejor que él, la amiga fiel que cambia el calor de su cuerpo por sustento, que la deshonra de ser una cualquiera. Miró los tizones ardiendo y pidió a Dios que no la obligara a cargar con la infamia de verse convertida en una viuda que había de venderse a escondidas.

—¡Ea, mujer! No pienses más. Te veo taciturna justo cuando detrás de esa cortina está esperándote un joven que arde en deseos de ti. Piensa en los quince maravedíes que te daré luego. Y aprovecha, porque llegará el día en que ningún hombre te mirará a la cara. Fíjate en mí, solo me tocan para apartarme de su camino. Piensa que, antes de que te des cuenta, ni ansiándolo podrías pecar, así que entra en el cuarto y goza de tu lozanía. No pienses. La niña y yo nos quedaremos aquí. Como mucho, saldré a la puerta para vigilar los movimientos de los vecinos.

Cuando Luisa descorrió la cortina, Celestina vio que Tomé estaba sentado en el lecho. Se había quitado el jubón acuchillado y llevaba la camisa abierta. Le asqueó pensar que, esa noche, dormirían la vieja y ella sobre esas mismas sábanas. También sintió lástima por Luisa, que entró rodeándose el torso con sus propios brazos porque no tenía a nadie que la pudiera abrazar de verdad. Se prometió que la abrazaría cuando todo pasara, para que supiera que no estaba sola, que juntas podrían más contra la vieja que las tenía atrapadas en esa tela de araña que tan bien sabía urdir.

A la niña no le pareció adecuado sentarse a esperar a que Tomé acabara y, nada más oír el primer remilgo de Luisa, se pasó la lengua con fuerza por el diente partido y le dijo a la vieja que quería irse de allí.

—¡Qué delicada has salido! Anda, ve al campo y trae hierbas, abril es el mejor mes para recoger las que luego necesitaré. Trae romero, tomillo, espliego y ruda. Pasa por aquí antes de ir a recoger mis alpargatas. Irás sola; hoy no quiero que me vean mucho por la villa, se supone que Tomé me ha sacado una muela mala.

La niña salió cuando el cielo empezaba a ponerse morado y solo se veía una línea de luz pegada al suelo. Se ahorró escuchar cómo Tomé susurraba con los labios pegados a la piel del cuello de Luisa que la adoraba, que daba gracias al cielo por poder soltarle los cabellos. No tuvo que oír cómo Luisa pedía perdón a su difunto esposo mientras Tomé le lamía los pechos, ni cómo el hijo del barbero, con su aliento caliente, le decía al oído que era el hombre más afortunado, que la amaba y que no quería salir nunca más de su cuerpo, al tiempo que Luisa pensaba por primera vez que Tomé era más guapo que Fernando y que no tendría que lavarle la ropa.

Celestina recogió un buen montón de las hierbas que buscaba; estaban perladas de rocío. Después de las lluvias, estaba todo verde y las matas que nacían por primavera habían crecido mucho. Agachada para coger ruda, notó que algo tibio le salía del cuerpo. Se asustó al ver que era sangre, roja y brillante, lo que le corría piernas abajo. No se había caído ni se había enganchado en un zarzal. ¿Por qué sangraba, entonces? Se acercó al arroyo y se lavó como pudo, aunque no paraba la hemorragia. Se iba a desangrar antes de llegar a la casucha. Estaba segura de ello. Se moriría rodeada de flores amarillas y viendo por última vez cómo el sol subía lentamente a lo más alto del cielo, como un hada o una de esas mujeres que lo sabían todo de la naturaleza y que tanto la admiraban. No le pareció mala muerte y se estiró sobre la hierba húmeda con las manos sobre el vientre dolorido. Rezó para que el momento en el que su espíritu abandonara su cuerpo como un despojo no fuera demasiado doloroso. Sin embargo, no se moría. Cuando el sol había abandonado la línea del horizonte aún conservaba el alma. Aburrida de esperar su muerte, se sentó y se remangó las faldas. Tenía sangre seca en los muslos y la camisa toda manchada. No sabía de dónde le salía exactamente, pero veía que era de entre las piernas. No provenía de un corte, sino de dentro de su cuerpo. Imaginó una agonía terrible. Pero tardaba demasiado en morirse y le estaba cogiendo tanto frío que decidió volver a la casa para preguntar a Sancha cuál era el mal que se la iba a llevar de esa horrible manera.

Cuando llegó, Luisa no se había marchado aún. Al verla, Celestina sintió fastidio porque no quería desvelar su mal ante ella. Extendió las manos sobre las brasas para entrar en calor y se fijó en que salvo por el pelo, que no se había recogido bajo la toca todavía, Luisa volvía a ser solo una hilandera sentada a la mesa de una clienta, bebiendo vino y charlando. Nada en ella delataba su miedo reciente, el pecado mortal cometido. Seguía siendo una viuda lastimosa. Aunque, si te fijabas en ella con el mismo interés por los detalles que siempre mostraba Celestina, podías notar que el arrebol de sus mejillas no era del mismo tono rosado que el provocado por la vergüenza, sino de un encarnado más subido, fruto de la pasión y el deseo. La niña ya no sintió ganas de abrazarla. Ya no le importaba la suerte de la viuda. No parecía estar sufriendo, únicamente se veía algo ansiosa por coger las monedas prometidas mientras fingía interés en los consejos que le daba la vieja.

—Solo un aviso: no te vayas a enamorar, Luisa. Me he dado cuenta de que Tomé ha sido delicado, hasta me ha parecido oírlo llorar por el placer de tenerte. Me imagino que te habrá conmovido verlo así. A todas nos conmueve un hombre llorando, pero piensa que este lloraba por poder tenerte, no por amor. Y procura recordar que su padre está empeñado en casarlo bien. Y lo logrará, así que nada de encoñarse ni hacerse ilusiones. Como amigo vale, pero nada más. Y ojalá quiera gozarte a menudo, por el bien de tu despensa.

—No te preocupes, madre. Sé cuál es mi lugar. Aunque he de reconocer que no ha sido un suplicio este rato que he pasado con Tomé.

—Bueno, mejor. Pero lo dicho… Y ahora, ve a tu casa. Toma, coge este remedio y llévalo en la mano para que te lo vean si alguien se cruza contigo saliendo de mi casa. Tómatelo si quieres, solo te calmará los nervios. Y este otro ungüento que te doy lo escondes en la bolsa y te lo aplicas nada más llegar. Es aceite de cedro. Frótate bien con él entre las piernas.

—¿Para qué, madre?

—No querrás darle un hijo a tu marido muerto, ¿verdad? —Luisa negó con movimientos rápidos de la cabeza—. Pues para eso es.

Celestina no veía la hora de que Luisa se marchara de allí. Cuando por fin lo hizo, se metió en el cuarto; quería cambiarse. El olor que notó, a sudor mezclado con el aliento de los amantes y con algo más que no reconocía pero que era desagradablemente acre y que le recordó a la peste de los huevos podridos, le hizo arrugar la nariz y la sorprendió una arcada al pensar en que dormiría ahí esa noche. Buscó su camisa vieja en un pequeño arcón de mimbre en el que guardaba las cosas que traía cuando llegó a aquella casa, hacía ya seis años. Al rebuscar entre las ropas, vio su vieja muñeca de trapo y se conmovió al recordar a su madre cosiendo el pequeño vestido que llevaba puesto. Se pudo cambiar rápidamente, aunque la camisa vieja le tiraba de las axilas y le quedaba corta. Con la camisa manchada de sangre formó un gurruño, pero no sabía qué hacer con ella y solo se le ocurrió dejarla en un rincón de momento. Quizá más tarde podría lavarla sin que la vieja la viera.

—Niña, recoge las cosas de la mesa. Vamos a extender las hierbas que has traído para que se vayan secando. No veo que hayas cogido muchas, seguro que te has entretenido jugando por ahí... Bueno, ya volveremos el día de San Pedro Mártir; falta poco y es el día más propicio para recoger las que usaré en mis hechizos y potingues.

Celestina hizo lo que se le pedía sin decir palabra. La vieja la notó rara, pero no entendió lo que le pasaba hasta que entró en el cuarto para estirar la ropa del lecho y descubrió el gurruño manchado de sangre.

Salió de la habitación con la prenda en la mano. Al verla, Celestina se puso a llorar.

—Madre, me estoy muriendo.

—Calla, idiota. No te estás muriendo, sino todo lo contrario. Estás tan viva que a partir de hoy puedes crear vida dentro de ti. Imagina qué alegría. ¡Eres una mujer ya!

—¿No me estoy muriendo? ¿Es esta sangre normal?

—Sí, cada mes la tendrás una semana. A todas las mujeres les pasa.

—Pero no a ti. Nunca he visto sangre en tus ropas.

—Es que yo soy vieja, niña. Las viejas ya no pueden ser madres. Por eso no sangro.

—¿La sangre tiene que ver con parir?

—Tiene que ver con la edad. Tú ya no eres una niña, has pasado a ser una joven casadera. Así que nada de salir con el pelo suelto ya. Se acabó. Ahora mismo te lo recoges y te pones la toca bien puesta. Así sabrán en la villa que te has hecho mujer. A lo mejor te sale un pretendiente, ahora que ya puedes casarte.

—Pero ¿qué dices, madre? Yo no quiero casarme, ni quiero esta sangre —le contestó lloriqueando Celestina.

—No la queremos ninguna, hija, pero nada podemos hacer. Dios nos dio el dolor. Dolor constante, niña. Cada mes te dolerá el cuerpo y te bajará la sangre. Sufrirás dolor por la ira o el desprecio de los hombres. Sentirás el dolor del parto si te preñas algún día, un dolor que a tantas mujeres mata. El dolor de ver morir a los hijos, ese no te lo deseo. Pero ya paro, no quiero ponerme triste ahora recordando a mis muertos. ¡Ea! Ven, que te enseño a limpiar las manchas. Primero calienta agua. Meteremos la camisa en una palangana con agua que haya hervido y luego la aclaras con agua fría. Así saldrán. Si no lo haces como te digo, se quedará el lamparón marrón. Por fortuna, la saya nueva es granate y se disimularán las manchas. Iremos al sastre a encargarle otra camisa de lino. Has de tener dos, porque no le dará tiempo a secarse cuando la laves. Y de la saya vieja te haré unos paños. Ya te enseñaré cómo atártelos para que no se te caigan al andar. Y durante esos días, lleva ramas de espliego o romero entre la ropa para disimular el olor de la sangre.

—Me duele, madre, aquí —dijo Celestina tocándose con ambas manos el vientre.

—Ahora te haré agua hervida con perejil. Es mano de santo para esos calambres. Cógeme un poco del seco que está en los atadillos y bebe un trago de vino, te sentará bien.

Mientras fuera el sol subía, la niña sentía que una sombra la cubría. Lloraba conforme se trenzaba el pelo para poder enrollarlo mejor. No quería tener que recogerse el pelo, no quería ser una mujer. Quería ser libre.

15

El aprendiz

Celestina subió la rúa de los Desengaños con los paños entre las piernas incomodándole los pasos. Notaba de vez en cuando cómo le chorreaba el cuerpo, lo que le producía una sensación de desagrado e inseguridad. Tardó más de lo acostumbrado en llegar hasta el taller del zapatero porque caminaba apretando los muslos a causa del pánico que le daba pensar que los paños ensangrentados podrían escurrírsele piernas abajo y quedarse en mitad del camino.

Beltrán estaba aguantando una horma para que su padre tensara y claveteara bien la piel de la pieza de calzado que elaboraba. La muchacha no entró inmediatamente porque quería disfrutar de la visión de ese joven sin sentirse turbada por sus ojos verdes.

Cuando estaba parada en la puerta del taller, pasó por su lado el prestamista, el dueño del palacete, que salía de su hogar para resolver un asunto. El hombre se detuvo junto a la joven Celestina y la miró de arriba abajo.

—¿No eres tú la ahijada de Sancha, la partera?

Celestina observó a ese hombre alto, de nariz afilada y mejillas hundidas esperando reconocerlo, pero no sabía quién era. Por su atuendo, estaba claro que era pudiente e importante; llevaba un bonete de color carmesí ricamente bordado con hilo dorado que hacía conjunto con su jaqueta. Pero al desconocer su cargo u oficio, ignoraba hasta dónde llegaba su libertad para hablarle directamente sin causarle ofensa. Optó por mostrarse sumisa, inclinar la cabeza y responder con la mirada gacha.

—Sí, señor.

—Has crecido mucho. Di a la comadre que mi esposa espera mi tercer hijo para finales de este mes y que queremos recibirla pronto en casa.

—Se lo diré en cuanto la vea, señor. Se sentirá muy honrada —respondió Celestina cayendo en la cuenta de que era el prestamista.

—Eso espero —dijo el hombre, y alargó a la joven un par de monedas, dos blancas—. Ten, por el recado.

Celestina puso la palma abierta hacia arriba para recibir el dinero. El hombre, en vez de soltar las monedas a unos jemes de distancia, tal como solían hacer los ricos que daban limosna para no tocar a los pobres, le rozó la piel con sus dedos finos y largos como patas de insecto. La joven se estremeció por el contacto inesperado con esa piel ajena y fría, y el prestamista se marchó a toda prisa en dirección a la plaza del Azogue Viejo.

En cuanto vio a Celestina entrar en el taller, el aprendiz soltó el cuero que estaba aguantando, lo que provocó que su padre diera un martillazo donde no tocaba al moverse la pieza. El zapatero propinó una buena colleja al chaval, que se tuvo que recolocar la carmañola que le cubría la cabeza. Para hacerlo, se pasó los antebrazos por delante de la cara a fin de disimular la vergüenza que creía que se le había subido al rostro. Cuando recobró la compostura, dijo:

—Mira quién ha venido, la muda. —Celestina le contestó sin palabras, solo con esos ojos suyos enormes y furiosos—. No te pongas así, mujer, que era una broma. ¿Vienes a por las alpargatas?

—Sí, claro. ¿A qué iba a venir si no? Así habíamos quedado.

—Claro. Las he mejorado todo lo que he podido, pero no durarán mucho. Si llegan a vivir un verano más, será un milagro.

—Gracias. ¿Cuánto os debe Sancha?

—Ocho maravedíes —contestó el muchacho.

—Di a la vieja que no tarde en venir a pagar lo fiado —añadió su padre.

—No tardará. Hoy ya habría venido, pero no ha podido porque la ha visitado el barbero por un dolor de muelas... Gracias, y que Dios esté con vosotros.

—Y que contigo vaya —se despidió el zapatero, que volvió a su tarea.

Celestina salió mirando en qué estado le habían devuelto las alpargatas y se encaminó a la taberna, porque Sancha le había pedido que comprara un azumbre de vino, que empezaba a escasear en casa después de tantas visitas. Llevaba en la mano el jarro de barro para que se lo llenaran y los siete maravedíes que costaba esa medida en el bolsillo del delantal, junto con las blancas que le había dado el prestamista. Al doblar la primera esquina, notó que alguien la seguía a pocos pasos. Se detuvo en seco y se dio la vuelta para ver quién era su perseguidor. Descubrió parado al aprendiz de zapatero.

—¡Tú, borrego! ¿Me estás siguiendo? —le gritó Celestina.

—Creo que voy al mismo sitio que tú. Mi padre me envía a por vino.

—Pues sí, hacemos el mismo camino. He mirado las alpargatas, has hecho un buen trabajo. Estás aprendiendo bien el oficio.

—Gracias. Mi padre se toma muy en serio lo que hace y me dice siempre que, si no respeto nuestro oficio, no me respetaré a mí mismo nunca.

A la niña le pareció una convicción hermosa. Ella no sabía qué oficio iba a tener. ¿Hechicera? ¿Partera? Lo de ayudar a parir a otras mujeres no era lo suyo. Se le daba bien, pero le resultaba fatigoso y desagradable. No tenía la paciencia necesaria para soportar el sufrimiento ajeno, ni tampoco gozaba de un talante indiferente que le hiciera soportable la muerte cuando se le presentaba, ni la de los niños ni la de las madres. Se dio cuenta de que, por el momento, no podía afirmar que se respetaba a sí misma. No le pareció una buena señal.

El mozo llevaba un jarro con la boca desportillada en una mano y en la otra una faltriquera de piel en forma de saco, cerrada por un cordón que la rizaba.

—Esto es para ti. He visto que te metes las monedas en el delantal, y así las perderás. Además, eres ya moza para llevar tu propio monedero en la cintura.

—Yo no te he pedido nada. Y no tengo dinero para pagarte.

—Es un regalo. Ayer me quedé pensando en tus ojos negros. ¿Sabes? Nunca había visto unos ojos tan oscuros; dan un poco de miedo, parecen pozos. Y como no podía dormir hice esta faltriquera.

—¿No dormías porque te doy miedo? No sé si debo aceptar ese regalo que ha nacido del temor.

—Anda, no enredes mis palabras. Ya te he dicho que nada te pido. Bueno..., sí, una cosa... —La joven lo miró asustada. Estaban pasando por un callejón angosto y solitario. Temió que Beltrán fuera a hacer algo deshonesto y ya estaba preparada para estamparle el jarro de barro en la cara cuando el chico añadió justo a tiempo unas palabras—. Tu nombre... ¿Cómo te llamas? —La chica respiró aliviada y cruzó su mirada, que ya no expresaba crispación, con los ojos verde aceituna del mozo, que le sonreían más que los labios, porque se le habían quedado medio abiertos, expectantes. Durante unos instantes ninguno de los dos articuló palabra alguna, hasta que el aprendiz intentó ser simpático—. Al final, vas a ser muda de verdad.

—Patán... Me llamo Celestina... ¿Y tú? —Aunque ya sabía cómo se llamaba, se lo preguntó por fingir desinterés y por decir algo, cualquier cosa, porque realmente las palabras habían vuelto a correr en retirada garganta abajo y no podía hilar ningún discurso.

—Beltrán, como mi padre.

Hicieron el resto del camino en silencio. Se miraron de hito en hito, pero ninguno de los dos sabía qué más decir. Beltrán aspiraba el olor a espliego que le llegaba de las ropas de la joven mientras intentaba ir a su paso, que le pareció un poco lento y torpe. En el taller, algo lo había impulsado a salir corriendo tras ella, un inesperado convencimiento de que esa mirada profunda pertenecía a la mujer que iba a amar.

En la casucha, Sancha estaba metiendo las monedas que le había dado Tomé en un cofre que guardaba bajo llave dentro del arcón que tenía en su cuarto cuando apareció Celestina con el jarro de vino y las alpargatas. La vieja se dio prisa en cerrar el arcón con llave para que la niña no viera lo que estaba haciendo. Salió a la estancia del hogar y cogió las alpargatas, que su ahijada había dejado sobre un taburete, y reconoció el buen trabajo del zapatero. Al levantar la vista, reparó en la faltriquera de piel que Celestina se había atado al delantal.

—Pero bueno... ¿De dónde has sacado eso? ¿No lo habrás robado? ¿Ahora eres una ratera? A ver con qué cara voy al taller a devolver ese monedero. No puedo enemistarme con el zapatero.

—Pero ¿qué dices, madre? No soy una ladrona. Es mío, me lo han regalado.

—¿Cómo que regalado? ¿A cambio de qué?

—De nada. Ha sido el hijo del zapatero. Me lo ha dado como un obsequio.

—Vaya, vaya con el mancebo... ¿Y tú has aceptado su prenda? —La vieja entendió a qué se debía el brillo nuevo que Celestina tenía en la mirada. Estaba claro que había dejado de ser una niña. Tendría que ser firme con ella si no quería que se escapara de su gobierno y control.

—Ya ves que sí.

—No puedes ir comprometiéndote así. Si aceptas un regalo, aceptas una voluntad.

—Solo me ha pedido mi nombre a cambio.

—¿Tu nombre? No seas boba, niña. Un hombre te pide tu nombre mientras piensa en comerte entera, como una fiera.

—No digas tonterías, es un buen mozo, se le ve. Además, el regalo me ha venido bien, porque he guardado unas monedas que me ha dado el prestamista.

—¿Cómo así? Trae acá, yo te las guardo.

—Son mías. No pienso dártelas, vieja rácana.

Sancha respondió soltándole un bastonazo en la espalda, y Celestina se dobló entera sobre sí.

—¿Cómo es que hoy todo el mundo te hace regalos? ¿Por qué te ha dado monedas el prestamista? Quizá te ha confundido con una pordiosera.

—Pero ¿qué dices, vieja? —contestó la niña frotándose el lomo dolorido—. Me las ha dado a cambio de un encargo para ti. Su mujer va a dar a luz pronto otra vez, y me ha pedido que te diga que te esperan en la casa para que veas cómo está y que desean que la asistas en el parto.

—¡Qué buenas noticias traes! Un encargo así es dinero seguro durante semanas. Venga, trae aquí las monedas que te ha dado.

—¡Son mías!

—Tú no tienes nada, niña. No eres nadie. Solo existes por mí. ¡Que me las des! —le gritó Sancha, que volvió a agarrar el bastón y empezó a propinar golpes a la chica hasta que esta se rindió y sacó las dos blancas que guardaba en su faltriquera nueva.

Celestina, apretando con fuerza el pellejo blando de la bolsita vacía, decidió que nunca más diría a la miserable vieja si conseguía algún dinero y que lo escondería siempre que pudiera. Debía empezar a ganar algo para tener opciones de irse de esa casucha con olor a cueva de una vez. O quizá podría casarse. Un dolor en el vientre le recordó que ya era una mujer y pensó en Beltrán. Sola no sobreviviría, pero tal vez la fortuna le había puesto delante una puerta de huida. Y podría ser una huida magnífica.

16

La preñada

Quedaban cuatro días para San Marcos. Sancha y Celestina almorzaron unas gachas y salieron pronto porque la vieja quería ver pasar los carneros que iban a ofrendar a la ermita de la Virgen del Campo. Antes de marchar, la niña lavó tal como la vieja le había explicado los trapos manchados de sangre, los dejó extendidos cerca del hogar para que fueran secándose y los sustituyó por otros jirones de su vieja camisa de cuando era una cría. El amarillo deslucido de la tela gastada la hizo consciente del tiempo que había pasado. Le pareció una eternidad.

Era día de fiesta y la primavera se hacía notar en la luz, en los tonos de las ropas de las mujeres ricas y en las flores que alegraban las ventanas. Las calles estaban engalanadas con los colores de la Virgen, de los balcones de las casas importantes colgaban telas y cintas celestes y blancas. Dos pastores que apoyaban sus pasos en unas varas más largas que ellos guiaban los animales. Los carneros se veían hermosos, pintados de rojo y adornados con guirnaldas de flores. Anunciaban su paso con el golpear del badajo de los enormes cencerros de cobre que les pendían del pescuezo para que las gentes de la villa los siguieran en procesión hasta la ermita a la que iban a llevar ofrendas. Los más numerosos eran los campesinos, que portaban carretas con los primeros frutos recolectados para que la Virgen los bendijera, los proveyera de una cosecha abundante y los librara de la hambruna.

Celestina habría deseado seguir la procesión y pasar el día en el campo, bailando al ritmo de la música de flautas y laúdes, y bebiendo vino con otras jóvenes como ella, pero la vieja ya le había advertido que lo primero era saldar la deuda con el zapatero y lo siguiente visitar a la preñada que les iba a asegurar el sustento durante semanas, quizá meses, con suerte. Y eso fue lo que hicieron. Celestina temía el momento de entrar con Sancha donde el zapatero. No sabía qué iba a hacer o decir la vieja, pero había dejado claro que no era de su agrado que le hicieran regalos y mucho menos que los aceptara, así que estaba segura de que no se limitaría a pagar el remiendo de las alpargatas.

En el taller, el zapatero, que siempre andaba atareado, les dio los buenos días y un poco de charla después de coger los ocho maravedís que le debía Sancha.

—¿No vais a ver las ofrendas a la Virgen, madre?

—Ya nos gustaría, Beltrán, pero ya sabes que no voy sobrada de dinero y, además, me esperan en una casa para un servicio, así que este año nos perderemos la fiesta. Al menos hemos llegado al paso de los carneros.

—Iban hermosos, los he visto también. Honrada estará la Virgen. A ver si esta primavera es generosa y llueve lo necesario para que tengamos comida todo el estío y para que la siega y la vendimia sean buenas.

—De momento ha empezado bien, con mucha agua. No tiene por qué estropearse. Por cierto, ¿ya sabes que tu hijo le ha hecho un regalo a mi ahijada?

—¡Qué voy a saber! Está el mozo en esa edad que nada cuenta y toda supervisión le molesta. Pero es buen chico, eso te lo puedo asegurar.

—Sí, sí, no lo dudo, pero anda comprometiendo voluntades. Y mi ahijada es joven y muy inocente. Le ha aceptado la prenda y ya sabes lo que eso significa.

—Bueno, comadre, significa lo que queramos que signifique. Tampoco ha pasado nada más. ¿Qué regalo le ha hecho?

—Esa faltriquera que lleva la niña en la cintura como si fuera su mayor tesoro. ¿Puedo conocer al mozo?

—Buen regalo es. Vaya con el malandrín, así me entero de que me sisa... Atontado está el borrico: ¡Beltrán, sal!

Celestina estaba avergonzada y se pasaba la lengua por el diente roto, nerviosa porque no sabía qué iba a pasar a continuación. Cuando apareció el aprendiz, la joven se ruborizó y bajó la mirada para evitar que sus ojos la delataran ante Sancha. Pero la vieja, experta en los asuntos del cuerpo y del corazón, supo que a la niña la había sorprendido pronto ese primer amor que todo lo transforma, que te deja sin habla y sin apetito, que te hace creer erróneamente que nada ni nadie más importa y que la vida puede ser hermosa. Y por la mirada fugaz que el aprendiz echó a Celestina le resultó evidente que al mozo le había pasado lo mismo. Repasó bien a Beltrán y vio que era un mancebo fuerte, bien parecido y de mirada sincera. Su juicio fue rápido. Era una amenaza real. Y ella no podía permitirse perder a la niña.

—¿Eres tú el que va haciendo regalos? —le preguntó la vieja en tono intimidatorio.

—Sí, madre. Y si me lo permites, y con el permiso de mi padre, le quiero hacer unos botines, porque las servillas que lleva ya están muy gastadas.

—No te voy a pagar unos botines para esta perezosa. No los necesita. ¿Cuántos años tienes?

—Dieciséis haré por San Juan. Y los botines serán un obsequio, si mi padre no se opone.

—¡Vaya con el niño! Me ha salido generoso. No estamos aquí para dar zapatos gratis, bobo, que el cuero no nos lo regala nadie —dijo el zapatero a la vez que propinaba un capón a su hijo.

Celestina observó a Beltrán, aprovechando que entornó los ojos mientras se rascaba la cabeza para aliviar el daño del capón. La joven notó una ilusión en las pupilas que no sabía que era capaz de sentir. Estaba desconcertada. Su cuerpo le enviaba sensaciones totalmente desconocidas que le hacían nacer sonrisas y unas ganas de dar saltitos que tenía que refrenar.

—Si te parece bien, madre, puedo acompañaros a comprar y les llevo las cestas a casa. Seguro que a mi padre no le importa que me ausente un rato.

—Tienes un hijo muy decidido, Beltrán. Ya estás viendo para dónde van las cosas. Si siguen así, acabaremos siendo familia.

—Calla, madre, que son críos aún.

—Bueno, no tanto, que los dos podrían darnos nietos, así que tendrás que atar bien corto a tu hijo, no quiero ningún disgusto ni deshonra.

—En eso estamos de acuerdo, pero que se hablen los

chicos no es mala cosa. Todos hemos tenido su edad. Déjalos, nunca se sabe qué nos depara el destino.

La vieja pensó que, efectivamente, no tenía el don de la adivinación, pero sí el de forzar que pasaran las cosas que a ella más le convenían, y de momento le interesaba estar a buenas con el zapatero e intentar sacarle algún que otro regalo para ella o la niña, así que iba a permitir que el mozo la rondara, un tiempo, al menos.

Celestina no abrió la boca en todo el rato, sabía que cualquier cosa que dijera sería tomada como un atrevimiento o una ofensa al pudor, por lo que prefirió limitarse a escuchar lo que decían los viejos y mirar de reojo a Beltrán. Antes de salir del taller, quedaron en que después de la visita al palacete del prestamista, la niña pasaría a buscar al mozo y que este las acompañaría al mercado y las ayudaría con la carga de vuelta a casa. Celestina sintió calidez dentro del cuerpo por primera vez en mucho tiempo.

La vieja tiró de la cuerda de la campana que avisaba de las visitas en casa del prestamista. Les abrió Juana, la criada de la señora Isabel, que las saludó y les preguntó por el motivo de su llegada.

—Tu señor encargó ayer a mi ahijada avisarme de que esperaban pronto mi presencia en esta casa porque tu señora está a punto de parir. Ya ves que no he querido hacerme esperar.

—Pues, comadre, no sé yo si la señora te espera. Voy a avisarla de tu presencia, a ver si os puede recibir ahora. —Y las hizo esperar en el zaguán mientras iba al piso de arriba para hablar con su ama.

Celestina cerró los ojos para concentrarse en el canto de los pájaros que estaban en aquel patio interior rebosante de verde y de flores. Le gustaba estar allí, era la casa más hermosa de todas las que había visto.

Mientras estaban en el vestíbulo, apareció el prestamista, que se disponía a salir de casa.

—Buenos días os dé Dios, comadre. Veo que la niña te dio el recado.

—Sí, señor. Mi ahijada es muy buena mandada.

—Eso está bien. ¿A qué esperáis aquí?

—La sirvienta de tu señora esposa ha ido a avisarla de nuestra visita.

—Espero que os reciba. Por cierto, comadre, necesito hablarte de un asunto. Ven conmigo un momento a mi despacho.

La joven vio cómo desparecían los dos escalera arriba. No sabía qué hacer allí parada, con las manos a la espalda, cambiando el peso del cuerpo de un pie a otro y pasándose la lengua por el paleto partido hasta que pasó una criada de unos nueve años que cargaba con dificultad un serón enorme lleno de verduras. Celestina le preguntó si quería que la ayudara y entraron juntas en la cocina. Al hacerlo aspiró profundamente el olor de la comida que estaban preparando. Olía a ajo y a conejo. En una cazuela de barro estaban friendo la carne en manteca de cerdo. Mientras el conejo se doraba, una cocinera majaba en un mortero el hígado del animal junto con almendras, pan tostado, pimienta, hierbabuena, miel y un chorro de limón. Celestina notó que se le hacía la boca agua. Llevaba varios días a gachas de avena y ese olor, junto con la visión de la carne brillante por la grasa, la hizo sentir capaz de quemarse las yemas de los dedos por coger un trozo de muslo. Pero no hizo nada. Volvió al zaguán y se quedó mirando las tres almendras que le había dado la cocinera antes de metérselas en la boca. Si al menos hubieran pasado un instante en la grasa ardiente del conejo...

La vieja apareció sonriente. Se frotaba las manos, lo que indicaba que fuera lo que fuese lo que había tratado con el prestamista significaba una ganancia para ella. El hombre puso la mano sobre la cabeza de Celestina antes de darle otro par de blancas por haber sido tan buena recadera.

—Toma, para tu faltriquera. Guárdalas —le dijo, y salió por la puerta de su hermosa casa al tiempo que se ajustaba bien el bonete a la cabeza.

—¿No ha venido aún Juana?

—No —respondió la niña, extrañada de que Sancha no le hubiera exigido las monedas. Quizá no quería montar un escándalo en esa casa. En cualquier caso, las guardó en su monedero y no volvió a mencionarlas por si la vieja andaba distraída y se olvidaba de su existencia.

La señora Isabel las recibió recostada entre almohadones en su lecho con dosel. La niña pensó que estaba gordísima, deformada. No solo una barriga desproporcionadamente grande abultaba bajo las ropas de la cama, sino que las mejillas le brillaban por la tirantez de la piel y tenía los labios tan hinchados que parecía que le había picado un insecto.

—Señora, ¿cómo no me has hecho llamar antes? —preguntó Sancha al verla en ese estado.

—Es que no quería hacerme a la idea. No quiero volver a pasar por aquella pena, y ni me he mirado en los reflejos, para olvidarme de mi estado.

—Pero ahora ya es imposible. Déjame palparte el vientre. A ver... —La dueña se dejó hacer con la mirada inexpresiva puesta en el techo de su alcoba—. Parece que estás a punto. Calculo que para San Pedro Mártir ya tendrás entre los brazos a su nueva criatura.

—Eso es en diez días, más o menos. Demasiado pronto. No estoy lista.

—Señora, ya sabes que nadie puede hacer nada para retrasar el momento. Cuando la criatura decida empujar por venir a este mundo, tendrás que ayudarla a salir. Le darás un hermano a tu primogénito, y su esposo estará orgulloso de ti.

—Eso ya pasó. La vida no se repite.

—Si tú lo dices... Pero lo que está claro es que aquí dentro —dijo la vieja tamborileando los dedos retorcidos sobre la redonda panza llena de estrías— llevas un hijo, y ese hijo necesitará a su madre.

La vieja acercó la cabeza a la barriga y se puso en la oreja una especie de trompetilla. La mujer se estremeció al notar el frío del metal sobre la piel.

—¿Qué haces?

—Estoy escuchando ese corazón diminuto que tienes aquí. Piensa en eso. Piensa en que ahora mismo tienes dos corazones latiendo dentro de tu cuerpo, pero pronto uno estará fuera y necesitará tu amor para seguir latiendo. Si no le das amor, te crecerá una criatura amargada y retorcida. No querrás eso, ¿verdad?

La mujer negó con la cabeza sin limpiarse las lágrimas que le recorrían las mejillas.

Celestina no entendía qué le pasaba, por qué estaba tan triste si iba a ser madre de nuevo. Todo a su alrededor era hermoso, hasta sus criadas eran agradables a la vista y no viejas encorvadas, como en otras casas. No había nada feo al alcance de su vista que pudiera bajarle el ánimo. Entonces notó una pequeña corriente de aire que le pasó por debajo de la saya acompañada de una risa infantil que estalló como un vidrio roto cerca de su oído derecho. La niña se volvió instintivamente hacia la derecha, pero no vio nada; luego buscó con la mirada en todas direcciones. En ese cuarto no había niño alguno. Se le erizó el vello de los brazos y apretó los labios, aguantando la respiración. La corriente de aire agitó levemente uno de los tapices de la pared antes de mover un mechón de pelo de la dueña, que seguía llorando. Celestina creyó notar que ese viento se quedaba dando vueltas alrededor del cuello de la señora Isabel, como un pequeño remolino invisible.

—Comadre, es que me ahoga la pena. Ni ver crecer a mi hijo mayor me da alegría. Y con mi esposo apenas hablo. Es como si viviera sumergida en un estanque.

—¡Ay, señora! Me temo que tienes los humores desequilibrados. Te domina la bilis negra. Estás melancólica, y eso no es bueno. Hay que remediarlo. Yo venía preparada con otro tipo de brebajes. Traigo ungüentos para la barriga y unas hierbas para ayudarte a descansar, pero para estos males que veo que padeces nada tengo aquí.

—Descanso necesito, así que dale esas hierbas a Juana. Y no quiero que me quites la pena, es lo único que me queda.

—Pero, señora, ¿estás loca? Hay que bajar la bilis negra antes del parto. El exceso de melancolía puede provocar que nazca un niño deforme con cola de cerdo o con cara de demonio.

—¿Puedes ayudarme, madre? No quiero quitarme la pena, pero tampoco quiero parir un engendro.

—Elaboraré un remedio para la melancolía y te lo traeré en cuanto lo tenga. De momento, sal al patio. Ahora es buena hora, a media mañana el sol de primavera ya calienta. Necesitas aire fresco y mirar cómo la naturaleza cobra vida. Coge las flores más espléndidas, haz ramos para los jarrones y escucha el canto de tus jilgueros y canarios, que es una delicia.

La vieja pidió a Juana que la ayudara a sacar a su señora del lecho y entre las dos la vistieron con una saya de un tono de verde parecido al de la hierba fresca. Juana llevó agua en un aguamanil y echó un poco en una palangana para limpiar con un paño húmedo el rostro y el cuello a su señora.

Una vez que adecentaron a doña Isabel, bajaron la escalera que llevaba de su alcoba al patio y allí la sentaron en uno de los bancos de piedra que había cerca de una fuente.

—Juana, no permitas que se quede en el lecho. Haz mañana lo mismo que acabamos de hacer ahora. Ponle, además, unas gotas de este perfume de azahar y procura que le dé el sol. ¿Me has oído? —preguntó la vieja, y ofreció un pequeño frasco de vidrio a la criada.

—Sí, madrina, sí. Así lo haré. Ten las monedas por las hierbas y por este frasco, y como adelanto también para el remedio.

De camino al taller del zapatero, Celestina comentó a Sancha que sospechaba que el mal de la señora no solo era por exceso de bilis negra y le contó lo que había visto y oído. La vieja asintió muy seria y le confesó lo que temía. La dueña estaba encantada por esa presencia que la joven Celestina había presentido. La muchacha no lo sabía, pero doña Isabel había enterrado hacía pocos meses a su segundo hijo, una niña que había muerto ese invierno con casi tres años de unas fiebres. Aunque, si era cierto lo que la joven había sentido, el espectro de esa hija muerta no había llegado al más allá y se había quedado en la alcoba de su madre, aferrado a ella, sofocándola con ese amor que ya no era de ese mundo. Si no era conducido a su lugar, el espectro se convertiría en un demonio que arrastraría a la mujer hasta la tumba. Era lo que pretendía, estar junto a ella para toda la eternidad. Y por el estado de la dueña, había empezado a conseguirlo. Sancha tenía que volver allí para sacar esa presencia de la alcoba. Debía lograrlo antes del parto, porque, si no lo hacía, el día del nacimiento el espectro se aliaría con la muerte y se llevarían a doña Isabel. Y no quería que eso pasara. Era muy buena clienta.

El aprendiz las acompañó a comprar, tal como había prometido. Fueron primero al especiero, donde la vieja adquirió canela en rama, comino y pimienta en grano. De allí fueron a comprar una cuña de queso curado, unas verduras frescas y un cuarto de arroba de aceite. El joven cargó el peso hasta la casucha. Celestina y él iban unos pasos por delante de la vieja, hablando y riéndose de las bromas que el mancebo hacía a la muchacha. Sancha los miraba con envidia. Parecían felices en ese momento. Qué lástima que la felicidad no durara nunca demasiado, pensó.

17

El sahumerio

El día del ritual coincidió con la festividad de San Marcos. Era el feroz protector que tenía que estar al lado de Sancha durante las invocaciones al demonio y a Dios, las dos fuerzas entre las que se había quedado atrapada esa alma infantil inocente que no entendía que su lugar estaba lejos del pecho cálido que había alimentado durante meses su cuerpo ahora muerto. Pero precisamente esa inocencia era la que hacía a ese espectro susceptible de ser atraído por el diablo y acabar convertido en un daimon que iba a vampirizar a su propia madre.

Celestina preparó, siguiendo las indicaciones de la vieja, varios atadillos de las hierbas que hacía poco había recogido en la ribera del río. Ató romero en flor, espliego, ruda, salvia, mirra y trozos de una mandrágora con un hilo rojo. Cuando ya los tenía listos, Sancha dejó caer sobre el hilo unas gotas de la cera derretida de una de aquellas velas bendecidas el día de la Candela que guardaba en los cajones del mueble de la estancia principal y que había encendido para la ocasión. Mientras tiraba la cera pronunció unas palabras que Celestina no entendió.

La vieja dijo que era mejor acudir al caer el sol. El atardecer era el momento más propicio para contactar con los espíritus. Con la luz del día se podían confundir y no diferenciar el camino de luz divina que los guiaba hasta el más allá.

Después de preparar todo lo que Sancha le mandó, Celestina salió sola para buscar un poco más de salvia, que empezaba a escasear. Aunque en realidad esa era la excusa que puso a la vieja para abandonar la casa. Había quedado con Beltrán en el puente romano. Los nervios de no saber hasta el último instante si podría acudir a la cita que le había propuesto el joven en un descuido de Sancha el día anterior la obligaban a caminar con paso apresurado y a retorcerse los dedos por los nervios de ver al joven a solas. Sería la primera vez. Hasta entonces se habían visto, pero siempre en compañía de alguien. La vieja los vigilaba como un ave rapaz en todo momento, pero ese día estaba concentrada en el ritual, y si se olía que la chica quería ver al zagal, nada dijo, así que Celestina se aprovechó. Cuando estaba ya cerca se preguntó inquieta si Beltrán la estaría esperando. No estaba segura de si llegaba demasiado pronto o demasiado tarde, pero se tranquilizó cuando vio al aprendiz apoyado con los codos en el pretil del puente, mirando pasar el agua oscura del río grande. Celestina pensó en lo guapo que se veía ahí solo, con el aire revolviéndole los cabellos.

Cruzaron juntos ese puente que a lo largo de los siglos había visto cientos y cientos de besos furtivos, de amores, de desesperos, de penas y muertes, todos arrastrados por las aguas del olvido y del tiempo, todos tan iguales entre sí, tan indistintos, que en nada se diferenciaban de las emociones que tenían embelesados a los dos muchachos.

Bajaron a la orilla del río y se refugiaron bajo el arco que estaba más cerca de la ribera. Beltrán quiso enseñar a Celestina a hacer rebotar guijarros contra el agua, pero ella, cada vez que lanzaba una piedra, la hundía. Beltrán se reía y la imitaba, lo que enfadó a la joven, que se cruzó de brazos y se negó a intentarlo ni una sola vez más. Salieron de allí y fueron hacia la landa, que estaba cubierta del todo por la hierba que había crecido mucho esa primavera debido a la abundancia de lluvias. Daba la impresión de que habían cubierto la tierra con una mullida alfombra verde. Celestina estaba enfurruñada y buscaba salvia sin hacer mucho caso al joven, que para intentar rebajar su enfado la cogió por la cintura y la obligó a estirarse en la hierba.

—Para, para, mendrugo —se resistía Celestina, empeñada en separar los brazos de Beltrán de su cuerpo. Pero el joven era fuerte, y la muchacha no lograba zafarse de ese abrazo que, a la vez que aumentaba su enfado, le agradaba—. No quiero estirarme, la hierba estará húmeda y me mojaré las ropas.

—Va, mujer, hace un día fantástico, mira qué cielo, mira qué nubes más blancas. Parecen ovejas —la animó Beltrán apuntando hacia arriba con el brazo derecho estirado.

El chico se incorporó a medias, aguantando su peso sobre un codo. Miró a Celestina, que por fin parecía relajada contando nubes y pájaros, y sintió un impulso antiguo de vida que lo llevó a poner sus labios sobre los de la joven. Se quedaron así un instante, asombrados por lo inesperado del beso, por descubrir que tenían dentro de ellos el enorme poder de parar el tiempo y las aguas. Todo parecía suspendido a su alrededor, incluso se diría que las pequeñas motas de polvo que flotaban en el aire quedaron inmóviles durante la eternidad del beso. Cuando separaron las cabezas y se miraron, se desternillaron de risa. Aún estuvieron un rato más en la landa, estirados y con las manos enlazadas. Celestina miraba el cielo y pensaba que quizá sí podría huir de la vieja con ese chico que le estaba adornando el pelo negro con pequeñas flores amarillas de las que salpicaban el suelo.

No tardaron demasiado en volver, para no despertar suspicacias. Se besaron de nuevo bajo el puente antes de regresar, y esa vez el beso fue más blando y húmedo que el primero. Celestina cerró los ojos, más por vergüenza que por otra cosa, al notar la punta de la lengua de Beltrán entre sus labios. Cuando las manos del mozo se acercaron a su cintura, se dejó coger y sintió una agradable oleada de calor que le subió desde el ombligo hasta el pecho.

La vieja arrugó el ceño cuando vio aparecer a Celestina con el pelo suelto lleno de flores y un manojo de salvia olorosa.

—¿No estás tú ya muy grande para andar jugando a las hadas? Quítate todo eso que llevas y recógete el pelo como Dios manda. No falta tanto para ir a casa del prestamista. Cuando estemos allí, si ves u oyes algo me avisas con disimulo... ¿Estamos?

—Sí, madre. Haré lo que me pidas —respondió la niña mientras se palpaba la melena en busca de las flores marchitas que tenía enredadas entre los rizos y pensaba en cómo le palpitaban los labios todavía.

—Te pido que no digas nada a doña Isabel sobre el espectro. No le vamos a contar que lo que hay en esa alcoba es el fantasma de su hija muerta. Le diré que, aparte del bebedizo para regular sus humores, le haremos una limpieza del espacio para purificarlo antes del parto, y punto.

—Pero tiene derecho a saber que su hija está ahí con ella y que la quiere y no desea abandonarla.

—No... Si lo sabe, se aferrará a la presencia, y no lograremos echar al espectro.

—Pero es su hija...

—Ya está bien de peros. Te he dicho que te calles la maldita boca y no le cuentes nada. La señora está en peligro. Los espectros quieren cada vez más de nosotros hasta convertirnos en almas en pena, más muertos que vivos, hasta llevarnos incluso con ellos al otro lado. Esa presencia es inocente, pero firme y caprichosa como un demonio. Los espectros de los niños fallecidos tan pequeños son peligrosos, se acaban convirtiendo en diablos porque son egoístas y no entienden del bien y del mal ya que no tuvieron tiempo en vida de aprender la diferencia. ¿Quieres que la señora se muera de parto?

—No, claro que no.

—Pues o se va el espectro, o se va la madre.

A Celestina lo del espectro de la hija de doña Isabel le hizo recordar aquella vez que Sancha le mintió y no le permitió despedirse del fantasma de su madre. Notó cómo le hervía de nuevo la sangre por aquel odio y aquella rabia que mantenía dentro de ella desde ese día, y tuvo que mordisquearse las mejillas por dentro para reprimir las ganas de gritar e insultar a la vieja odiosa.

La alcoba de la señora olía al perfume de azahar que le había vendido Sancha hacía unos días. La dueña se hallaba en una butaca y una criada la ayudaba a calzarse. Aunque estaba igual de hinchada que en el día de la última visita, había mejorado el color del rostro y se la veía más saludable.

—Señora, tienes sonrosadas las mejillas. Es una buena señal. Pero debes tomarte este bebedizo que aquí traigo en cuanto esté caliente. —Sancha dio el frasco a una de las criadas más jóvenes y con un movimiento de la cabeza le indicó que fuera a la cocina a calentarlo—. La bilis negra te está invadiendo por dentro y hay que bajarla. El potingue del frasco está asqueroso de sabor, me temo, pero es el remedio que necesitas. Y además, para limpiar el cuarto de toda esa pena que has vertido a través de tus lágrimas, voy a hacer una purificación. ¿Te parece?

—Sí, lo que consideres que me ayudará a tener un buen parto.

Aún entraba luz por la ventana, pero le quedaba poco al día, por lo que Sancha empezó a faenar. Sacó los atadillos y pidió cinco platos o bandejas de barro para poder encenderlos. Necesitaba hacer un sahumerio con el humo de esas hierbas mientras pedía que se fueran los malos espíritus. Puso uno en cada rincón de la estancia y con el quinto se paseó por los demás espacios de la alcoba y lo introdujo, humeante, en el armario, en un arcón, en los cajones de un mueble, todos escondrijos donde podría meterse un espíritu.

Abrió las contraventanas de madera y dibujó un semicírculo con sal en el suelo, justo bajo la ventana. Dijo a la dueña que la sal era para la limpieza, aunque en realidad era una trampa para el espectro. En cuanto la presencia se manifestara, caería dentro del dibujo, que no era un círculo completo por un motivo, estaba abierto justo bajo la ventana porque así guiaría hacia fuera de la casa al espíritu de la niña muerta.

Celestina temió confundir al espectro con el viento que entraba en la estancia, ya que la otra vez su presencia fue como un airecillo que le movió las faldas. La señora no entendía la naturaleza de lo que estaba sucediendo, la única que parecía sospechar algo era Juana, la sirvienta; sin embargo, no dijo nada, solo torció el gesto cuando vio a la vieja esparcir la sal en el suelo.

—Madrina, quizá sea mejor que os deje solas y baje a la cocina mientras purificas mi alcoba.

—No, señora, no. Si te quedas, tu ánimo mejorará más rápido, porque el sahumerio te beneficia. No te vayas de aquí. Acuéstate en el lecho si has de estar más cómoda, pero no te marches.

—No, estoy bien en la butaca, me ayuda a soportar el dolor de espalda que me provoca el peso de esta barriga enorme que cargo.

—Te quedan días. Ya verás como todo irá bien, señora.

—Eso espero, comadre.

Juana puso un manto de abrigo a su señora sobre los hombros porque se colaba el frío del atardecer en la alcoba y no le convenía resfriarse. Celestina encendió unas velas bendecidas que colocó sobre un arcón y una mesita baja de estilo morisco que había en el cuarto. Cuando estaba encendiendo la última de las candelas oyó la risa de la niña como la otra vez, muy cerca de su oído. Se volvió buscando a Sancha y le indicó, abriendo mucho los ojos, que el espectro estaba presente. La vieja entendió su mirada y empezó a recitar lo que parecía una oración, aunque no se la entendiera. Apretó los párpados, estiró los brazos y puso las palmas de las manos orientadas al techo mientras las palabras salían cada vez más deprisa de sus labios entreabiertos.

La señora se espantó al ver así a la vieja, y Celestina recordó el miedo que sentía de niña cuando tenía esos trances. Miraba a uno y otro lado buscando algún rastro del espectro, pero no vio nada hasta que un haz de luz se metió muy rápido bajo las faldas de doña Isabel, y entonces oyó de nuevo esa risa como un estallido. La señora empezó a marearse y a verse apagada, y Juana tuvo que darle a oler el frasco de perfume para que su fragancia la calmara. La vieja subió el volumen de su voz y el tono pasó del de la salmodia al de las órdenes, aunque las palabras seguían siendo ininteligibles para las demás mujeres que estaban con ella. Un viento fuerte arremolinó la ceniza que empezaba a acumularse en los platos de barro donde quemaban las hierbas, y despeinó a la dueña, que tuvo que colocarse un par de mechones de pelo tras las orejas. Celestina volvió a escuchar algo, pero ya no eran risas, sino un llanto infantil desconsolado. La niña muerta lloraba porque había caído en la trampa de sal y no podía volver a revolotear sobre el pecho de su madre. Sancha se acercó al semicírculo y se arrodilló para susurrar hacia allí las últimas palabras del ritual. Según subía la fuerza de las órdenes de la vieja, más lloraba la niña muerta. Celestina tuvo que disimular la pena que le daba saber que se iría sin despedirse de su madre, que esta ni siquiera era consciente de que su tristeza se debía a que cargaba sin saberlo con su hija fallecida. Cuando la vieja alargó un brazo para pedir ayuda, Celestina dejó a un lado la pena y se acercó para levantarla. Le llevó, además, una vela encendida, que Sancha colocó en el alféizar. Al cabo de un instante de incertidumbre, se levantó otra corriente de aire que apagó la llama y entornó de un golpe las contraventanas de madera. La señora cerró los ojos por el susto y suspiró sonoramente en el mismo momento en que el espectro de su hija seguía el camino de la luz.

La vieja estaba exhausta. Pidió permiso para sentarse en un arcón, y Juana le llevó un jarrillo de vino.

—¡Cómo me pesan los años! Bueno, ya está, señora. Tu alcoba está purificada y ya podrás parir en ella sin temor. Es más, ya verás como te encuentras mucho mejor estos últimos días, aunque estés harta de la panza.

—Gracias, madrina. Juana te pagará abajo, como de costumbre. Ve con Dios.

Celestina no pudo dormir bien esa noche. Estaba inquieta y le molestaba más que otras veces el olor a orines de la vieja. Estirada en su jergón, no dejaba de pensar en ese día en que se le había mezclado la vida con la muerte, y no conseguía conciliar el sueño. Se intentaba concentrar en el recuerdo agradable de Beltrán y se acariciaba los labios para rememorar las sensaciones del primer beso, pero cuando creía que iba a caer rendida, le resonaba dentro del cráneo el llanto de la niña muerta y se estremecía.

¿Qué derecho tenía la vieja a quitarle la pena a una madre? ¿Qué derecho tenía de quitarle una madre a una hija, aunque no estuviera viva?

18

La feria de San Juan

Los mellizos tenían ya casi dos meses. El parto de doña Isabel fue tal como predijo la vieja Sancha por San Pedro Mártir, dos días después, justo el primero de mayo.

Los niños nacieron pequeños y frágiles, sobre todo el varón. La niña salió primero y lloró con tanta fuerza que todas las mujeres que estaban en el cuarto ayudando a parir a la dueña interrumpieron su tarea para mirar ese pequeño cuerpo larguirucho cubierto de grasa y sangre que se agitaba como una lagartija entre los dedos de un zagal. Al niño le costó más. Sancha estaba agotada. Las fuerzas no la acompañaban ya para asistir en partos difíciles, y el de la señora lo estaba siendo. Ya llevaban mucho tiempo y no lograba que expulsara a la criatura. Celestina tuvo que ponerse al frente de la situación cuando vieron que tras alumbrar a la niña las contracciones no cesaban y que la barriga seguía muy dura. Fue la mano de Celestina, con su media luna arrugada, la que se metió entre las piernas de la dueña, porque era más pequeña y fina, y palpó en su interior hasta notar que allí había otro cuerpo.

—Madre, viene otro. ¡La señora tiene otro niño dentro! —exclamó sorprendida y asustada la joven en ese momento.

La vieja le pidió que siguiera ella, que no tenía fuerzas para hacer lo que tocaba a continuación estando la dueña medio inconsciente con otro hijo en las entrañas.

Juana humedecía con agua fresca el cuello y los brazos de su ama, que estaba pálida y desmayada. No volvía en sí, y Celestina miraba, como hacía en cada parto, hacia los rincones, por si descubría a la muerte preparándose.

Tuvo que subirse a horcajadas sobre la mujer y apretar hacia abajo con todas sus fuerzas con ambas manos desde debajo de los pechos de esta para hacer el trabajo que ella no podía hacer por estar exhausta. Dos criadas separaban los muslos a su ama, y la vieja se le asomaba bajo la camisa para avisar cuando se viera la cabeza del segundo bebé mientras gritaba palabras de aliento a doña Isabel, que en esos momentos movía los labios musitando una oración porque creía que el alma la estaba abandonando. Cuando por fin apareció la sombra negra del pelo del crío, Sancha le gritó que empujara, y aunque la señora no podía pujar demasiado, la niña apretó todo lo que pudo con los antebrazos, y la cabeza entera no tardó en sobresalir de la vagina de su madre. Celestina bajó de encima de la señora y, al rotar un poco la cabeza para ayudar al bebé, se dio cuenta de que venía con el cordón umbilical enrollado al cuello. Estaba azul, no tenía buen aspecto, así que no se lo pensó e imitó lo que había visto hacer a la vieja en alguna ocasión: giró la cara de la criatura hacia el muslo de la mujer y estiró suavemente pero con determinación de su cuerpo para intentar sacar un hombro, lo que provocó que se empapara las manos con el líquido transparente que se escapaba a chorros del vientre de doña Isabel. El hombro asomó, y entonces Celestina pasó el dedo índice entre el cráneo del bebé y el cordón, y tiró de él hasta conseguir un espacio por el que pasarle la cabeza y liberarlo de esa soga que lo asfixiaba. Después ya pudo salir el resto del cuerpo sin peligro de ahorcamiento. El niño respiraba, pero seguía azul. No lloró ni se agitó entre las manos de Celestina como su hermana había hecho en brazos de Sancha; no lo hizo porque no podía, era una criatura pequeña y enclenque. La joven le frotó la cara con un paño para limpiarle la nariz y la boca y ayudarlo a respirar mejor. Miraba su pecho, pero no se hinchaba apenas, y se asustó porque pensó que se le iba a morir en las manos. No estaba preparada para entregar un niño muerto a esa mujer que aún lloraba la pérdida de otra hija y, desesperada por lograr que el bebé reaccionara, le pellizcó con fuerza la cara interna de un muslo. Gimió muy flojito, dos veces, luego volvió a quedarse callado. La cabeza le colgaba hacia un lado, parecía inerte, y Celestina creyó que se había muerto antes de abrir sus ojos de batracio. Quizá la niña, que seguía berreando a pleno pulmón, le había arrebatado el espíritu en ese espacio tan pequeño que habían compartido antes de llegar al mundo. La vieja se percató de que Celestina estaba bloqueada por el miedo y le quitó al bebé de las manos para hacerse cargo ella. Lo limpió bien con agua con hierbas aromáticas y lo envolvió en telas para abrigarlo y fajarlo. Luego se lo entregó a su madre, a la que le dijo que ese niño había nacido más muerto que vivo y que necesitaba el calor de su pecho, que lo tuviera encima todo lo que pudiera hasta que cogiera cuerpo y energía vital.

Doña Isabel estuvo varios días en cama, recuperándose, y tuvo que recurrir a un ama de cría porque no daba abasto para alimentar a los mellizos. Decidió no separarse del niño y casi siempre lo amamantaba ella, aunque crecía a un ritmo más lento y no acababa de tener buen color. La niña crecía alegre y follonera, siempre a cargo del ama y las criadas.

Sancha y Celestina habían acudido varias veces a la casa para llevar algún ungüento a la señora y siempre eran bien recibidas. No solo la dueña les estaba muy agradecida, sino que el prestamista, cuando supo de todo lo sucedido en el parto, las mandó llamar y las hizo pasar a su despacho a los pocos días del nacimiento. Les agradeció su buen hacer y las recompensó con sendas bolsas de monedas. Delante de la vieja dijo que una de ellas era para Celestina porque sabía por Juana que había sido valiente y había actuado como una gran partera a pesar de su corta edad. A la muchacha le brillaron los ojos y guardó con prisas la bolsa en su faltriquera ante la mirada divertida del señor. La vieja apretó los labios de rabia, pero sabía que ganaría más dinero en esa casa obedeciendo la voluntad de ese hombre que arrebatándole la paga a la niña. El prestamista, además, les anunció que había mandado preparar una cesta con viandas y envió a Celestina a la cocina; mientras, quedó un rato a solas con Sancha.

Faltaban unos días para San Juan y Celestina estaba entusiasmada con la feria del Teso, que llevaba ya días montada en el arrabal de más allá del puente viejo. La ciudad se había llenado de mercaderes y vendedores ambulantes, y por fin se anunciaban la luz y el calor del verano.

En los terrenos del arrabal los mercaderes plantaban sus tiendas después de pagar el tributo por el suelo al concejo. Había representantes de todos los gremios: silleros; carniceros con sus animales bien despiezados; taberneros, que siempre tenían cola de paseantes sedientos; curtidores con sus pieles apestosas; harineros, con sus costales a rebosar; cuchilleros; barberos; agujeros, que tenían muestrarios de agujas de todos los grosores, algunas tan finas y con el ojo tan pequeño que parecía imposible enhebrarlas; lenceras con sus sábanas y paños tan blancos que daba gozo verlos ondeando al sol, o zapateros... El padre de Beltrán había puesto su parada, pero estaba enfadado y andaba discutiendo con otros comerciantes sobre los impuestos. Siendo él de la ciudad, no le parecía justo tener que pagar por el suelo lo mismo que los forasteros.

La vieja gruñía cada vez que veía un alguacil. Les tenía manía porque decía que eran unos corruptos. Se paseaban por las calles que formaban las paradas para controlar a los rateros, para evitar los jaleos que pudiera haber y para sacarse un sobresueldo con los sobornos que aceptaban por no ver ciertas cosas. Eran días de fiesta, y a ciertas horas abundaban los borrachos, los de siempre y los que llegaban de fuera para la feria, y las prostitutas. Sancha decía que cada año por la feria el mesón del Antón hacía la competencia a la mancebía porque dentro se vendían unas cuantas rameras a escondidas para evitar pagar los veinticuatro maravedíes que les pedían los alguaciles por ejercer el oficio fuera del lupanar.

Celestina estaba de buen humor porque habían bajado a la feria y allí estaría Beltrán. Llevaban un par de días sin verse y la impaciencia le comía el ánimo. El zapatero había tenido una conversación con la vieja hacía una semana para formalizar la situación, porque estaba claro que su hijo le hablaba a su ahijada y que las intenciones eran buenas. Celestina lo supo por Beltrán y estaba feliz con la idea de dejar atrás su antigua vida para empezar una nueva lejos de Sancha. La vieja aún no le había contado nada, y la muchacha supuso que quería esperar aún un tiempo antes de anunciar el compromiso, primero porque era muy joven, aunque a finales de ese verano haría ya trece años, y segundo para negociar y reunir su dote.

Beltrán las saludó agitando la mano desde lejos. Celestina no pudo controlarse y dio los últimos pasos a la carrera; así podrían decirse unas palabras sin ser escuchados por Sancha, que estaba atenta siempre a todo lo que hacían o hablaban. El muchacho les tenía preparada una sorpresa, les dio unas bolsas de arpillera a cada una. La chica fue más rápida y, después de deshacer el lazo que la cerraba, sacó de dentro un par de chinelas.

—¡Anda! ¡Qué bonitas! ¡Nunca he tenido unas!

—¿Te gustan? Son de un cuero muy suave, la suela es firme y las tiras están ablandadas para que no te hagan rozaduras.

—Son preciosas, me encantan.

La vieja sacó otro par idéntico y, tras comprobar que la suela era del tamaño de su pie apoyándose en la tabla de la parada, agradeció el regalo al mozo.

—Gracias, Beltranillo. Pero ¿a qué se debe este obsequio?

—Porque me apetecía, madre. En breve llegarán los calores, y así no se os cocerán los pies en los botines. Con los pies al aire iréis más cómodas y frescas. Empecé haciendo las de Celestina, pero luego pensé en que en la vejez la piel se llaga mucho y me dije que tú ibas a aprovechar mucho unas chinelas.

—Ya has visto lo desprendido que es mi zagal. Si sigue así, él solo arruinará el negocio en cuanto la edad me obligue a quitarme el mandil —dijo el padre riéndose a carcajadas.

Dejaron que los muchachos pasearan un rato juntos por la calle principal de la feria. Desde la tienda del zapatero se los podía controlar en todo momento, así que no darían motivo para las habladurías. Iban hombro con hombro, y Beltrán jugaba a rozar una mano de Celestina con las yemas de los dedos. Ella primero sintió vergüenza, porque era la mano de la quemadura y no le gustaba la cicatriz, pero cuando logró no pensar en la media luna arrugada notó un chispazo que se repetía cada vez que él la tocaba, y sonreía sin mirarlo a la cara. Se pararon en el puesto del cuchillero y ojearon las navajas que había a la venta. Beltrán se fijó en una plegable no muy grande que permitía guardar la hoja entre las cachas de madera trabajada. La abrió y tocó el filo con la yema del pulgar, y comentó que le parecía preciosa.

—¿Te ha dicho algo la vieja ya?

—Nada. Está callada como una puta. No suelta prenda.

—Cuando cumpla los dieciséis, nos casamos.

—Yo creo que no le hace gracia la idea. Quizá sea muy pronto para mí, Beltrán.

—Somos jóvenes, pero tengo un oficio y cuidaré de ti.

—Yo podría ayudar en el taller. Me gusta tanto veros trabajar…

—¡Qué dices, mujer! Tú te ocuparás de la casa y los hijos, cuando lleguen.

—Ja, ja, ja. No sé si nos imagino con críos correteando entre las herramientas del taller —dijo Celestina riéndose y tapándose la boca con la mano.

—Pues yo sí. Niños fuertes con tus ojos enormes y oscuros.

—Y con tu pelo rebelde.

Los dos se miraron, y él, aprovechando que estaban lejos del puesto del padre, le pasó el brazo por encima del hombro y la apretó contra sí solo un momento. Celestina notó el calor del cuerpo de Beltrán y la dureza de su pecho, y se ruborizó al pensar en sus ganas de saber qué tacto tenía su piel.

Después de comer, la vieja y Celestina fueron a por hierbas de San Juan. Faltaba un día para las hogueras y aún no habían preparado ni los amuletos ni el agua, así que cogieron un capazo grande y lo llenaron de las plantas silvestres que crecían en los bordes de los caminos y que esos días florecían. Fueron todo el camino de vuelta a casa acompañadas por el vuelo bajo y el trisar de las golondrinas. Parecía que paseaban un arcoíris de flores en ese capazo que casi no se veía bajo las ramas. Las flores blancas de la milenrama y las rosadas de la madreselva se mezclaban con las lilas de la verbena, las malvas y la lavanda, y con las amarillas de la siempreviva, la retama y los cardos en flor, que semejaban soles espinosos. Los colores se hacían más vívidos sobre el fondo verde fresco de la hierbaluisa, la menta y la mejorana, y los aromas de cada planta se desprendían con demasiada intensidad al sol de la tarde y mareaban a la chica, que cargaba con el cesto. Antes de entrar en la casa, pidió permiso a Sancha para acercarse a comprar la navaja que Beltrán había visto en el puesto del cuchillero, porque quería regalársela por su cumpleaños, que era el día de la verbena. La vieja la dejó ir, pero le advirtió que no se entretuviera ni hablara con ningún desconocido, porque a esa hora ya empezaban los borrachos a buscar mujer en la que hundir sus penas.

Cuando Celestina regresó a la casucha con la ilusión en los ojos y la navaja reluciente en el delantal, oyó ruidos en el cuarto.

—Madre, ¿quién hay ahí dentro?

—Una joven hilandera, amiga de Luisa.

—Pero se oyen voces de varón...

—Porque no está sola. Está con un amigo, un mercader de Toledo que ha venido a la ciudad por la feria y que se ha prendado de la muchacha, que se ha paseado hoy arriba y abajo de los tenderetes para ver si se sacaba algunas monedas más con los hilos de oro de su melena que con el hilado que pretendía vender a las dueñas. Y ha tenido suerte, la pelleja. Aquí está, dándole a la manivela, y no precisamente a la del huso.

—Pero, madre, si la descubren aquí, te empicotarán en la plaza Mayor.

—Pues, niña, no hables alto, no vayan a sentirte las vecinas. Piensa que, si demuestra al mercader que sabe hilar bien fino, lo mismo quiere volver mañana u otro día de feria, y por cada visita de lo que le pague el mercader yo me llevo un buen pellizco.

—Yo no quiero que me salpique esta vergüenza, madre. Si se entera el zapatero...

—Pero qué vergüenza ni vergüenza. El mesón está lleno. La mancebía, a rebosar. Son los hombres los que vienen hambrientos. Las mujeres se dejan comer sin ganas, solo por sustento. Y esta chica no es de las que cruzan el agua, esta es una buena moza que necesita dinero para no morirse de hambre. Si la ven por el mesón o parada en cualquier esquina, va a perder la honra. Yo la ayudo y, a cambio del jergón, me paga. Vergüenza para ellos, que nos obligan a humillarnos, porque pueden, para su placer.

Prepararon amuletos, unos ramitos de siete tipos de plantas sanjuaneras diferentes, y colgaron el más grande en la puerta para que las protegiera de las desgracias. Después, la joven cogió la jofaina y la llenó con el agua del arroyo de los Milagros que guardaba la vieja para ese día, y en ella sumergieron ramas de cada una de las diferentes hierbas que habían recogido. La dejarían esa noche a la intemperie con un cardo en flor apoyado sobre los bordes del recipiente, cruzándolo, para proteger el agua del demonio y los malos espíritus, y evitar que se lavaran el culo dentro. La vieja llevaba toda la vida preparando esa agua mágica que usarían la mañana de San Juan para lavarse la cara y el cuerpo hasta donde alcanzara porque tenía el poder de aportar belleza y de proteger la piel de cualquier mal.

Cuando acabaron, salieron del cuarto la hilandera, que era muy joven, no debía de tener más de quince años, y el mercader, que aparentaba ser hombre casado y con hijos. Sancha les preguntó entre risas si marchaban contentos y les regaló un amuleto a cada uno. Celestina no pudo mirarlos a la cara, fijó la vista en las flores tan hermosas como frágiles que estaban desparramadas sobre la mesa y deseó ser el cardo espinoso que nadie quería y al que todo el mundo se acercaba con cuidado, incluso cuando pretendían cortarlo.

19

Cenizas

La noche de la verbena fue noche de música de tambores y fuego. Las jóvenes casaderas danzaban en círculos mientras agitaban ramas de romero y tomillo que luego lanzarían a la hoguera para quemar la mala fortuna y atraer el amor. Los mozos saltaban sobre las llamas para demostrar su valentía y para que el fuego los protegiera durante el resto del año. Algunas de las casas tenían decoradas las puertas con enramadas de hiedra y flores amarillas que simulaban el sol del verano que iba a empezar, y muchas parejas, aprovechando la oscuridad, se daban besos furtivos en esos umbrales para invocar la fertilidad.

Beltrán y Celestina bailaron alrededor de la hoguera cogidos de la mano junto a otros jóvenes de la villa. Se embriagaron de libertad y despreocupación, e incluso sacaron a bailar a los viejos. Beltrán hizo girar a Sancha, que lamentaba haber perdido la lozanía y los dientes, y Celestina dio unas vueltas con el zapatero, que protestaba y pedía que lo soltara porque la rodilla le dolía horrores.

Todos se reían por el hechizo de la noche y por el efecto del vino, que no paraba de pasar de mano en mano.

Cuando la hoguera se apagó, la fiesta se dio por acabada.

—¡Niña, ea! ¡Venga! Cada mochuelo a su olivo —gritó la vieja a Celestina, que seguía entretenida con otras jóvenes que comprobaban si las ramas de romero habían ardido como Dios manda o estaban retorcidas y achicharradas entre las brasas.

De regreso, Celestina y Beltrán echaron a correr calle arriba ignorando los llamados de Sancha. Se adelantaron lo suficiente para poder refugiarse bajo una enramada sin ser vistos. Beltrán la cogió por la cintura, la besó en los labios y le susurró unas palabras al oído.

—Mañana, antes del alba, te espero junto a las cenizas de la hoguera.

—Pero ¿qué dices, inconsciente? ¿Quieres que me vean sola contigo a esas horas? ¿Deseas mi fin?

—¿Quién nos va a ver? A esas horas estará la villa entera durmiendo la melopea de esta noche. Además, solo será un momento y no está lejos de tu casa.

—Ya se acercan. Nos vemos luego.

Se despidieron de Beltrán y su padre, y se fueron a la casucha. La vieja se reía a cada tropezón con cada piedra del camino y casi se cayó de espaldas al chocar con el quicio de la puerta.

—¡Ay, niña! Hoy el vino me va a llevar directa al cielo, con los angelitos voy a soñar, ja, ja, ja. Se me olvidaba: mañana temprano ve a casa de doña Isabel. Tienes que llevarles un amuleto de San Juan y un cardo abierto de los de colgar.

Sancha se tiró al lecho con las ropas puestas. La niña le quitó las chinelas y le desabrochó un poco el sayo para que estuviera más cómoda. Ella se desvistió con calma, se abrió los cordones del cuerpo de la saya y se aflojó el ceñidor imaginando las manos de Beltrán en su cintura, se quitó la toca y se soltó las trenzas pensando en las promesas de deleite que le parecían sus labios. Se quedó en camisa y sonrió al apretarse ella misma esos pechos que aún no eran de mujer pero ya le abultaban bajo la tela blanca que transparentaba las areolas de sus pezones oscuros.

Se estiró en su jergón, y presintió que esa noche iba a ser húmeda tanto por el tacto pegajoso de su piel como por el olor a moho de la estancia. Estaba incómoda y no podía ignorar los ronquidos de la vieja; le costaría conciliar el sueño. Además, se sentía intranquila e impaciente. No le gustaban las sorpresas, prefería ser ella la que fuera por delante de los demás. Al menos, ya tenía excusa para no estar en la casucha cuando Sancha se despertara. Si abría los ojos pronto y no la encontraba allí, pensaría que había salido a casa de la dueña, y Celestina se evitaría una somanta de palos.

Al final consiguió dormirse concentrándose en el olor a humo que le impregnaba los cabellos, deseando soñar con los bailes de la pasada noche.

Aún no había cantado el gallo del corral de la vecina y la joven ya estaba vestida, preparada para salir. Se ató las chinelas en la calle por evitar el ruido de las suelas dentro de la casa, para no despertar a la vieja. Beltrán estaba esperándola. Los dos tenían cara de haber dormido poco, pero no notaban el cansancio a causa de la emoción.

—¿Qué hacemos aquí? —preguntó Celestina.

—Quiero que pisemos juntos y descalzos las cenizas. Dice la tradición que si las parejas pasan por encima de las cenizas aún calientes de la hoguera de San Juan, atraerán el amor, la abundancia y la buena suerte.

—Pero aún humean, nos quemaremos los pies.

—No, ya no arden las brasas. ¡Va!

Beltrán se agachó, se puso primero un pie de Celestina sobre la rodilla y luego el otro para desatarle las chinelas. Estaba muy nerviosa, tenía miedo de sentir dolor y apretaba los dientes por la tensión. Beltrán también se descalzó y se quitó las calzas para evitar que acabaran ardiendo por algún rescoldo.

—Recógete las faldas con una mano... Así, que no te arrastren. Dame la otra mano. Cuando diga «¡Ahora!» pasamos muy rápido. ¿Estás preparada?

—¡Sí!

—Pues... ¡Ahora!

Y cruzaron la hoguera corriendo sobre las ascuas. Celestina notó la suavidad de la ceniza antes de que el peso de su cuerpo le hiciera sentir las brasas que dormían, oscuras por fuera y naranjas por dentro, bajo el manto gris. Se le escapó un grito justo al final, cuando notó que pisaba algo que estaba demasiado caliente, pero ninguno de los dos llegó a quemarse. Saltaron y se abrazaron al otro lado de las cenizas.

—¡Lo hemos hecho, Celestina!

—¡Sí! ¡Estás loco! —dijo la joven antes de que Beltrán la levantara del suelo cogiéndola por la cintura y empezara a dar vueltas sobre sí mismo.

La muchacha apretó los ojos y chilló mientras le daba palmadas en el pecho para que la dejara en el suelo. Cuando volvió a pisar la tierra, un poco mareada por las vueltas, sacó del bolsillo de su delantal el regalo que estaba deseando dar a Beltrán.

—Es para ti. Por tu cumpleaños.

Celestina reparó en que al chico se le iluminaban los hermosos ojos verdes cuando vio la navaja de las cachas labradas.

—Pero si es la que me gustó en el puesto del cuchillero...

—Ya lo sé. —La muchacha se echó a reír.

—La llevaré siempre conmigo, te lo prometo.

Se dieron un beso rápido en los labios, se calzaron y se despidieron, porque hacía ya rato que había amanecido y pronto empezarían a llegar los comerciantes al Teso.

Celestina cruzó el puente romano y tomó la rúa que llevaba hasta la casa del prestamista. No había trajín en la calle y le preocupó que fuera demasiado temprano, así que estuvo un rato parada en la puerta, pasándose la lengua por el diente partido y dudando de si llamar o no. Sentada en el tranco de entrada, se cruzó y se descruzó varias veces la bolsa de arpillera que Beltrán les había dado con las chinelas y en la que había metido el amuleto y el cardo para sacar el ramito de San Juan y olerlo. Aburrida de esperar, decidió que ya sería buena hora y tiró de la cuerda de la campana. Juana la hizo pasar al zaguán sin mirarla a la cara ni hablar.

—Traigo esto para tu señora. ¿La espero aquí o te doy la bolsa a ti?

—Espera aquí —dijo Juana, y le dio la espalda.

Celestina pensó que la criada estaba rara, nunca había sido desagradable con ella, pero ese día se había ido hacia la bodega sin despedirse.

Supuso que se encontraba mal, porque no tenía motivos para estar enfadada con ella, así que no dio importancia al desaire y esperó cruzada de brazos. No se oía nada más que el canto de los pájaros. No le llegaba el llanto de los mellizos ni el ajetreo de las otras criadas. La casa estaba demasiado en calma, como si estuviera vacía. Por la escalera apareció el prestamista. No iba vestido para salir de casa, no llevaba la cabeza cubierta, y por el sayo azul mal ceñido le asomaba el jubón amarillo. La niña lo saludó con un gesto de la cabeza y bajó la mirada al suelo. Pensó que pasaría por su lado sin más, pero se detuvo ante ella. Los ojos de Celestina solo veían las pantuflas de piel marrón del hombre, y se preguntó si las habría fabricado Beltrán o su padre.

—Veo que la vieja te ha enviado pronto, como prometió.

—Sí, señor, traigo los amuletos en esta bolsa.

—¿Amuletos...? Ah, sí. Ven, sube conmigo, que te he de pagar el viaje.

Celestina subió los escalones detrás de él y entraron en el mismo despacho en el que le había dado las monedas con las que pagó la navaja de Beltrán. Una vez dentro, el hombre cerró la puerta. Celestina se giró a mirar la salida bloqueada y sintió que su cuerpo se ponía alerta.

—¿Puedo ver a tu esposa? Me gustaría explicarle las hierbas que lleva el ramo y los poderes que tiene.

—No está. Ha pasado la verbena en casa de su hermana con los niños. Estamos solos.

En cuanto oyó esas últimas palabras y la manera en cómo las había pronunciado el prestamista, supo que había caído en una trampa que no había visto, como uno de esos pajarillos que al no ver la red que algún cazador ha colgado de rama a rama lían sus alas en la urdimbre en la que quedan atrapados. Como un animal en peligro, empezó a respirar de forma agitada con los labios entreabiertos, lo que pareció complacer al prestamista, porque sonrió.

No hubo más palabras. La niña solo usó la boca para apretar los labios, el hombre solo usó la suya para lamer, para morder, para proferir bufidos y gemidos.

El hombre se acercó a Celestina y la tumbó a la fuerza en el suelo. Consiguió quitarle la saya a pesar de que la joven se revolvía y resistía como un gato en un saco. Sin esa prenda, al prestamista le resultó mucho más fácil conseguir lo que quería, le remangó la camisa hasta el cuello y pudo ver ese cuerpo en formación desnudo. Antes de quitarse el sayo y las calzas se deleitó mirando cómo la niña temblaba e intentaba cubrirse de nuevo. Admiró su piel tan joven, suave y sin marcas, y suspiró al comprobar que no tenía ni lunares, una piel inmaculada, tal como había imaginado al ver su rostro tan limpio y suave. Cuando Celestina creyó que podía incorporarse para pedir ayuda a Juana, el hombre la volvió a tumbar, pero esa vez de un golpe en la cara. No supo diferenciar el dorso de la mano del puño apretado. Notó el sabor de la sangre que le salía de la herida que se le había abierto en el labio por el porrazo y entendió que sería peor si luchaba, así que se quedó muy quieta cuando el prestamista se puso encima de ella y le agarró ambas muñecas con una sola mano por encima de su cabeza. Cuando le separó las piernas haciendo fuerza con una rodilla, la niña notó que algo extraño le rozaba el muslo. Entendió lo que iba a pasar y lloró sin hacer ruido. Un dolor nuevo la rompió por dentro, un escozor que crecía hasta hacerse insoportable según aumentaba la velocidad de los movimientos del prestamista, que le calentaba el cuello con su aliento y la asqueaba con sus resoplidos. No supo cuánto duró aquello, su medida de tiempo era el sufrimiento, el tormento que sintió cuando la rompió, el dolor que la hizo chillar cuando le mordió un pezón, el daño continuo en un pecho que él no le soltó mientras apretaba sus caderas cada vez con más fuerza contra su pequeño cuerpo herido. Intentó sacar parte de ella de esa habitación, pensar en otra cosa, pero solo pudo recordar a los perros enganchados a las perras en celo en las calles, que aullaban cuando los niños les tiraban piedras. Había sido una idiota. Una idiota. Idiota. Esa palabra empezó a resonar dentro de su cabeza sin parar hasta que el movimiento se detuvo y el peso del prestamista casi la asfixia. Tuvo que hacer fuerza con el hombro contra el suelo hasta conseguir liberarse un poco y poder llenarse los pulmones de aire de nuevo.

Después de suspirar un par de veces en el oído derecho de Celestina, que se estremeció por la repulsión, el hombre se levantó y fue hacia su mesa, de donde cogió un trapo blanco. Se arrodilló ante la niña, que había adoptado posición fetal, y le separó las piernas con las manos para poder pasarle el trapo por su sexo dolorido. Se lo mostró manchado de sangre, henchido de orgullo y con una sonrisa atravesada en el rostro que a Celestina le pareció que pertenecía a otra persona, no al prestamista amable que le había dado una propina por ser una buena recadera.

—Mira, tus flores han sido para mí. Las guardaré de recuerdo siempre. Llevo tanto tiempo deseando este momento… Pero la vieja no me aceptaba la propuesta. Que sepas que me has salido muy cara, pero ha merecido la pena. Di a la comadre que lo has hecho muy bien. Te dejo unas monedas en la mesa. Esas son para ti, a Sancha le pagué por adelantado.

Celestina notó el calor de la ira y de las lágrimas en la cara, aunque no sabía si estaba llorando por fuera o por dentro; notaba que había perdido el control sobre su cuerpo. La vieja odiosa la había vendido. Era la segunda vez en su vida que la vendían. Sintió de nuevo ese vacío terrible en las entrañas que solo podían llenar la rabia y la venganza. El señor salió del cuarto y la dejó sola, y, aunque le temblaban las piernas y le dolía mucho el vientre, Celestina se visitó todo lo rápido que pudo para salir de allí. Cogió la bolsa de monedas y al dar los primeros pasos se tropezó porque una de las chinelas se le había desatado. Se agachó para abrochársela y pensó en Beltrán. Entonces se dio cuenta de que se había quedado sin nada otra vez. La habían deshonrado, ya no podría casarse. Supo que su amor se convertiría en cenizas en cuanto el aprendiz supiera lo que había pasado.

Juana le abrió la puerta sin mirarla a los ojos. La niña entendió que al recibirla ya sabía lo que iba a pasarle y no hizo nada para ayudarla o advertirla. Se fue sin decirle adiós y se prometió a sí misma no dirigirle la palabra nunca más.

Se encaminó hacia la casucha. No tenía otro lugar al que ir que a casa de la persona que había vendido su virginidad sin ni siquiera avisarla o prepararla de alguna manera, si es eso posible, para el momento. Volvía junto a la persona que le había hecho añicos los sueños.

La vieja estaba poniendo a remojo unos garbanzos como cualquier otro día, como si no hubiera enviado a su ahijada al matadero. La niña sintió tanta furia que se acercó a ella y le escupió en la cara.

—Serás cerda y desagradecida... —dijo Sancha limpiándose la saliva de Celestina con el delantal—. ¿Sabes el dinero que hemos ganado? ¿Te ha partido el labio? Menudo desgraciado, me prometió que no te haría daño.

—¡Me da igual el dinero, me da igual el labio! ¡Me has arruinado la vida! ¡Beltrán ya no puede casarse conmigo! —gritaba la niña, desconsolada.

—Bueno, eso ya se verá. Quizá te puedo arreglar, y ni se enteraría de que no eres ya virgen.

—Pero ¿qué estás diciendo? Además, ya lo sabe. He pasado por la tienda de la feria antes de venir y le he contado lo que me ha hecho el prestamista. Está destrozado. Se ha puesto como un loco, nunca lo había visto así. Se lamentaba por la pérdida de la honra. Ni me miraba a la cara. Ojalá venga aquí, porque estaba tan alterado que es capaz de intentar vengarse y darte una paliza o algo peor, y yo observaré cómo lo hace y le aplaudiré.

—Pero ¿qué has hecho, niña? A los hombres no hay que contarles este tipo de cosas. Ellos no las entienden y les duele más su honra que la nuestra. Ellos son los que hieren, no los que son heridos, y no saben qué hacer con su dolor cuando lo sienten. Casi siempre actúan como imbéciles o como bestias. Ahora sí que ya no podré remediar nada. Ya te puedes olvidar del casamiento.

La niña se metió en el cuarto y ahí estuvo el resto del día y la noche entera, hecha un cuatro sobre su jergón, llorando y lamentando su suerte.

A la mañana siguiente, la vieja le preparó una tisana que debía tomarse durante tres días seguidos, mañana y noche, para evitar quedar embarazada. Celestina no soportó el gusto asqueroso de la bebida, que le recordó al olor acre del aliento del prestamista, y vomitó el primer trago. Sancha le dio un guantazo y le gritó:

—¡Tienes que beberlo todo! No querrás tener un hijo ahora, ¿verdad?

La niña apretó los ojos y se lo bebió lo más rápido que pudo, controlando a duras penas las arcadas que le producía ese bebedizo repugnante.

A mediodía apareció el zapatero, muy nervioso, por casa de Sancha. Nada más verla, empezó a increparla.

—¡Tú, bruja, por tu hechizo mi hijo ha encontrado la desgracia! ¡Vieja puta, intrigante! ¿Qué les has hecho a estos muchachos? Podrían haber sido felices. Podrían haber tenido lo que tú no pudiste tener. ¡Te maldigo, puta vieja!

—¿Qué ha pasado, Beltrán? —preguntó, angustiada, Celestina, que salió del cuarto al oír las voces del hombre.

—¡Que qué ha pasado! ¿Qué le dijiste, niña, para que fuera por su propio pie hacia la perdición? Mi hijo anoche apuñaló con una navaja al prestamista, pero no lo mató y el hombre pudo dar la voz de alarma y unos alguaciles prendieron a mi muchacho. ¡Ay, mi hijo! Él sí que ha encontrado la muerte en el cadalso. Vengo de ver su cuerpo colgando de una soga en la plaza Mayor. Su cabeza penderá de la cruz de Aníbal al anochecer como la de un vulgar ladrón. ¡Qué desgracia! No puedo soportar el dolor. ¡Mi hijo, mi único hijo! ¿Qué le dijiste, niña? ¿Qué hiciste para que diera su vida por la tuya?

Celestina se tapó los oídos con las manos y lanzó un grito como el de un animal alcanzado por una flecha.

Esa noche, entre lamentos, no lograba evitar la culpa. Se arrancaba mechones de pelo por la desesperación. Si no le hubiera contado nada a Beltrán... Si no le hubiera hecho ese regalo... Estaba maldita desde que llegó a esa casa, el moho se le había metido en el pecho pudriéndole las entrañas y no se había dado cuenta hasta ese momento. No sentía nada, no podía, porque también se le había podrido el corazón y solo notaba el hedor a muerte que le emanaba de dentro por entre las piernas. Su sexo había sido el fin de su amado. Y la puta vieja se había aprovechado de su desconocimiento. Pero junto a su amor había muerto toda su inocencia, y se prometió a sí misma que Sancha pagaría por lo que le había hecho. No descansaría hasta vengarse de ella.

CUARTA PARTE

Verano

20

Calores

Junio tocaba a su fin y, aunque durante el calor del verano las aulas de la universidad estaban vacías, todavía quedaban estudiantes por la ciudad. Los jóvenes salían al atardecer, cuando el sol ya había bajado y permitía caminar sin sudar demasiado bajo el manteo. Reposaban en la plaza que separaba la catedral del edificio de la universidad o recorrían las calles hasta las tabernas del arrabal en busca de vino, bronca y mujeres. La mayoría de ellos eran tunos, porque los estudiantes de las mejores familias, los llamados generosos, habían vuelto con sus pajes y criados a la casa paterna para pasar allí el verano. Otros, no tan adinerados ni nobles, habían dejado los pupilajes y regresado al hogar a recuperar el peso perdido por las magras raciones que les servían los bachilleres. Estos bachilleres, que eran a su vez estudiantes pero de más grado, debían procurar que los jóvenes que hospedaban cumplieran con sus obligaciones estudiantiles, además de tener que alimentarlos, eso decían, al menos, las ordenanzas. Los que quedaban por la ciudad eran los más pobres, aquellos que eran conocidos entre las gentes como sopistas porque mendigaban sopas en los conventos durante el curso y pedían limosna a cambio de su música. Los tunos estaban más pendientes de beber y vagabundear que de estudiar, y decían las malas lenguas que tenían alma de tahúres y donjuanes. Este grupo de estudiantes era el preferido de Sancha, pero con todos procuraba trato y negocios.

La vieja había perdido casi por completo la visión. Sus ojos se habían vuelto grises y no salía a la calle sin Celestina ni un bastón que la ayudaba a adivinar los socavones del camino. Celestina se había convertido en una moza hermosa con unas curvas delicadas, más propias de hija de mercader rico que de sirvienta de una matrona; eso le decía la vieja después de toquetearla y palparle el cuerpo para poder saber a través de sus manos lo que sus ojos no le permitían apreciar bien.

Cuando Sancha intuyó que su ahijada ya estaba preparada para entender cómo funcionaba el juego de la seducción, le enseñó cómo mirar a los hombres con sus enormes y profundos ojos negros para que se quedaran prendados de ella. Celestina había descubierto con asombro que solo una mirada bastaba para detener el paso de un arriero o de un caballero joven. Daba igual si eran ricos o pobres, todos la repasaban con el mismo ardor en la mirada. Y Sancha llevaba un tiempo sacando provecho al efecto que la belleza de su pupila causaba en los hombres.

Se habían cambiado de casa hacía un tiempo, aunque no de calle. Habían ido un poco más abajo de la cuesta de las Tenerías y estaban más cerca del río. La casa era más grande, tenía dos cuartos y una estancia muy amplia que la vieja había dividido en dos espacios, el del hogar, con el fuego siempre preparado y un tablón que colocar sobre caballetes a la hora de comer, y otro en el que, entre un par de muebles de madera, tenía repartidos todos sus potingues. Las hierbas y los tarros de barro con especias estaban en un armario nuevo, mientras que guardaba los recipientes de cobre y el gran mortero de piedra casi negra en un taquillón de madera muy oscura labrada de manera tosca. Los alambiques para los perfumes y los otros utensilios que empleaba para sus labores estaban en el aparador que ya tenían en la otra casa. Hacía tiempo que había guardado en su arcón los que usaba en los partos, porque ya le era imposible asistir a las mujeres por su mala visión. Tenía planeado que Celestina la sucediera y acompañarla a las casas de las parturientas solo para darle consejo, pero la joven, cuando le propuso el cambio, se negó en redondo a ejercer de partera porque le asqueaba el oficio. Ya encontraría otras maneras de ganar los maravedíes necesarios para subsistir, pensó Sancha cuando se le alteraron los planes.

Por primera vez en su vida, la joven disponía de un cuarto propio y, aunque daba a un callejón umbrío, al menos tenía una pequeña ventana para poder ventilar la alcoba e intentar que se fuera el maldito olor a humedad que la perseguía desde el día que la abandonó su madre. A veces se olía las ropas por si lo llevaba con ella, por si emanaba de su cuerpo, y se preguntaba si no se estaría convirtiendo en una de esas polillas que de noche se colaban por su ventanuco y revoloteaban alrededor de la llama de la vela hasta que las aturdía con un trapo o las cogía entre las manos y las devolvía a la oscuridad. La vieja no le permitía matarlas. Decía que las mariposas nocturnas anunciaban noticias, casi siempre buenas, y que matarlas daba mal fario. La vieja creía firmemente que cuando aparecían en casa, con ese aleteo sordo y torpe, al cabo de un tiempo, poco, llegaba una visita inesperada o el rumor de algo nuevo.

Esa noche Celestina soltó un grito cuando descubrió parada sobre un madero de su lecho una polilla más grande de lo normal. Además, no era parduzca, sino de un inesperado color blanco, aunque a la pálida luz de la vela amarilleaba en las puntas de las alas y en la cabeza. Nunca había visto una como esa. Tenía el cuerpo abombado y cubierto por una capa de pelos de apariencia esponjosa. Celestina no pudo contener un gesto de repulsión cuando se fijó en los ojos del bicho, que eran muy negros y desproporcionadamente grandes. Le dio mucho repelús notar que esas bolas redondas parecían estar atentas a sus movimientos, como si la polilla la estuviera vigilando. La vieja entró en el cuarto alarmada por el grito y, al descubrir el motivo del espanto de la joven, resopló y le dijo:

—Pero, boba, no has de gritar por una mariposa de noche. ¡Y mira esta qué bonita es! —exclamó encorvándose lentamente hacia el insecto para poder verlo mejor—. ¡Si es blanca! Es especial, y no ha venido a verme a mí, está en tu lecho. Es por ti por quien ha entrado en esta casa, y deberías estarle agradecida. Las palomillas blancas son mensajeras, pero no de noticias inesperadas, sino de los muertos. Traen recuerdos de los que te siguen queriendo allá donde estén y aparecen justo cuando quien las ve está cambiando. Y tú estás cambiando. Mira qué caderas y qué par de tetas tienes ya —le soltó dándole un cachete en el culo—. Te está diciendo que desde el más allá saben que estás haciéndote toda una mujer.

La vieja se rio a carcajadas mientras cogía la polilla con delicadeza de las alas con las puntas del índice y el pulgar. Celestina se sorprendió de que hubiera podido agarrarla con tanta facilidad y sin espantarla. Le extrañó la precisión del movimiento y que no hubiera habido ni titubeo ni tembleque de dedos. Sospechaba que Sancha veía más de lo que le decía para aprovecharse de ella y tenerla siempre a su lado, exigiendo su atención constante.

Bajó la mirada y pensó en su madre. ¿Sería su espíritu el que había entrado en su habitación bajo la forma de una polilla? Cerró los ojos y se concentró para poder recuperar algún recuerdo lejano que la acercara a ella. Los rizos de su pelo, su olor... Ya no le quedaba casi nada. Se estaba transformando, eso lo sabía. Quizá no eran tonterías lo que le había dicho la vieja. Quería dejar de estar bajo su sombra, y llevaba tiempo pensando en cómo conseguirlo. No creía que su madre se hubiera molestado en venir desde el más allá solo para hacerle saber que ya era una mujer, quizá la visita de esa mariposa blanca tenía que ver más con los deseos oscuros de su corazón. Eso quiso creer, y la aceptó como una señal de que debía encontrar la manera de hacerlos realidad.

A la mañana siguiente, Celestina se sentó a la mesa y esperó a que la cría le sirviera el desayuno. Estaba preparando unos huevos fritos con unos trozos del farinato que colgaba de una viga de madera junto a un lomo. Le gustaba que el brillo de la grasa teñida de rojo por el pimentón se extendiera por encima de la clara de los huevos. Cuando la cría le puso el plato delante, Celestina se enfureció porque había vuelto a reventarle la yema, y estaba seca y desparramada sobre los trozos de farinato demasiado frito.

—¡Eres una inútil! —le gritó lanzando la escudilla al suelo—. Ni un huevo frito sabes hacer. No entiendo por qué la vieja no te ha regalado ya.

La cría se arrodilló para recoger la comida del suelo y se puso a cocinar de nuevo, cabizbaja y sin rechistar.

—Pero bueno, ¿qué es ese carácter del demonio? ¿Crees tú que nos sobra la comida como para tirarla por capricho? —le reprochó la vieja.

—¡Tenemos comida gracias a mí, así que puedo hacer lo que me dé la gana con ella! —gritó Celestina, y se pasó con furia la lengua por el diente roto para notar ese pequeño dolor que la ayudaba a canalizar la rabia.

—Menos humos, Celestina. Nunca se sabe cuándo la rueda de la fortuna ha de girar.

La cría le dejó de nuevo la escudilla en la mesa sin atreverse a mirar a Celestina a la cara, esa vez con una yema temblorosa que se reventó cuando la joven aplastó un trozo de pan sobre la superficie brillante y aceitosa del huevo.

Se llamaba Munia y era la menor de las cuatro hijas del molinero al que la vieja le compraba harina. Cuando enviudó, el hombre no supo qué hacer con tantas mujeres y tantas futuras dotes, y Sancha vio la oportunidad de un buen negocio. Volvía a necesitar una sirvienta ahora que Celestina había crecido y se negaba, con maneras de gata arisca, a ocuparse de las tareas de la casa desde que tenía otras obligaciones, así que cogió por los cuatro pelos del flequillo esa oportunidad y consiguió por unas cuantas monedas a una de las hijas del molinero. Se quedó con la pequeña, que tendría unos diez años, y así se aseguraba de que le costaría menos domarla. Además, su apariencia era lastimosa, por lo que le saldría más barata. Sus ojos castaños demasiado juntos y el morro sobresalido característico de los que son dentudos le daban apariencia de ratón. Por si fuera poco, incluso con la ropa puesta se adivinaba que tenía la espalda torcida y una giba le abultaba de forma desoladora el omóplato derecho. Celestina creyó que su deformidad la convertiría en una criada servil y fiel.

La cría se dormía llorando a los pies de la cama de Sancha todas las noches desde hacía casi nueve meses. Al principio lloraba de añoranza y miedo. Le daban pavor la oscuridad del cuarto, los pelos tiesos como las cerdas de un cepillo de la barbilla de la vieja y los ojos llenos de odio de la chica que allí vivía. Después empezó a llorar de dolor. Le dolía todo el cuerpo cuando al caer la noche se estiraba sobre el lecho y los cardenales le recordaban los palos recibidos. Día sí y día también, la vieja con el cayado o la joven con sus manos la golpeaban por vaga, torpe o simplemente por estar ante ellas. La niña se espantaba cuando veía cómo se le oscurecían los ojos a Celestina; sabía que después venían los tirones de pelo o los tortazos. Sabía que era el odio lo que le teñía la mirada de noche, un odio que le parecía diabólico. Disfrutaba al herirla, al arrancarle mechones de su melena pajiza, que tiraba al suelo sacudiéndose la mano mientras la llamaba rata calva.

—Venga, gorrina, acaba ya de desayunar y límpiate la barbilla, que la tienes aceitosa. No querrás llegar a la taberna pareciendo una cerda. Hoy es jueves, y seguro que nos encontraremos con Gonzalo. Lo tenemos donde queremos.

—No sé yo, madre. Lo vi hablando en la rúa de los Libreros hace poco con Bartolomé. Espero que no fuera yo el tema de conversación, porque se nos acabaría el negocio antes de empezarlo... Ya sabes que Bartolomé me conoce bien y puede desmentir lo que le has contado al zagal.

—No te pongas en lo peor, agorera. No creo que esos dos se molesten en hablar de las mujerzuelas a las que frecuentan. Estarían criticando a los profesores o comparando las materias que no han aprobado, porque menudos dos vagos están hechos. Que yo sepa, no tienen amistad, solo se cruzan a veces.

—Así lo quiera el azar, porque llevamos semanas gastando tiempo en enredar a ese bobo.

—Bueno, tú procura sonrojarte y mirar al suelo si te dedica algún cumplido. Yo me encargo de lo demás. Y tápate la boca si has de sonreír. Has de parecer todo candor. Eso sí, ábrete bien el escote de la saya, que asomen esas curvas prietas que tienes bajo la tela de la camisa, y remángate bien, deja tus brazos delicados a la vista.

La taberna estaba llena. Gonzalo se encontraba apoyado en el mostrador apurando un jarrillo de vino. Se irguió al ver aparecer a la vieja, seguida de esa joven que le calentaba el ánimo cada vez que la veía por las calles. Inclinó la cabeza a modo de saludo, al que Sancha respondió con un gesto de la mano.

—Buenos días te dé Dios, mozo. Hacía mucho que no nos cruzábamos por la villa. ¿Cómo estás?

—Bien. Estoy alargando mi estancia en la ciudad. Me gustaría pasar un par de semanas más aquí antes de volver a casa. Quiero disfrutar de unos días de la libertad estrenada este año, pero sin las obligaciones académicas.

—Claro, es normal siendo este tu primer curso de estudiante. ¿Cómo te ha ido?

—Pues podría haberme ido mejor. Aunque también peor, la verdad, así que me conformo con lo visto, oído y vivido.

—¿Y comido? Te veo hundidas las mejillas. Espero que los estudios te hayan alimentado el espíritu, porque lo que es el cuerpo, ya se ve que no mucho. —Acto seguido, la vieja se dirigió a Celestina—. Niña, ven aquí. Vamos a pedir que nos llene el tabernero nuestro jarro con un azumbre de vino.

Celestina se acercó con el jarro de barro apoyado en la cintura y moviendo las faldas con su caminar. Al llegar a la altura del joven, lo miró a los ojos mientras contaba hasta dos y luego desvió la mirada hasta al extremo opuesto de la sala, y ya no volvió a hacer contacto visual con el chico, tal como le había explicado la vieja. El mozo se ruborizó al saberse observado por la que le robaba el sueño desde que empezaron los calores después de San Juan. Cuando el tabernero devolvió a la muchacha el jarro lleno de vino, esta tuvo que levantar ambos brazos para colocarlo sobre el trapo que se había enroscado un instante antes sobre la cabeza y, al hacerlo, Gonzalo pudo observar a placer cómo se le redondearon los pechos, que le sobresalieron del escote, además de la suave piel de la cara interna de esos brazos apenas acariciada por el sol hasta entonces.

El mozo notó una turbación que deseó que nadie más pudiera percibir y sintió que una gota de sudor le recorría la línea de la espalda. La vieja entendió el mensaje que emitía el cuerpo de Gonzalo y supo que ese era el momento de atacar.

—Niña, sal ya, que aquí hay mucho hombre y no quiero que tu virtud se vea comprometida por las miradas de los varones acalorados. Adelántate y espérame en el murete que hay antes de la plaza. Yo he de beberme a gusto un cuartillo de vino antes de irme, porque no he de temer perder algo que ya ni recuerdo haber tenido.

Celestina salió tal como le dijo la vieja. Sabía lo que iba a venir ahora. Le podría un precio, como siempre, como cada vez que engañaba a algún estudiante más o menos nuevo en la ciudad que no las conocía lo suficiente para descubrir el engaño antes de caer en la trampa. Iba a vender la virtud que hacía años había perdido, pero la vieja lograba una y otra vez embaucar a esos jóvenes a los que calentaba durante semanas con la visión de esa muchacha hermosa que fingía inocencia. Celestina era envidiada por muchas de las chicas que aspiraban a ganar algún dinero gracias a sus virtudes en la ciudad, porque siempre era la preferida de los hombres a los que la vieja se acercaba. Tenía ya dieciséis años, pero su talle fino y su pecho delicado la ayudaban a pasar por menos edad y por virgen cada vez que la vieja la ofrecía a algún desgraciado que babeaba ante la idea de violentar a una pobre niña inocente.

La vieja sabía cómo engañar a los hombres, y la joven, cuando tocaba, fingía lo que en una ocasión había sentido, aquella en que el prestamista la violó.

Celestina se cruzó en la puerta de la taberna con Lázaro, el mozo palafrenero que le había dado una paliza cuando era niña. No se habían visto desde hacía años y el chico no la reconoció. La miró y la saludó como a cualquiera con quien uno se cruza en un umbral. Estuvo a punto de dejarlo pasar sin más, pero notó que la rabia se le retorcía en las tripas y le devolvió el saludo llamándolo por su nombre. Cuando Lázaro se volvió a mirarla para comprobar si la conocía, Celestina le ofreció no una de esas sonrisas que le había enseñado la vieja, con las que disimulaba su paleto imperfecto, sino una generosa e impúdica que le mostró el diente que él le había roto y que lo ayudó a situarla en su memoria.

—Eres tú, ¿verdad? Eres el cachorro apaleado que llevaba siempre pegado a las faldas aquella puta alcahueta.

—Mi nombre es Celestina. Hace tiempo que dejé de ser un cachorro callejero, como puedes ver.

—Ya veo. Y lo que veo me gusta. Has crecido mucho.

—Y he aprendido mucho también.

—Me alegra, y viendo lo magníficas que son las virtudes que a simple vista están, confío en que oculta esté la noble capacidad de perdonar.

—Perdonar sí; olvidar no.

—Bueno, por algo se empieza.

—Y se termina... Con Dios.

Y Celestina siguió sin mirar atrás su camino hacia el murete en que esperaría sentada a la vieja. Supo que el efecto que había causado en Lázaro había sido justo el que ella pretendía, una mezcla de sorpresa por lo imprevisto del encuentro y de fascinación por los cambios que el tiempo había obrado en ella. Desde niña guardaba en su pecho las ganas de vengarse de Lázaro y la fortuna se lo había puesto justo delante. Solo debía averiguar por qué.

En el interior de la taberna, la vieja hablaba con Gonzalo pensando en la cantidad de monedas que iba a conseguir.

—Bueno, bueno, Gonzalito, veo que no le quitas ojo a Celestina. Ya sabes que es inocente y muy joven.

—Sí, señora, lo sé, pero no puedo apagar el fuego que siento cada vez que la veo o que la pienso durante las noches. Necesito que me ayudes con este malestar que me quita el hambre.

—Eso se nota, estás en los huesos, ja, ja, ja —se carcajeó la vieja.

—No te burles. Estoy enfermo de amor. No descanso, no puedo dejar la mente en blanco, todo lo ocupa el nombre de Celestina, el recuerdo de sus ojos, de la línea de su cuello. Necesito poder tocar con las yemas de mis dedos enamorados esa piel que parece de mármol, cincelada por el mismísimo Fidias.

—Pero ¿qué dices, loco? No conozco yo a ningún Fidias, aunque conozco el remedio de tu mal. Eso sí, no es barato, y no tienes pinta de estudiante generoso. No sé yo si podré hacer algún negocio con un muerto de hambre como tú.

—Señora, no te engañes. Llevo meses guardando monedas de las que me envía mi familia. Cuando me da el paquete el arriero hago cuentas y gasto lo menos posible para ahorrar por si me surge una necesidad, y este deseo que siento es ya una urgencia. Así que podemos hablar de negocios.

—Pues hablemos.

21

Hilo de seda

Celestina estaba estirada encima del tablero de la casa que había colocado sobre los caballetes con ayuda de Munia. Tenía las piernas separadas y la mirada fija en las vigas de las que colgaban hierbas secas y algunas tripas de la matanza de ese invierno. La niña se quedó tras la cabeza de Celestina. La vieja le ordenó que no se moviera de ahí y que, cuando se lo pidiera, le alargara lo que iba a necesitar.

Esa mañana temprano, Munia había ido a casa de la vecina que tenía un pequeño corral y le había dado ocho maravedíes para que le matara un conejo, que se llevó sin desangrar ni pelar, tal como le pidió la vieja. Una vez de vuelta, Sancha la había obligado a cortar el cuello al animal y sostenerlo por las patas traseras conforme la sangre aún caliente caía a chorro en un cuenco de barro. Mientras lo tenía así cogido, la vieja le abrió el vientre y le extrajo algunas vísceras con su navaja. La criada volvió la cara para no ver las tripas, que quedaron colgando de la raja que la vieja le había hecho al animal. Cuando el goteo de la sangre empezó a ser intermitente, Munia dejó el conejo encima del mueble, sobre un trapo que se tiñó de rojo, y ayudó a Celestina a poner la mesa.

Lo que buscaba Sancha en el interior del conejo era su vejiga, una pequeña bolsa rosácea que llenó con la propia sangre del animal y que cerró con aguja e hilo.

—Venga, Celestina, remángate las faldas y separa más las piernas, ya sabes cómo va la cosa. Estás muy arriba, baja el culo hacia mí... Eso, así. Ya llego mejor... Niña, pásame ese paquete que está sobre el mueble de detrás. Sí, ese.

La vieja abrió un saquito que guardaba una madeja de hilo finísimo de seda que había sido encerado para que pasara más rápido por la carne que tenía que zurcir. Era un hilo aún más fino que el que usaba el barbero para coser heridas, y con él intentó enhebrar una aguja de latón de peletero.

—Me cago en mis años. No acierto. Munia, toma y prueba tú. A tu edad tenía yo vista de halcón, pero ahora veo menos que un topo.

La niña acertó al primer intento y devolvió la aguja enhebrada a la vieja, que la cogió y la pasó por las brasas del hogar para disminuir el riesgo de infección. Cuando la aguja se calentó lo suficiente, puso una mano sobre la cara interna del muslo derecho de Celestina para abrirle un poco más las piernas y con la otra le introdujo la vejiga del conejo en la vagina. Pero el trabajo no estaba acabado; debía fijársela con unas puntadas porque al incorporarse podría resbalar el engaño. La joven no emitió ningún quejido, aunque Munia se impresionó al ver que apretaba mucho los ojos y que sus labios desaparecían en una mueca de dolor mientras una pierna empezaba a temblequearle de manera descontrolada. La vieja tuvo que parar el temblor con la mano que le quedaba libre para evitar que un movimiento involuntario le produjera una herida interna. Cuando acabó de coser la vejiga en su interior, le dio una palmada en la pierna y la tapó con las faldas.

—Ea, ya estás lista. Baja con cuidado y ve directa a tu lecho. Échate y no te muevas de allí hasta que llegue Gonzalo, no vaya a ser que se reviente la bolsa antes de tiempo. Espero que el estudiante salga satisfecho y convencido, porque ha pagado mucho por ser el primero —dijo Sancha antes de soltar una carcajada.

Celestina se deslizó poco a poco por un lateral de la mesa y dio con cuidado los cuatro pasos que la llevaban hasta su cuarto. El dolor le impedía juntar los muslos y caminar con normalidad, pero para lo que tenía que hacer en un rato solo hacía falta echarse boca arriba. El mozo no notaría nada; nunca notaban nada. Se aflojó el ceñidor y se quitó la saya. Cogió la trótula que guardaba en el pequeño arcón que la vieja le había comprado con las primeras monedas que ganó a cambio de su cuerpo para que pudiera guardar su ropa y sus cuatro cosas. Sancha le había enseñado que debía ponerse esa especie de cinturón cada vez que un hombre se metía en su cama, para evitar un embarazo. Se lo acercó a la nariz por si emanaba de él un olor desagradable. La vieja elaboraba esa especie de amuleto para las mujeres de poca honra, y vendía muchos, pero Celestina recordaba que cuando se lo hizo a ella por primera vez no dejó que los testículos de comadreja que colgaban del cordón ni la piel de ganso que los envolvía se secaran bien al sol y al poco tiempo se pudrieron. Desde entonces, cuando pagaba por ella un desconocido de aspecto repulsivo, creía notar en la nariz ese hedor terrible que la asqueó casi tanto como los lametones que le estaba dando un fraile seboso el día que por primera vez percibió por el olor que el amuleto se había descompuesto. Pero esa mañana Celestina no quería arriesgarse a tener que soportar ese tufo a bicho muerto mientras fingía inocencia y dolor hasta que Gonzalo, que creería estar mancillándola, derramara su placer culpable dentro de su cuerpo, así que olisqueó los saquitos por si acaso. Después se lo anudó alrededor de la cintura y se metió en la cama en camisa, a esperar.

El estudiante llegó un poco antes de la hora convenida, lo que dio a Celestina una pista sobre su carácter impaciente. Seguramente no tardaría en acabar, sospecha que la puso de buen humor, porque no tenía ganas de estar demasiado tiempo bajo un gañán resoplando como un cabestro sobre ella. Se tapó hasta el cuello para representar pudor y para aumentar en el joven la curiosidad y el deseo de desvelar lo que la tela ocultaba a la vista. Oyó cómo la vieja daba consejos al estudiante para no hacer daño a su ahijada, así como para disfrutar más y durante más tiempo. Cuando la chica oyó el tintineo de las monedas supo que él estaba a punto de entrar. Munia corrió la cortina que separaba el cuarto de la estancia principal para dar paso a Gonzalo, y Celestina observó en los ojos de la niña contrahecha lo que le pareció satisfacción. La perturbó esa mirada, que le dio la impresión de que nacía del disfrute de ser testigo de su dolor y humillación. Supo que había hecho una enemiga, pequeña por el momento.

Gonzalo se sentó a los pies de la cama y se fue desnudando en silencio. Cuando solo le quedaba la camisa se puso de pie y pidió permiso a Celestina para entrar en el lecho. Ella asintió con un gesto de la cabeza y dejó que el joven se le pusiera encima. El chico le descubrió los pechos y se los besó mientras le decía lo bella que era y que se sentía muy afortunado de poder disfrutar de su hermosa inocencia. La besó sobre las clavículas y las costillas mientras le acariciaba los pechos con las manos. A Celestina le costaba sustituir los gemidos de placer por pucheros y las ganas de morder el pecho del estudiante por gestos remilgados. Cuando el joven le comenzó a recorrer el vientre con la lengua hasta llegar al vello del pubis, que empezó a acariciar como si fuera el lomo de un cachorro, Celestina supo que el timorato de Gonzalo no iba a ser el peor amante que había conocido.

—Celestina, qué placer tenerte así. Qué afortunado soy de poder abrir con mis dedos la puerta de tu cielo —le dijo Gonzalo mientras le acariciaba la vulva hasta notar que el cuerpo de la chica respondía a pesar de lo que él creía que era vergüenza y miedo, sin saber que los noes y ese movimiento huidizo de sus piernas eran fingidos.

—¡Ay, Gonzalo! ¿Qué me haces? No demores más el momento de mi deshonra ni me corrompas más de lo necesario —dijo Celestina dando unas palmadas en la espalda al joven y aguantándose la risa.

—Niña, para. Sé lo que me hago y es para tu bien... Entra olor a conejo frito, ¿verdad?

Celestina tuvo que morderse las mejillas para no morirse de risa antes de responder:

—Sí, parece que habrá conejo frito con ajos para almorzar.

—¡Qué buen olor! Me ha despertado el apetito.

Gonzalo seguía empeñado en preparar la entrada por la que creía una puerta angosta mientras Celestina escondía el rostro bajo el lienzo porque ya no podía disimular el placer que la tenía al borde del éxtasis.

—¡No, no, no, no! ¡Para, por Dios! —exclamó la joven para frenar el momento.

Gonzalo dejó de tocarla con los dedos y decidió montarla ya. Se remangó la camisa y con una mano se ayudó a empujar su miembro contra la que creía una muralla nunca franqueada. Celestina apretaba los muslos con fuerza para que el estudiante creyera que estaba derribando con su ariete la puerta de una fortaleza y, tras varias embestidas infructuosas, separó un poco las piernas para permitir la entrada del soldado, que iba bien armado. Celestina notó la viscosidad de la sangre de conejo que, al romperse la bolsa, resbalaba fuera de su cuerpo. Enseguida, un dolor parecido al de la piel enganchada y tironeada por las púas de un zarzal le hizo apretar los párpados cuando el hilo de seda le provocó un desgarro en la vagina. Sin embargo, los movimientos acompasados del joven tornaron el daño en gusto, y la chica se tapó el rostro con las manos para que Gonzalo no viera que los ojos se le ponían en blanco al llegar el placer. Y con arte supo transformar sus gemidos en lamentos y lloriqueo ensayados.

Cuando el estudiante se separó de ella, comprobó que el lecho estaba manchado de sangre. Celestina fingió turbación y dificultad para incorporarse. Gonzalo se vistió con prisas y antes de abandonar el cuarto le dio unas monedas.

—Estas son para ti. No le digas nada a la vieja.

—Gracias.

Celestina se recolocó la camisa y salió del lecho para buscar algo en su arcón. Se acuclilló y al dar la espalda al estudiante, este vio que la camisa tenía una mancha de sangre con forma de araña en la parte de atrás y sonrió. Celestina se agachó fingiendo estar dolorida y sacó del arcón su vieja faltriquera. Guardó las monedas donde guardaba sus sueños rotos. Se levantó y al volverse tenía el rostro empapado por un llanto que Gonzalo no había oído brotar. Celestina lo miró como si no lo viera, como si sus ojos negros lo traspasan, y limpiándose las lágrimas con el dorso de la mano le ordenó:

—Vete. Déjame sola con mi vergüenza.

Gonzalo obedeció, creyendo que estaba muy afectaba por lo que acababa de hacerle, y cuando salió a la sala vio la mesa preparada para servir la comida. Sancha lo invitó a quedarse.

—Venga, muchacho, haznos compañía y explícanos alguna anécdota divertida que te haya pasado este curso. Es casi hora de comer, y estoy haciendo un conejo con ajos, laurel y romero que me está quedando de rechupete.

El estudiante, que hacía meses que no comía un plato en condiciones, no pudo negarse y se sentó a la mesa. Miró con compasión a Munia, que estaba removiendo el guiso con un cucharón de madera. Mientras esperaba a ser servido, Sancha quiso averiguar si había sido todo de su agrado.

—¿Cómo ha ido, Gonzalo? ¿Se ha cumplido lo pactado?

—Con creces, comadre. No me imaginaba un cuerpo tan perfecto ni un calor tan placentero. El momento de desflorarla ha sido tan excitante que me he derramado enseguida. Pero ha valido la pena. Y aunque ya no será lo mismo, quizá vuelvo a hablar contigo, porque me quedaron ganas de más.

—Pues ya sabes dónde encontrarme.

—Sí, cuando pase el verano, porque me marcho en pocos días a casa de mis padres.

—Te vas y ya tienes tareas para el curso que viene —le dijo la vieja riéndose con la boca abierta.

—Ojalá todas fueran tan agradables de hacer como la de hoy.

Munia le sirvió una escudilla con una paletilla y un par de trozos de costillar del conejo, que Gonzalo se comió con ansia, pringándose los dedos y las mejillas.

—Pero bueno, traes más hambre que un perro callejero.

—Sí, comadre, a sopas he estado todo el curso. ¡Ni un guiso como este he probado! —le respondió el estudiante chupándose los dedos.

—Era un conejo joven y delgado. Son los que están más buenos. Y recién matado te lo estás comiendo.

Gonzalo asentía con la cabeza, pero no dijo nada más porque estaba entretenido en mordisquear los huesos del animal. La vieja le dejaba hacer porque quería conseguir que se fuera deseoso de volver.

Sancha pidió a Munia que reservara a Celestina una escudilla con una paletilla y un par de trozos de lomo, de esos con los riñones pegados y una franja de grasa. Eran los preferidos de su ahijada, y la vieja no tenía ganas de aguantar su enfado. Después de atender a un cliente, Celestina se ponía siempre insoportable y buscaba la mínima excusa para pegar a la criada o para levantarle a ella la voz. Sancha estaba preocupada porque las fuerzas ya no la acompañaban y no podía imponerse a palos como antes a Celestina cada vez a esta se le llenaban los ojos de rabia. Sabía que estaba a punto de convertirse en una mujer de carácter indomable.

—Munia, lleva a Celestina esta limonada.

La niña agachó la cabeza y cogió la limonada que Celestina tenía que beberse para evitar el embarazo y que acompañaba el jugo de limón con muchas más hierbas. Munia temía entrar en el cuarto. Aun así, pasó, y se encontró a Celestina sentada en el lecho manchado de sangre agarrada a una faltriquera de cuero ajado. Tenía la mirada perdida y se notaba que había llorado. La sirvienta se le acercó con la cabeza gacha porque no quería enfadarla y, una vez delante de ella, alargó el brazo con el potingue, pero Celestina no se inmutó. Munia estuvo con el brazo estirado unos instantes mirando el suelo, pero nada. Sabía que era importante que la joven se bebiera el mejunje que la vieja le había preparado, así que al final se decidió a hablarle.

—Celestina, tienes que tomarte esto.

Celestina movió únicamente las pupilas, que puso sobre Munia. La niña se estremeció. Era esa mirada negra que precedía a los estallidos. Cerró los ojos y, de manera instintiva, giró el rostro hacia un lado, pero esa vez no le llovieron los tortazos, sino que solo recibió un golpe en el antebrazo que aún mantenía estirado. El jarrillo de barro acabó hecho añicos en el suelo.

—¡Vete! ¡Ya! —gritó Celestina.

Munia salió corriendo y se sentó a los pies de la vieja, que seguía de cháchara con Gonzalo.

—¡Qué carácter del demonio tiene esa maldita! ¿Se ha bebido la limonada?

Munia respondió levantando los hombros mientras mojaba un trozo de pan en el aceite que quedaba en el culo del caldero.

—Pobre Celestina —dijo Gonzalo hurgándose entre los dientes con una uña para sacarse el trozo de carne que se le había metido.

22

Una amiga

Celestina llevó la ropa blanca a lavar, aunque Sancha le había dado la orden a Munia. Le gustaba ir al río y esperar sentada en la orilla, con los pies descalzos dentro del agua fría, observando el trajín de las mujeres, así que cogió el cesto de mimbre y se fue. Sabía que la vieja no le diría nada si se quedaba hasta el final del día allí, siempre y cuando estuviera preparada para recibir a un mercader que estaba de paso y que había adelantado dinero por pasar la noche con ella. Además, Cándida, la moza a la que pagaban por lavar la ropa, le caía bien y disfrutaba charlando con ella.

Cándida tenía catorce años y llevaba la mitad de su vida destrozándose la espalda y las manos en el lavadero. Tenía el cabello lacio aclarado con lejía y a menudo se le escapaba de la toca con el esfuerzo, y con un soplido se lo apartaba de los ojos, que, aunque pequeños, eran vivarachos y del color del cielo. Un lunar abultado en el pómulo derecho, del que salían tres o cuatro pelos negros, le afeaban el rostro, si bien los mofletes regordetes y los hoyuelos que se le marcaban al sonreír le daban una apariencia bonachona. A Celestina le gustaba esa chica porque siempre estaba alegre y canturreaba mientras hacía su trabajo y le atraía el misterio de esa felicidad que no conocía ni comprendía. Además, quería una amiga que la hiciera reír de vez en cuando.

Cuando Cándida frotaba las manchas de las telas en la pila de granito con jabón de sebo de cabra y cenizas, se le abrían las grietas que le recorrían las palmas y el dorso de las manos. Sin embargo, el dolor no le impedía entonar un romance sobre un niño enamorado de una princesa que acababa asesinado y convertido en gavilán, como esa mañana. Celestina la escuchaba recostada en la pared de piedra de la pila, con los ojos cerrados y los pies descalzos sobre la hierba fresca. El lavadero era un lugar bullicioso en el que se mezclaban las voces de las mujeres con el ruido que hacían al apalear la ropa empapada. Una decena de pilas rectangulares se repartían de forma más o menos anárquica alrededor de un pozo bajo una techumbre que les permitía hacer su trabajo a diario, sin importar la lluvia o el sol abrasador, como el de ese mes de julio. El pozo abastecía el lavadero de agua del río grande. A primera hora del día, las mujeres llenaban con cazos algunas de las pilas, las destinadas al lavado. Más tarde harían lo mismo con las que servirían para aclarar el jabón de las ropas.

A Celestina le gustaba ver cómo extendían las sábanas enjabonadas sobre la hierba en las landas del río y les ponían piedras encima para que un golpe de viento no se las llevara volando. Colgaban las camisas y otras prendas menores de arbustos o de ramas de árboles; parecían espantapájaros o ánimas en pena que se hinchaban y movían los brazos mientras las lavanderas esperaban a que el sol blanqueara las telas antes de aclararlas.

Hacía mucho calor y, como solo había mujeres, Celestina se atrevió a remangarse las faldas hasta las rodillas. Alzó la cara hacia el cielo y cerró los ojos para concentrarse en la sensación de caricia que el aire que le producía en la piel, pero una voz de hombre la sobresaltó:

—Vaya, no te veo en años y de nuevo nos cruzamos. El azar es caprichoso.

Celestina abrió los ojos y se puso la mano en la frente a modo de visera, porque el sol la deslumbraba y no reconocía la silueta que estaba parada delante de ella. El hombre se movió a un lado y tapó la luz con su cuerpo. Era Lázaro, que llevaba cogido de las riendas un percherón de color bronce sin ensillar.

—Caprichosos son los hombres. Azar parece más un nombre de pájaro que de algo que no se puede gobernar —respondió Celestina.

—A los pájaros tampoco se los puede gobernar.

—Cierto es. Se los puede encerrar en jaulas; sin embargo, seguirán siendo capaces de volar mientras que nosotros no lograremos jamás elevarnos ni un palmo del suelo —dijo Celestina mirando hacia las copas de los árboles, de donde llegaban los trinos de algunos mirlos.

—¡Qué melancólica estás! Se me ocurre una manera de equilibrarte los humores y de hacerte flotar.

—Si lo que quieres es eso, habla con la vieja y a mí déjame en paz —le espetó Celestina, que suspiró porque supo, por cómo la estaba mirando, que Lázaro hablaría con Sancha. Se pasó la lengua por los paletos al pensar que tendría que tragarse el orgullo después de tantos años albergando rencor hacia ese hombre.

—¡Qué arisca está la niña! ¡Arre, Trueno, que la serpiente va cargada de veneno y muerde! —gritó Lázaro, y dio un tirón a las riendas del caballo, que se puso en marcha hacia la orilla del río.

Cándida había dejado de cantar para poder escuchar lo que le decía el mozo de cuadra a su amiga y al ver que este se alejaba le preguntó:

—Celestina, ¿por qué has despedido tan rápido a ese joven? Era buen mozo y parecía no tener prisa.

—Es una historia antigua, una vez me dio una paliza siendo yo niña y él un zagal ya crecido.

—Bueno… Pero el tiempo difumina las cicatrices.

—No todas, mira cómo me dejó este diente el muy bellaco.

—No me refiero a eso… Ya me entiendes. No está la vida para despreciar alegrías. A mí se me ha alegrado el día solo con verlo, ja, ja, ja.

—Mira tú con la lavandera…

Las dos muchachas se rieron, Cándida a carcajadas, golpeándose los muslos con las manos. Celestina pensó que había llegado el momento de llevar a la lavandera a casa de Sancha.

—Cándida, ¿me ayudarás luego a cargar la colada hasta casa? Me caí el otro día y me duele el hombro.

—Claro, mujer. Vamos, pero deprisa, porque mi madre se enfadará si no me ve cuando vuelva de repartir la ropa limpia entre las dueñas.

—Estás muy grande para regañinas.

—Eso le quiero hacer ver a mi madre, pero no atiende a razones.

—¿Y no has pensado nunca en hacer otro trabajo?

—Nunca. Lavandera fue mi abuela y lavandera es mi madre, así que no he tenido que pensar demasiado.

—Ya, lo entiendo. Pero mírate las manos… —Celestina le cogió la que tenía libre—. Están tan destrozadas que duele mirarlas. Con lo bonita que eres… Es una pena que malgastes tu juventud frotando la suciedad de los demás.

—¿Qué dices, Celestina? Ni soy bonita ni malgasto nada. Trabajo, que es lo que nos toca a los pobres hacer para poder comer.

—Lo sé, pero hay otros trabajos no tan laboriosos.

—Supongo —fue lo único que comentó Cándida, y se acomodó mejor la cesta en la cadera porque pesaba bastante con la ropa empapada y se le empezaba a resbalar.

Celestina creía que la chica sabía cuál era su oficio, a pesar de que jamás hubieran hablado del tema. La vieja era bien conocida en toda la villa y, aunque nadie le negaba el saludo porque nunca se sabía cuándo se iba a necesitar uno de sus remedios, todos hablaban a su espalda.

—Va, que te echo una mano para estirar las sábanas en la hierba —dijo Celestina a la muchacha.

Pasaron el resto de la jornada charlando y hasta se estiraron sobre la hierba también ellas durante un rato mientras esperaban a que el jabón calentado por el sol hiciera su efecto.

Acabado todo el trabajo, Celestina ayudó a Cándida a doblar la ropa y se encaminaron hacia la casa. Sancha las invitó a sentarse en la puerta, bajo la sombra de una parra, y les ofreció un par de jarrillos de vino.

—¿Así que tú eres esa amiga de la que Celestina me ha hablado tanto?

—Se llama Cándida.

—Precioso nombre. Muy apropiado, con esos ojos tan angelicales pareces todo candor.

—Gracias, comadre —respondió la joven lavandera bajando la mirada.

—Madre, Cándida es tan alegre que solo con estar cerca de ella se te quitan las penas.

—Anda, pues esa virtud es muy admirada por los hombres. Seguro que tienes muchos pretendientes.

—No, señora. Mi madre no deja que se me acerquen los zagales. Dice que es demasiado pronto para andar comprometida.

—¡Pero bueno! Si eres toda una mujer. Tienes un cuerpo cálido, de caderas anchas y pechos grandes —le dijo la vieja artera antes de cogerle las manos—. ¡Madre del amor hermoso, pero cómo tienes eso! ¡Qué mala pinta tienen esas pústulas! Como no te las cures, cualquier día te obliga el alguacil a aislarte en la leprosería de San Lázaro.

—Comadre, me he puesto agua con vinagre y limón, pero solo me escuece y no me mejora el aspecto —dijo Cándida llevándose las manos a la espalda.

—Es que ese no es buen remedio para las llagas que tienes. ¡Munia! ¡Niña! Pon el cazo sobre el fuego y saca el tarro de la cera de abeja y el de aceite. Coge también un puñado generoso de pétalos secos de caléndula y una pizca de avena.

—Comadre, no sé dónde está la caléndula —respondió la criada con la cabeza inclinada hacia el suelo.

—Deja los demás ingredientes sobre la mesa, alelada, ahora voy. Cándida, te haré una pomada para esas manos. Ya verás como te mejoran las pústulas en poco tiempo. Pero tienes que ser constante y embadurnarte con ella todas las grietas antes de dormir y antes de ir al lavadero, ¿de acuerdo?

—Claro, comadre. Muchas gracias, no sé cómo pagarte el ungüento.

—Es un regalo, por ser amiga de Celestina y por lavar tan bien nuestra ropa.

—Dios te lo pague.

—O el demonio, ja, ja, ja. Estoy más cerca de las puertas del infierno que de las del cielo. Habré de hacerme a la idea ya, ja, ja, ja.

Las muchachas se rieron y esperaron con la espalda apoyada contra el muro y las piernas estiradas bajo la sombra de la parra hasta que la vieja volvió a aparecer. El sol estaba ya bajo y se podía estar en la calle sin sentir el calor asfixiante del día. Cándida se fijó en los minúsculos racimos de color verde que se repartían por las ramas y contó a Celestina que le encantaba morder las uvas cuando aún no estaban maduras y notar la acidez del jugo que le cerraba los ojos. Celestina le explicó que esperaba a un amigo que iba a visitarla esa noche. Le había prometido una saya nueva, de tejido ligero como el que las dueñas llevaban en verano y de color azul intenso. Tenía muchas ganas de ver la prenda. Cándida confirmó sus sospechas. Cierto que el trabajo de Celestina era menos cansado que el suyo, pero por contra resultaba mucho más peligroso y poco honrado. Ella quería hijos y un patio lleno de plantas que regar sacando agua de un balde con las manos. Así se había imaginado siempre. Sin embargo, escuchó embobada a Celestina, que relataba cómo sus amigos la agasajaban con manjares, telas, pendientes y otros regalos, aparte de las monedas que entregaban a la vieja por ser tercera en esos amores, si es que de amor se podía hablar en esos casos.

—¿Me aborreces, Cándida?

—No, no tengo motivo para ello.

—Temía contarte a qué me dedico. También sé traer un niño al mundo, pero es mucho más sucio y arriesgado ese oficio de partera que el mío de amiga. Los dos me los enseñó la vieja, tampoco tuve que pensarlo. He heredado la deshonra de Sancha como tú los jabones y las tablas de lavar de tu madre.

—Ya, pero seguro es siempre y cuando no os descubra el alguacil.

—El alguacil es amigo de la vieja. Sancha le paga doce maravedíes al año para que no vea lo que hacemos en la casa, y todos contentos.

—Pues tan peligroso no es, entonces.

—No, y además puedo elegir a los amigos que entran en mi alcoba. No todo me vale. Soy joven y bonita, así que me niego a recibir a viejos podridos.

—Pues el mozo de hoy no me ha parecido ni viejo ni podrido. ¿Vas a recibirlo?

—No pienso hablar con él. Si hace negocios con la vieja, no me opondré, pero no le dirigiré la palabra.

—Ja, ja, ja. Qué dura eres, Celestina.

Sancha apareció por la puerta e interrumpió la cháchara de las chicas. Dio a Cándida un bote mediano de barro. La muchacha notó que el contenido no se había enfriado aún porque las paredes del tarro estaban tibias.

—Espera a que la pomada se endurezca un poco antes de aplicártela. Está todavía demasiado líquida. Tiene que cubrirte la piel y formar una especie de costra. Si ves que se resbala demasiado, dímelo. No creo que pase, pero si me ha quedado muy líquida no curará igual de bien. Hay bastante; si tu madre tiene pústulas, que la use también.

—Muchas gracias, comadre.

—No se merecen. Y espero verte por aquí pronto. Queda con Celestina y comemos juntas un día de la semana que viene.

—No sé si mi madre me dejará venir.

—Ya hablaré con ella si hace falta.

Así quedaron la vieja y la niña lavandera, que se fue contenta con su remedio y con la sensación de haber hecho nuevas amistades. Celestina le gustaba, era hermosa y se divertía con ella. Aunque su mirada era demasiado profunda y evitaba mirarla fijamente porque le daba vértigo, igual que cuando se asomaba al pozo y veía al fondo el agua que temblaba al recibir la arenilla que se desprendía de los bordes de piedra cuando se apoyaba con los antebrazos para mirar si estaba lleno.

Las amigas caminaron un trecho juntas y, antes de despedirse, Cándida le hizo un comentario que Celestina no esperaba:

—Como te has sincerado conmigo hoy, voy a decirte algo que me ronda la cabeza hace un tiempo, pero no osaba sacarlo de ahí dentro. Llevo muchas semanas sin limpiar manchas de sangre de tus sábanas. ¿Te has dado cuenta?

23

Lázaro

Lázaro pagó a la vieja por Celestina mucho menos que el mercader. No podía permitirse una noche entera con ella, pero pensaba aprovechar bien el rato. Se encontró a la joven sentada a la mesa de la casa, con la cabeza apoyada en una mano y el rostro más pálido que de costumbre. Celestina se había levantado algo mareada y desganada, y solo había querido desayunar un trozo de pan con aceite. Llevaba la saya azul sin mangas nueva porque era más fresca que la granate y ese día se sentía agobiada por el calor; además, no se había puesto afeites en el rostro ni carmín en los labios porque no quería dar la impresión de desear el encuentro. Le fastidiaba tener que meterse en el lecho con ese mozo, le daba igual que fuera bien parecido. Desde niña sabía que era ruin, y guardaba en su pecho un resquemor que no iba a desaparecer hasta que pudiera vengarse de él, aunque alguna vez había pensado que aquella paliza la obligó a repartir su odio y la ayudó en cierto modo a sobrevivir junto a la vieja.

Justo antes de que el mozo de caballerías cruzara la puerta, Sancha pidió a su ahijada que alegrara el semblante, porque Lázaro se había mostrado muy interesado en ella y se podía convertir en su amigo si salía contento.

—Tengo cuantos amigos necesitamos. Este es un muerto de hambre.

—Celestina, nunca se sabe dónde se encontrará el favor y el beneficio. Quién le habría dicho a él cuando era muchacho que iba a ser el padre de los hijos de su ama... Y ahora goza del respeto de todos en la casa, incluido el de su señor, que, te recuerdo, es rico.

—Porque puede desvelar el engaño. Y eso no es respeto, es temor.

—Qué errada estás, pareces boba. No hay mayor poder que el que da ser temido.

—A veces el miedo se torna rabia, y la rabia convida a la venganza. Con violencia se aplasta ese poder.

—Es posible, pero, si ha de llegar ese momento, aún está lejos, y tú tienes la posibilidad de amigarte con el mozo. No seas estúpida y obra según tu interés.

—Querrás decir tu interés, vieja avara.

—El de las dos, deslenguada... Munia, haz pasar ya a Lázaro.

El mozo estaba nervioso, lo que llamó la atención de Celestina. No parecía de los que se amedrentaban ante una mujer. Munia corrió la cortina del cuarto para que pudieran pasar y después salió de la casa e hizo lo que Sancha le ordenó, quedarse sentada bajo la parra limpiando un buen montón de lentejas para disimular su verdadera intención, que no era otra que asegurarse de que las vecinas no se percataran de lo que estaba pasando dentro y alertar a Sancha si creía que alguien sospechaba. También debía avisar a la vieja cuando acabara de limpiar las lentejas, porque ese sería el final del tiempo acordado con el joven.

Una vez en el lecho, el nerviosismo del mozo se tornó en ansia. Lázaro desvistió a Celestina con la torpeza que le provocaba la impaciencia mientras le decía al oído que soñaba con ese momento desde hacía mucho tiempo. Le susurró que el deseo se había vuelto insoportable desde que se cruzaron en la taberna y que se moría por verla desnuda. La obligó a tumbarse sin ropa sobre las sábanas y empezó a acariciarse a sí mismo mientras gozaba del espectáculo del cuerpo ofrecido de Celestina, que se sintió incómoda porque nunca se había encontrado en esa situación. Le daba vergüenza mirar cómo Lázaro, que cada vez estaba más excitado, faenaba solo, y al final lo interrumpió.

—Se te va a pasar el rato mirando. Aún no me has tocado más que para quitarme las ropas. Si no vas a hacer otra cosa, ya me has visto suficiente —dijo la joven tapándose con las sábanas.

Lázaro rio y se abalanzó sobre Celestina. Retiró la tela que separaba los cuerpos y le abrió las piernas con las manos. La miró a los ojos mientras la penetraba y encontró en ellos el mismo pozo ponzoñoso que descubrió cuando era una niña. Sintió que el placer lo arrastraba hacia el fondo de esa oscuridad y le arrebataba el sentido y la voluntad. Celestina, al notar los espasmos de Lázaro, estiró el cuello y llevó la cabeza hacia atrás antes de dejar ir un suspiro que cargaba con parte de su alma. Algo insólito había sucedido, supo que Lázaro era suyo, aunque debería descubrir hasta qué punto le pertenecía.

—¡Ea! Mozo, el tiempo ha acabado. ¡Sal de ahí o me

tendrás que dar más maravedíes! —gritó la vieja asomando medio rostro por entre la cortina y sonriendo al ver cómo los cachetes del culo desnudo de Lázaro se contraían en las últimas embestidas.

—Ya va, madre. Ya va. Acabo de terminar y aún me tiemblan las piernas. Necesito un momento para recuperarme y dos más para vestirme.

—Vamos, mozo, no seas remolón. Ya te he avisado. Mi tiempo se paga con monedas.

—Salgo, salgo.

El joven se vistió rápido y, antes de abandonar el cuarto, cogió a Celestina de la barbilla y le dio un beso en los labios con los ojos bien abiertos fijos en la oscuridad de ella.

—Te volveré a ver. Lo prometo.

El mozo de cuadra pagó lo convenido y acordó con la alcahueta un nuevo día al cabo de una semana. Sancha se dio cuenta del efecto que la cópula con su ahijada había tenido en Lázaro y envidió la juventud extraviada hacía tanto. Quién se lo iba a decir cuando acogió a aquella pequeña muda de seis años... Jamás imaginó que iba a convertirse en esa moza que con la belleza extraña de su rostro le reportaba más monedas que todos sus remedios juntos.

Al poco de marcharse Lázaro, Celestina salió corriendo de la casa vestida solo con la camisa. Se detuvo a la altura de la parra y, apoyada en el tronco, vomitó lo poco que había desayunado ese día. La vieja se la quedó mirando con los ojos muy abiertos y se le acercó haciendo fuerza con el cayado contra el suelo a cada paso para poder verle el rostro.

—¡Ay, Virgen santa! —exclamó al ver lo ojerosa y amarillenta que estaba la joven.

—¿Qué dices? Nada tiene que ver la Virgen en esto.

—Eso está claro. Munia, ve adentro, pela patatas y prepara el sofrito para las lentejas.

—Voy, madre —respondió obediente la niña, que intuyó que algo malo pasaba.

—¿Desde cuándo no te baja la sangre? —preguntó Sancha palpándole el vientre con las manos.

—No estoy segura. Desde mediados de mayo, tal vez antes —dijo Celestina, algo confusa.

—¡Insensata! ¿Cómo no me lo habías contado? ¿No te has atado la trótula? ¿Has saltado hacia atrás y has estornudado cada vez al acabar de fornicar? ¿Te has tomado mis bebedizos?

—Sí, siempre. Mira, aún llevo el amuleto puesto —contestó Celestina al tiempo que se remangaba la camisa y le enseñaba su cuerpo desnudo desde la cintura, que ceñía el cordel del que colgaban los testículos de comadreja.

—Demasiado te duraba la suerte. ¿Desde mayo, dices? Estamos aviadas. Eso son más de cuarenta días de falta. ¡Desgraciada! No te harán efecto mis hierbas. Lo que llevas dentro ya está bien agarrado.

—No puede ser. No puedo tener un hijo de mil padres.

—Eso está claro. No nos interesa un bastardo llorón y hambriento en la casa, pero tu estupidez ha complicado la solución. Yo me encargo, aunque tardaré unos días en obtener y preparar lo necesario. Mientras tanto, no se te ocurra hablar de esto con nadie. Si alguien llega a saber lo que hemos de hacer, las autoridades me condenarán al cadalso por asesina. Y no pienses que tú te ibas a librar. A los curas les parecerás una bruja, una abominación, y con suerte se apiadarán de ti por ser una joven loca desventurada y solo te encerrarán de por vida, acusada de infanticida. Así que, ya ves, si nos descubrieran, yo iría derechita a conocer a Belcebú, y tú, a una mazmorra oscura llena de ratas. Supongo que no quieres eso, ¿verdad?

—No, madre —respondió Celestina entre lágrimas.

—Pues muda, como cuando eras niña.

Celestina se apoyó en la parra y lloró. No le contó que Cándida lo sabía, que la había advertido, pero que ella no tomó cuenta de las palabras de la lavandera porque la creyó demasiado joven e inexperta para saber lo que le estaba diciendo. Aunque había acertado: estaba embarazada. Se tocó el vientre buscando alguna señal de la vida que había dentro, pero no notó más que el hormigueo de la furia de saber que, por culpa de la vieja, lo que para la mayoría de las mujeres era una bendición, para ella era una infamia insoportable.

Llegó el día de la segunda visita de Lázaro. La vieja aún no había podido conseguir lo que necesitaba para ayudar a Celestina, así que había organizado una comida. Pidió a su ahijada que invitara a Cándida, y Lázaro, avisado por la alcahueta, llegó acompañado del muchacho que lo ayudaba a limpiar las caballerizas. Sancha sabía que Celestina no podría trabajar durante un tiempo y necesitaba encontrar un reemplazo, así que pensó en la muchachita dicharachera de las manos llagadas. Quizá conseguiría que cayera en la trampa como un pajarillo en una red. Hacía demasiado calor para comer fuera, así que los muchachos pusieron la mesa en la estancia grande y tomaron asiento.

—Dichosos los ojos... Ven aquí, maja. A ver, que te mire

esas manos... —Cándida enseñó a la vieja cómo habían mejorado las grietas de sus palmas gracias a la pomada que le había regalado—. Es que la flor de caléndula es lo indicado para la piel llagada. Me alegro de que las tengas mejor.

—Gracias, comadre —contestó Cándida—. Perdona, pero no me avisaste de que no íbamos a comer solas, y creo que no debería quedarme.

—¿No te lo dijo Celestina? Esta muchacha cada día está más despistada. Pues ya ves que tendremos compañía, y de la buena, por cierto.

Cándida llevó a Celestina a la puerta con la excusa de coger un taburete que había visto fuera al llegar para poder decirle que deseaba marcharse. La lavandera estaba asustada por la presencia de hombres en la casa.

—No pasa nada, mujer. Lázaro es mi amigo, ya lo conoces del lavadero. Y a su ayudante lo vamos a conocer hoy. Parece divertido, y no es feo el zagal.

—Pero mi madre me molerá a palos si se entera de esto.

—¿Y quién se lo contará? Nadie nos ha de ver, y al salir ya tendré cuidado de que no haya vecinas rondando por la calle. Tranquilízate. Ya verás que esto va a ser más divertido que fregar.

—No sé yo... Me da mala espina.

—¿Somos amigas o no? Tú me guardas el peso de un secreto enorme. Yo puedo callar sin esfuerzo que nos lo hemos pasado bien hoy aquí.

—Temo por mi honra, Celestina.

—Nada has de temer. Estás en casa de la mejor reparadora de honras que conozco. —Celestina soltó una carcajada después de decir estas palabras.

—¡Qué desvergonzada eres! Que Dios me guarde.

—Eso, pídele a Dios, ya verás como te ayuda. Quizá hasta aparezca en la comida para salvarte de la tentación.

—No blasfemes, que es un pecado mortal. Irás al infierno —le dijo Cándida santiguándose y juntando las palmas de las manos a la altura de la nariz.

—Era broma, mujer. Aunque también es cierto que Nuestro Señor nunca ha estado por la labor de protegerme del mal.

—Cargamos con culpas antiguas y hemos de saldar esas deudas.

—No jorobes. Anda, vamos a servir las escudillas con la sopa de ajo. A la criada le sale la mar de buena, y ya no quemará. Y de postre hay unas peras maduras que tienen una pinta deliciosa.

Sancha repartió las cucharas y empezaron a comer. Comían y bebían entre chanzas sobre los amos de Lázaro y chascarrillos acerca de una mujer nueva en la mancebía que ya se había hecho famosa por su belleza y por su origen exótico. Se rumoreaba que había llegado de Andalucía huyendo de su padre, un visir que quería castigarla por haberlo deshonrado al enamorarse de un cristiano pobre con el que inició su huida. Sin embargo, a la villa no llegó acompañada y nadie había visto al enamorado. Las muchachas se rieron mucho cuando Lázaro imitó a su señor, que tenía un andar característico porque siempre iba ligeramente de puntillas. Sancha ordenó a Munia que rellenara el jarrillo de Cándida cada vez que la viera beber y observó cómo el vino le iba quitando poco a poco la vergüenza y la prudencia. Hacia el final de la cena, la lavandera ya no se reía tapándose la boca con la mano, sino dándose palmadas en los muslos y echando la cabeza hacia atrás, gesto que le pareció a la vieja tercera una señal del carácter sensual de la joven. Cuando Munia empezó a recoger las mondas de las peras del tablero, el ayudante de Lázaro, que se llamaba José, agarró la muñeca de Cándida y chupó directamente de la piel de la lavandera el zumo de la fruta que le había chorreado hasta casi llegarle al codo. Mientras, Lázaro tenía sentada a Celestina en su regazo y le metía la mano por debajo de las faldas para mojar sus dedos en el jugo de esa otra fruta que permanecía oculta a la vista. Celestina cerraba los ojos y se dejaba llevar por la sensación de embriaguez que le producía la mezcla del vino con el placer. La vieja supo que ese era el momento perfecto para acercarse a Cándida. Le acarició la cabeza y la animó a permitir que el zagal, que estaba visiblemente excitado, le lamiera todo el brazo. La alcahueta le prometió que ese gusto que le provocaba escalofríos no era nada comparado con el que la esperaba si dejaba que José siguiera adelante. Al final, los cuatro jóvenes acabaron retozando repartidos en las alcobas de la casa mientras Munia iba al arroyo a fregar todos los cacharros y la vieja se deleitaba escuchando desde la cocina los gemidos de placer de las muchachas.

Lázaro pagó por Celestina e invitó a su joven ayudante. Había sido su primera vez, y eso tenían que celebrarlo. Estaba decidido, se lo iba a llevar a la taberna para brindar por su estrenada hombría.

Cuando Cándida despertó, empezó a llorar y a mesarse los cabellos con desesperación.

—¿Qué he hecho, Celestina? —exclamó entre lamentos—. Me ha deshonrado José. No tiene remedio lo hecho. Mi flor arrancada.

—Ten, estas monedas son tuyas. Deja de llorar y cuenta. Verás que tu honra vale más perdida que guardada —le dijo la vieja.

—Madre, ¿qué puedo hacer? ¡Me echarán de casa!

—¿Por qué motivo? ¿Qué sabe nadie? Yo misma me he quedado dormida después de comer y nada he visto ni oído.

—Yo he estado en mi alcoba con Lázaro y tampoco sé lo que ha sucedido.

—Ya veo qué queréis decirme. Pero habrá un día en que mi falta será mi perdición. Me repudiarán durante mi noche de bodas.

—Cándida, tranquila, el día en que te hayas de casar te regalaré el remiendo. Irás como nueva al lecho de tu esposo —dijo la vieja.

—Sancha es la mejor remendando vírgenes. Lo sé por experiencia. Nunca ningún hombre ha notado el engaño —añadió Celestina para tranquilizar a su amiga imitando con la mano derecha el gesto de coser con una aguja.

Cándida se había serenado un poco. La bolsa de monedas pesaba más de lo que habría imaginado. Cuando la abrió y vio la cantidad de maravedíes que había dentro se quedó pasmada. Se miró las manos ajadas e intentó calcular cuántas sábanas tenía que lavar y frotar para que le pagaran lo mismo. Al final, iba a ser cierto eso que le dijo Celestina de que había trabajos menos penosos que el suyo.

24

Plomo

El día había amanecido nublado y el cielo plomizo ofrecía la esperanza de una de esas tormentas de verano que dan una tregua del calor sofocante de julio. Sancha envió a Munia a las murallas. Habría preferido ir ella y ver cómo le preparaban lo acordado, porque era un asunto delicado, pero esa mañana sus piernas no le permitían encarar la pendiente de la rúa que llevaba hasta el herrero. Temía, además, que a medio camino las sorprendiera la tormenta, pues a ella los rayos y los truenos le daban miedo; prefería quedarse dentro de casa con la puerta cerrada para evitar las corrientes de aire que atraen los rayos. Munia sabía lo que debía recoger y cuánto le costaría. Lo más difícil para ella iba a ser mantener el secreto sobre el recado que Sancha le había encomendado. Sobre todo, debía ocultárselo a Celestina. La vieja se lo había dejado claro: si le contaba algo a la joven, la echaría de casa, y la niña sabía que no tenía otro sitio al que ir.

Era muy temprano y Celestina iba a dormir hasta bien entrado el día. Munia tendría tiempo de ir y volver sin que la joven se enterara de los tejemanejes de Sancha. La noche anterior había recibido a Mendo, al que se lo oía antes de verlo porque al desdichado hijo de un calderero le faltaba un brazo y un pie por haber sufrido el fuego de San Antón cuando era un muchacho y siempre lo precedía el ruido que hacían sus muletas contra el suelo. Desde entonces, Mendo tenía pánico al pan de centeno, y cada vez que se metía un trozo del alimento que le había causado su mal rezaba tres avemarías y un padrenuestro y se santiguaba cerrando con fuerza los ojos. Llegó empapado de sudor por el esfuerzo de arrastrar su peso apoyado en las muletas, de las que no se separaba hasta estar sentado en el borde del lecho de Celestina. Al hombre le daba miedo ser descubierto por las autoridades en pleno fornicio con una bagasa encubierta, pero le quedaba mucho más cerca de su hogar la casa de Sancha que la mancebía y, aunque sabía que iba en contra de las leyes de la villa, así evitaba tener que desplazarse de manera lastimosa hasta el lupanar y, además, la moza cumplía muy bien por unas pocas monedas menos. Celestina intentaba mirar para otro lado cuando el hombre se quitaba la ropa, para no verle los muñones, que la repelían. Si la rozaba con esa punta arrugada que tenía por extremidad, un temblor involuntario la recorría de arriba abajo. A veces Mendo confundía su repugnancia con gusto y aceleraba el ritmo, entonces Celestina gemía mucho cerca del oído del tullido para procurar que acabara cuanto antes. Pero esa noche se le había hecho muy larga y necesitaba recuperarse durmiendo, que era la única forma que conocía de no pensar en su maldita suerte.

Cuando Munia llegó a la herrería, un niño de unos ocho años con el rostro enrojecido estaba avivando con un fuelle de madera y cuero que se veía enorme entre sus manos el fuego de la forja mientras García, el herrero, sostenía sobre las llamas con unas tenazas una lámina de hierro que se estaba poniendo al rojo. En la otra mano ya tenía preparado el martillo con el que iba a dar forma sobre el yunque a lo que parecía una espada. En el mostrador había dispuestas un montón de figuritas de plomo que llamaron la atención de la niña porque brillaban mucho y parecían recién hechas. Había caballos, torres, soldados y reyes y reinas con corona sentados en su trono. A Munia le habría gustado llevarse una de esas reinas de rostro severo que apoyaban las manos en los brazos del trono.

Entrecerró los ojos cuando el viento cambió de dirección y el calor de la forja la golpeó en la cara. Se los estaba frotando para aliviar el escozor cuando García se dirigió a ella.

—Niña, eres la criada retorcida de la vieja Sancha, ¿verdad?

—Sí, señor. Tengo que recoger un encargo —afirmó Munia, resignada a recibir insultos y miradas de aversión o curiosidad.

—Sí, sí. Un momento —le dijo García a la vez que enfriaba el metal candente en un balde lleno de agua, que empezó a humear por el contraste de temperaturas. El herrero llenó un recipiente metálico con el agua de ese cubo y se lo entregó a Munia—. No te entretengas por el camino, porque la vieja querrá sentir la temperatura del bote.

La niña asintió y pagó lo debido antes de salir a paso ligero hacia la casa. Se preguntó para qué querría la vieja el líquido sucio de enfriar los metales, y dio por hecho que no tardaría en averiguarlo.

Cuando regresó, Celestina ya estaba levantada, aunque las náuseas la tenían arrodillada sobre una palangana. Llevaba una semana vomitando casi a diario al despertarse.

—Ya podrías haber vomitado los primeros días. No estaríamos ahora en este brete —le dijo Sancha.

Cuando la vieja vio a Munia le hizo un gesto con la mano para que se acercara y le pidió el bote.

—Bien, Munia, sigue templado. ¡Ea!, ahora coge la escoba corta de brezo y barre el suelo de la estancia. Procura que quede bien limpio. ¡No te quiero ver parada! —le gritó dándole un cachete en el culo que resonó en la sala.

Sancha vertió el contenido del bote metálico en un cazo y lo puso sobre el fuego hasta que el agua gris empezó a acumular burbujas. Justo antes de que rompiera a hervir, lo retiró del fuego, echó el líquido en una escudilla y pidió a Celestina que se lo bebiera todo, hasta la última gota. Munia no dijo nada, pero se quedó espantada de que le estuviera dando a beber el agua de los metales. Pensó que no podía ser nada bueno y que estaría malísima.

—Madre, está asqueroso el mejunje. No sabe a ninguna hierba de las que conozco. No puedo acabarlo.

—Mujer, es por tu bien. Son hierbas exóticas, por eso no las reconoces, lo mío me ha costado conseguirlas. ¡Anda! De un trago sin pensártelo y sin respirar; así no notarás el sabor.

Celestina obedeció. No le quedaba más remedio. No podía tener un hijo, y en ese tiempo esperando el remedio el vientre se le había redondeado un poco. Nadie podía notarlo aún, pero ella sí que percibía la diferencia, esa curva que indicaba que un ser desgraciado incluso antes de tener alma se estaba haciendo sitio dentro de su cuerpo.

Estaba nerviosa. Nunca había abortado y no sabía si sería doloroso. Sancha la advirtió de la sangre como de menstruo y del reposo necesario para recuperarse bien. Pero no le dijo nada de ese dolor de barriga que empezó a sentir casi al momento de ingerir el bebedizo. Era insoportable, la partía por la mitad. Tampoco le explicó que le iba a arder toda la garganta, desde la boca hasta el pecho, como si se hubiera tragado el fuego de una hoguera. Intentó aguantar el sufrimiento, no quería parecer débil delante de Sancha, y confió en que los efectos del brebaje duraran poco. Comenzó a quejarse con los labios muy apretados, y el lamento que salía no se correspondía con la intensidad del dolor que le nublaba la vista.

La vieja y Munia volvieron la cabeza hacia la ventana de la casa instintivamente porque el cielo se oscureció de repente y enseguida un trueno tremendo lo rompió en mil pedazos. Justo en ese momento, Celestina cayó al suelo entre alaridos desesperados. Munia quedó paralizada. Sabía que la vieja la había envenenado y se asustó mucho cuando Celestina empezó a temblar en el suelo con los ojos en blanco, como una endemoniada.

—Niña, ayúdame a sentarla. No ha de quedarse estirada boca arriba, que podría vomitar y sería peligroso —le ordenó la vieja cuando las convulsiones pararon.

Munia intentó levantar a Celestina estirando de un brazo, pero estaba totalmente inerte y parecía pesar el doble de lo esperado. Entre la vieja y ella la cogieron por los hombros y la recostaron contra el muro de la casa. La vieja la aventó con un trapo con la esperanza de que el aire la hiciera volver en sí, pero la joven no se inmutó, así que Sancha lo intentó de otra forma, le propinó dos tortazos con toda su fuerza y, entonces sí, consiguió que Celestina abriera los ojos, aunque no lograba fijar la mirada. Cuando recobró el sentido, la joven notó de nuevo ese dolor intenso en el vientre y en la garganta, y se echó las manos al cuello al tiempo que soltaba un quejido parecido al de un animal herido. Sancha supo que algo no iba bien cuando vio aparecer en las comisuras de la boca de su ahijada una espuma amarillenta cada vez más abundante que se convirtió en un caño de vómito que le manchó las ropas y las manos. Lo que expulsaba Celestina era una mezcla pastosa de color verdoso en la que se podía apreciar sangre.

—Madre, mire, creo que ya está —dijo con un hilo de voz Celestina señalándose la camisa, en la que había una mancha de sangre que crecía sin parar y que en un suspiro se convirtió en un charco entre sus piernas.

—¡Ay, Dios! Celestina, no te duermas. Mírame. Tenemos que llevarte al lecho. ¡Ea, levanta! —le gritó la vieja, e intentó sin éxito ponerla de pie.

Munia empezó a llorar. Sentía miedo y una culpa terrible por haber sido ella la que había ido a buscar ese líquido.

—¡Inútil! Deja de llorar. Necesito que me ayudes. Cógela por el otro lado. Échate un brazo por detrás del cuello y yo haré lo mismo con el otro. ¡Vamos!

A duras penas llegaron a su alcoba. Le quitaron entre las dos la camisa empapada en sangre y vómito, y la metieron desnuda en el lecho. La vieja le limpió el cuerpo con paños mojados en agua fresca y puso bajo el culo de Celestina un montón de trapos para que fueran absorbiendo la sangre que no paraba de salir de la joven, que se había vuelto a desmayar.

—Madre, ¿qué le hemos hecho? ¿Se va a morir? —preguntó Munia entre los hipidos del llanto que le había empezado al ver las piernas teñidas de rojo de Celestina, su cuerpo convertido en un manantial de sangre.

—¡Calla, lela! ¡Corre, tráeme una de las velas bendecidas, tres monedas de oro, búscalas en el bolsillo del delantal, y un tizón para prender la llama! ¡Ya!

La niña dio un salto con el estrépito de un nuevo trueno mientras rebuscaba en el mandil de Sancha. Cuando se lo dio todo, la vieja se quitó la chinela del pie izquierdo y luego se arrodilló en el suelo de la alcoba de Celestina, encendió la candela y dio el tizón a la niña para que lo lanzara al hogar. A un lado de la vela puso las monedas y al otro lado la camisa ensangrentada de la joven. Sabía que el efecto del agua de enfriar el hierro, el cobre y el plomo del herrero había sido demasiado fuerte en el cuerpo de Celestina, y eso significaba que estaba en peligro de muerte. Muchas otras habían perecido tras intentar lo mismo que ella de idéntico modo, pero tras más de cuarenta días de embarazo había que asumir ese riesgo si se quería abortar con éxito. Sancha tenía claro que no sería suficiente con bajarle la fiebre con paños húmedos, así que se dispuso a invocar ayuda del inframundo:

Yo te conjuro, diablo cojuelo,
que eres ligero y buen mandadero,
yo te conjuro, con Satanás, que sabe más,
acude a mi pedir y a mi mandar.

Tras decirlo, Sancha se levantó y con el pie descalzo dio tres patadas contra el suelo y, con los ojos cerrados y las manos en alto, siguió con su conjuro:

Diablo cojuelo, yo te invoco
para que el mal a esta joven le dure poco,
Diablo cojuelo, que aunque cojo siempre llegas primero,
yo te conjuro con Barrabás,
para que seas mi mensajero
y a la muerte digas que a Celestina no se ha de llevar.
Diablo cojuelo, hazme señal
de que mi mensaje vas a enviar
de perro ladrar, hombre pasar,
gallo cantar o puerta llamar.
Y esto que tengo para ti
ni te lo doy ni te lo quito,
sino que aquí lo deposito
hasta que hagas lo pedido por mí.

Mientras, Munia estaba apoyada contra la pared, cerca del ventanuco de la alcoba de Celestina. Cuando la vieja terminó, solo se oían en el cuarto los gemidos de la joven y el golpeteo de la lluvia en la contraventana cerrada. Ambas se quedaron muy quietas, con los ojos fijos en el semblante macilento de Celestina, que parecía inconsciente a pesar del temblor de sus labios. Sancha, pendiente de los ruidos del exterior, necesitaba oír el ladrido de un perro. Con el chaparrón, dudaba mucho que un gallo cantara y le parecía improbable que alguien se acercara a su casa bajo la lluvia. Pero para su sorpresa y esperanza se oyeron los golpes de unos nudillos contra la puerta.

—¡Gracias, diablo cojuelo! —gritó la vieja, que fue hacia la puerta todo lo rápido que le permitían las piernas.

En el umbral estaba Lázaro, todo empapado. Sancha lo abrazó y lo hizo pasar. Qué alegría sintió al ver que aún gozaba del favor del diablo cojuelo y que quizá el Maligno la ayudaba a no perder a Celestina. No podía morirse la joven, la necesitaba para vivir con dignidad sus últimos años.

Lázaro contó que había acudido porque quería saber si se encontraban todas bien. Había visto un cuervo con el plumaje mojado en su ventana y creyó que lo estaba avisando de que algo malo pasaba. En su casa todo estaba tranquilo, así que podría ser un mal agüero sobre otra persona, y se le vino a la mente Celestina.

—¡Ay, mozo! Pareces brujo. Está enferma en la cama. De un mal femenino está aquejada. Ahora no la puedes ver, porque por fin descansa y necesita el sueño para recuperarse —explicó la vieja.

—Pero ¿qué tiene, comadre? ¿Es grave?

—No, no. Tranquilo, Lázaro. Ya sabes que la naturaleza de la mujer es compleja. Necesita unos días de reposo. Eso sí, ya te aviso de que descansará de todo, no podrá joder contigo, así que tendrás que ir a la mancebía para desahogarte durante un tiempo.

—Pero ¡qué dices! No pensaba en eso, vieja zorra. Pensaba en Celestina. El pájaro de mal agüero me hace temer por ella.

—Bueno, te honra ese interés. Cuando despierte, ya contaré a mi ahijada que viniste preocupado por su bienestar.

—Por favor, hazlo. Te lo agradeceré.

—Te ofrecería quedarte, pero hemos pasado un mal rato y estamos agotadas. Será mejor que vuelvas a casa de tus amos.

—Con Dios, entonces, comadre.

Lázaro tuvo que hacer fuerza para cerrar la puerta porque el viento se empeñaba en abrirla. Munia acudió a ayudarlo y aprovechó el momento para decirle en voz baja que ella sospechaba que Celestina estaba grave y le pidió que volviera pronto. El mozo se marchó cabizbajo bajo la lluvia.

—Madre, tendríamos que haberle pedido que avisara al barbero. Quizá él podría hacer algo más.

—Pero ¡qué dices, bellaca! Mal me conoces. Ni un poco sabe más que yo esa bestia. Si viniera aquí y viera que le sale sangre del cuerpo a Celestina se pensaría que el coño es un tajo y se lo cerraría con aguja e hilo; eso es lo único que el barbero sabe hacer, coser heridas y sacar muelas. No digas más sandeces y ve a cambiar los trapos sucios por otros limpios. Mete los sucios en un cubo y, cuando escampe, ve a lavarlos al arroyo, pero no al de los Milagros. Ve hacia la puerta de San Pablo y busca un sitio tranquilo en el arroyo de Santo Domingo. Es mucho menos frecuentado porque el lavadero está cerca de la puerta del Alcázar. Procura que no te vea nadie. No queremos rumores.

Al cabo de una semana de agonía, Celestina parecía responder mejor a los cuidados. La hemorragia empezaba a remitir y los vómitos hacía dos días que habían cesado. La piel de la joven había cogido un color verdoso y estaba llena de erupciones; además, tenía los labios agrietados por la falta de líquidos. Se negaba a beber y comer; le resultaba insoportable masticar o tragar porque tenía la boca y la garganta llenas de llagas, y solo ingería algo de sopa de tanto en tanto.

La vieja revisaba a diario los trapos manchados para controlar la naturaleza de lo que expulsaba el cuerpo de Celestina y, por la cantidad de coágulos, supo que había abortado. También estaba convencida, por el estado tan penoso de la enferma y por la intensidad de la hemorragia que casi se la lleva al otro barrio, de que su ahijada debería vivir con graves secuelas causadas por el envenenamiento con metales pesados, la más irremediable, un útero destrozado.

25

Marta la Mala

Celestina abrió los ojos al oír un zumbido. Notó que su cuerpo entumecido no obedecía a su pensamiento. Quería levantar los brazos para espantar al bicho que estuviera revoloteando cerca de su cara y, sin embargo, no lograba mover ni los dedos de una mano. Conseguía imaginar el movimiento, pero sus extremidades se mantenían pesadas en el lecho. Era de noche, su cuarto estaba a oscuras salvo por el resplandor débil de una vela que iluminaba el rincón cercano a la entrada. Le extrañó que no hubieran apagado la llama y volvió con esfuerzo la cabeza hacia la luz para comprobar si era real el resplandor o fruto de una ensoñación. En efecto, había una vela encendida y, justo sobre ella, una polilla de medio palmo en la pared. Era de tonos marrones y tenía un dibujo por encima de las alas que la aterró, el bicho llevaba una calavera pintada en la espalda. La polilla empezó a revolotear golpeándose contra las paredes y acercándose, imprevisible, al lecho de la joven, que gritó cuando notó el aleteo cerca de los cabellos. Fue doloroso, como si el alarido hubiera arrastrado con él un arado por las paredes resecas de su garganta.

Primero apareció Munia, que recogió la cortina con una mano y se llevó la otra a la boca al sentir la mirada azorada de Celestina clavada en sus ojos. Se quedó helada en el quicio de la puerta sin atreverse a entrar en el cuarto de la que había dado por muerta en más de una ocasión durante las últimas dos semanas. A la luz de la vela le repelió la piel de su rostro, cetrina y pegada a los huesos. Las mejillas de Celestina se habían consumido, y daba la impresión de que era un cadáver el que la miraba desde el lecho. Munia cerró los ojos, se llevó al entrecejo el dedo pulgar y el índice, y comenzó a musitar una oración.

—¡Aparta, majadera! —gritó la vieja haciéndose paso a empellones—. ¡Se ha despertado por fin! Pero ¿qué tienes tú con las polillas? ¡Mira, niña, lo que tiene en el pelo! Una mensajera de la parca. Yo te la quito, Celestina. —Las palabras de Sancha causaron un temblor en el cuerpo aún aletargado de la joven, que emitía débiles quejidos—. Tranquila, ¡la tengo! Mira qué bonita es... Debería gustarte mucho, porque ha venido de ultratumba para decirte que la muerte te deja en paz, al menos por ahora. ¡Ea, a volar! —Y lanzó la mariposa nocturna a través del ventanuco del cuarto. Luego se frotó el índice y el pulgar para limpiarlos del polvillo de las alas de la palomilla—. Mañana ya tengo tarea. Habré de llevar las monedas y la camisa manchada que ofrecí al diablo cojuelo a una encrucijada para cumplir con mi promesa.

Sancha mandó a Munia masajear los brazos y las piernas de Celestina con un ungüento que olía a menta antes de volver a la cama, porque esos miembros dormidos necesitaban ayuda para despertar. Celestina agradeció recuperar el sentido del tacto con las friegas de la criada y notar cómo, poco a poco, la sangre volvía a moverse por su cuerpo después de tantos días quieta. De repente sintió unas intensas ganas de vaciar la vejiga y pidió como pudo el orinal a la criada, que le levantó la camisa por encima de las caderas y se lo colocó debajo del trasero rezando para que acertara y no se meara a esas horas en el lecho. Celestina arrugó la nariz por el fuerte tufo y se dio cuenta de que esa hediondez emanaba de su propio cuerpo. El olor ácido de su orín se mezclaba con el acre del sudor rancio y el metálico de la sangre. Intentó mirar hacia abajo y vio que las sábanas húmedas tenían pequeñas machas recientes de color rojo y otras grandes y marrones con una apariencia costrosa alrededor de su flanco. Después de desahogarse, se quedó dormida sin pretenderlo.

Munia dejó el orinal en el suelo y aprovechó para mear ella también. Se levantó y se limpió entre las piernas con la camisa, y regresó al cuarto de Sancha, que ya dormía. Se echó en el jergón y, aunque estaba agotada, supo que le costaría conciliar el sueño, porque el olor a menta la había despejado y no quedaba ya mucho para el amanecer. Para colmo, los ronquidos de la vieja, que podrían despertar al mismísimo diablo, le iban a complicar el descanso. La miró. Dormía panza arriba con la boca abierta y un hilo de baba le resbalaba por la comisura de los labios. Pensó que era una mujer horrible y dudó que en algún tiempo hubiera sido bella. Ver su boca desdentada y recordar las mejillas hundidas de Celestina le hicieron pensar que estaba rodeada de muerte. La vieja, por sus muchos años, tendría que estar bajo tierra, y Celestina acababa de volver del más allá. Le resultaba imposible dormir tranquila en compañía de esas malas mujeres que bien podrían ser brujas.

Cándida apareció con un ramo de flores silvestres cuatro días después de que Celestina recobrara el sentido. Cuando entró en el cuarto, Celestina notó que su amiga intentaba disimular la impresión que le causaba verla y se preguntó qué aspecto tendría. Le confió que se sentía todavía muy débil y desorientada, tanto que ni siquiera sabía en qué día vivía. Cándida, satisfecha por servirle de ayuda, le explicó que habían pasado varias semanas y que ya estaban a pocos días de Santa Marta. No supo medir el efecto que esa revelación podía tener en Celestina, ya que esta no tenía ni idea de que había estado tanto tiempo en un duermevela febril que la llevaba de la inconsciencia a la pesadilla. Cándida se arrepintió de haber sido tan bocazas cuando vio cómo Celestina cambió la expresión del rostro de curiosidad a desconcierto al descubrir que se acercaba el final de julio.

Mientras le cepillaba los cabellos grasientos, la lavandera le contó que había ayudado a la comadre mientras ella estaba inconsciente o delirando por las fiebres y que se había ganado unas monedas y la toca nueva rematada con rico encaje que llevaba. Había aceptado atender a un hombre que estaba de paso en la villa. Le daba mucho apuro que la reconocieran y puso esa condición a la vieja, que fuera forastero. No quería perder la virtud y la fama a la vez. El hombre pagó un buen dinero por ella y no fue muy rudo en el lecho, así que no descartaba volver a ayudar a la vieja hasta que Celestina estuviera recuperada del todo. Con lo cobrado, Sancha había podido vivir esos días en los que la canícula no le dejaba mucho tiempo para visitar a las dueñas y ofrecerles sus mejunjes. Celestina la escuchaba en silencio. Su corazón se debatía entre dos emociones opuestas: la lástima de ver que su amiga ya había caído en la trampa y que, en cuanto los rumores se extendieran, dejaría de ir al lavadero para ser pupila de la vieja, y la alegría de saber que iba a tenerla cerca.

—¿Sabes qué? Lázaro ha llamado a esta puerta en varias ocasiones para preguntar por tu salud. Parece que le gustas de verdad al palafrenero —añadió Cándida antes de soltar una risita—. Me lo he cruzado un par de veces y me ha mostrado su preocupación.

—Ya sabes que ese mozo no es de mi agrado.

—Pues creo que no lo tiene claro.

Cándida le estaba atando la trenza cuando entró Munia con una escudilla llena de caldo de gallina. Celestina poco a poco iba recuperando el color del rostro y algo de peso, aunque de momento solo ingería sopas. Los sangrados y las erupciones en la piel habían remitido casi por completo, pero el dolor de tripa persistía, al igual que la debilidad en las piernas, que la obligaba a permanecer en el lecho la mayor parte del día. Sin embargo, la vieja ya la veía mejor y estaba convencida de que para acelerar la sanación debía salir a la calle, así que esa mañana, antes de la llegada de Cándida, la había advertido de que a la tarde tendría que cruzar la puerta de la casa para que le dieran el aire y el sol. Como la debilidad había quitado las ganas de discutir a Celestina, acató su orden sin rechistar.

Al acabar la sopa, Cándida la ayudó a salir de la cama y a dar los pocos pasos que la separaban de la calle. Se sentó en un taburete y se apoyó contra el muro. La brisa le resultó agradable, aunque el sol y el calor la aturdieron. Cándida le daba aire con un trapo mientras le decía que había rezado mucho por ella y que también había llorado mucho porque temía que se la llevara la de la guadaña. Celestina cobró conciencia con las palabras de su amiga de la gravedad de su estado y se preguntó cómo unas simples hierbas habían tenido ese efecto tan devastador en ella.

Esa noche, cuando Munia apareció en su alcoba con otra escudilla humeante, Celestina la agarró por la muñeca y tiró de su brazo delgaducho hacia ella para poder susurrarle una pregunta que no quería que llegara a oídos de Sancha.

—Sabes lo que me ha hecho la comadre, ¿verdad? —La niña, asustada, asintió con la cabeza—. Pues me lo vas a contar esta noche cuando la puta vieja empiece a roncar. Y como se te ocurra no aparecer, recuerda que hoy ya he caminado y que mañana quizá ya podré arrancarte la melena entera a tirones.

Munia pidió permiso a Sancha para fregar los cacharros en el arroyo y esta la dejó ir porque los días eran largos y todavía quedaba un buen rato de luz. La cría cargó la olla con las escudillas sucias dentro sobre la cabeza, pero lo que de verdad le hundía el cuello entre los hombros no era el peso del caldero, sino la culpa. Sabía que lo más conveniente para ella y quizá para las tres era callar lo que había prometido a la vieja no decir, pero se sentía tan culpable de haber comprado y metido el brebaje en la casa que dudaba de su fortaleza. Uno de los primeros días tuvo que cambiar varias veces las sábanas empapadas en sangre, una sangre oscura y tan llena de grumos de apariencia pegajosa que pensó que Celestina se estaba deshaciendo por dentro. Le pareció despreciable lo que Sancha le había provocado a su ahijada. Un día, cuando llegó de lavar la ropa blanca a escondidas de las miradas de otras mujeres, la vieja le pegó una tunda con el bastón porque no había conseguido eliminar los cercos cobrizos de las manchas. Mientras le llovían palos, tuvo la certeza de que, si se terciaba la ocasión de hacerle lo mismo o algo peor a ella, no dudaría ni un instante. Si alguna vez había sentido algo parecido a un miedo que confundía con lealtad hacia la vieja, desapareció del todo entre esa paliza y el día que estuvo poniéndole paños húmedos en la frente a Celestina mientras se retorcía de dolor en un charco de sangre que bien podría estar formado por trozos licuados de ese hijo rechazado. Impresionada, Munia fue a la iglesia ese día para encender una vela y rezar por el alma de Celestina, además de para pedir a la Virgen, a Dios y a todos los santos que la perdonaran y que, por favor, no la hicieran cargar con una muerta siendo tan pequeña. No soportaría que su espectro la persiguiera eternamente buscando una paz que no podría darle de forma alguna.

La cría se desnudó al acabar de rascar el hollín del culo de la olla. Dobló su ropa y la dejó en la orilla antes de meterse poco a poco en el arroyo desnuda. Necesitaba refrescar el cuerpo y la mente, y el agua fría le quitaría el sudor pegajoso que le cubría la piel y le aliviaría la tensión. Además, con suerte, si se retrasaba, Sancha ya estaría dormida a su regreso y podría ir directamente a la alcoba de Celestina sin disimulos. No tenía más remedio. Dios había escuchado su ruego, no podía ahora ponerse del lado del diablo, pensó a la vez que se pinzaba la nariz con el pulgar y el índice de una mano y se sumergía por completo en el río.

De vuelta en la casa, entró con una palmatoria en la alcoba de Celestina, que hizo fuerza con las manos para incorporarse en la cama. La niña dejó la candela en el suelo y se sentó sobre sus rodillas.

—Traes el pelo chorreando. ¿Dónde te has metido?

—En el arroyo. Me he quitado el calor del cuerpo.

—Y la roña que te hacía costras en la piel, pazpuerca. Siempre has temido al agua, como los gatos... ¿Cómo es que ahora te das baños?

—No le temo al agua, les temo a las fiebres. Mi madre murió de un resfriado por mojarse el culo en el río en enero al caerse de un resbalón, y no quiero que me pase lo mismo. Hoy necesitaba refrescarme.

—Y calmar los nervios, es eso, ¿verdad, cobarde?

—No soy cobarde, soy una niña, casi una mujer, desgraciada y desamparada. Son condiciones diferentes, aunque también definen mis acciones. Creo que, si fuera un mozo y tuviera que ir a batallar por el rey con una espada toledana, sería uno de los soldados más fieros. Tengo tanta rabia dentro con la que no puedo hacer nada, tan solo regurgitarla... Si pudiera liberarla sería más temible que el dragón contra el que luchó san Jorge.

—Vaya, vaya con el cachorro abandonado... Además de sarna, tiene la rabia. No me enternecen tus cuitas. Antes que tú, yo las tuve. Estamos bajo el mismo techo, ¿recuerdas?

—Lo sé, por eso veo reflejado en tu destino el mío, y si puedo aliviarte en algo, supongo que es como si me ayudara a mí misma.

—Entonces ¿me vas a contar por qué casi muero desangrada sobre esta cama?

—Sí —afirmó Munia, y siguió de corrido, casi sin respirar—. La vieja te dio a beber el líquido en el que el herrero enfría los metales al rojo. He aprendido estos días que es un abortivo potente, para casos como el tuyo, pero se ve que en esa agua sucia había demasiado plomo, y eso es lo que te ha envenenado hasta casi la muerte.

—Mil veces maldita la vieja bruja. Sabía que podía ser fatal y aun así me lo hizo beber.

—Sí. Pero, Celestina, no me culpes de lo que ahora vas a oír, porque algo más te he de decir.

—No lo haré, aunque me estás alarmando.

—Lamento mucho lo que por mí vas a saber —dijo Munia agachando la cabeza—. Oí a la vieja murmurar cuando te revisaba por dentro, mientras yo aguantaba como podía el peso de tus piernas, que tú seguirías viva, pero que tu vientre estaba muerto, que jamás podrías concebir después de tremendo daño. —Estas palabras las pronunció siguiendo con la mirada el baile de la llama de la vela, porque no se quería arriesgar a que esos ojos negros carcomidos por la oscuridad le robaran el alma.

—Gracias por tu sinceridad —dijo Celestina clavándose las uñas en la palma de la mano.

—La vieja me matará cuando sepa que te lo he contado.

—No se atreverá. Ahora déjame.

Celestina esperó a que cesaran los ruidos del cuerpo de Munia acomodándose en el jergón para empezar a llorar, primero con un llanto incrédulo y silencioso, luego con un torrente de lágrimas tan incontrolable como el arroyo de los Milagros cuando se desbordaba con las lluvias de otoño. Se golpeaba los muslos con toda su fuerza y se apretaba las llagas que aún tenía en el interior de las mejillas con la punta de la lengua para padecer dolor. Necesitaba sentir algo que no fuera esa oscuridad de pozo negro que le llenaba el vientre, que había pasado de ser nido a tumba. No valía nada, ni virtud ni hijos. Nunca conseguiría que un hombre la quisiera, no podría esquivar ese destino que la abocaba al infierno.

No lograba dormirse, así que salió de su cuarto y, apoyándose torpemente en los muebles, llegó hasta el cajón en el que estaban las velas de la Candela y cogió una de las más grandes. Luego rebuscó entre los frascos de fragancias que elaboraba Sancha y encontró uno que olía a rosas, flores del agrado de santa Marta, así que lo tomó prestado. Alargó los brazos hacia el techo, con miedo a perder el equilibrio, pero quería conseguir un diente de ahorcado de los que colgaban como una ristra de ajos de una viga. Todavía recordaba el pánico y el asco que sintió cuando ayudó a la vieja a desenterrar de la fosa a un malandrín ajusticiado por ladrón y tuvo que abrirle la boca para que ella pudiera meter las tenazas y arrancarle las piezas una a una. Y muchas se cobró, porque el desgraciado era joven y aún tenía casi todos los dientes. Con cuidado de no caerse ni tropezarse, volvió a su habitación. Una vez dentro, comprobó que seguía el recital de ronquidos y resoplidos de Sancha. No se oía más que el ulular de algún mochuelo a lo lejos, así que encendió la vela y puso a un lado el frasco de perfume abierto y al otro un mechón de su pelo sucio, que cortó con la navaja. Encima del mechón colocó la muela del hombre muerto.

Sabía que quedaba poco para Santa Marta, y en esos años al servicio de la vieja había aprendido que, tras la espalda de la santa buena, de la patrona de las mujeres obedientes y sumisas, de las amas de casa, de las criadas y de las lavanderas, mira por encima de su hombro su versión más fiera y poderosa, Marta la Mala. Marta la Mala era la preferida de las mujeres libres que veían en la fuerza de la santa que sometió a un monstruo una aliada a la que acudir con sus peticiones, porque conocían su poder de conseguidora y dominadora de voluntades, especialmente masculinas. No podía ser casualidad que fueran días de invocar a Marta la

Mala, y Celestina no pensaba dejar pasar la oportunidad de procurarse su favor. Tenía un plan. La vieja pagaría por lo que le había hecho. No volvería a usarla, no volvería a hacerle daño nunca más.

Se sentó en el suelo con mucha dificultad e intentó no hacer caso de las punzadas que sentía en las rodillas, los riñones y el vientre, ni en la humedad cálida que le brotó en la entrepierna por el esfuerzo. Cerró los ojos para imaginar el conjuro que iba a pronunciar. Se concentró en la cólera que le ardía dentro y en su deseo de que la vieja sintiera su dolor multiplicado cien veces. Luego pensó en uno de los hombres que la rondaba y decidió que pediría a Marta la Mala que doblegara la voluntad del mozo para que acabara siendo su siervo. Y con la idea de conseguir un esclavo pendiente de sus deseos empezó a pronunciar en conjuro en voz muy baja:

Marta, no la Buena ni la santa,
sino la que en los infiernos manda,
yo te conjuro, con Satanás y Lucifer
para que todos juntos obréis
y en el corazón de Lázaro entréis
y guerra y fuego le deis
hasta que obedezca mi mandar
y mía sea su voluntad.
Marta, la que de noche
por las encrucijadas anda,
dame señal de perro ladrar,
de gato maullar o de búho ulular
si con tu favor he de contar.
Tuya mi sangre será
para toda la eternidad.

Al acabar el conjuro, Celestina se metió la mano bajo las faldas y se introdujo los dedos en el sexo, esforzándose en llegar a la entrada de su útero muerto. Los sacó mojados de una sangre oscura con la que manchó la muela y el mechón de su melena.

Esa noche no pudo dormir hasta que, cuando casi había perdido la esperanza, oyó cerca de la casa los bufidos de unos gatos peleándose y el maullido histérico de una gata en celo que llamaba al que había salido victorioso.

Sonrió con una expresión nueva de crueldad en el rostro, la que le daba la certeza de la venganza. Luego apagó la llama de un soplido y escondió todo lo que había usado para crear ese pequeño altar sacrílego en su arcón. Cansada, se estiró en el lecho, y un suspiro profundo precedió al sueño.

26

Venganza

Al día siguiente de su conjuro, Celestina se guardó mucho de mostrar entusiasmo al ver bajo el dintel de su casa la sombra de Lázaro a contraluz. Antes de levantarse para saludarlo, tiró de un hilo suelto de su camisa y se lo ató en el dedo meñique para no olvidarse cuando llegara la noche de encender de nuevo la vela ni de pronunciar el conjuro de agradecimiento a Marta la Mala.

—¡Mira quién ha venido a verte, hija! Preocupado lo tenías con tu mal. Aquí la tienes, muchacho, algo más canija y ojerosa que la última vez que la viste, pero la misma Celestina de siempre —dijo la vieja a la vez que tiraba de Lázaro para que entrara en la casa.

Munia sirvió vino para todos sin levantar la cabeza. No se atrevía a mirar a Sancha por si sus pupilas delataban su traición. Tampoco quería ver el nuevo brillo que iluminaba la mirada de Celestina con una frialdad de vidrio; un instante había puesto los ojos en los de ella a primera hora del día y aún sentía helor en su corazón. Munia también se sirvió un jarrillo a escondidas, que se bebió de un trago para calmar los nervios. Llevaba todo el día esperando que estallara una tormenta que no llegaba y no podía más con la tensión que le ponía el vello de los brazos de punta a cada roce de su ropa con la de Sancha. Miraba a Celestina de reojo y veía que apretaba la boca y que alzaba la comisura derecha en un gesto que le daba un aspecto cruel. Pero no decía nada. Estaba muda. Solo asentía o negaba a las preguntas que le hacía la vieja, que no dio mucha importancia a esa ausencia de palabras por achacarlas al cansancio de su ahijada. Pero Munia sabía que el silencio de la joven no se debía al agotamiento, sino al rencor, y temía el momento en que separara los labios. Sin embargo, Celestina estaba tan concentrada en su inquina que no habría podido abrir la boca sin lanzar llamaradas de resquemor, por lo que prefería callar y esperar mejor momento para vengarse.

Celestina se cogió del brazo de Lázaro y dejó caer el peso de su cuerpo más de la cuenta para que el mozo creyera que necesitaba de su sostén para caminar.

—Perdona, Lázaro. Estoy débil aún y necesito apoyo.

—Encantado de ofrecerte mi brazo.

Salieron juntos de la casa y se sentaron bajo la sombra de la parra. Los racimos verdes se habían hecho más grandes y lo que apenas eran pequeñas bolitas ya parecían granos de uva, aunque todavía ásperos y duros. La vieja se quedó dentro porque no soportaba el calor de la tarde. Hasta que cayera el sol, no pensaba poner un pie en la calle, así que se fue a su cuarto y se quedó traspuesta por la modorra que le había provocado mezclar la comida y el demasiado vino con la canícula. Munia solo salió una vez para reponer el vino de los jarrillos, y se sorprendió al oír hablar a Celestina con pausa. La miró, y la joven le hizo un gesto con sus nuevos ojos de hielo, que la apremiaban a desaparecer dentro de la casa. Y eso fue lo que hizo, pero se sentó en un taburete junto a la ventana, por si escuchaba las palabras que se estaban lanzando al aire detrás del muro. Sin embargo, casi nada pudo entender, porque las voces, no más fuertes que susurros, le llegaban ininteligibles, similares al zumbido de unos moscardones aleteando alrededor de carroña.

Hablaron un buen rato. Munia cazó alguna de las palabras que pronunció Lázaro, al que le costaba más mantener el tono íntimo de la conversación. «Cruel», «bruja», «perra del demonio», «hija de puta» y «pagará» fueron algunas de las que cruzaron la ventana. Después de esa última palabra, se callaron, y Munia creyó oír el sonido húmedo de dos bocas unidas en un beso.

La criada supo que un mal se avecinaba y se santiguó tres veces. Luego, con las manos muy juntas sobre el corazón y los ojos cerrados, empezó a recitar sus oraciones con fervor. Así la encontró Celestina cuando se asomó por la puerta.

—Niña idiota, ¿qué haces?

—Rezo a Dios para que aleje el mal de esta casa.

—Pues mucho pides al Señor, porque el mal no está aquí de paso. El mal vive dentro de la casa y supura su pus por estas paredes húmedas y nos pringa las plantas de los pies. Lo llevamos pegado a nuestros pasos allá adonde vayamos. Deberías haberlo notado ya.

La niña bajó la cabeza y se santiguó de nuevo al mirar la sombra de Celestina. Le dio la impresión de que se movía a pesar de que la joven estaba quieta, apoyada en la jamba de la puerta. Esas segundas manos negras de Celestina se alargaron hacia Lázaro por el suelo con una contorsión antinatural, como unas garras demoníacas que quisieran alcanzar al mozo que estaba tras ella, bajo las ramas de la parra mecidas por el viento que se había levantado repentinamente.

El calor parecía detener el tiempo. El 29 de julio, el día de Santa Marta, resultó sofocante desde el amanecer. No se veía a casi a nadie por las calles, excepto algunos niños que bajaban a la carrera hacia la orilla del río para refrescarse, así como los hombres y las mujeres que debían trabajar. Los hombres sentían el sudor empapándoles la espalda y las mujeres notaban el recorrido de las gotas de sudor que les resbalaba desde el cuello por entre los pechos hasta mojarles la ropa en la cintura. Todos caminaban buscando las sombras de los balcones y saledizos, y se secaban la humedad del rostro con trapos mugrientos. El olor a sudor que desprendían los cuerpos era insoportable, y los señores y las dueñas evitaban a los pobres y se negaban a recibir a las mandaderas, que eran atendidas por el servicio.

Sancha necesitaba ver a alguna dueña, porque el trabajo empezaba a escasear y las criadas no podían encomendar nuevos encargos. En el zaguán del palacio de una marquesa a la que llevaba hilos para bordados de colores vistosos fingió un desmayo. La pasaron al salón de recibir y allí acudió la señora, preocupada por el estado de la partera que había ayudado a traer al mundo a sus cinco hijos. La vieja se recuperó en cuanto le sirvieron un vaso de vino y la abanicaron. La sentaron en una silla con respaldo ricamente tapizada y, espatarrada, saludó educadamente a la marquesa.

—Buenos días te dé Dios, señora Urraca.

—¿Cómo te encuentras, comadre? ¿Te notas mejor? —preguntó la dueña acercándose un pañuelo perfumado a la nariz para evitar el tufo que desprendía Sancha.

—Eso creo, señora. Estas ropas raídas que llevo son de demasiado abrigo para estos calores que parecen un castigo divino, pero no tengo más vestidos en mi arcón y con este tejido basto he de conformarme. Los brazos aireados van, pero bajo las faldas me arde el mismísimo infierno —dijo la vieja, recuperada de su fingido vahído.

La marquesa doña Urraca se rio de la metáfora de Sancha y pidió a una criada que llevara un aguamanil y una jofaina con agua para que la comadre pudiera refrescarse.

—¿Cómo están tus hijos? ¿Todos sanos? ¿Qué edad tiene el mayor ya?

—Todos están sanos, gracias al cielo. ¿Pedro? Va a cumplir veinticinco años a finales de verano.

—¿Veinticinco, señora? ¡La Virgen! ¿Tanto hace que tenemos tratos tú y yo?

—Ya ves, comadre. El tiempo no se detiene; bien al contrario, los hijos lo aceleran.

—No peinaba canas entonces...

—Ni yo, comadre —añadió la marquesa riéndose.

—Ciertamente, me alegro de verte. Me he acercado a tu hermoso hogar para traerte los hilos de bordar, pero, si necesitas otra cosa, no dudes en pedírmela, porque aunque la canícula nos deja sin ganas de dar un palo al agua, yo necesito atender tus encargos para conseguir algo que echarme a la boca.

—Ahora que lo dices, con la buena mano que tienes para los hilos, podrías bordarme el embozo de una sábana con flores, quizá lirios. Sé que te quedarán más hermosos que a mis criadas. Se la quiero regalar a mi hija, porque este agosto cumple dieciséis años.

—¡Qué regalo de la providencia fue tu hija tras cuatro varones! Una mujer asegura a su madre una compañía cálida y a su padre un matrimonio provechoso.

—Eso esperamos. Mi marido ya está en conversación con varias familias.

—Que la buena fortuna os sea favorable. Y dame la sábana, que en una semana te la devuelvo más floreada que el jardín del Edén.

—No digas tonterías, madre. Ahora te la entregará mi criada. Te espero, entonces, el miércoles que viene.

—Sin falta, señora Urraca, aunque para el miércoles quedan cinco días, no siete.

—Tiempo suficiente para un embozo.

—Si tú lo dices... Con Dios.

—Con Dios. Y coge las monedas que te dará la criada en pago por los hilos.

La vieja metió la sábana en el cesto y se lo dio a Munia al cruzar el portal. La criada la había estado esperando en la puerta del palacio, mirando a uno y otro lado por si veía alguna sombra extraña como la que habría proyectado Celestina. Desde ese día, la niña creía que Dios la había dotado con el poder de adivinar la presencia del diablo e iba atenta por si descubría las pezuñas o el rabo del Maligno asomando en algún escondrijo. Munia cargó con ambas manos el peso del cesto lleno de potingues que empujaba con las rodillas y Sancha avanzaba haldeando, buscando lastimosamente el apoyo de su garrote a cada paso.

Cuando cruzaban la plaza del Mercado bajo los soportales para aprovechar el descanso de la sombra fresca de piedra antigua, de entre la estrechez de un callejón salió una figura alta y oscura que ocultaba el rostro bajo una capa, prenda poco apropiada para esos calores. Sin mediar palabra, arrancó de un tirón la bolsa de monedas que llevaba atada al mandil Sancha, que solo tuvo tiempo de pedir auxilio una vez.

—¡Al ladrón! ¡Nos roban!

Eso fue lo único que acertó a gritar antes de notar un frío de muerte que se abría camino entre sus costillas una vez tras otra y oír una voz familiar que le espetó al oído:

—¡Por mí, por Celestina y por cada inocencia que has quebrado, puta vieja!

La alcahueta cayó al suelo de rodillas. Una de sus manos se apretaba el tajo de las cuchilladas, pero no bastaba para contener la sangre que brotaba entre sus dedos. La otra se agarró a la tela de la capa del asaltante como si quisiera impedir que huyera antes de que su espalda topara con el suelo. En la caída, tiró de la capa hasta dejar al descubierto el rostro del que sostenía en alto la navaja manchada.

—¿Tú? ¿Tú me has de matar?

Lázaro tiró de su ropa para liberarse y salió corriendo hacia la puerta de Sancti Spiritus, ocultando la cara de nuevo entre las sombras.

Munia dejó caer el cesto y se tapó la boca con ambas manos. Al ver al mozo de cuadra, supo que todo había sido orquestado por Celestina. Cogió la sábana blanca de la marquesa y la apretó contra las puñaladas mientras gritaba:

—¡Auxilio! ¡Alguacil! ¡Auxilio! ¡Han matado a la vieja Sancha!

Celestina disimulaba su impaciencia meneando a conciencia las gachas de avena que estaba preparando. No paraba de dar vueltas a la comida con una cuchara de palo, con los ojos fijos en el fondo del caldero. Mientras, su mente estaba agazapada en la esquina de la rúa de los Carboneros, por donde había dicho a Lázaro que huyera tras el crimen, que, según sus cálculos, ya debía de haber cometido.

Munia estaba rodeada por autoridades y curiosos que se arremolinaron en torno al cuerpo ensangrentado de la alcahueta después de dar la voz de alarma. Seguía arrodillada apretando las heridas de su madrina con la sábana, que estaba por completo empapada en sangre cuando apareció el barbero. Lo había avisado un mozalbete que salió corriendo hacia la barbería en cuanto oyó a alguien vocear que habían cosido a una vieja a cuchilladas. El hombre apartó a la niña de un empujón que le hizo perder el equilibrio y provocó que cayera de lado, golpeándose el hombro contra los guijarros que cubrían la acera. El barbero puso el dedo bajo la nariz a Sancha y negó con la cabeza mirando en dirección al alguacil, que esperaba su veredicto con los brazos en jarras. Levantó a la cría del suelo y se agachó para ponerse a su altura.

—Niña, ¿eres la criada de Sancha? —Munia asintió y bajó la mirada hacia sus manos manchadas de sangre—.

¿Sabes quién ha sido? Piensa bien antes de responder. Dios lo ha visto todo, incluso lo que tú has hecho y presenciado. Ya sabes que mentir es un pecado mayor. Esa vieja que está ahí muerta irá al infierno por muchas cosas de las que hizo en vida, sobre todo por embustera. Tú decides si quieres ayudar a las autoridades a encontrar a un asesino o si quieres ser su cómplice y condenar tu alma.

Munia se echó a llorar y, al intentar limpiarse las lágrimas, se embadurnó el rostro con la sangre. Cuando el alguacil le acercó la mano a la cara para limpiarle los churretes rojizos con un pañuelo, la niña se asustó y dio un paso hacia atrás porque creyó que ese hombre con la cara picada de viruela iba a propinarle un guantazo. Estaba aterrorizada. No quería que la colgaran del cuello, ella no había hecho nada malo. Su cerebro estaba colapsado por ideas que se le cruzaban a toda prisa, porque sabía que el alguacil esperaba una respuesta y debía decir algo. ¿La odiaría aún más Celestina si delataba a Lázaro? ¿Le permitiría seguir viviendo con ella o la echaría a patadas a la calle en cuanto supiera que había dado su nombre a las autoridades? ¿Hasta dónde estaba implicada Celestina en el apuñalamiento? Casi a la vez que esta última pregunta, le llegó una respuesta: a ella no le importaba. No iba a mencionar a la joven. «¿Una verdad a medias es una mentira? No del todo. Por una verdad pequeña no puedes ir al infierno», pensó, y se decidió a hablar.

—Fue un mozo de cuadra del orfebre judío. Le vi el rostro y sé que se llama Lázaro. Se fue por la rúa de los Carboneros como alma que lleva el diablo.

El alguacil se dio la vuelta y ordenó a un par de hombres más jóvenes que él que salieran corriendo en dirección a la cárcel y que dieran aviso de que el mozo huido estaría por los alrededores.

Lázaro llegó a la casa de las tenerías con cuidado de no ser visto. Había oído silbidos y ladridos cerca de la iglesia de Sancti Spiritus y sabía que por allí habría muchos oficiales buscándolo, así que decidió saltarse el plan de Celestina. Ella le había dicho que se escondiera en esa iglesia hasta que pasara el revuelo, pero cayó en la cuenta de que lo había mandado al lado mismo de la cárcel.

Celestina lo había convencido para que perpetrara la atrocidad que acababa de mancharle de sangre las manos diciéndole que la muerta sería la vieja Sancha, a la que nadie quería. No pondrían mucho empeño en encontrar a quien le diera muerte. Se podría decir incluso que haría un favor a la villa eliminando a la puta vieja que ponía en peligro a las doncellas y que embaucaba o aojaba por unas cuantas monedas a todo aquel que buscara sus servicios.

Lázaro se dirigió con sigilo hacia la orilla del río. Se lavó frotando con fuerza las manos y, gracias al abrigo de chopos negros y castaños, llegó sin ser apresado hasta la casa de la vieja. Cuando Celestina, que estaba en la entrada, lo vio aparecer se quedó tan lívida como cuando veía espectros de niña, porque según sus cálculos deberían haberlo apresado y metido en un calabozo a la espera de ser ajusticiado.

—¿Por qué te has sorprendido tanto al verme, mujer? —preguntó Lázaro a Celestina.

El alguacil no confiaba demasiado en la pericia de sus hombres, pero no podía correr desde que el invierno anterior había sufrido una quebradura en una pierna que lo había dejado cojo, así que se quedó con Munia. Con suerte, tendría alguna idea de dónde podría esconderse el mozo si le perdían la pista. Y no se equivocó. La niña le dijo que quizá, al matar a Sancha, Lázaro intentaría robar en la casa porque sabía dónde estaba y que la vieja guardaba lo de más valor en una caja dentro de su arcón. El hombre se ofreció a acompañarla de vuelta a su hogar por si se lo encontraba de casualidad con las manos en la masa, aunque no confiaba en que el mozo fuera tan imbécil como para presentarse en el hogar de la mujer a la que acaba de matar cuando sabía que lo estaban buscando. Munia fue todo el camino pidiendo a la Virgen que no hubiera nadie en la casa e intentando evitar que se le pegara la cojera del alguacil al caminar.

—Porque no debes ser visto aquí. Esto no era lo pactado. Tienes manchado de sangre el jubón... ¿Lo has conseguido?

—Sí. He hecho lo que me pediste. Pero me recomendaste que huyera hacia la boca del lobo, piltraca. Me has embelesado con tus malas artes. Bruja era la vieja, bruja es la joven. He sido un necio —se quejó Lázaro golpeándose la frente con ambas manos.

—No digas bobadas. Solo estás nervioso. Escóndete y ya volveremos a vernos cuando se calmen las aguas.

Lázaro distinguió a lo lejos las siluetas de la niña y el alguacil, que se aproximaban a la casa, y se supo vendido.

Miró a Celestina, que sonreía satisfecha pasándose la lengua por su diente partido. Reconoció en su rostro los mismos ojos oscuros llenos de odio de cuando le dio una paliza siendo niña y ya no dudó de su traición.

—¡Yo te maldigo, que el amor que por ti he sentido se te agusane en el corazón y te devore desde dentro! —gritó Lázaro antes de lanzar el brazo hacia ella en un gesto rápido y certero.

Celestina no entendió qué había pasado, solo notó un calor intenso en la mejilla y sangre cayéndole cuello abajo.

Lázaro salió corriendo hacia el río, y cuando Munia y el alguacil llegaron a su lado, Celestina les dijo tapándose la mejilla derecha con la mano izquierda que el mozo había intentado entrar a robar y que la había atacado. El alguacil se fue tras él, gritando para que alguno de sus hombres lo oyera y acudiera en su ayuda.

Al quedarse solas, Munia llevó agua en la jofaina a Celestina para que se limpiara el corte. Tenía mal aspecto, el tajo había sido profundo y largo, desde cerca del ojo hasta la boca. Le iba a quedar una cicatriz fea.

—Celestina, ¿voy a buscar al barbero?

—Ni hablar, es un chapucero. No quiero que me borde a festón la cara.

Celestina rebuscó en los cajones hasta encontrar los útiles para remendar vírgenes que empleaba la vieja. Pidió a Munia que le sostuviera un cazo de cobre que estaba aún muy nuevo y, mirándose en el metal pulido, se cosió ella misma la herida con ese hilo de seda engrasado que tantas veces la había atravesado por dentro.

Lázaro se vio acorralado y no pudo escapar de la tunda que le dieron los hombres del alguacil. Antes del anochecer, fue colgado en la plaza Mayor entre una algarabía de habitantes de la villa que aplaudían y gritaban ansiosos de muerte.

Cuando le llegaron las noticias de la suerte que había corrido el mozo de cuadra, Celestina se sintió libre por primera vez en su vida. No debía nada a ningún hombre y la piltrafa de la vieja se iba a pudrir bajo tierra. Respiró profundamente y dio un buen trago a su vaso de vino. Esa casa era ahora suya con todo lo que contenía.

Volvió a inspirar hondo con los ojos cerrados. Había llegado el momento de empezar a vivir su vida.

QUINTA PARTE

Otoño

27

Septiembre

Cuando llegó Cándida, Celestina tomaba un baño en una tina preparado tal como la vieja Sancha hacía cuando le pagaban para atraer la buena fortuna en el amor y en el sexo. Se había sentado con las rodillas muy pegadas al pecho para poder sumergir la mayor parte de la piel en esa agua que había mandado a Munia llevar de la parte alta del arroyo de los Milagros, donde corría más y parecía más limpia. Había echado pétalos de valeriana y milamores, un chorrito de leche y una rama de mirto con la que se golpeó los brazos, el vientre y los muslos. Cuando salió de la tina y se secó con una toalla, Cándida le pasó por la cabeza un collar que ella misma había elaborado con las majuelas de un espino albar. Había cosido tres filas de los frutos de color rojo intenso del espino con un grueso hilo negro y luego las había trenzado para que el resultado fuera más llamativo.

—Que este collar te sirva de amuleto y proteja tu unión con Diego.

Celestina, vestida solo con ese colgante, abrazó a su amiga sin disimular su emoción. El collar era precioso y resaltaba sus labios maquillados con carmín y el rubor de sus mejillas. Además, conjuntaría con la saya nueva de mangas acuchilladas de color borgoña que dejaba ver la camisa blanca inmaculada que la joven estrenaba para la ocasión. La emoción nació tanto por el presente como por un recuerdo antiguo que le afloró de improviso. Le sobrevino la imagen de dos manos entrelazadas, una de mujer, la otra de niña. La mano de su madre agarrando la suya, caminando entre la hierba alta de las landas de más allá del puente viejo, adonde la llevaba a buscar matas y flores. Rodeadas de los colores de la primavera, le contó que el espino albar era un árbol especial, un árbol sagrado que conectaba el mundo real con el mundo de las hadas. Recordó el día en que se estiraron en la hierba boca abajo, como gatas pendientes del movimiento de roedores escurridizos escondidos de sus zarpas, y su madre le susurró de manera suave, como si procurara no ahuyentar a una mariposa posada en sus labios, que si se quedaba muy quieta cerca de un espino en flor podría sorprender a una de esas figuras aladas atravesando el umbral que las llevaba al desgraciado mundo de las mujeres. Si eso pasaba, podría considerarse muy afortunada, porque ver un hada era señal de que era una criatura de umbral, lo que quería decir que siempre podría estar cerca de la magia, entre los dos mundos, como muy pocas mujeres podían hacer.

Hacía mucho que no pensaba en su madre, y ese collar le había devuelto como un fogonazo sus historias y sus manos castigadas colocando en la cabeza de una niña crédula de rizos alborotados una corona de flores de espino, tan blanca que parecía de nieve.

Durante una de aquellas veces en que se escapaba de la casucha de la vieja y huía hacia las landas, Celestina había visto aparecer de entre las ramas de un espino albar una criatura de alas transparentes que centelleaban al sol y quiso creer que su madre muerta se la enviaba para que supiera que era especial, que era una niña de umbral. No le importó que lo que había visto volar no fuera realmente un hada, sino un caballito del diablo. Sabía que era singular y que la magia, ya fuera la de las hadas o la del demonio, no tendría secretos para ella. Intuía que ocupaba un espacio que no estaba ni en el lado de los vivos ni en el lado de los muertos.

—¿Estás bien, mujer? Te has puesto lívida. ¿Quién diría, viéndote así, que te vas a casar con un buen mozo, soldado cuando hay contienda y curtidor de las tenerías cuando no la hay, al que no le importa lo curtida que estás tú a tus veintiséis añitos? —dijo Cándida cogiéndola por los hombros y zarandeándola.

—Calla, víbora, que eres una víbora... No sé cómo te aguanto todavía.

—Porque sabes que te quiero.

—No tanto como Diego —añadió Celestina mientras empezaba a vestirse.

—Claro que te quiere. Cómo no te va a querer, si de dote has ofrecido no solo lecho, toallas y sábanas, sino la casa entera con una criada dentro. Y dinero, claro. Así ha pasado por alto todo tu pasado.

—¿Qué insinúas? Lo adoro. Y él a mí. Además, también me ofrece un porcentaje alto de sus bienes, casi la mitad de lo que posee. Y firmará la carta de arras.

—¡Nos ha jodido! Y tú la de dote. ¡Ay, mujer, si Diego no tiene donde caerse muerto! Bien lo sabes. Eso sí, espero que no te ofrezca solo casi la mitad de su espada, sino que te la clave toda entera —dijo Cándida carcajeándose conforme la ayudaba a atarse la saya.

—¡Ordinaria!

—Casi tanto como tú.

—Voy a ver cómo va Munia con el limón serrano y el guiso de cordero para el convite. Los postres ya están, ayer los cocinó. Usó la olla grande para el bollo de bodas y le ha salido altísimo y esponjoso. Espero que sepa tan bien como olía cuando estaba caliente. También habrá roscos de anís y alajúes, además de uvas e higos.

—Madre mía, qué banquete vas a ofrecer a los puercos de tus vecinos. Ya sabes lo que dicen, no está hecha la miel para la boca del asno.

—Cierto, pero quiero restregarles por los hocicos que voy a ser igual de digna para el matrimonio que cualquiera de las doncellas que las madres de esta villa han casado. Espero que cuando me vean salir de la iglesia del brazo de Diego se les llene la boca hasta el atragantamiento con la viscosidad de la bilis que han escupido contra mí a mi espalda todos estos años —explicó Celestina mientras se aplicaba unos afeites en el rostro que ella misma elaboraba y que usaba para disimular su cicatriz.

—Hombre, Celestina, tanto como igual de digna... Déjalo en que la suerte te ha puesto delante a este hombre del que te has encoñado, a pesar de que tampoco va sobrado de honor, y que con los maravedíes que has ganado con tu entrepierna y con las malas artes que aprendiste de la vieja has podido comprar tu honra perdida con la estupenda dote que ofreces.

—Estás empeñada en amargarme el día. Mi corazón no había latido desde hacía mucho, desde que la vieja me lo destrozó... Una vez amé.

—¡Y no me lo has contado nunca!

—Éramos solo unos críos y... Bueno, basta. No quiero entristecerme hoy. Quiero aprovechar ahora que la rueda de la fortuna ha girado.

—Y lo harás. ¡Aprisa! Echa un ojo a los platos de Munia y vayamos hacia la iglesia del Arrabal. Seguro que ya te esperan.

—Una novia se ha de hacer esperar. No va a llegar desesperada, como si temiera que el novio se le fuera a escapar.

Munia tenía la cara de ratón grasienta por el sudor del trabajo en la cocina. El limón serrano ofrecía una pinta estupenda, con su base de naranjas y limones en rodajas sobre las que había dispuesto huevos cocidos cortados a gajos y trozos de chorizo frito, todo aliñado con una vinagreta caliente con ajo frito. Ya lo había repartido en varias cazuelas de barro. Del caldero salía el olor a comino y tomillo del guiso de cordero con acelgas. La carne estaba deshuesada y parecía poder deshacerse como mantequilla. Celestina la felicitó.

Con el paso de los años, Munia se había encorvado un poco más y su aspecto era aún más desagradable, porque había perdido la capacidad de despertar compasión de su infancia y de los primeros años de su juventud. Ya no era una pobre niña, era una mujer fea y contrahecha. Sin embargo, se había convertido en una cocinera excelente que ayudaba en el mesón y continuaba viviendo como criada donde la vieja Sancha, aunque hacía años que nadie llamaba así a esa casa que seguía oliendo a humedad. Desde hacía tiempo, era conocida como la casa de Celestina, la de la cuesta de las

Tenerías, como sí todos en la villa hubieran borrado de su memoria y de sus conversaciones a aquella vieja alcahueta a la que muchos recurrían y todos detestaban.

Tras la muerte de Sancha, Celestina creyó que Munia sería un problema. Estaba convencida de que la cría había atado cabos al ver a Lázaro y dudó sobre qué hacer con ella. Sin embargo, nada dijo cuando volvió el alguacil y le preguntó de nuevo, y procuró ser complaciente con su nueva madrina desde el primer momento. Obedecía sin rechistar, quizá porque empezó a temerla más de lo que ya la temía al ver de lo que era capaz. De hecho, todavía la temía, y para Celestina ese miedo era una ventaja y un seguro de obediencia. Discreta y humilde, la había servido bien durante todos esos años, sin meterse nunca en sus asuntos ni pretender nada más que trabajar. Tanto los palos de escarmiento recibidos como su timidez y su fealdad la mantenían al margen de rebeliones y amoríos, y tampoco reclamaba salario para una futura dote, aunque Celestina le exigía todo lo que el mesonero le daba de paga.

—Serviremos el guiso directamente del caldero, ¿verdad, madrina?

—Sí, que cada cual se sirva en su escudilla con el cucharón y que rebañen con pan o que usen la cuchara para comérselo. Huele que alimenta, Munia.

—Gracias —respondió la criada.

—Ahora vendrán tres o cuatro amigos de Diego. Que lleven el caldero y las cazuelas de limón serrano y el barril de vino. Encárgate tú de revisar que no se olvida nada. Al acabar la ceremonia, comeremos y beberemos allí mismo, en la explanada de la iglesia. Espero que los mostrencos de los vecinos lleven sus escudillas y cucharas.

—Es costumbre, y saben que habrá yantar, ¿cómo no van a ir preparados esos muertos de hambre? —respondió Munia, mostrándose solícita y resuelta para no provocar la ira de su joven ama.

—Tienes razón.

Mientras Munia estaba ajetreada, Celestina se fijó en cómo el paso del tiempo le había dado el aspecto gastado de una matrona a pesar de seguir siendo doncella. Su pelo liso y rubio natural era su mejor cualidad, junto con una docilidad y actitud de cachorro desvalido que a algunos hombres les podría resultar atrayente. Pero percibía algo en ella que la ponía en tensión. Creía que eran sus ojos siempre bajos, esa mirada huidiza. A veces le había dado un guantazo solo por no mirarla a la cara. No estaba segura de lo que Munia pretendía; quizá esta evitara asomarse a la espantosa oscuridad de los ojos negros de su nueva ama, o quizá procurara impedir que esta viera en sus pupilas, reflejado como en un espejo, el pecado abominable que Celestina cometió y del que la criada fue testigo. Celestina sospechaba que se debía más al segundo motivo, creía que Munia había convertido sus feos ojos demasiado juntos en el relicario de una culpa ajena y que temía sobremanera la reacción que su madrina pudiera tener si lo abriera.

Antes de salir, Celestina decidió que la criada ya tenía edad suficiente para empezar a ayudar en otras tareas. Demasiado bien había vivido la niña solo sirviendo en la casa y a las chicas a las que Celestina cobraba por usar el cuarto. Y si no valía para los hombres, quizá valiera para los partos.

Celestina llegó a la iglesia de la Santísima Trinidad con Cándida. Su amiga le había dado un ramito de espliego y otras flores silvestres para que su perfume la ayudara a soportar el tufo a sudor que flotaba en aquel edificio lleno de vecinos mugrientos. El hedor se haría insoportable durante el sermón del párroco, que era un viejo que arrastraba las sílabas finales de todas las palabras, convirtiendo cada una de sus homilías en una salmodia monótona que dormía hasta a las mujeres más beatas.

La iglesia estaba junto al río grande, en una explanada de tierra cubierta con una capa de hierba algo reseca que, por culpa de los calores con los que se había despedido agosto, presentaba unas calvas que afeaban el paisaje. Celestina torció el gesto, porque se había imaginado un prado verde de hierba crecida que amortiguaba sus pasos y acogía, refrescante, el cuerpo ebrio de los invitados después del convite.

Diego estaba apostado en la puerta, en el último escalón. Iba más aseado que de costumbre y se notaba que había visitado al barbero, porque su barba, normalmente rebelde e hirsuta, parecía haber sido domada. Sonrió al ver a Celestina y la fue a coger por la cintura, pero Cándida se lo impidió a manotazos.

—¡Serás bruto! Estáis a las puertas de la casa de Dios y tú actúas como si estuvieras en la taberna. No seas zopenco y compórtate.

—Menuda guardiana de tu honra te has buscado, mujer —rio Diego.

—Tarugo. Es una boda. Respeta a tu futura mujer —insistió Cándida.

—Tarde llega el consejo, ja, ja, ja —volvió a reír Diego, y agarró del culo a Celestina antes de poner los brazos en jarras.

Celestina lo observó: su pelo rizado y castaño, su mentón cuadrado, sus antebrazos de venas marcadas, el cuello fuerte que daba paso a un pecho ancho y cubierto de un vello rizado también sobre el que le gustaba reposar la cabeza después del sexo. Diego era para Celestina más que un cuerpo bien proporcionado. La primera vez que la rodeó con su brazo tras el éxtasis y le pasó las yemas de los dedos de abajo arriba de la espalda con suavidad, a pesar de tenerlas ásperas de curtir pieles, ella se deshizo en lágrimas. No se sintió, como siempre lo hacía, manoseada, apretada, toqueteada ni ultrajada. Fue una caricia no vendida, y lloró porque no la acariciaba nadie así desde los doce años.

Al salir de la iglesia, ya como marido y mujer, los vecinos, cogidos de las manos, ofrecieron a la pareja un baile alrededor del bollo de bodas que Munia había colocado sobre un tablero adornado con ramas de hiedra y flores al son de la música que unos jóvenes amigos de Diego improvisaron con una flauta, un laúd y un tambor. Cándida abrió el círculo y llamó con la mano a los novios, que se unieron a la danza de celebración. Cuando la música cesó, el círculo se detuvo y los vecinos y amigos pidieron a gritos un beso, que los novios ofrecieron sin hacerse de rogar. Esa fue la señal que dio inicio al convite. Munia repartió cazuelas de limón serrano entre los grupos que se habían organizado sobre varios manteles bajo las sombras de los árboles cercanos al río. Cándida, por su parte, se encargó de repartir el guiso entre los convidados que se acercaban al caldero para pedir su ración con las escudillas que habían llevado de su casa.

Celestina y Diego compartían mantel con compañeros de las tenerías de él, con Cándida y con una mujer que había llegado hacía poco más de cuatro meses a la villa, pero que se había ganado la amistad de Celestina nada más conocerla. Se llamaba Claudina, era de Ávila y había tenido que dejar su casa porque las autoridades la habían empicotado y desterrado al ser descubierta practicando un aborto y por ser sospechosa de hechicería. Durante siete años no podría volver a poner los pies en Ávila. Pero no la echaba de menos, porque se había adaptado muy bien a su nueva vida y ya era la partera más socorrida de la villa, dado que Celestina le había presentado a unas cuantas dueñas y otras tantas sirvientas.

Cuando el sol empezó a caer, el vino aún corría entre los invitados. Aun así, los recién casados se despidieron. Querían ir ya a la casa de Celestina a consumar un enlace que, gracias al dinero, había pasado de escandaloso a sagrado. Además, esa noche Munia dormiría con Cándida para no interrumpir el placer de la pareja.

De camino, Diego se tambaleaba y necesitaba apoyarse en Celestina para poder avanzar.

—Venga, amor, que vas beodo perdido. Buena noche de bodas me vas a dar.

—¿Acaso lo dudas? ¡Ay, jamelga mía, verás como te cabalgo hasta el amanecer!

Una vez a solas, Celestina ayudó a Diego a desvestirse porque él no podía levantar un pie del suelo sin perder el equilibrio. Ya desnudo, la esperó en el lecho mientras ella se deshacía de todas las capas de ropa que separaban su piel de la de su hombre. Aunque Diego no era un hombre para Celestina, era un lugar. Era un refugio en el que guarecerse. No era Diego el que entraba en ella, era Celestina la que entraba en Diego. Filtraba su sudor como agua de lluvia en su cuerpo a través de sus poros y deslizaba su alma por su garganta en cada beso, con el deseo de quedarse a vivir en él palpitándole en el corazón y entre las piernas. Diego era un lugar seguro, y para Celestina eso era más sagrado que el sacramento que habían recibido ante la Santísima Trinidad, porque no se había sentido a salvo ni un solo día en su vida desde hacía décadas y esa calma la había sorprendido hasta la consagración de ese sentimiento.

28

Diego

Celestina acudió al mesón de la muralla porque era día de pago. Antón Prieto, el mesonero, era un buen tunante que aprovechaba su local para negocios que poco tenían que ver con la hospedería. Los arrieros, los comerciantes y los labriegos que viajaban de villa en villa acostumbraban a parar en la ciudad por la sabida abundancia de posadas, mesones y mozas de partido que se dejaban ver en esos locales sin estar de paso. En los mesones, los trajinantes daban buena cuenta de los tacos de queso y jamón curado de la zona y del morapio que corría por las mesas como en las bodas de Caná.

Munia estaba detrás del mostrador sirviendo las escudillas de un guiso de cerdo que había cocinado por la mañana. La carne era fresca porque solo habían pasado un par de días desde San Martín, y con las monedas que le había dado Antón pudo conseguir un buen lomo y panceta suficiente para elaborar un plato con manzanas amarillas, cebolla, canela y unas cuantas tripas lavadas. Le había quedado muy sabroso y sería todo un éxito entre los clientes de ese día. Eso quería creer, aunque en el fondo sabía que la clientela era zafia y devoraba cualquier vianda que se les echara en el plato como si fueran ellos los auténticos cerdos y no los pobres animales acuchillados en el matadero entre horribles chillidos, pero esa mentira era pequeña y le daba ánimos para soportar el fuerte olor a sudor y vísceras que llevaban los parroquianos pegados a la ropa.

Celestina no confiaba en el criterio de su joven criada, era demasiado boba y a todo decía que sí, así que era ella la que negociaba con el truhan de Antón el precio a pagar por los servicios de la doncella en la cocina del mesón. Esa semana se llevó una buena cantidad de reales porque por San Martín siempre había más faena, ya que los trajinantes iban y venían por la feria de ganado y por los días de matanza.

Al entrar en el mesón se fijó en la cara de satisfacción de Munia. Solo se la veía así cuando estaba fuera de casa, dentro su expresión era tensa, de alerta. No gustaba de su compañía, Celestina lo sabía, pero tampoco le parecía mal, puesto que esa criada estaba a su servicio y era mejor que la temiera a que tuviera demasiada confianza. Ese día el mesón estaba realmente lleno. Los curtidores de las tenerías habían acudido en grupo, puesto que estaban agotados tras tener que tratar las pieles de los cerdos sacrificados por San Martín. El hedor que emanaba de sus cuerpos casi se podía ver, porque cuando atravesaban la puerta del mesón por el contraste con el frío de la calle se elevaba desde sus hombros y desde su cráneo una nubecilla similar a un aura. Sus ropas apestaban a los excrementos de animales y a los productos corrosivos que empleaban para pelar y curtir las pieles, y esa acritud enrarecía el ambiente, ya de por sí cargado, de la sala del mesón. Entre ellos se paseaban, disimulando las arcadas que esos olores producían hasta que las narices se acostumbraban, unas cuantas rameras encubiertas que deseaban ser requeridas por esos hombres tan apestosos como exhaustos. Habitualmente, los curtidores eran buenos clientes, puesto que llevaban monedas brillantes en su faltriquera y, a causa de la dureza de la jornada que pretendían rematar en el mesón, no tardaban demasiado en quedarse dormidos sobre sus pechos manoseados.

Celestina se fijó en uno de ellos, un hombre bien parecido de mentón ancho y barba castaña con reflejos pelirrojos al que nunca había visto. Estaba acodado a la barra, con la mirada perdida en el fondo de su escudilla de vino y cara de estar rumiando algo. Le llamó la atención más de lo convenido para una mujer que vivía pendiente de los deseos ajenos y no de los propios. Cuando Munia alargó el brazo para ofrecerle una ración de comida, el hombre la agarró por la muñeca, la atrajo hacia sí haciéndole daño en la espalda y le susurró algo al oído. Celestina no tardó en desplazarse hasta donde estaba su criada para averiguar qué quería ese hombre y si debía hablar con Antón para reclamar algo por el trato dado a la joven. Munia le dijo que había sido correcto y que únicamente había comentado que andaba buscando a alguna mujer que pudiera sacarlo de un apuro. La cocinera no indagó porque se lo quiso quitar rápido de encima, pero Celestina decidió acercarse al hombre y preguntarle directamente, por si acaso era ella la persona que necesitaba y podía atar un nuevo negocio.

—Mi criada me ha comentado que andas buscando ayuda. Quizá yo pueda echarte una mano. Si me dices lo que necesitas, podremos averiguarlo.

—¿Quién eres tú?

—Soy Celestina, conocida en la villa por vender ungüentos, bebedizos y por ser una partera que aprendió de la mejor maestra, que ya no está entre nosotros. ¿Crees que te puedo servir de ayuda?

—Por desgracia, sí. Te lo explicaré todo, pero fuera de aquí, no quiero que nadie sepa lo que solo a ti te incumbe.

Salieron y fueron al callejón al que daba la entrada trasera del mesón. El suelo estaba embarrado y tuvieron que sortear varios charcos oscuros en los que se reflejaban las nubes. Se apoyaron en los sacos de cebada y las balas de paja apilados que Antón Prieto vendía a los trajinantes que viajaban con caballos y animales; estaban húmedos por la lluvia, así que esa vez tendría que rebajar el precio.

Diego le contó que la más pequeña de sus hermanas estaba en apuros. Se había quedado preñada tras ser deshonrada por un vecino que se había fugado de la aldea y ahora estaba a punto de parir con apenas diecisiete años. Había huido de la casa labriega de sus padres con la excusa de visitar a su hermano mayor antes de que se le notara mucho la barriga y llevaba desde la primavera encerrada en el cuartucho insalubre del curtidor para esconder su estado. Necesitaba a alguien que la ayudara a parir y que se deshiciera del engendro. Su hermana debía volver a la aldea de León de donde eran originarios como si jamás hubiera entrado varón en ella. Solo él debía saber lo que había pasado.

Celestina lo miró a la cara y le preguntó por qué ayudaba a una mujer deshonrada, y el curtidor le respondió que lo hacía porque la deshonra debería recaer en el malnacido que había violentado a una niña y la había preñado, y no en quien traía una vida al mundo. Su hermana se merecía una segunda oportunidad, y él necesitaba saber si Celestina podía ayudarla. Le pidió que le asegurara que la suerte que correría la criatura al nacer sería buena; al fin y al cabo, era un alma de Dios. Celestina le prometió que sí, aunque supiera que no era cierto. Pensó que ese hombre necesitaba escuchar que su opción era la mejor y que la injusticia que cometería su hermana al abandonar al hijo de sus entrañas no era peor que la vida que iba a vivir ese ser, desdichado desde antes de nacer.

—¿Cómo te llamas, joven?

—Diego, señora, para servirte.

Quedaron al día siguiente para que Celestina pudiera echar un vistazo a su hermana. Cuando llegaron a la calle en la que Diego vivía, Celestina se levantó las faldas entre gritos porque un par de ratas le salieron al paso y se levantaron sobre sus patas traseras al sentirse amenazadas. Diego mató una de una pedrada, y la otra salió corriendo y se escabulló entre dos bloques de piedra de la fachada de una casa de dos plantas en la que alquilaban cuartos muchos curtidores, algunos con sus familias, otros hombres apiñados con varios compañeros en alguno de los habitáculos más pequeños. El cuarto de Diego estaba en la planta de arriba, los tablones de madera del pasillo se veían viejos y carcomidos, y crujían lastimosamente al paso del mozo y de la partera, que temía que cediera la madera bajo su peso y cayeran ambos en el agujero como Jonás en el vientre de la ballena. Celestina saludó a la chica, que estaba estirada en el jergón. Era una muchacha bonita, pelirroja, de pelo ensortijado y tez lechosa salpicada de pecas, pero se le notaba en el aspecto la falta de aire y de sol, y, además, tenía la piel de los pómulos pegada al hueso, lo que no era muy buena señal. Nada más verla, supo que estaba demasiado débil para soportar un parto de primeriza, el feto se estaba quedando con toda su energía para poder sobrevivir dentro de ella.

—Elisa, no te asustes, esta mujer ha venido para ayudarte.

—No quiero que nadie vea mi vergüenza. No quiero ni mirarme. Quiero que esto acabe ya. No lo soporto más. Además, creo que se ha muerto —dijo la chica agarrándose la barriga con las dos manos—. Hace días que no se mueve. No lo noto.

—Déjame ver. Échate hacia atrás y quítate las ropas para que pueda verte bien. Creo que te falta poco para parir. Cuando el parto está cerca, ya no se mueven porque son demasiado grandes.

La chica mostró remilgos por tener que desvestirse delante de una desconocida, pero su hermano le gritó:

—¡Elisa, obedece! Si hubieras tenido tanta vergüenza en el momento justo, no estaríamos aquí.

La joven puso los ojos en blanco y se estiró entre bufidos, haciendo fuerza con los pies contra el jergón para poder levantar las caderas y desnudarse de cintura para abajo. Una vez expuesta su intimidad, no volvió a mirar a la cara a ninguno de los presentes y se concentró en el techo lleno de agujeros. Celestina le separó los muslos y le metió los dedos para palparla. Estaba madura. Después le tocó la barriga y escuchó el latido del bebé con la trompeta de metal.

—¿Tienes dolores como cuchilladas?

—Hace unas noches empecé a sentir eso que dices. En la espalda y en las ingles. No muy fuertes.

—Te queda muy poco, chiquilla. Me ocuparé de ti, si os parece bien, pero este cuarto tiene mucha humedad y hace frío; además, va a llover y habrá goteras. No es lugar para parir. ¿Puedes alquilar un cuarto al mesonero, Diego?

—Pero entonces la verán... No quiero que nadie sepa nada.

—¿Qué no quieres que se sepa, que una mujer desconocida ha dado a luz en un mesón en el que todo el mundo procura no fijarse en lo que hace el de al lado o que se ha muerto una muchacha pelirroja embarazada de una hemorragia en el cuarto de un curtidor, rodeado de otros cuartos llenos de compañeros y sus esposas? No hay muchas pelirrojas por aquí.

Diego miró a Celestina. Le gustó el descaro y el carácter de esa mujer de ojos negros.

—¿No tienes otro lugar más discreto?

Celestina negó con la cabeza. Entendió que tras la pregunta había un ruego velado, pero no pensaba llevarse a esa chiquilla asustada a su casa. Además, el parto podía ser tanto esa misma noche como dentro de diez días, y eso era demasiado tiempo para meter a una desconocida en la alcoba contigua a la suya.

—Te pagaré lo que me pidas. Tengo llena la alcancía. Por favor, mujer... No quiero que mi hermana sufra más. Seguro que podemos hacer un trato.

Celestina lo miró conmovida por la calidez que emanaba de ese hombre, por el amor que parecía profesar a su hermana, por la seguridad que transmitía a pesar de estar en una mala situación. Miró a la chica, que se limpiaba la nariz con la manga de la camisa, y sintió envidia. Esa mocosa tenía a un hombre que la amaba y la protegía, y eso era justamente lo que ella ansiaba.

Munia durmió en el suelo, junto a su lecho, durante los días que Elisa permaneció en la casa. Al final fueron siete, durante los cuales se levantó con el cuerpo dolorido, y la sensación no se le iba ni con las friegas que se daba como podía con un ungüento preparado por su ama.

Celestina advirtió a la joven preñada que no podía salir, ni asomarse a la ventana ni a la puerta. Si las vecinas la descubrían, estarían las dos en peligro. Ordenó a Munia que se ocupara de ella constantemente para evitarse un disgusto, porque esa chica era demasiado joven para ser obediente y a la vista estaba que mucho juicio no tenía. Munia aceptó de mal grado tener que ocuparse de la muchacha. No le gustaban las pelirrojas por culpa de un cuento sobre una bruja que recordaba de sus días en casa de su padre; además, sospechaba que no iba a ser fácil de trato. Ya el primer día le confirmó las sospechas cuando hizo ascos a las gachas de almortas. A Munia la sorprendió el remilgo, puesto que, según había contado el hermano, era de una aldea de labriegos y vaqueros de León, y por cómo arrugaba los morros más parecía una princesa de la corte de Toledo secuestrada entre el vulgo. Aun así, consiguió cebarla como a una cerda antes del parto, siguiendo la orden de Celestina de alimentarla con legumbres y carnes. Y también la mantuvo alejada de las ventanas.

Munia se fijaba en silencio en cómo su ama miraba al hombre. Estaba más pendiente de él que de la chica que tenía que cuidar. Le servía vino, todo el que quería, le reía cada gracia y lo despedía a solas, bajo la parra, cada vez que se marchaba, ya anochecido, para volver a su cochambroso cuartucho. Cada cena tenía que cocinar para cuatro, incluso para cinco cuando Cándida aparecía por allí para disfrutar de un rato de charla y vino al fuego del hogar, y estaba ya cansada de tanto trasiego. La criada deseaba que pariera ya la pelirroja para volver a la rutina anterior a su llegada, aunque algo en los ojos de Celestina le hacía temer que esos días no iban a volver.

Una noche, cuando Elisa dormía, se atrevió a preguntar.

—Ama, ese Diego es de tu gusto, ¿verdad?

—Mira tú con la mosquita muerta. Vaya preguntitas me haces.

—No quiero molestar, pero te veo cuando está él aquí.

—Pues como cuando viene el trapero con telas gastadas.

—Igual no lo miras, señora. —Munia sonrió por debajo de la mano con la que se había tapado la boca para disimular—. Y bien parecido es.

—No me había yo fijado —dijo Celestina riéndose con la boca bien abierta, lo que relajó a la muchacha, porque siempre temía el momento impredecible del estallido—. Quizá por una vez te has enterado de algo, Munia.

—Babieca del todo no soy, señora —dijo la criada enfurruñada—. Por cierto, ¿cuánto le falta a la moza? Nunca he asistido a un parto, lo mío ha sido la cocina, no sé si seré de ayuda.

—Ya te diré lo que hacer.

Al día siguiente, cuando Diego pasó por la casa de regreso de las tenerías, se la encontró toda revuelta. Se fijó en que en el suelo, cerca del hogar, había una olla de agua volcada y un montón de trapos ensangrentados. Al entrar, flotaba en el aire el olor espeso a hierro de tanta sangre que empapaba las telas. Pero no fue la sangre lo que más lo alarmó, sino el silencio en el que estaba sumida la casa. Fue a pasos grandes hasta la alcoba en la que su hermana esperaba al parto. Temió verla lívida e inerme, pero dentro estaban las tres mujeres en silencio, observando a un bebé de rostro pálido que dormía bien apretado en telas. Su hermana lloraba sin emitir ningún sonido, ni de pena ni de dolor. Ya sabía que no podía quedarse con la criatura. Volver con el bebé a la aldea era lo mismo que morir. Toda su familia renegaría de ella, y tendría que vender su cuerpo para alimentar a ese hijo o entrar en un convento, y no quería hacer ni una cosa ni la otra. Estaba prometida con un granjero que tenía ovejas y con él podría tener otros hijos. Hijos de verdad. El que sostenía entre los brazos era hijo del pecado, así que no debía quedárselo.

Celestina se acercó a Diego y le habló al oído:

—Todo ha ido bien. Solo necesitaría unos días para reponerse de la pérdida de sangre, que ha sido abundante, pero se recuperará y nadie notará nada. Es más, he aprovechado que estaba dolorida y que no notaría mucho ahí abajo y le estrechado la entrada con hilo de seda. Pasará por virgen cuando la caséis.

—Gracias, Celestina. No sé cómo agradecerte lo que has hecho por Elisa.

—Pues aparte de la bolsa de reales que me debes, a mí se me ocurre algún que otro favor que podrías hacerme.

Celestina lo miró con los ojos negros inflamados por el deseo y Diego comprendió lo que la mujer quería de él. El curtidor deseaba lo mismo. Había visto buen vino, buen yantar y buen hogar en esa casa, mucho mejor que lo que tenían en los cuartos alquilados. Adivinó que, si calentaba a la mujer, se aseguraría un plato caliente cada día y eso era más de lo que tenía en ese momento.

Celestina pidió a Diego el dinero acordado, primero por el parto y luego por ocuparse de la suerte de la criatura. Les dijo que aguardaran en la casa mientras iba a entregar al bebé al hogar de una señora rica y generosa que se ocupaba de algunos expósitos. Munia sabía que no había mujer alguna y que Celestina se proponía abandonar al recién nacido a las puertas de una iglesia, pero no pensaba decir ni media al respecto.

Cuando Celestina regresó, Elisa dormía y Munia recogía la casa y envolvía en una sábana limpia las ensangrentadas para que nadie las viera. Su ama le había encargado llevárselas a la mañana siguiente, con la salida del sol, a Cándida para que ella se ocupara de volverlas a poner blancas. Celestina pidió a la criada que le llenara dos escudillas de vino y se metió con Diego en su cuarto, y allí estuvieron hasta pasado el mediodía del día siguiente.

Así fue como Celestina y Diego cruzaron sus destinos hacía cosa de un año.

29

Los bandos

Claudina llegó un atardecer con el rumor de que algo grave había sucedido en la villa. Llegó haldeando todo lo rápido que le permitían los calores que habían vuelto por el veranillo de San Miguel. Se sentó bajo la parra en compañía de Celestina, que aún esperaba a que Diego volviera de refrescarse en la taberna tras un día de curtir y teñir pieles. Las mujeres cogieron un racimo de la parra y compartieron las uvas amarillentas, que estaban calientes por el sol. Claudina estaba excitada. No se trataba de puñaladas entre borrachos, sino de muertes entre familias nobles. La sangre azul derramada en el polvo de una plaza era, además de motivo de habladurías, un peligro para los pobres, porque se podían ver arrastrados a una espiral de violencia que acabaría no solo en rencillas, sino en una refriega que provocaría la muerte de aquellos desgraciados que los nobles hubieran comprado para formar parte de su venganza.

La tragedia había sucedido a los más jóvenes de dos de las familias que llevaban años enfrentadas por el dominio de la ciudad: los Manzano y los Enríquez. Claudina contó que dos de los hijos de los Manzano habían matado a los hijos de la viuda de los Enríquez, María Rodríguez de Monroy.

—Pero ¿cómo ha pasado la desgracia? —preguntó Celestina.

—Se ve que todo empezó durante un juego de pelota. Las cosas se calentaron y los Manzano mataron al hijo pequeño de la viuda Enríquez, que competía contra ellos. Ya ves, enemigos en la vida real y acaban matándose durante un juego.

—¿Qué dices? ¡Menudos imbéciles!

—Peores son, porque no tuvieron suficiente con matar al mozalbete de doña María, sino que, amedrentados, los Manzano tendieron una trampa al hermano mayor y, para evitar que pudiera vengarse de ellos, le dieron muerte. Vamos, que ahora la viuda no llora solo por su marido, sino que ha de lamentar la pérdida de sus dos únicos hijos. Debe de estar mesándose los cabellos como una loca. Dicen que se ha encerrado a llorarlos y que se niega a comer y a beber, y que no permite que nadie entre en su alcoba.

—Pobre mujer. Ella es de los de Santo Tomé, ¿verdad? —preguntó Celestina.

—Sí, sí. Los Manzano forman parte del bando de San Benito, pero se ve que los hijos de las dos familias eran medio amigos y, aun así, mira cómo ha acabado la cosa.

—¿Y siguen en la villa esos desalmados?

—Se dice que han huido, aunque no quedan más Enríquez que doña María, así que la venganza es poco probable —conjeturó Claudina.

—A ver, amiga, tanto tú como yo sabemos de lo que es capaz una mujer herida. Y esta tiene fortuna, familiares y amigos. ¡Que me parta un rayo si no ha de vengarse con toda su ira! —exclamó Celestina

—Lo veremos, sin duda.

Se percataron de que se acercaba un hombre haciendo eses por la cuesta.

—Mira, Celestina, por ahí sube tu amor. Según camina, va azumbrado. ¿Sigue sin ser un canalla cuando llega borracho?

—Sabes que es un buen hombre. Se duerme enseguida, así que no tengo más que soportar los ronquidos y, el peor de los días, el pestazo que lía en el cuarto si vomita.

—¿Cómo va la vida de casada? Ya ha pasado un año de la boda, ¿es lo que te esperabas eso de aguantar ronquidos y limpiar su mierda?

—Bueno, lo que quería lo he conseguido. Quería salir del camino que me hizo seguir la puta vieja que me crio.

—¿No echas de menos a ninguno de tus amigos?

—A ninguno.

—¿Ni sus regalos?

—No, ya sabes que tengo entre las dueñas buenas clientas que me conocen desde hace años. Afeites y remedios siempre vendo. Lo de los partos te lo dejo a ti, que tienes más años y se fían más de tu experiencia. Sobre pociones y hechizos también sabes tú más que yo. Sancha fue buena maestra, pero mejor era la tuya. Como compinches nos va bien, y no quiero más mala vida. Diego ha aceptado mi deshonra y ahora soy su esposa. Y es lo que deseo continuar siendo.

—Pues es una lástima, porque en una noche te ganabas más maravedíes con la abertura que tienes entre las piernas que en dos semanas vendiendo potingues. Y los amarres y las limpiezas de mal de ojo no dan para muchos lujos.

—No los busco. Quiero vivir tranquila con Diego. Tenemos más de lo que necesitamos.

—Quizá algo os falta... Un crío correteando por aquí.

—Cuando Dios lo quiera —respondió Celestina, incómoda con la mención a su falta de descendencia. Nadie, aparte de Munia y Cándida, sabía que no podía concebir, ni siquiera Diego, que seguía haciendo las mismas bromas sobre su mala puntería cada vez que su mujer manchaba la camisa de sangre.

—¿En serio no echas de menos que te regalen sayas de seda?

—Total, para no poderlas lucir... Si tenemos prohibido hacer alarde de los regalos del puterío. Aunque lo tengamos, no podemos llevar por la calle un buen manto cubierto de pieles en invierno porque nos detendrían por putas. Prefieren vernos caminar descompuestas de frío con un manto raído. Es la manera que tienen de torturar los desdichados cuerpos que calientan a sus hombres. Y no digamos sedas de colores. Nos empicotarían con el primer tornasol de nuestras faldas que deslumbrara sus ojos, tan puros y piadosos. Así que para lucirlas solo en la puerta de la casa y medio atadas justo antes de que te joda el generoso de turno, casi prefiero ir vestida de lino y lana basta. Además, para putas ya estáis Cándida y tú.

—Mujer, que así dicho suena feo —comentó Claudina, lo que provocó las risas de las dos.

Diego llegó donde estaban las mujeres. Apestaba a vino y sudor, y tenía las manos sucias. Celestina se levantó y fue a por el aguamanil y la jofaina para que pudiera asearse un poco. Su esposo se sentó en el taburete que había quedado libre cuando ella entró en la casa y dejó caer su peso hacia atrás, hasta que su espalda se encontró con el muro de piedra. Estiró las piernas y se rascó a gusto la entrepierna.

Al frotarle las manos, Celestina notó que Diego estaba tenso por algún motivo y esperó a que se decidiera a hablar. Sabía que, si le preguntaba directamente, él se cerraba en banda diciéndole que sus asuntos no eran cosas de mujeres, pero, si no mostraba ningún interés, Diego solía ceder a la necesidad de desahogarse y acababa confiándole sus cuitas. Mientras se secaba las manos ya limpias en un paño, Claudina le preguntó si le había llegado la noticia de los asesinatos.

—Sí, en la taberna no se hablaba de otra cosa.

—¿Y qué se dice de los asesinos? —preguntó la mujer.

—Que han huido, probablemente a Portugal.

—¡Deles Dios mal galardón! Matar a un zagal al que el bozo no le había oscurecido el labio aún… —añadió Claudina.

—No creo que tarden en encontrarlos. Estoy segura de que esa madre levantará hasta las piedras del camino por si se hubieran metido debajo como las sabandijas que son —dijo Celestina.

—No sabía que estabas de parte de los de Santo Tomé —comentó Diego mostrando sorpresa.

—No estoy de parte de nadie, me importan un comino las trifulcas de los dos bandos y las rencillas de nobles que nos miran con la misma cara con la que mirarían las aguas negras que envenenan el río. Pero no se mata a un crío —dijo Celestina.

Una vez a solas, ya en el lecho, antes de apagar la vela que iluminaba pobremente el cuarto, Diego le confesó que estaba inquieto.

—¿Qué te preocupa?

—Esta tarde han entrado en la taberna un par de hombres vestidos con buenas ropas y han preguntado por varios hombres. Uno era yo.

—¿Los conocías?

—Yo a ellos no, pero sabían que he sido soldado y me han dicho que contaban con mis servicios para ayudar a la viuda de Enríquez a encontrar a los matadores de sus hijos.

—¿Has negociado un buen precio por tus servicios?

—No había nada que negociar. No me permitieron negarme. Prometieron que si encontramos y matamos a los Manzano nos darán un sueldo. Formaremos casi un destacamento, comentaron que seremos unos veinte hombres.

—Al infierno los nobles. Mal dolor les dé Dios. Te tienes que ausentar de tu trabajo, no te dicen cuántos reales vas a recibir por poner tu vida en riesgo por un asunto que en nada nos afecta y, para colmo, el pago está sujeto a una condición... Yo los mataba a ellos después de recibir la bolsa.

—Pero ¿qué dices, mujer? ¿Te has vuelto loca?

—Es lo que se merecen... ¿Cuándo partís?

—Mañana al alba.

—¿Os han dicho cuántos días os ausentaréis?

—No, pero si tenemos que ir a Portugal y volver, como parece, no será menos de una semana.

—Pues cuídate, por mi vida, y vuelve sano y salvo.

—Ya pensaba que solo te importaba que volviera la bolsa de reales —dijo Diego tumbándose a medias sobre su mujer.

—Esa también ha de llegar, si quieres entrar por la puerta de la casa —contestó Celestina riendo, y dio un beso en los labios a su esposo.

Diego se visitó con sus ropas de soldado antes del alba. Se colgó del cinturón la espada y un hacha, y se guardó un cuchillo bajo el coleto de cuero que le cubría el pecho y la espalda, dejando a la vista las mangas de la camisa. Celestina lo miraba hacer desde el lecho, procurando calmar los nervios aspirando profundamente por la nariz el olor a petricor que provocaba la llovizna que llevaba cayendo desde la noche y entraba por la ventana de la antigua alcoba de la vieja Sancha, que no daba al callejón húmedo, sino a la fachada principal.

Se puso de pie y miró por la ventana. El sol aún no se había levantado y el cielo estaba muy encapotado. Una ráfaga de viento fresco le puso la carne de gallina justo cuando vio cómo se acercaban cuatro hombres a caballo. Uno de ellos llevaba de las riendas una montura sin jinete. Era para Diego. Esa imagen la hizo pensar en lo fácil que podía ser perderlo. Antes de ponerse la camisa, abrazó a su esposo con su cuerpo desnudo, apretándose con fuerza contra él. Diego la cogió de las nalgas y le besó el cuello y la boca.

—Vuelve, no seas tan necio de dejarme viuda.

—Eso no pasará. Aún no te he hecho una barriga, y yo siempre cumplo.

—Pues cumple primero con lo que quieren de ti los de Santo Tomé.

—Lo haré. Aunque para ello tenga que volver a mancharme de sangre las manos.

—La sangre hace menos daño que los productos que usáis para curtir las pieles. Se quita con agua y no quema la piel.

—Visto así...

—Te esperan. Ve.

En cuanto Diego cruzó el umbral de la puerta de su casa, uno de los caballeros, el que vestía de manera más rica, se descubrió la cabeza a modo de saludo y le entregó las riendas de su caballo para que pudiera unírseles.

Celestina, estremecida, vio partir a Diego en compañía de dos nobles y dos mercenarios en busca de unos mozos que tenían los días contados.

30

María la Brava

Habían pasado dos semanas desde la partida de Diego, y Celestina empezaba a impacientarse. El mes de octubre había llegado entre oraciones que tenían un único objetivo: pedir el regreso de su esposo. Había días en que se dirigía a la imagen de la Virgen de la catedral. Encendía una vela en la penumbra del templo e imploraba a esa mujer santificada que Diego volviera sano y salvo a cambio de ignorar los susurros del Maligno. Otros días, sobre todo los más ventosos, porque el viento le causaba desasosiego, encendía un cabo de sebo negro en la casa y rogaba al señor de las sombras que su esposo estuviera vivo. Le daba igual a quién tuviera que obedecer, si a la luz o a la oscuridad; solo quería que Diego volviera.

Celestina caminaba de una estancia a otra sin motivo e interrumpía la elaboración de la lejía para los cabellos y de los afeites que le habían encargado por culpa de una picazón insufrible en el cuero cabelludo que le impedía seguir trabajando. Necesitaba detenerse para rascarse la cabeza, y lo hacía tan a menudo y con tanta insistencia que se provocaba heridas en la piel con las uñas. Le pidió en más de una ocasión a Munia que le revisara los cabellos por si tenía piojos, pero la criada no encontró ni una liendre, solo los arañazos cubiertos de sangre reseca. Eran la impaciencia y la incertidumbre lo que mortificaba a Celestina. Munia conocía a su madrina y sabía que tenía un mal día. Temía que pagara con ella la irritación que la carcomía, como ya había hecho dos jornadas atrás cuando le golpeó la espalda con los puños y le apretó tanto los brazos que se los dejó amoratados y llenos de marcas de uñas y dedos, por lo que con todo el disimulo de que fue capaz para esquivar la furia de su ama, le aconsejó salir.

—Madrina, llevas ya cinco días encerrada y con estos calores que este año se están entreteniendo más de la cuenta no puedes distraerte de tu malestar. Hoy es jueves, día de mercado, y seguro que en la plaza se escucharán rumores de esa partida de vengadores. Podríamos ir a poner el oído.

Celestina pensó que la criada tenía razón. Echó agua en el aguamanil y se lavó los brazos y el cuello antes de peinarse los cabellos, que había vuelto a enmarañarse a fuerza de enredarse los dedos entre los mechones. Una vez trenzados en dos mitades que le tapaban las orejas, se los cubrió con la toca.

—¿Ves? ¿No te sientes mejor ahora que te has adecentado? Ya no pareces una loca.

—¿Una loca? ¡Desgraciada! No te atrevas a insultarme, a mí, que te doy de comer y te permito dormir bajo mi mismo techo —le reprochó Celestina antes de pasarse la lengua por el diente partido.

—Era un decir —se disculpó Munia agachando la mirada y apretando los párpados y los puños a la espera del golpe que no tardaría en llegar.

—¡Necia…! ¡Taruga, más que taruga! —gritó Celestina a la vez que soltaba un guantazo a Munia que le cruzó la cara—. No sé qué haces aún aquí, zopenca. Te prometo que te vendo al próximo mercader que busque una virgen para algún visir del califato al que no le importen tu cara de rata y tu espalda de bestia contrahecha. Primero te la tapará con un velo y luego te violará. A ver si te lleva a Granada, lejos de mi vista, y te deja vivir en su harén. ¡Qué idioteces digo! Ya te habría vendido hace años si no fueras más fea que pegar a un padre. Contigo me tengo que quedar. Pero no pienses que permanecerá en el olvido esta afrenta. ¿Yo loca? Habrase visto… Ya me gustaría a mí ser una demente y no entender qué clase de desventuras he tenido que sufrir. ¡Loca tú por atreverte a decirme algo así! No te doy con la vara porque quiero salir ya de casa, pero no creas que a la vuelta me habré olvidado de este agravio. ¡Coge el cesto y sal, aprisa!

Las calles estaban muy concurridas y repletas de desperdicios. Celestina y su amedrentada criada se recogían las faldas en los tramos por donde habían pasado los campesinos que acudían a la villa para vender lo recolectado: frutas, verduras y cereales. Sabían que por esas rúas habían pasado los carros porque estaban llenas de las hortalizas podridas de las que se deshacían por el camino y de las bostas de las mulas y los burros que tiraban de los carromatos. Flotaba en el aire un olor agrio a podredumbre que se hacía más insufrible a medida que se acercaban a la plaza porque se mezclaba con el sudor de la gente, el fuerte hedor de los excrementos y el tufo a orines recalentados por el sol que subía por los muros.

Munia iba llenando el capazo con los productos que necesitaban para la despensa. Un saquito de lentejas; otro de trigo; una cuña de queso de oveja, que era el preferido de Celestina; algunos higos maduros, que colocó con cuidado de que no se rozaran unos con otros. Fueron de un puesto a otro en busca de las murmuraciones de todas esas mujeres leves que servían en las casas en silencio mientras todo lo veían y todo lo oían. Celestina se topó en la cola de los embutidos con una de las criadas de la casa Solís, aliada de los Enríquez, y no perdió ni un tiempo en disimulos.

—Buenos días te dé Dios, Emilia, ¿cómo están tus señores con todo el jaleo de los bandos?

—Nerviosos. Están esperando la vuelta de la señora de Enríquez, porque hasta que no llegue no sabrán si están en buen o mal momento. Ellos han hecho más tratos con los del bando de Santo Tomé y necesitan que vuelva vengada para salir reforzados de la tragedia y no sufrir represalias.

—¿Tienen alguna nueva?

—Sí, saben en qué pueblo de Portugal se fueron a esconder. Se ve que un vendido ha dado un chivatazo.

—¿La señora María Rodríguez de Monroy ya está de camino de vuelta?

—Nada más saben. Pero tranquila, mujer, que Zamora no se tomó en una hora. Lo último que oyeron fue que la viuda y su cuadrilla habían localizado a los mozos y que se montó una algarada en la que hubo bajas de ambos bandos. No han llegado todavía más novedades.

—¡Ay, qué me dices! Habrá ocurrido lo que el demonio haya querido que suceda —comentó Celestina temiendo lo peor.

—No mientes al Patillas delante de mí. Estamos rodeados de orejas envidiosas, y cada día se oyen más casos de mujeres detenidas y colgadas por brujería. Nada tengo que ver yo con el de la cola.

—¡Diantres! No te hacía tan temerosa, Emilia.

—Lo soy desde que una prima mía que acompañó al norte a su marido, un soldado que fue llamado a batallar cerca de las montañas que lindan con Francia, me contó una barbaridad que me dejó turbada.

—¿Qué fue lo que te contó?

—Me explicó que en un pueblo vecino habían quemado vivas a dos mujeres jóvenes, una vieja y su gata porque una vecina denunció los tratos que hacían con el de los cuernos, que habían provocado que todas las cosechas de nabos y remolachas se pudieran y que su hijo escupiera una bilis negra durante unos ataques que le ponían los ojos del revés. Desde ese día, me cuido mucho de ser relacionada con el Tentador. Y para colmo se ve que esa moda de buscar brujas entre las mujeres desamparadas se está extendiendo hacia el sur.

—¡Paparruchas! Puedes estar tranquila, Emilia... Si tuvieran que perseguir y quemar a todas las desventuradas que resultamos peligrosas a ojos de los párrocos y otros santurrones, se quedaría esta ciudad sin mujeres. Y eso no va a pasar. ¿A quién iba a joder entonces esa panda de pobres hombres?

Desde la tragedia, los enfrentamientos entre las familias de los diferentes bandos se habían recrudecido y su frecuencia hacía imposible y peligroso el paso por la plaza del Corrillo. Los vecinos empezaron a llamarlo el Corrillo de la Hierba porque los brotes verdes habían empezado a cubrir el suelo, ya que nadie en su sano juicio cruzaba por ahí; hacerlo era arriesgarse a confundir a la muerte que buscaba a otros con otros apellidos, pero tan enfurecida estaba que se contentaba con cualquier alma.

Esa noche, Celestina, más inquieta que de costumbre al haber sabido de los muertos de la escaramuza, cogió el collar de majuelas que Cándida le había regalado el día de su boda y se fue desafiando la oscuridad solo rota por la luna creciente que asomaba entre jirones de nubes negras hasta la entrada de la plaza del Corrillo, temiendo ser sorprendida por rateros o importunada por grupos de borrachos. Por fortuna, solo se cruzó con un hidalgo que seguía a dos criados que portaban antorchas. Cuando llegó, a los pies de la iglesia de San Martín excavó con los dedos un hoyo en el que depositó el collar, luego lo enterró y apretó la tierra todo lo que pudo. Con las manos sucias sacó de su vieja faltriquera un jarrillo en el que guardaba un vino que había preparado en el hogar con higos troceados, una cucharada de ajenjo y otra de miel. Regó la tierra removida con un poco de ese líquido ritual y el resto se lo bebió. De rodillas, juntó las palmas y se las llevó al corazón para sentir cómo el efecto del vino aceleraba sus latidos. Se concentró en el silencio y la oscuridad, dejó que la noche entrara en su cuerpo con cada respiración e imaginó a Diego contemplando las estrellas, las mismas que ella tenía sobre la cabeza. Celestina musitó, moviendo apenas los labios, palabras que iban dirigidas al señor de esas tinieblas que habitaban en su interior desde hacía mucho. Su amor las había disipado durante un tiempo, como el sol hace con la niebla al amanecer, pero la desesperación había provocado que nublaran su mente de nuevo, hasta el punto de ofrecerse en misa negra a su verdadero señor.

A la mañana siguiente, Cándida llegó apresurada a la casa de las tenerías. Tenía el rostro colorado y la frente y el labio superior perlados de sudor. Cuando entró, empezó a hablar atropelladamente y sin aliento.

—Ha ganado... Celes... tina. Doña María se ha ven... gado —dijo mientras cogía un trapo para aventarse con él.

—¡Munia! ¡Trae un poco de vino! Mujer, respira, que te va a dar un soponcio.

Cándida cogió la escudilla y dio buena cuenta del vino.

—¡Qué rico! Ya me encuentro mucho mejor.

—Venga, mujer, cuenta lo que sabes, no puedo con los nervios.

—El pregonero estaba en la plaza contando a viva voz la noticia. Ha dicho que María Rodríguez de Monroy ha entrado muy brava en la ciudad por la puerta de San Bernardo, a caballo y con las cabezas de los Manzano en la mano, con todos sus hombres detrás de ella. Se ve que llevaba el brazo bien extendido para que todo el mundo pudiera ver los rostros de los asesinos de sus hijos, grises y con la mueca de espanto medio tapada por el pelo enmarañado y lleno de costras de sangre reseca. El pregonero ha seguido explicando que así ha ido hasta la iglesia de Santo Tomé, donde están enterrados sus hijos, y allí ha tirado las cabezas de los asesinos, que han rodado sobre sus sepulturas.

—Y de sus hombres, ¿no decía nada el pregón?

—Sí, ha pronunciado el nombre de los muertos y ninguno era el de Diego.

—¡Gracias, gracias a los cielos y a los infiernos! —exclamó Celestina llevándose ambas manos al rostro y echando la cabeza hacia atrás—. No tardará en aparecer por aquí. Voy a ponerme la saya más nueva. ¡Munia, trae la toca! ¡Ayúdame a meter la melena! ¡Con cuidado, idiota, no me des tirones! Y ahora vete a comprar algo de carne para preparar un potaje, seguro que llegará hambriento. Ten, con estos maravedíes te llegará para un trozo de magra de cerdo. ¿Tenemos acelgas y chorizo?

—Sí, señora.

—Pues ve a por la carne y vuelve sin entretenerte. Y en cuanto llegues, ponte a preparar el puchero.

Munia cogió las monedas y salió a paso rápido para que Celestina viera que iba realmente con prisa y no pudiera reprenderla luego por no obedecerla.

Aún no había regresado la criada, cuando Diego apareció cojeando por la cuesta. Celestina salió corriendo hacia él y lo besó, dejando salir a través de sus labios todo el miedo y la zozobra que había soportado esos días. Después del beso le puso los antebrazos sobre los hombros y desde esa distancia lo miró de arriba abajo. Vio que le había crecido mucho la barba y que tenía la piel cubierta de mugre. También se hizo consciente, tras la emoción del reencuentro, del hedor que desprendían su cuerpo y sus ropas manchadas de sangre; era tan desagradable que le resultó difícil de soportar. Le golpeó el hombro y lo llamó gorrino con voz gangosa porque se había pinzado la nariz con dos dedos.

—No sabes lo cerdo que vengo después de tantos días sin verte —le respondió Diego, y puso sus sucias manos sobre los pechos de Celestina.

—Si crees que vas a meterte en el lecho antes de asearte, es que has perdido el juicio.

Ambos se rieron, y Celestina lo obligó a que le pasara el brazo por encima del hombro para ayudarlo a caminar, porque había sufrido una torcedura y tenía el tobillo derecho como un botijo.

Cuando llegaron a la entrada de la casa, Cándida se acercó a saludar a Diego y Celestina se adelantó unos pasos. Sin embargo, antes de entrar ladeó la cara para comprobar si había aún algún racimo en la parra que pudiera servir de postre y vio que su amiga estaba agarrando con la mano la nuca de Diego. Celestina no pudo volver a girarse porque la intimidad de ese gesto la sorprendió y decidió observar cómo proseguía el saludo. A continuación, Cándida deslizó suavemente, en lo que le pareció una caricia, sus dedos hacia la base del cuello de su esposo mientras le besaba la mejilla. Celestina negó con la cabeza de manera automática y quiso pensar que la angustia que había pasado esos días le estaba jugando una mala pasada porque la había vuelto irritable y susceptible, pero cuando Cándida se dio la vuelta y la descubrió observándolos con sus ojos enormes, se sobresaltó.

No hizo falta nada más que ese respingo para que naciera una oscura sospecha en el corazón de Celestina.

31

Traición

La tarde que Claudina llegó a casa de Celestina con cara de cansada y dos círculos negros rodeándole los ojos habían transcurrido ya dos semanas desde la vuelta de María Rodríguez de Monroy, que pasó a ser conocida por todos como María la Brava.

No había podido conciliar el sueño sobre su incómodo colchón de paja en toda la noche, según contó al sentarse a la mesa. La carcomía una gran preocupación porque había descubierto que su vida iba a ponerse patas arriba. Estaba embarazada. A sus treinta y dos años, iba a convertirse en madre, algo que no había planeado. Siempre pensó que el mundo estaba lleno de indeseables, y hasta el momento había optado por no aumentar el número. En más de una ocasión había recurrido a bebedizos y otros remedios, pero esa vez estaba indecisa, porque ese ser que le estaba creciendo en las entrañas, que por no tener no tenía ni alma todavía, podía ser el visado hacia un matrimonio que de otro modo no estaría a su alcance. Confesó a Celestina, bajando el volumen de la voz, que sospechaba que el padre era un miembro de la destacada familia de nobles que llevaban el apellido Cárdenas, un joven ambicioso que cada vez estaba más cerca de formar parte de la corte. Soltero, fogoso e insaciable, para más señas. Pero indiscutiblemente demasiado joven, demasiado noble y demasiado bien situado para pretender nada de ese hombre, que además era un golfo de gustos extravagantes que no solo apagaba su fuego en Claudina. Los comadreos lo relacionaban con varios niños del arrabal que correteaban descalzos y roñosos, pero con sus mismos rizos rubios y con esa nariz chata y respingona que parecía un gancho del que poder colgar el manto. Claudina tenía otro objetivo: embaucar a un calderero medio bobo que no opondría mucha resistencia.

—Pero, Claudina, ¿estás segura de que es lo mejor? ¿A tu edad una criatura? —le preguntó Celestina después de escuchar el relato de las desventuras de su amiga.

—Tú mejor que nadie deberías entenderme. Has estado años sola en este mundo infecto en el que las mujeres solo somos bien vistas si obedecemos, si fingimos no tener voz y si nos convertimos en esposas sumisas y madres, o en putas. Tú diste ese paso. Ahora me toca a mí. Estoy agotada de ser una mujer sola lidiando con pestilentes borrachos o perfumados lechuguinos para los que somos poco más que basura repugnante y como tal nos tratan. Prefiero ser la barragana de un lelo con buen corazón.

—Te entiendo y lo sabes, pero una mujer sin hombre es una mujer libre. Y la libertad es un bien escaso.

—Una mujer sin hombre o bien tiene dinero, o bien compra su libertad como buenamente pueda, ya sea trabajando con sus manos o con sus fondillos. ¿No te has dado cuenta de que por estas calles cada vez miran más de reojo a todas las mujeres que tú llamas libres? Están cambiando los vientos. Lo noto. Ya lo he vivido antes.

—No he puesto atención. Pero recuerda que yo me casé por amor. Sí, estaba cansada de la vida que llevaba, pero amo a Diego, no di el paso por conveniencia.

—Querrás decir no solo... Me vas a emocionar hablando de un amor más puro que el del conde Olinos, ja, ja, ja. ¿Aún os dura? Lo dudo —se respondió a sí misma Claudia recolocándose las faldas con la mano—. El amor del que me hablas dura poco y te das cuenta de que se ha agotado cuando miras hacia el lado contrario del lecho y descubres que tienes cerca un patán soez ahogándose entre ronquidos y regüeldos con tufo a vino y a ajo, al que le debes obediencia de por vida, haga lo que haga —añadió la mujer poniendo cara de asco.

—No sabes nada de nosotros, Claudina —respondió Celestina pasándose la lengua por los dientes y mirando hacia la puerta de la calle.

—Puede. Pero sí sé que todos los hombres que conozco son igual de traicioneros y fornicadores. ¿Cuántos mentirosos han pasado por tu cama? ¿Cuántos esposos te han mordido, hambrientos, los pezones? ¿Diego no es un hombre?

—Calla, mala pécora. Con amigas así, no necesito enemigas. Víbora, quieres emponzoñarme el corazón, pero no lo lograrás. Yo también conozco a los hombres, y la culpa de su hambre la tienen los curas con tantos ayunos, fiestas de guardar y pecados que imponen. Ni los viernes, ni los sábados, ni los domingos, ni en Cuaresma ni en las demás fiestas religiosas se puede follar. Solo permite el coito honesto, afirman, para procrear. Y se sirven del miedo cuando dice el cura en su homilía que se les ulcerará la verga si la meten en una vagina en esos días en los que a las mujeres se nos llena de veneno, malditos sean. También se les caerá a trozos, como los dedos a un leproso, si la menean entre los muslos de su parienta, porque así no se puede concebir. Y, por supuesto, está prohibido joder con una hembra embarazada o con una que guarda luto. Si echas cuentas, al final los hombres se quedan sin días para yacer con su mujer, y es entonces cuando salen a buscarnos, Claudina. Si hombres y mujeres pudiéramos retozar cuando gustásemos, menos trabajo tendrían las mujeres como tú y como yo —se defendió Celestina—. Además, dejémonos de hablar de los malnacidos de los hombres, que me ibas a contar lo del calderero. No sé qué te ha dado con atormentarme.

—Tienes razón. Al final, será la envidia que me corroe cuando os veo juntos, tan guapos y enamorados, ja, ja, ja.

—¡Arpía!

—Lo suficiente, ja, ja, ja —replicó Claudina, y ambas rieron.

Claudina acabó de contar que tenía tratos con Celedonio desde hacía meses y que estaba intentando amigarse con él, porque, aunque era algo más joven que ella y un poco papanatas, trabajaba en un buen taller. Estaba en la calle Caldereros, muy cerca del arroyo de Santo Domingo. Había pasado por allí un par de veces haciéndose la despistada para husmear y había averiguado que pertenecía a su tío, así que tendría el sustento asegurado.

—Pero ¿cuántas faltas llevas ya?

—Casi tres, si no me fallan los cálculos.

—¡Y no me has dicho nada hasta ahora! Mala amiga.

—Si te lo hubiera contado, no tendría estos círculos negros alrededor de los ojos y quizá tampoco el motivo que me los causa.

—Pues ya poco se puede hacer para remediarlo. Espero que te arregles con tu calderero.

—Por eso venía, porque te quiero encargar un amarre. No funcionará si lo hago yo, así que te traigo un mechón de pelo de Celedonio para que hagas tú el conjuro.

—Ya decía yo que era raro que no me pidieras nada. Trae acá, haré el hechizo, pero me tienes que pagar, para que surta el efecto que deseas, cinco maravedíes. ¡Munia, acércame una cinta roja de las que están en el segundo cajón del mueble y la vela roja que está guardada al lado de las cintas!

Celestina se levantó y se dirigió a los atadillos de hierbas que colgaban de las vigas del techo y arrancó un par de hojas de laurel y una rama de canela. Además, cogió un clavo de olor del tarro en el que los guardaba. En un platillo de barro machacó la canela y el clavo hasta convertirlos en polvo, y troceó el laurel. Cuando acabó con esa parte del conjuro, fue a buscar entre los botes de la alacena el tarro de la miel y echó una cucharada en el platillo. Con la mezcla ya lista, ató el mechón de pelo del calderero con la cinta roja y lo puso junto al platillo, luego encendió la vela y pronunció el hechizo:

Asmodeo, señor del pecado de la carne,
ayuda a tu sierva y haz lo que en mi mente veo.
Asmodeo, haz que la luz de esta vela ilumine
el único camino posible para el dueño de este pelo.
Haz que esta llama le haga amar tanto
el corazón de Claudina como la luz del cielo.

Cuando acabó de decir las palabras del conjuro de amarre, Celestina cogió la vela roja y derramó la cera derretida sobre el platillo. Con un dedo, la mezcló con las hierbas y untó con la pasta resultante el mechón de pelo atado con la cinta roja.

—Claudina, toma. Guarda el mechón en una caja, la más bonita que tengas, a la espera de que el hechizo surta efecto. Debería ocurrir en la próxima cita. Procura que sea pronto, para que no pierda fuerza el conjuro.

—Gracias, ten las monedas.

Claudina se levantó y, sin avisar de lo que se le había pasado por la cabeza, cogió un perol de Celestina y lo estampó contra el suelo. El golpe provocó tal estruendo que Munia se asustó y se quemó la mano con las salpicaduras del aceite caliente que se volcó al caerle encima la cuchara de madera que se le escapó al sobresaltarse.

—¡Qué inepta...! Échate miel de este tarro en la piel antes de que se te levante, y limpia el estropicio —ordenó Celestina a su criada—. Y tú, ¿te has vuelto loca? —preguntó girándose hacia Claudina, que estaba agachada recogiendo el perol abollado y una de las asas que se había soltado.

—No, solo tengo prisa. Venga, te acompaño a llevar el perol a reparar. —Claudina sonrió al decir estas palabras y agarró del brazo a su amiga.

—Munia, si volviera Diego, dile adónde he ido.

—Sí, madrina —contestó Munia, que estaba arrodillada empapando un trapo en el aceite derramado.

Cuando entraron en el taller del calderero, sus sentidos se pusieron alerta. Los ojos necesitaron varios pestañeos para acostumbrarse a las tinieblas que provocaban el humo y la estrechez de los ventanucos; sus narices se abrieron al percibir el fuerte olor que despedían los metales calientes y que les hizo notar un sabor amargo al final de la lengua; sus oídos resistieron apenas los ruidos ensordecedores de los martillazos y de los cinceles contra el metal, y la paja que cubría el suelo de tierra les pinchaba la piel de los pies que dejaban al aire las chinelas.

Celestina pidió la tanda porque había dos o tres personas en el taller. Cuando le tocó el turno, el maestro calderero evaluó los desperfectos del perol y se lo pasó a Celedonio para que se pusiera a soldarle el asa y a recuperar con el martillo la forma habitual del utensilio. Supo que ese y no otro era el que se iba a hacer cargo de la criatura que cargaba Claudina en su cuerpo por su cara de pasmado, con esos ojos redondos y saltones y esa boca de labios gruesos entreabiertos que dejaban ver la lengua rosada y húmeda que descansaba sobre los dientes de la mandíbula inferior. Y Claudina se lo confirmó cuando la vio sonreírle y saludarlo con la mano mientras apretaba con los dedos el mechón de su pelo que se había escondido entre los pechos, la mejor arqueta que había encontrado. Celedonio se sonrojó y agachó la mirada, aunque poco pudo hacer por mantenerla fija en su labor, porque el hechizo había causado efecto a la velocidad del relámpago y el aprendiz no podía impedir que le saltaran las pupilas del cobre al escote de su enamorada.

—Si queréis daros una vuelta para no tener que esperar aquí, hacedlo. En un rato lo tendréis recuperado —las invitó a irse el maestro calderero.

—No te preocupes, no nos molesta la espera —dijo Claudina, encajando disimuladamente un codazo de Celestina en las costillas.

Celestina se acercó a su amiga y le susurró al oído que

la dejaba sola con su enamorado, y le deseó suerte. El momento del cierre estaba cercano, así que, si se quedaba sola, quizá el mozo se ofrecería a acompañarla a casa, y así Claudina tendría ocasión de tender las redes en las que lo pescaría como si fuera un jurel.

Celestina bajó bordeando el arroyo de Santo Domingo hasta salir de la ciudad por la puerta de San Pablo y desde allí se encaminó hacia la puerta del Río, muy cerca de la cual estaban las tenerías. Pensó en dar una sorpresa a Diego, que todavía estaría trabajando y no se esperaría encontrarse con su mujer aguardándolo a la salida. Se fue hacia la orilla del río y se sentó en la hierba a la espera de ver aparecer a los hombres agotados, sucios y malolientes que acababan su jornada con ganas de pasar por la taberna para beber vino antes de volver a sus hogares. En cuanto pasó el primer par de ellos, que llevaban los brazos colgando a los lados del cuerpo como si fueran pesos muertos, se levantó y esperó ver entre sus compañeros a Diego, pero no fue así. Cuando ya empezaba a preocuparse, distinguió por fin su cabeza de pelo castaño ensortijado, que sobresalía entre las de otros no tan altos como él. A Celestina se le dibujó una sonrisa en el rostro, que se congeló al reparar en que cogida a su brazo iba Cándida. Se quedó inmóvil. Notó que la sombra que un día nació en su corazón se extendía, tiñéndolo de negro, igual que hacía su esposo con las pieles que sumergía en el agua de hervir las agallas de roble. Esperó a tenerlos cerca para volver a saludar con la mano en alto. Cándida se soltó del brazo de Diego y se fue corriendo hacia su amiga.

—¡Mujer, qué sorpresa! —exclamó Cándida abrazando a Celestina sin demostrar ningún apuro.

—La verdad es que sí. No esperaba verte aquí y en esta compañía —dijo Celestina, y señaló a Diego, que besó en los labios a su esposa cuando Cándida dejó de abrazarla.

—¿Cómo es que has venido hasta aquí? —preguntó Diego pasándose por el pelo los dedos sucios y de piel abrasada por los líquidos corrosivos en los que sumergía las manos constantemente, en un gesto que su mujer reconoció, pues siempre lo hacía cuando algo lo alteraba.

—Quería darte una sorpresa. Estaba con Claudina en un recado y al acabar me ha sobrado tiempo para esperarte a la salida de tu jornada. No sabía que ya te venía a recoger mi querida amiga —explicó mientras intentaba controlar el tono de su voz para no mostrar la doblez que estaba sintiendo.

—No, ha sido casualidad —dijo Diego evitando los ojos negros como pozos de Celestina.

—Sí, he acompañado a mi madre a lavar ropa y he pasado por aquí de camino a casa justo cuando salían los de las tenerías, y me he topado con Diego.

—¡Qué azar más oportuno! Me alegro de haber sido testigo de este albur. Es una lástima que nuestro entendimiento no pueda aclarar si el hado lo ordena Dios o el diablo.

—¡Ay, mujer, qué cosas más complicadas dices para hablar de una mera coincidencia! —exclamó Cándida al tiempo que espantaba los mosquitos que comenzaban a subir de la orilla del río y que habían empezado a picarle—. Y vámonos ya de aquí, que me están comiendo los zancudos.

Diego ofreció el brazo a su esposa, quien lo aceptó porque no sabía qué otra cosa podía hacer. Cándida avanzaba dando manotazos, sin haber mostrado ni la más mínima turbación, lo que había desconcertado a Celestina; sin embargo, esta sentía que su corazón latía más despacio por culpa de la ponzoña que lo había pringado. Miró a Diego, que le ofrecía el perfil derecho, el que tenía un poco marcado de viruela, y sintió que no lo reconocía, que era otra la persona que había madrugado esa mañana para ir a curtir pieles, diferente del embustero que ahora la llevaba del brazo sin mostrar pesar por sus mentiras.

Celestina miró hacia atrás, por si el verdadero Diego se hubiera quedado a las puertas de las tenerías esperando a la mujer que amaba, y vio al otro lado del río la mole del hospital de San Lázaro. En ese momento supo qué otra cosa podía hacer.

32

El hospital de San Lázaro

Octubre estaba ya empezado y los campesinos de la región se preparaban para otro de los momentos más importantes del año después de la vendimia de la vid: la siembra del trigo. Era el turno de colocar las semillas en la tierra fértil para que, con la humedad del otoño y el frío del invierno, las raíces se desarrollaran y más tarde las plántulas empezaran a emerger de la tierra con el inicio de la primavera. La simiente del trigo era vida que necesitaba primero ser enterrada y sumida en la oscuridad para tener tiempo de progresar y renacer con una forma más compleja, rica y hermosa que la del simple grano.

Celestina se sentía igual, arrastrada hasta el inframundo por las dudas y la desconfianza, sumida en la oscuridad, como Perséfone, pero con la desesperación de saber que no había una madre buscándola. Se sentía profundamente sola, salvo por los trabajos compartidos con Claudina, que empezaba a sentirse menos mareada por su embarazo. Añoraba la calidez del cuerpo de Diego, que ahora percibía frío y repugnante como la piel de un sapo. Añoraba la complicidad y las confidencias con su mejor amiga, a la que ahora solo soportaba. Pero no mostraba esas emociones. Fingía ante ellos el mismo amor ciego de tiempo atrás para poder captar más señales de su traición y su desfachatez, y, para su desgracia, después de semanas de fingimiento, no dudaba ya de sus sospechas. Al principio quiso creer que quería tanto a Diego que sentía celos hasta del aire por temor a perderlo y se ponía alerta ante cualquiera que percibía como amenaza. Pero tenía la certeza de que nunca habría visto en Cándida un peligro si no le hubiera dado motivos. Y se los había dado.

Celestina había enterrado su corazón bajo una capa de lodo emponzoñado y solo seguía en pie porque esperaba que volviera a brotar después de purificar todo ese cieno con el fuego de la venganza.

Llevaba ya tres intentos fallidos, pero aún no había perdido la esperanza. Sabía que lo que requería era arriesgado y estaba prohibido, por lo que no iba a ser fácil conseguirlo; sin embargo, tarde o temprano lo lograría, solo necesitaba perseverancia y una madre que la sacara de la oscuridad, como Deméter hizo con Perséfone, algo complicado dado su caso, pero no imposible.

Esperó a que llegara la luna creciente, momento más propicio para el ritual que iba a realizar, y una noche salió de la casa cuando notó, por los resoplidos que daba, que el sueño de Diego era pesado. Munia descansaba desde hacía ya rato, aunque tampoco le preocupaba lo que oyera o viera la criada. Estaba muy oscuro, así que cogió una palmatoria y se alumbró con la vela hasta llegar a los pies de la parra. Se puso de rodillas y dejó la luz a un lado. Con los dedos hizo unos surcos en la tierra, como si su mano fuera un arado, y volvió a la casa a por vino y a por semillas de trigo. De nuevo arrodillada, sacó del bolsillo del delantal una aguja y se pinchó la yema del índice izquierdo. Dejó que cayeran unas gotas sobre la escudilla y con el mismo dedo removió el contenido para que la sangre y el vino se convirtieran en una sola cosa. Cuando tuvo la mezcla preparada, apretó en la mano un puñado de las semillas de trigo que había echado al tuntún en el delantal y empezó a pronunciar un hechizo que nunca había hecho hasta el momento, pero que de pequeña había visto hacer a la vieja Sancha, al menos una versión similar:

Madre Tierra,
señora de los muertos,
busco el ánima de Cecilia,
la madre que me llevó en su seno,
el espíritu que mora ahora
en tus profundidades.
Madre Tierra,
pídele a Hécate que la ayude
cuando llegue a la encrucijada,
que le indique el camino de entrada.
Madre Tierra,
aceptas estas semillas que te entrego
a cambio de que mi madre muerta
me saque de la oscuridad
y me devuelva a la vida
que una vez me dio.
Madre Tierra,
acoge estas semillas que ahora riego
con este vino que es mi sangre
y que calmará la sed
de todos los espíritus perdidos.
Vida por vida.

Celestina dejó caer las semillas en los surcos que había abierto, las cubrió con tierra y las regó con su propia sangre. Solo tenía que esperar que su madre apareciera para ayudarla a conseguir su venganza. Se levantó apoyándose en el muro de la casa y, tras sacudirse la tierra pegada a su camisa, se dispuso a entrar en la casa. Antes de meterse sigilosamente en el lecho de nuevo junto a su esposo, fue a dejar las semillas que le habían sobrado en el tarro de la alacena del que las había sacado, y al abrir la portezuela una polilla salió disparada y revoloteó alrededor de Celestina para su espanto y regocijo. Era el espíritu de su madre, estaba segura; el conjuro había surtido efecto. Esa noche durmió profundamente y tuvo un sueño plácido en el que aparecía el jilguero que cantaba en la ventana de la casa de su infancia y la gata Colorines, que se dejaba acariciar si no estaba parida.

A la mañana siguiente, cruzó el puente viejo, como había hecho varias veces en días previos, y fingió buscar hierbas en las cercanías del hospital de San Lázaro mientras observaba el ir y venir de los apestados. Cuando alguno de ellos avanzaba con las manos cubiertas de vendajes y con una campana al cuello que tañía al son de sus pasos tristes, Celestina se apartaba y se cubría el rostro con la tela del delantal. Los leprosos eran lo más parecido a las ánimas en pena que podían ver todos los mortales, incluso aquellos que no poseían la virtud de ver espectros. Celestina se arriesgaba a estar cerca de esos enfermos, porque era entre ellos donde encontraría lo que estaba buscando.

Pasó allí largo rato, recogiendo raíces de romero, valeriana y beleño, que podría usar para remedios y hechizos en esos meses en los que se aproximaba el frío. Cuando ya se daba de nuevo por vencida y se disponía a volver a casa, vio aparecer un joven con pinta de universitario que se acercaba al hospital portando un hatillo con lo que parecían sus cosas. Supo que tenía una oportunidad y se aproximó a él sin temer el mal que dormía en el interior de ese cuerpo que aún no daba muestras de enfermedad.

—Buenos días te dé Dios.

—Y a ti, comadre.

—Perdona que te asalte así, en medio del camino, pero es que al verte venir he creído presenciar una aparición divina. Llevo días esperándote.

El joven la miró de arriba abajo y supuso que era una loca escapada del hospital de la Resurrección que había acabado a las puertas de aquel, que era para otro tipo de desdichados como él.

—¿Puedo ayudarte? ¿Estás perdida, comadre? —preguntó el joven.

—Si me ayudas, dejaré de estarlo. Necesito que me escuches y que no me respondas hasta haber tenido tiempo de pensar en lo que voy a proponerte.

El joven resolló penosamente varias veces antes de toser en un pañuelo. Parecía que se le había partido el pecho en dos, tal era la sequedad y la dureza de la tos que lo aquejaba. Celestina se pasó la lengua por los dientes, supo que estaba ante el hombre indicado.

—No sé si tengo tiempo que perder, comadre. Me esperan en el hospital.

—Claro que tienes tiempo, joven, todo el que te quede

por delante. Sabes que, si atraviesas esos muros, nunca más los volverás a cruzar, así que, si me escuchas en vez de perder tiempo, vas a ganar unos instantes de luz del sol, de aire puro y la posibilidad de gozar de algún placer antes de morir en vida.

—¿Cómo sabes que no soy un médico o un estudiante de medicina que viene a revisar enfermos?

—No lo sé, pero tu hatillo y las gotas de sangre que te manchan el labio me hacen pensar que esa no es tu identidad.

Antes de volver a hablar, el joven se pasó el dorso de la mano por la boca para borrar los signos de la enfermedad que estaba pudriéndole los pulmones.

—Ya ves, es una identidad verdadera solo a medias. Sí soy estudiante de medicina, pero también estoy enfermo. Me contagié haciendo mis prácticas y ha llegado el momento de aislarme para no poner en riesgo la vida de los míos.

—¿Y no puedes confinarte mañana?

—¿Por qué motivo iba a postergar el momento?

Como respuesta a esa pregunta, Celestina le explicó su plan con todo detalle, sin mentiras; no quería engañar a un moribundo, no fuera a ser que se le apareciera su alma en pena y le estirara de los dedos de los pies por las noches para atormentarla. Le habló de amor, de traición, de pena, de dolor, de venganza y de condena. Le ofreció bastantes monedas de oro y le prometió juventud, placer y pasión por última vez. Al muchacho le pareció un plan malévolo y cruel no exento de belleza. Últimamente, no le costaba ningún esfuerzo encontrar hermosura en las cosas y los actos ajenos que hasta saberse enfermo ni siquiera apreciaba. Incluso en la muerte veía ahora la posibilidad de sublimarse. Y no le pareció una locura ofrecer esa lucidez a otro ser para que pudiera gozar del frágil esplendor de la muerte en vida tal como él estaba aprendiendo a hacer.

Quedaron en verse bajo el verraco del puente viejo cuando las campanas de la catedral tocaran las doce del mediodía.

—Por cierto, ¿cómo te llamas, joven?

—Lope, comadre. ¿Y tú?

—Llámame Celestina.

En ese tiempo, Celestina tenía que desplegar sus artes de alcahueta para conseguir que Cándida se llevara a la cama a ese pobre muchacho enfermo. La fue a buscar directamente a su casa y, por suerte, la encontró allí. Estaba ayudando a su madre a doblar sábanas. Eran de un par de señoras, y la mujer quería ir a entregárselas limpias, secas y planchadas con su vieja plancha de hierro que tantas quemaduras en la piel interna de los brazos le había causado en esos años faenando juntas. La madre de Cándida se marchó con el capazo refulgiendo bajo la luz del sol y su salida permitió a Celestina hablar con su amiga, a la que le explicó que, mientras paseaba por la orilla del río, un estudiante la había requerido de amores confundiéndola con una mujer libre.

—¿Ves?, por mucho que vayas de digna desde que te casaste, la que es puta es puta. Y se nota, ja, ja, ja.

—Unas más que otras, me temo.

—¡Ay, Celestina! Pareces un alacrán, siempre con el aguijón preparado. ¿Cómo te has quitado de encima al mozo?

—Pues diciéndole que tengo una amiga joven y lozana que es más puta que yo y que quizá pueda atenderlo.

—Maldita pécora. ¿Y cómo es? Tengo el día perezoso y me falta ánimo para atender a un engendro andrajoso.

—Es educado y de buen ver. Y va bastante aseado. Por eso he venido a contártelo, porque el mozo parece negocio agradable.

—¿Cuándo te ha dicho que quiere ser atendido?

—Sobre mediodía, más o menos.

—No me vendrán mal esos reales. ¿Cómo quedo con él?

—Ve para mi casa y espera allí. Yo voy a buscarlo. He quedado con él bajo el verraco para darle una respuesta cuando den las doce, y poco debe de faltar. Di a Munia que deje libre su cuarto y que te prepare la jofaina y el aguamanil.

—De acuerdo. Gracias por pensar en mí, Celestina.

—No se merecen, mujer —respondió pasándose la lengua por el diente astillado, y se levantó para marcharse.

Salió de casa de Cándida y llegó dando pasos largos al puente viejo. No vio a nadie bajo la estatua del verraco y temió que el estudiante se hubiera arrepentido y hubiera ingresado ya en el hospital. Aguardó lo que le pareció un largo rato apretando la tela de su falda entre las manos y maldiciendo al joven por su poca palabra, hasta que oyó que las campanas de la catedral empezaban a tocar las doce. La impaciencia la había confundido, creía haber llegado después de la hora, así que, al darse cuenta de su error, se tranquilizó un poco, aunque el mozo seguía sin aparecer. Celestina se retorció las manos para aplacar los nervios y notó la aspereza de la cicatriz que tenía desde que la vieja Sancha le quemó el dorso de esa mano como castigo. Se le pasó por la cabeza que era sorprendente que esa piel rojiza y arrugada tuviera la misma forma que la luna, como si hasta sus heridas le dijeran que era una criatura de umbral que habitaba entre la luz y la oscuridad. Mientras entretenía su mente en esos pensamientos, el estudiante se aproximó a ella arrastrando los pies.

—Ya pensaba que no venías.

—Disculpa, es que me asfixiaba en la pendiente y he tenido que parar varias veces para recuperar el aliento.

—Bueno, bien está lo que bien acaba. Vamos, aprisa, que la joven tiene el tiempo justo para atenderte.

Cuando llegaron a la casa de la cuesta de las Tenerías, el muchacho se descubrió la cabeza para entrar y aceptó la escudilla de vino tibio que le preparó Celestina, porque sabía que era un buen remedio para la tos. Luego lo hizo pasar a la habitación, donde Lope se encontró estirada en el lecho a una chica de mejillas sonrosadas que le sonreía, vestida solo con la camisa. Pensó que la vida le había hecho un regalo antes de la partida definitiva.

—Se llama Cándida. Ya ves que el nombre no le pega demasiado —dijo Celestina burlonamente.

Cándida la miró con el gesto torcido y le pidió que los dejara a solas, porque no tenía todo el día. Lope se sentó en el borde del lecho y se quitó los botines y el sayo. La mujer le aflojó el jubón y se puso de rodillas en el suelo para ayudarlo a quitarse las calzas. Vio el efecto que causaban sus manos al pasar por los muslos del mozo y se sintió satisfecha por el deseo que provocaba su sola presencia. Le agarró el miembro con las manos y lo acarició rítmicamente con suavidad. El chico miró al techo y suspiró. Cándida supo que no le llevaría mucho tiempo hacer que terminara, porque el mozo estaba justo en el punto idóneo para invitarlo a entrar en su cuerpo, así que se estiró de nuevo en el lecho, se remangó la camisa por encima de las caderas y le hizo un gesto con la mano para que se acomodara entre sus piernas. Lope estaba asombrado de la naturalidad con la que esa muchacha actuaba; su timidez lo había mantenido alejado de las mujeres hasta ese momento, por lo que todo en la experiencia le parecía emocionante y le procuraba una excitación que sabía que desembocaría en un estallido repentino e incontrolable. Cándida lo agarró por las caderas y lo atrajo hacia sí, ya que el joven parecía demasiado embelesado por sus pechos, con los que llevaba un rato entretenido, y ella deseaba la junta. Un escalofrío recorrió la espalda de Lope desde la base de la columna hasta el cuello. Cándida sonrió porque el estudiante no sabía muy bien qué hacer con todo eso que tenía entre las piernas y, al entrar él en su cuerpo, tuvo la certeza de que era su primera vez. Sin duda ardía en deseos de estar con una hembra; el latido de su verga era tan fuerte que lo notaba desde su interior. También ella se excitó y enseguida empezó a gemir sin necesidad de fingir, porque el estudiante le estaba procurando un placer que no encontraba de forma habitual con sus clientes. Cuando se le escapó el primer grito, que fue seguido de los espasmos del clímax, Lope no se pudo controlar y se vació en el interior de Cándida sin que a ella le importara demasiado, porque se había preocupado de mascar las semillas de zanahoria silvestre que Celestina le había dado antes de recibirlo. A la joven le pareció un muchacho realmente encantador y, aunque no era su costumbre, lo abrazó fuerte y lo besó en la boca mientras su cuerpo aún se movía inquieto por las últimas convulsiones del placer. Mientras notaba cómo se le iba aflojando la verga hasta adoptar la textura de una babosa resbaladiza que se escurría entre sus muslos, Cándida se imaginó que Lope se enamoriscaba de ella y que la buscaba después de ese día para mantener otros encuentros igual de placenteros que ese, y suspiró.

Cuando notó que el cuerpo del estudiante le pesaba demasiado sobre el pecho, le habló para evitar que se durmiera. Le comentó que tenía el aguamanil y la jofaina en el suelo para que se aseara antes de volver a vestirse. Lope separó la cabeza del hombro de la muchacha y con los codos hincados en el jergón empezó a hablarle:

—Gracias por este momento de vida entre tanta muerte. Gracias, Cándida, por tu carne rosa, gracias por hacerme ver que el placer se impone al dolor.

Después, con los ojos anegados en lágrimas, apretó los labios contra los de la joven. Cándida se sorprendió por la intensidad del gesto, aunque creyó que era fruto del gran placer que había sentido fornicando con ella.

Lope se levantó del lecho y fue poniéndose sus ropas mientras Cándida, que se había tumbado boca abajo, lo miraba con la cara entre las manos. En cuanto se marchara, agradecería a Celestina haberle llevado tan buen mozo, pero no tuvo tiempo de pensar qué le contaría y qué se guardaría solo para ella porque el estudiante empezó a retorcerse por la virulencia del ataque de tos que lo sorprendió mientras se ponía el jubón sobre la camisa. El ataque no parecía remitir y la tos cada vez sonaba más dura y violenta, tanto que Lope tuvo incluso que apoyarse en la pared para no desequilibrarse. Mientras tosía se cubría los labios con la manga de la camisa. Cándida se levantó y le ofreció un poco de agua, pero él estiró el brazo para marcar la distancia que quería mantener con ella y no le permitió que avanzara. Cándida dejó caer la escudilla al suelo, se llevó las dos manos a la boca y se la tapó con fuerza para evitar que se le escapara un grito. El puño de la camisa que tenía a escasos dedos de su cara estaba manchado de sangre, de la sangre que también salpicaba la barbilla de Lope.

—¡Tienes el mal de rey! ¡Vil canalla! ¡Sal de aquí!

—Lo siento —dijo Lope agachando la cabeza y recogiendo las prendas que aún no se había puesto.

Se visitó a toda prisa en la estancia principal de la casa mientras Cándida lo llamaba sinvergüenza, ruin, pérfido e hijo de puta antes de lanzar una retahíla de maldiciones que se le pasaron por la cabeza mientras le tiraba de los pelos.

Celestina estaba sentada en un taburete, espectadora de esa escena que tanto tiempo había esperado contemplar. Lope se marchó corriendo, con el saco de monedas que Celestina le había dejado sobre el tablero de la mesa.

—¿Qué has hecho? ¡Lo sabías! —gritó Cándida con los ojos desorbitados.

—¿Qué he de saber, Cándida?

—¡Tiene el mal del rey! ¡Y lo he besado en la boca! ¡Estoy condenada! —chilló la joven llorando desconsolada.

—¿No he de saber nada más, amiga?

—¿Por qué me preguntas eso, Celestina?

—Lo sabes perfectamente, puta. Ahora solo espero que el veneno haga su efecto en tu cuerpo.

—¿Qué dices, loca? ¡Sabes que moriré, Celestina!

—Bueno, antes enfermarás y en pocas semanas tendrás que alejarte de los tuyos y encerrarte en San Lázaro con leprosos y tísicos, condenada por traidora.

—Pero si yo no he hecho nada... ¡Hija de puta, bruja!

—gritó Cándida, desesperada, resbalando por la pared hasta sentarse en el suelo de tierra prensada, con las rodillas pegadas al pecho.

Celestina observó con los ojos negros muy abiertos cómo se balanceaba adelante y atrás, fuera de sí, antes de propinarle una bofetada que le giró el rostro.

—No te atrevas a llamarme bruja. No soy ninguna bruja. Solo me has herido. Has herido de muerte mi amor, que se ha convertido en una bestia desesperada por sobrevivir y se ha abalanzado sobre ti para defenderse de tu ataque. ¡Fuera de mi vista, zorra!

Cándida la observó como si no comprendiera, con la mirada enajenada y la boca paralizada en un rictus a medio camino entre el alarido y el pánico.

33

Sola

Cándida separó a Diego de ella empujándolo con ambas manos contra el pecho en el momento en que intentó abrazarla tras la impresión de encontrarla tan desmejorada. Cuando aporrearon la puerta, la joven no se imaginó que al otro lado estuviera Diego. Habían pasado cuatro meses desde el inicio de su encierro y tras las dos primeras semanas, durante las cuales se había acercado a interesarse por ella alguna vecina, alguna lavandera o incluso Claudina, nadie había vuelto a preguntar, como si al no verla faenar en el lavadero, ni pasear por la orilla del Tormes de vuelta a casa ni rondar la plaza Mayor, todos se hubieran olvidado de que una vez existió. Al ver al curtidor, bajó la mirada, avergonzada porque iba poco aseada y porque se sabía demacrada. Le suplicó que se marchara mientras se tapaba los ojos y la nariz con las manos, pero el esposo de Celestina se negó a irse sin averiguar qué le había sucedido e intentó entrar a la fuerza en la casa. Cándida le rogó por su vida que la escuchara desde el umbral, y, por el tono de su voz, Diego entendió que había un buen motivo detrás de ese ruego. Apoyó un hombro en la jamba de la puerta y esperó con los brazos cruzados. Cándida comenzó el relato de su desventura, le habló de las sospechas de Celestina y de la venganza que había tramado. Le contó abochornada por la doble revelación, la de su enfermedad y la de su aventura con otro joven, que se había contagiado del mal de rey por las malas artes de alcahueta de su esposa y no pudo contener las lágrimas, tantas que los ojos se le desbordaron por la comisura opuesta a los lagrimales. Le confesó que después del encuentro con el estudiante pasó tres semanas encerrada en casa sin decir nada a nadie, ni a su madre, rezando a todas horas, pidiendo a la Virgen que se apiadara de ella, negándose a abandonar el cuarto más que para visitar la iglesia de Santa María de la Vega, a donde acudía muy temprano, antes de que aparecieran los feligreses, para encender una vela por cada una de sus plegarias. El miedo a la muerte la llevó a prometer a la Virgen que se consagraría en vida a Dios e ingresaría en el convento de las clarisas si intercedía por ella y hacía que la enfermedad pasara de largo. Sin embargo, cuando estaba a punto de acabar el plazo en el que la tisis se manifiesta en un cuerpo contagiado, una noche, estirada en el lecho, notó para su horror que le costaba respirar y que la garganta se le iba convirtiendo en un canal áspero por el que el aire se resistía a pasar, hasta que necesitó toser para aliviar esa irritación. Cándida había mandado precisamente ese día a su madre a comprar una vela amarilla de cera de abeja para llevarla a la iglesia y prenderla allí como ofrenda a su Virgen porque creyó que la había salvado. Pero no. Ni Dios pudo salvarla del mal del rey, y ese fue solo el primer síntoma, esa tos de perro acompañada de unos silbidos horribles que parecían proceder de una culebra furiosa que había comenzado a vivir dentro de su pecho y que la iba a envenenar hasta matarla.

La enfermedad avanzaba rápido, lo sabía porque ya había empezado a esputar sangre y porque su madre no lograba disimular el espanto que le producía la visión de las ojeras oscuras que le apagaban los ojos, antes vivarachos y alegres, y el color cetrino que había sustituido al rubor sonrosado de sus mejillas. La primera vez que vio ese miedo en los ojos de su madre fue una mañana que le tuvo que limpiar una baba rosada que se le deslizó por la barbilla tras un ataque de tos. Cándida supo entonces que había llegado la hora de enterrarse en vida.

Ese día dejó de rezar a la Virgen y se acordó de Belcebú. Fue la última noche que se durmió entre lágrimas. La tos alejó la posibilidad remota que la mantenía absorta, obsesionada con rezos, ofrendas y bebedizos, y no le permitía pensar en otra cosa que en salvar la vida. Solo ante la confirmación de su condena pudo, de manera insospechada, serenarse y concentrarse en otros fines.

Tras cuatro meses de ausencia, Diego se había presentado en casa de la lavandera una mañana de camino a las tenerías. Llevaba un par de semanas sin poder quitarse de la cabeza la idea de que algo malo le había sucedido. Mientras raspaba las pieles remojadas con un cuchillo y las frotaba con excrementos de paloma para acabar de quitar el pelo de los animales del cuero, se preguntaba qué demonios le había pasado a Cándida.

Esa mañana imaginó que, si estaba en casa, la encontraría sola, porque en las primeras horas del día su madre acostumbraba a salir a recoger la colada por las diferentes casas que confiaban en sus manos para mantener sus lienzos y camisas blancos. La noche anterior había discutido con Celestina porque esta se negaba a explicar el motivo por el que Cándida había dejado de visitarlos y le había prohibido volver a pronunciar el nombre de su amiga en su presencia. Diego imaginó alguna trifulca entre mujeres por envidia, o quizá algún malentendido en el reparto de las monedas recibidas por algún trabajo, pero su imaginación ni se acercaba al alcance del rencor de su esposa, que jamás lo había hecho partícipe de sus celos para mantenerlo alejado del problema.

—Lo siento mucho, Cándida. Debería haberse vengado en mí, no en ti.

—Te ama demasiado para hacerte daño. Está loca por ti. Loca de verdad, me ha condenado por una sospecha.

—Se habrá vuelto loca, pero no le ha gustado que la tomaras por estúpida.

—¿La defiendes?

—¿Qué esperabas? Es mi esposa. No puedo hacer nada para ayudarte ahora. No deberías tardar en ir a San Lázaro, vas a matar a tu madre.

—¿No te importo nada?

—Hicimos mal y ahora pagamos la culpa.

—¿Pagamos? Tú ni te habías enterado de mi suerte. Maldito amor. Malditos hombres. Ya me decía mi madre que iban a ser mi ruina, pero no se imaginaba hasta qué punto.

—Lo siento. No deseaba que pasara esto.

—Ni yo. ¿Crees que quiero morirme? Ni siquiera he estado prometida. No me pondré nunca un vestido de boda, pero sí una mortaja. Me casaré con la muerte nada más cruzar esos muros sin ventanas. ¡Maldita Celestina, mil veces maldita!

—¡Calla, mujer! Te van a oír.

—¿Crees que me importa ahora que me oigan o que sepan? ¿Qué más me da ahora lo que escuchen las vecinas tras las paredes y las puertas? ¡Me muero por puta y por idiota! ¿Oís todas? Pero tranquilas, ¡que pronto dejaréis de verme y de temer mi libertad y desvergüenza! —gritó Cándida con toda la fuerza que le quedaba en los pulmones enfermos, y el esfuerzo le provocó un arranque de tos que la dobló por la mitad.

—Cándida, cálmate. —Diego intentó acercarse para ayudarla a levantarse, pero ella no se lo permitió.

—¡Aléjate! ¿Que me calme? No me merezco esta muerte. Yo habré mentido, pero tu querida Celestina también. Te casaste con una mentirosa. Y, sin embargo, te quedas con ella mientras yo me muero. ¡Te mintió! ¡No puede concebir! ¿Lo sabías? —le espetó con la cara deformada por la rabia.

Diego arrugó el entrecejo y dio un paso hacia Cándida.

—¿Qué dices, mujer?

—¡No te acerques más! Digo que te ha mentido desde el primer día. Celestina no puede tener hijos y lo sabe. Se quedó preñada de joven y la vieja Sancha le dio un bebedizo para abortar que casi la mata, y, aunque sobrevivió, la dejó más yerma que la tierra del desierto. Yo la cuidé entonces, por eso lo sé. Y ella, como pago a mis cuidados, me regala sangre, dolor y muerte.

—¿Es cierto lo que cuentas o es fruto del rencor?

—Si es mentira, que me parta un rayo ahora mismo.

Diego se sentó en el suelo, con la cabeza entre las manos. No podía creer que Celestina le hubiera mentido durante todo ese tiempo en un tema como la descendencia. No podía aceptar esa ofensa, esa deshonra. No pensaba hacerlo. Se despidió de Cándida desde la puerta, sin poner los ojos en ella, y se fue a paso rápido hasta su casa. La joven se sentó en el lecho y se abrazó a sí misma buscando consuelo tras descubrir que iba a morir por nada.

Celestina intuyó por el golpe de la puerta al cerrarse que Diego ya sabía lo que le había hecho a Cándida. Se volvió, preparada para afrontar la indignación en su mirada, pero no se esperaba descubrir la ira y el aborrecimiento incendiando sus ojos. Se asustó y no pudo reaccionar a tiempo de esquivar el primer empujón que la tiró al suelo.

—¡Me has mentido desde el primer día! —le gritó Diego agachándose y acercándose tanto a ella que le salpicó la cara con su saliva—. ¿Qué sentías cada vez que te hablaba de los hijos que soñaba con tener? ¿Te reías de mí? ¡Mala mujer!

—Diego, espera. Escúchame, por favor —suplicó Celestina desde el suelo, entendiendo la gravedad de la situación.

—¡Ya he escuchado a Cándida! No necesito ni una más de tus mentiras.

—¿A esa traidora crees...? Amor, te quiero. Déjame explicarte.

—¡Calla, pécora! —gritó Diego, y propinó una bofetada a su mujer—. Ni una palabra te permito ya. Te repudio. Recojo mis cosas y me marcho. Hoy mismo me uno a las tropas que van a la villa de Olmedo a defender al rey Enrique de ese noble Alfonso que amenaza la corona.

—Pero ¿qué locuras dices, Diego? Cálmate primero y ya decidirás. Así no, en caliente no.

—Ya está decidido. No volverás a verme. Hazte a la idea de que eres viuda, porque he muerto para ti igual que tú has muerto para mí.

Celestina vio con qué rapidez el hombre al que amaba con todo su ser transformaba su amor en odio. Aún tirada en el suelo, sin fuerzas para levantarse, lo vio marcharse con todos sus bártulos al hombro, sin volverse ni una sola vez durante toda la cuesta que lo llevaba hasta la puerta del Río. Por ella Diego iba a abandonar la ciudad, iba a abandonarla sin que ningún amarre ni hechizo pudiera hacer nada para impedirlo.

Se quedó sola, esa vez para siempre, lo sabía. El dolor en el pecho no podía ser por otra cosa que por la atrofia de su corazón, que iba a quedar reducido a poco más que una excrecencia, un callo molesto que de vez en cuando la avisaría de que seguía ahí con una punzada. Sabía que ningún otro amor que no fuera el que se le había ido de esa mala manera podría atravesar esa corteza. Sintió que perdía la cordura y que la sangre le bullía como si la hubieran condenado a la tortura de morir en un caldero de aceite hirviendo. Se tocaba los brazos, los pechos y el vientre, y creía que la piel se le estaba abriendo para dar paso a un torrente de lava que la iba a abrasar y derretir. Poco le importaba, se sentía morir sin el amor al que alimentaba con su carne y su aliento.

Gritó. Gritó tanto que notó que se le rasgaba la garganta. Se golpeó el vientre con los puños una y otra vez; odiaba ese oscuro pozo de agua podrida en el que la vieja había convertido su nido. Cerró los ojos y vio la cara de Sancha riéndose. Oyó su carcajada. Abrió los ojos de golpe. Esa risa no estaba solo en su cabeza, había resonado en la casa. La puta vieja había vuelto del más allá para aplaudir ante el espectáculo de ese ajuste de cuentas. Celestina gritó su nombre seguido de una blasfemia.

—¡Puta bruja, déjame de una vez! Yo te mandé matar y con el diablo deberías estar.

Celestina notó una corriente de aire que movía la cortina de su cuarto y le pareció ver que una sombra recorría deprisa la pared. No podía ser, su dolor la había traído de vuelta y seguro que quería permanecer en su antigua alcoba para atormentarla. Pero no lo iba a permitir. Así como la vieja se libró del alma en pena de su pobre madre, ella expulsaría ese espectro vengativo de la que un día fue su casa.

Corrió hacia el cajón de las velas bendecidas. Encendió una, que puso en el suelo, y a su alrededor trazó un círculo con sal sin cerrarlo del todo. Dejó el lado que daba a la puerta de la casa abierto. Hizo lo que muchas veces había visto hacer a la vieja: cogió un atadillo de salvia blanca y le prendió fuego. Con el humo que desprendía, fue haciendo un sahumerio purificador por las estancias; primero la sala, luego la habitación de Munia y, por último, el cuarto en el que había visto entrar al espectro. Todo estaba en calma, pero la vieja estaba ahí, notaba que la observaba desde algún punto de la alcoba. Miró en derredor hasta poner los ojos sobre el arcón que había pertenecido a Sancha. En ese arcón viejo que había vivido días de lujo que le quedaban ya perdidos en el tiempo, la alcahueta guardaba las monedas de oro en un saco y unas sayas de seda con estrellas doradas bordadas en el pecho que Celestina encontró después de la muerte de la vieja, cuando con una piedra rompió el candado que mantenía a salvo de sus manos los tesoros de su madrina. Se arrodilló y miró por el agujero de la cerradura. Estaba segura de que el espectro se había metido ahí, donde aún estaban sus objetos amados.

—¡Aparta, muda! —oyó que decía la voz de la vieja desde el interior del arcón.

—¡Sal de ahí, te lo ordeno! ¡Satanás! Yo, Celestina, te pido que te lleves al Hades el alma condenada de tu sierva Sancha, que ha huido de tu lado. ¡Satanás!, te ordeno que este mal espíritu se aleje de mí y vuelva con tu séquito de esposas lúbricas y desgreñadas. Satanás, entre tus seguidoras me contarás si me concedes que este espectro no vuelva más.

Celestina notó cómo vibraba el arcón. Se estaba resistiendo. Lo arrastró hasta el círculo de sal haciendo fuerza con brazos y piernas porque era muy pesado. Puso el cierre orientado hacia el círculo protector y volvió a recitar el ensalmo una y otra vez, pero el arcón solo vibraba, el espectro se resistía a irse. Desquiciada, cogió una maza que había olvidado Diego en la casa y empezó a dar mazazos al arcón hasta que lo destrozó. Al final, vio que el humo del atadillo de salvia que había depositado en el suelo junto al círculo de sal era arrastrado por un viento extraño hacia la puerta.

Lo había conseguido, el espectro se había marchado, pero la vieja no se había llevado consigo su pena, la seguía notando dentro de ella. Estaba preñada de una tristeza negra y viscosa como la brea. Se arrancó las ropas y se tiró al suelo, llorando desesperada, metiéndose los dedos en el cuerpo como si quisiera sacársela de dentro con sus propias manos.

Munia se la encontró en el suelo, como ida, cuando regresó del mercado. La joven no se atrevió a tocar nada, le dio miedo el estado en el que descubrió a su ama y la casa, toda revuelta, como si hubiera pasado un vendaval. Celestina estaba desnuda, ovillada sobre sí misma, rodeada de ropas, cacharros y listones de madera, con las manos entre las piernas y los muslos cubiertos de arañazos. Se quejaba, y sus lamentos procedían de muy adentro, sonaban como si le salieran de un agujero en el mismísimo centro del pecho.

—¿Estás bien, ama? ¿Qué te ha pasado? —preguntó Munia en voz muy baja, como si temiera despertar a la bestia que dormía junto al cuerpo del animal al que había dado caza.

—¡Vete! ¡Déjame sola! Tengo que acabar —exclamó Celestina metiéndose los dedos manchados de sangre en su interior de nuevo.

Ese día, Celestina obligó a Munia a dormir fuera de casa. La criada agradeció que la echara, porque prefería dormir al raso a ayudarla, ya que intuía lo que había pasado y sabía que, si se acercaba a su ama, acabaría trasquilada. Contra alguien tenía que lanzar Celestina su dolor, y a su lado solo quedaba ella. Entonces pensó en Claudina.

Cuando se vio sola en la calle en plena noche, decidió acudir a ella en busca de ayuda y pedirle hospitalidad por una noche. Cogió un mechón de pelo de los que se había arrancado Celestina para que Claudina pudiera hacerse una idea de la gravedad de su estado y se dirigió a su casa.

Claudina se apiadó de ella y le permitió quedarse a dormir, aunque tuviera que hacerlo en el suelo, junto al hogar. Su casa ahora era la del calderero, porque se había mudado después de convencerlo de que el hijo que esperaba era suyo y abarraganarse con él. La mujer no entendía las palabras que Munia balbuceaba, estaba demasiado nerviosa y se atropellaba y no acababa las frases. Claudina le preparó una tisana y la obligó a tomar asiento para que se tranquilizara. Su voz se calmó, y al final la mujer comprendió el motivo de su visita a esas horas.

—Pobre, mi comadre. Le han partido el corazón. No podemos ir ahora allí, lo mejor es que llore su pérdida sola hasta el amanecer.

—Pero, señora, ¿estás segura? No la había visto nunca tan atormentada y rota. ¿Y si se vuelve loca?

—Chiquilla, Celestina no se va a volver loca, estoy segura. De esto saldrá fortalecida.

—¿Qué quieres decir? Yo la he visto y está embrutecida. Parecía un perro rabioso.

—Claro, porque está infectada de un tósigo más amargo que la hiel. Sus humores están desequilibrados y la bilis negra la está inundando. Necesita tiempo y soledad para expulsar todo ese acíbar ella sola, como si fuera a parir una criatura, aunque no le saldría un bebé azulado de tiernos pies, sino una masa deforme del color de las ascuas, con patitas de cabra, que la acompañará para siempre escondida en las sombras, invisible pero sofocante.

Munia la miró asustada. Estaba diciendo que su ama iba a parir un demonio en su casa. Se le puso el vello de los brazos de punta y un escalofrío le recorrió de abajo arriba toda la espalda, y se santiguó tres veces.

Claudina cogió un balde pequeño en el que echó agua de un cubo más grande y pidió a Munia que la acompañara fuera de la casa. Se acercó a oscuras al borde del camino y arrancó una rama de un rosal que a esas alturas del año estaba pelado. Munia se quedó cerca de la puerta con el balde apoyado en la cadera y una vela encendida en la otra mano, esperando a que Claudina, que había desaparecido en la oscuridad, regresara a su lado. Cuando volvió de entre las sombras, Claudina le pidió el mechón de pelo y lo enredó alrededor de la rama, luego se pinchó con una de las espinas y manchó el pelo con su sangre.

—Munia, deja el balde en el suelo.

La criada obedeció, y Claudina la agarró con fuerza de la muñeca y le pinchó en el dedo gordo con la rama.

—¡Ay! Pero ¿qué haces? —gritó Munia, y se soltó de un tirón del brazo.

—Cuanta más sangre de mujer, mejor sale el hechizo. Por desgracia, solo somos nosotras dos, así que haré lo que pueda. Trae aquí el dedo y empapa el mechón con la sangre que te ha salido. La tuya vale mucho más porque es sangre de virgen.

La criada agachó la mirada, avergonzada, pero obedeció y devolvió el palo a Claudina, que lo cogió y lo tiró al balde. A continuación, Claudina hizo algo que Munia no se esperaba. La mujer se levantó las faldas, se agachó sobre el cubo y empezó a mear dentro. La muchacha podía oír el ruido de su orina saliéndole del cuerpo. Al acabar, Claudina cogió el balde, lo elevó por encima de su cabeza y, antes de derramar todo el contenido en la tierra, pronunció un hechizo en voz muy baja:

Selene, Diana y Herodías, escuchad
mi ruego:
por las sendas de la noche y el paso
del tiempo,
de ese afecto apagad el fuego.
Que el dolor se disuelva como sombra
ante el alba,
y el corazón de Celestina retorne
a la calma.
Mujeres de poder, escuchar que os pido:
por la noche y por el tiempo,
el ligamen quebrantad;
y su dolor soltad para que
Celestina halle la paz.
En nombre de la tierra, del aire, del agua,
y del fuego, sea fecho.

Munia se estremeció al escuchar el hechizo, porque entendió que esa mujer a la que acababa de recurrir era una bruja y a ella había atado su destino y el de Celestina.

SEXTA PARTE

Invierno

34

La ramería

Se acercaba el invierno y Celestina empezaba a enfurruñarse. Odiaba el frío, y parecía que ese año iba a llegar antes de tiempo y con ganas de quedarse. Faltaban apenas dos semanas para noviembre y tocaba preparar el día de Difuntos. Era una buena época para sacar provecho de la tristeza, el miedo y la desesperación de las personas, que por entonces pensaban más de lo habitual en sus muertos y menos en fornicar, más que nada porque los entrometidos de los curas prohibían cualquier tipo de sexo en esas fechas.

Celestina se separó el pelo en dos mitades y se lo recogió en una trenza que luego retorció hasta formar un moño con ella. Los mechones que le nacían de la frente y junto a las orejas se le habían vuelto grises y al entrelazarlos con el resto de su cabello aún negro se apreciaba el paso del tiempo como un río blanco que se abría camino a través de su cuerpo, mapa del tiempo vivido. Cada herida sufrida se había convertido en un surco en la piel. En la frente tenía marcada la dureza de los años con Sancha; en las comisuras amargas de la boca, los sinsabores sufridos por amor, y alrededor de los ojos le habían nacido arroyuelos de pena que desembocaban en las arrugas, como si estas fueran los pozos donde se habían acumulado toda el agua de sus lágrimas y todas las palabras dolorosas escuchadas durante sus casi cuarenta años. La vida le había arrebatado su antigua belleza y la estaba deformando. La cicatriz que le cruzaba la mejilla era ahora más profunda y oscura, y la piel de ese lado de la cara parecía deshacerse más rápido que la del otro, lo que le daba una apariencia inquietante, como si fueran dos mujeres juntas, no una sola, sino dos casi idénticas que hubieran conseguido habitar en un único cuerpo, como una manifestación de la otredad, de la oscuridad de su corazón muerto que disimulaba desde que Diego la abandonó.

Salió del cuarto que estaba junto a la entrada y que había escogido como alcoba para mantenerse atenta a los movimientos de la puerta de la casa, y se encontró a Claudina charlando con Munia. Se fijó en lo pequeña que se veía la criada al lado de Claudina. Los años la habían encogido y parecían empeñados en demostrar lo poco que valía, lo poco que significaba su existencia de mujer deforme y sin hombre. Estaban en el hogar, y la criada removía con una cuchara grande de palo el puchero que serviría de comida para los próximos días. Lo había cocinado en un caldero enorme que Claudina había llevado a la casa cuando se mudó allí para parir a su hijo menor. Lo llamó Pármeno y era hijo póstumo de Celedonio, que fue requerido para formar parte de las tropas que luchaban por Juana la Beltraneja. A las tres semanas de su partida, un arriero llevó a Claudina la noticia de su muerte y el impacto fue tal que la mujer se mareó y vomitó en los pies del pobre mensajero, que acabó con los botines salpicados. Pero a la semana siguiente, Claudina se percató de que no vomitaba por la impresión de haberse quedado viuda, sino porque iba a ser madre, casi como un milagro a su edad, ya que antes de la partida del calderero no había tenido ninguna sospecha de su estado. Pensó que volvería a traer un hijo al mundo para que este lo matara casi al momento de recibirlo y se sintió agotada de sufrir. De los hijos que había parido solo el primero, que ya tenía doce años, había sobrevivido. Los tres que parió después tuvieron mala fortuna, uno nació muerto y a los otros dos se los llevó el frío del invierno. Pármeno, al menos, tendría una oportunidad mayor al nacer en verano.

Desde que murió el rey Enrique IV el número de hombres de la ciudad había disminuido, porque su sucesión no estuvo clara y había dos bandos enfrentados que llevaban ya cuatro años con constantes enfrentamientos y tensiones que se convertían en batallas a las que iban a morir muchos de los hombres jóvenes de Castilla, siendo especialmente intensas a partir de la coronación, en 1474, de la reina Isabel. Lo único bueno de esa guerra por el trono era la cantidad de forasteros y soldados hambrientos de hembras que pasaban constantemente por los arrabales de allende el puente viejo, por ser ciudad principal y de paso.

A esa zona, al arrabal de San Gil, justo frente a la aceña en la que se molía el trigo para hacer harina que estaba en la otra orilla del río, se había trasladado Celestina hacía casi tres años. Cerró a cal y canto la antigua casa de Sancha porque se había quedado pequeña para acoger a todas las enamoradas que buscaban un lugar discreto para ver a soldados, clérigos, artesanos y demás hombres de todo tipo que se morían por abrazarlas.

Al poco de ser abandonada por Diego, Celestina comenzó a vender en su casa algo más que ensalmos, bebedizos y ungüentos. Su cuerpo pasó a ser el producto más demandado, así que hizo de la prostitución encubierta su negocio. Sin embargo, poco a poco los hombres empezaron a faltar, incluso alguno de sus amigos más fieles dejaron de visitarla. Al principio achacó esa escasez a la guerra y la carestía, pero un día se vio reflejada en una olla y comprendió el verdadero motivo. Había envejecido y los hombres ya no la deseaban. Se sintió tan sorprendida y sobrecogida por ese descubrimiento como si un ladrón la hubiera asaltado a punta de navaja en un callejón oscuro. Se le había pasado la vida. Nunca más iba a ser bella ni a despertar con una sola mirada el deseo de un hombre. Fue entonces cuando Munia notó que empezó a beber más vino que nunca, quizá porque encontraba en el final del jarrillo un rato de olvido de la pobreza y la soledad que la acechaban.

Con Claudina no podía contar, porque estaba casada y se dedicaba a los partos, y tampoco con Munia, pues los años parecían empeñados en retorcerla como una rama de olivo y en acabar de juntarle esos ojillos de ratón que siempre había tenido demasiado cerca de la nariz, así que tuvo que idear otra forma de ganar dinero. Se resignó y empezó a arreglar encuentros entre rameras encubiertas y sus amigos, entre hidalgos e hijas de nobles, entre comerciantes y viudas aburridas. A todos ofrecía su ayuda para conseguir amar y ser amados. El negocio floreció en su antigua casa de la cuesta de las Tenerías, tanto que se quedó pequeña para acoger a todos los dolientes por amor que la buscaban para que hiciera de tercera. Fue entonces cuando Celestina se planteó mudarse para ampliar el espacio y con él el lucro que obtenía de la alcahuetería.

La casa nueva se convirtió en poco tiempo en una ramería muy popular en la ciudad, cuya existencia las autoridades permitían a cambio del pago de una buena suma anual en concepto de derecho de perdices, que era el tributo que se cobraba a las prostitutas y rameras por ejercer su oficio. Muchas mujeres erradas pretendían que Celestina las aceptara como ahijadas porque podían llegar a cobrar por sus servicios hasta treinta maravedíes. Si se convertían en mujeres públicas de una mancebía cobraban mucho menos, ni diez maravedíes por servicio, y con ese salario no les alcanzaba ni para comprar sus pertenencias básicas, así que acababan contrayendo una deuda que difícilmente podían saldar, con lo que pasaban a ser esclavas del padre o la madre del lugar, que las explotaba. Sin embargo, Celestina era exigente y no aceptaba a ninguna de las que llegaban huyendo de la mancebía. No sentía ninguna compasión por ellas. «Cada cual con su pan se lo coma», pensaba siempre. A ella nadie la había ayudado, había salido adelante como buenamente había podido desde que su madre la había abandonado. Lo tenía claro, rechazaba las que llegaban gastadas, como decía ella, o con signos de vicios o enfermedades, nada más verlas en el dintel de su puerta. Quería solo chicas jóvenes, de hasta veinte años. Eran más deseadas, más lozanas y más dóciles que las prostitutas experimentadas. Las encontró entre las hijas de las criadas, de las lavanderas, de los albañiles, de los labriegos, de las costureras y en las épocas de ferias, cuando llegaban comerciantes y jóvenes que huían de sus hogares en busca de fortuna. Detectaba la debilidad o la naturaleza salvaje de las jóvenes y se acercaba a ellas por las calles, por las plazas, en los puestos donde ayudaban y, con promesas de libertad y amor y regalos, las tentaba hasta que llegaba el día que les hacía la propuesta. Treinta maravedíes, si atendían a un joven que ardía de amor por ellas. Así entraron hasta ese día seis jóvenes en su casa que tras la deshonra ya no pudieron salir.

Celestina olfateó el aroma que salía del puchero. Eran lentejas con chorizo. Munia las cocinaba muy bien, nunca flotaban perdidas en un agua sucia, sino que conseguía trabar siempre el caldo y les daba un toque personal al echarles comino.

Era una casa grande, con un patio interior en torno al cual se organizaba la vida de las mujeres que convivían. En la planta baja estaban la alcoba de Munia y Claudina, que compartían cuarto, y la de Celestina, que quedaba cerca de la entrada y tenía una ventana a la calle para poder controlar que nadie entrara ni saliera sin su conocimiento y permiso. El patio tenía un pozo que las abastecía de agua y se accedía a él desde la cocina, donde el hogar siempre estaba encendido y mantenido por Munia, que hacía tiempo que había dejado de cocinar en el mesón para ocuparse de preparar la comida para todas las mujeres de la casa, cada vez más numerosas. Cuando se mudaron, Celestina tenía a tres enamoradas que atendían a tres amigos cada una, siempre fingiendo que cada uno de ellos era el único. Se lo creían en parte porque no eran prostitutas, sino muchachas que recurrían a una tercera a fin de tener un espacio íntimo en el que usar su cuerpo para conseguir unos cuantos reales.

Pero esa pantomima, fácil de mantener en la casa de Sancha, en la nueva casa, con sus seis cuartos en la planta de arriba y con hombres tomando vino en el patio mientras esperaban su turno, había dejado de ser creíble. Celestina cobraba a las jóvenes por el alquiler de los cuartos, por la comida, por el ajuar de la cama y por los afeites quince maravedíes al mes a cada una. También cobraba a los hombres por el acceso a la ramería, además de por la compañía. Con la entrada de cinco maravedíes podían beber vino y comer algo, pero para disfrutar de un servicio tenían que pagar entre treinta y cuarenta maravedíes a las chicas, que le debían entregar otros quince maravedíes de lo pagado por cada amigo. Era un precio caro, Celestina lo sabía, pero también sabía que los que pudieran satisfacer esa cantidad iban a ser menos escandalosos y problemáticos que los que recurrían a una prostituta pública por ocho maravedíes. No quería a las puertas de su casa ni gritos ni trifulcas ni navajazos, y el precio elevado alejaba a los rufianes borrachos y a los rudos labriegos y acercaba a forasteros que podían pagar ese dinero y a los hombres respetables de la villa que no querían ser vistos por el callejón del puterío junto a putas alcoholizadas que olían a letrina. Además, sus chicas eran bellas y jóvenes, y por edad ofrecían la falsa impresión de novedad e inocencia, y ella les procuraba buenas ropas, tanto sayas como sábanas y colchas, y se cuidaba de que no enfermaran ni se preñaran.

Las más antiguas en la casa eran Violante la Valenciana, Constanza de Granada y Catalina la Coja, que a pesar de tener un pie zambo era muy requerida por los hombres porque decían de ella, por su pelo rubio y su carácter fuerte, que se parecía a Isabel, la medio hermana del rey difunto que había peleado como una leona por el trono en el que hacía cuatro años que se sentaba.

La más joven era María, a quien todos llamaban María la Niña porque no contaba más de catorce años. Volvía locos a los hombres, ya que les hacía creer que era todo candor por su gran facilidad para ruborizarse y por los remiendos que le hacía Celestina para que su pureza estuviera fuera de duda. Celestina era más dura con ella que con las demás porque sus servicios eran los más caros. La obligaba a permanecer encerrada en la casa y solo le permitía salir si Claudina o ella la acompañaban, y siempre con el rostro cubierto para que los hombres no pudieran reconocerla y así hacer más duradera la farsa de su inocencia. Dos muchachas más cerraban el cortejo de pupilas de Celestina. Una era Mencía la Elegante, que para poder ser aceptada en la casa tuvo que permitir que su nueva madre le abrasara el principio del pelo con un ungüento que preparó con cal viva y arsénico, ya que su frente era demasiado pequeña y era una pena, porque por todo lo demás tenía un porte distinguido de dama. La otra, Leonor de Portugal, que había llegado la última y que contaba historias asombrosas, con su mal castellano que volvía a cada cuatro palabras a su lengua dulce y sonora, sobre hombres negros como un tizón que llegaban en barcos al puerto de Lisboa y que descendían medio encuerados por las pasarelas, con la mirada perdida y las piernas y los brazos encadenados.

Celestina cogió un cencerro que tenía colgado de una viga y empezó a hacerlo sonar con fuerza a la vez que gritaba.

—¡Arriba! ¡Vagas! ¡Ya está bien de dormir!

Poco a poco, las chicas fueron saliendo de sus alcobas de la primera planta.

La primera en bajar fue Catalina la Coja, que miró a Claudina con malos ojos antes de hablar.

—Vieja bruja, a ver si te ocupas mejor de ese renacuajo. No he podido pegar ojo por culpa del crío del demonio. Toda la noche berreando ha estado. ¿No tienes tetas de las que colgártelo?

—Refrena tu lengua, Catalina. Nada sabes de hijos, y espero que siga siendo así —la interrumpió Celestina—. Prepara las escudillas de todas y sirve las gachas del desayuno.

—¿Por qué yo? Que lo haga Munia, o la niña. Yo anoche estuve más ocupada que ninguna y he de reponer fuerzas.

—Si no haces lo que digo, no trabajarás en una semana, y te cobraré como si lo hicieras.

—Anda y haz lo que te dice tu madre —le mandó Claudina, que le alargó de malos modos el caldero donde reposaban las gachas de avena.

—Buenos días nos dé Dios —saludó Constanza quitándose las legañas con los dedos—. ¿Ya están enzarzadas estas dos? Qué cansina es la coja, de verdad.

—Y qué fea es la mora —replicó Catalina, con cara de querer agarrar a su compañera por los pelos.

—Catalina, para. Y Constanza, no metas cizaña. Hoy tengo un encargo para ti. Vino anoche un hombre preguntando por la moza andaluza. Lo recibirás en tu alcoba, subirá directamente, sin parar a beber vino en la sala. Y no te asustes cuando entre, porque aparecerá con el rostro cubierto para no ser reconocido.

—Anda, a ver si te visita un marqués esta noche —dijo Violante la Valenciana, que tenía naturaleza envidiosa y siempre estaba atenta a la suerte de las demás, que juzgaba mejor que la propia, aunque no fuera cierto.

—Nada has de hacer tú de la visita de Constanza. A lo tuyo, y deberías preocuparte. Anoche no te visitó Alfonso, el boticario. Ha faltado a dos citas. ¿No le das suficiente amor? Has de conseguir que quiera volver cada noche. Usa bien tu entrepierna o te traeré al viejo tabernero que varias veces me ha preguntado por ti y lo hace con cara de estar imaginándose su nariz hundida entre tus tetas —reprendió Celestina a Violante, que se estremeció solo de imaginarse al viejo encima de ella.

—Visita misteriosa esta noche... Pues tan fea no seré —comentó con retintín Constanza.

—Pero mora sí —insistió Catalina.

—Soy tan cristiana como tú... Madre, que pare o le araño la cara a la puta incordiante esta —pidió Constanza a Celestina.

—Catalina, ya basta, mujer, ¡qué ganas de guerra siempre! Como si no tuviéramos bastante con haber de aguantar a los hombres. ¿No te cansas? Parece que en vez de lengua guardas en la boca una navaja.

Aparecieron despeinadas y en camisa las tres muchachas que faltaban. Mencía se sentó a la mesa y se frotó la frente para quitarse el sueño, pero no se había desmaquillado y el gesto acabó transformando su rostro en una máscara patética. Se corrió la pintura de las cejas y dejó al descubierto la franja de piel que Celestina le había abrasado para retirarle hacia atrás el principio del pelo. Siempre tenía que blanquearse con solimán el rostro porque le quedó la piel dañada y llena de manchas oscuras que la afeaban. Leonor la Portuguesa la miró con los ojos como platos porque el desaguisado era tremendo, y soltó una carcajada dando palmadas sobre el tablero.

—¡Vaya cara! —exclamó entre risotadas—. Parece que un pintor se ha arrepentido y ha emborronado con un trapo sucio la cara de una Virgen que estaba pintando.

María la Niña miró de reojo a Mencía porque, aunque era de talle fino, de cuello largo, de brazos delicados y de silueta gentil, tenía un carácter de mil demonios y era más bruta que el cabrero que la violó antes de que huyera de su familia por miedo a que su padre, un labriego tosco, la descalabrara al enterarse de que se había dejado deshonrar. La niña vio cómo Mencía metía la mano en el plato de gachas sin dejar de mirar el cachondeo que se traía Leonor, pero no tuvo tiempo de avisar, porque la otra se levantó tan rápido que tiró el taburete al suelo y nada pudo hacer la portuguesa para evitar acabar con la cara cubierta con la pasta blanquecina de la que le cayeron varios pegotes al escote y los muslos. Leonor gritó con las manos levantadas, como si no acabara de creerse lo que acababa de suceder, y todas las chicas rieron con el espectáculo.

—Ahora estamos en paz —sentenció Mencía, que cuando no estaba con hombres dejaba salir su verdadera voz, más grave de lo que cabría esperar en un ser tan delicado.

—¡Por todos los santos! Ni un día de paz hay en esta casa. Parece una jaula llena de lobas —dijo Celestina.

—Lo de jaula no lo pongo en duda —apostilló Catalina con ganas de seguir la gresca.

—¡Silencio! —gritó Celestina dando un golpe seco en la mesa que provocó que Munia, que estaba en cuclillas limpiando las cenizas del hogar, diera un respingo y cayera de bruces. Sin embargo, ninguna de las muchachas se atrevió a reírse, ni Leonor, que tenía la risa fácil y cascabelera.

Las jóvenes agacharon la mirada. Temían a Celestina. Sabían que era hechicera y que junto a Claudina siempre estaba elaborando brebajes. Podía decidir sobre su suerte y aojarlas o lanzarles un amarre que las obligara a servir a hombres repugnantes a los que podía hechizar con sus artes. También temían a la vara de castaño que usaba para adiestrarlas y que de tanto en tanto sacaba de debajo de su cama.

35

El enamorado enmascarado

Celestina acompañó a Claudina al herbolario. Quería comprar hinojo, que faltaba en la casa, para hacer una cataplasma para Pármeno, que babeaba con su pequeño puño metido en la boca y las mejillas encendidas. Las últimas muelas le estaban rompiendo las encías y lo tenían rabioso. Si le daba a morder un paño humedecido en una infusión de esa hierba, se calmaría un poco.

Del herbolario se dirigieron a la casa de doña Inés, una condesa viuda emparentada por sus nupcias con los Mendoza, la familia más poderosa de Castilla en esos momentos, ya que retiraron su apoyo a Juana la Beltraneja y se lo ofrecieron a la reina Isabel, lo que los había posicionado como familia principal en la corte y había marcado el inicio del final de la guerra de sucesión. En la villa era una de las mujeres más nobles, si no la que más, y para sorpresa de Claudina había enviado a una sirvienta para requerir su presencia en su palacio. Su fama de hechicera era la que la había llevado hasta la condesa.

La sirvienta, que se llamaba Raimunda, las hizo esperar en un zaguán inmenso, el más grande que habían visto jamás, era más amplio que la antigua casa de Celestina. Cuando regresó les pidió que la siguieran por un pasillo inacabable que las iba a llevar a la sala de recibir. Las amigas no podían aguantarse la risa porque Claudina susurró a Celestina que se fijara en el caminar de la criada, que era muy bajita y parecía que arrastraba el culo por las tablas. La sirvienta se volvió un par de veces con cara de pocos amigos, porque intuyó que se estaban burlando de ella, y, aunque se intentaban controlar, les resultaba imposible y se les escapaba la risa por las comisuras de los labios y entre los dedos con los que se tapaban la boca.

La criada las presentó ante su señora y se quedó muy tiesa apoyada en la pared, como si de tanto estirar la espalda pudiera crecer. Claudina acercó la cabeza a la de Celestina, que le dio un pisotón para que parara. No podían dar mala impresión a la condesa, que tenía una expresión atribulada.

—No sabía que vendrías tan acompañada, comadre.

—Lo siento, señora. Esta es Celestina, mi amiga y compañera de trabajos. Viene para ayudarme con el crío, si fuera menester.

—Bueno, basta ya de cháchara. Da el niño a mi criada. Raimunda, llévatelo a la cocina y haz que lo entretengan hasta que acabemos.

Claudina miró a Celestina. No quería separarse de Pármeno, pero la señora deseaba que la atendieran sin llantos ni interrupciones, y no podía negarse, así que estiró los brazos y se lo entregó a la sirvienta que las había guiado. Raimunda sonrió con expresión de verdadera maldad antes de darse la vuelta para desaparecer tras la puerta del recibidor con el crío. Al instante se oyeron los chillidos de Pármeno, que su madre reconoció: eran del mismo tipo que los que lanzaba cuando se pillaba los dedos en un cajón. La cabrona de la criada debía de haberlo pellizcado para vengarse de la burla. Se le encogió el corazón, pero no se inmutó.

—Mejor estaremos solas. Vamos al grano, creo que me han lanzado un mal de ojo.

—¿Por qué lo crees, señora? —preguntó Claudina.

—Porque me siento débil, fatigada, tengo vómitos y diarrea desde hace cuatro días, y además me siento muy desanimada y apática. Pero no es solo eso. En estos días, me he caído por las escaleras, me cayó una maceta de uno de los balcones a un palmo, que bien podría haberme matado, y se han secado todas las plantas que tenía en los balcones. Ya ves, ¿qué otra cosa puede ser?

—Quizá solo estés destemplada, señora. Y los accidentes, si estás más decaída y quizá despistada por tanto, acaban por suceder.

—Bueno, ya está bien, parece que no quieras hacer negocio.

—No es eso, no es eso. Estaba solo razonando.

—¿Desde cuándo las hechiceras avaras razonan? Haz lo que tengas que hacer para quitarme el mal de ojo.

—Primero vamos a confirmar con un sortilegio si lo tienes —dijo Claudina.

Sacó un cuenco pequeño del morral que llevaba Celestina colgado al hombro. Después de ponerlo en el suelo, sacó también un tarro con aceite y otro con agua. Echó el agua en el cuenco y pidió a la condesa que mojara el índice en el aceite y dejara caer tres gotas sobre el agua. Al hacerlo, Claudina pronunció un conjuro:

Dos te lo han hecho,
tres te lo han de quitar.
Si fue por la mañana,
te lo quita santa Ana.
Si fue a mediodía,
te lo quita la Virgen María.
Si fue por la noche,
te lo quita san Roque.

Al caer sobre el agua, las gotas de aceite se buscaron y formaron una única mancha. No había duda, a la condesa le habían mandado un mal de ojo.

—Señora, tienes razón. Sí que te han aojado.

—¡Lo sabía! ¡Como me entere de quién ha sido...!

—Debes de tener cerca alguna mujer envidiosa o quizá te has cruzado con un tuerto.

—No he visto ningún tuerto, pero, ahora que lo dices, sí me crucé con una mendiga vieja que apestaba tanto que pedí a mi sirviente que la apartara de mi camino y no le di limosna. Seguro que fue ella, ¡la muy bruja!

—Bueno, mejor que sea alguien que no te conoce, así el mal sentimiento que te ha enviado no es fuerte ni duradero. Con un solo ritual te quitaré el mal de ojo. Y para tu fortuna vengo preparada. En el morral tengo lo necesario. Es un mal frecuente y siempre llevo mis útiles.

Claudina sacó una cruz hecha con ramitas de romero atadas con hilo rojo. Era romero cogido la noche de San Juan, el más poderoso para la magia. Pidió a doña Inés que alguna criada llevara carbones incandescentes en una bandeja para hacer un sahumerio. Cuando la tuvo, echó tres clavos de olor sobre los carbones y la cruz de romero. Prendieron y empezaron a sacar humo. Claudina dijo a Celestina entonces que cogiera la bandeja y que diera tres vueltas en torno a la señora, que tuvo que ponerse de pie para facilitar que el humo alcanzara todas las partes de su cuerpo. Mientras Celestina se agachaba y levantaba para hacer bien el sahumerio, Claudia pronunciaba el conjuro necesario para expulsar el mal del cuerpo de la condesa:

Romero, romero,
que salga lo malo
y que entre lo bueno.

Lo pronunció tres veces antes de dar el ritual por acabado.

—Señora Inés, ya estás libre del mal de ojo. Ya verás como en un rato empiezas a sanar de todos esos malestares que tenías y como desaparecen los tropiezos y accidentes.

—Dios te oiga, comadre. Bendiciones para tu hijo. Bajad a la cocina y allí se os pagará el encargo.

—Gracias, señora. Si necesitas algo más, no dudes en mandarme llamar. Estoy para servirte.

—Así lo haré.

Celestina y Claudina bajaron a la cocina. Pármeno estaba chupando un dulce que le había dado la cocinera para calmarlo. Claudina se lo agradeció y se acomodó al niño en la cadera. La criada pequeñaja las miró con mala cara y les entregó la bolsa con monedas, que para alegría de Claudina pesaba más de lo esperado, y un saquito de azúcar.

—¡Azúcar! Da las gracias a tu señora por tan exquisito regalo —dijo Celestina, que no había visto nunca ese polvo blanco que endulzaba las mesas de los ricos.

Al salir del palacio, lo primero que hicieron fue abrir el saquito y meter los dedos en el azúcar para llevárselos a la boca. El dulzor que notaron en la lengua las extasió. No se podían creer que algo así existiera. Claudina introducía el dedo impregnado de azúcar en la boca a Pármeno, que daba palmas y reía.

—¡Quién fuera rico! Todo lo tienen a su alcance —exclamó envidiosa Celestina.

—Anda, calla, boba, a ver si vas a aojar a la vieja de nuevo. Nosotras tenemos lo que queremos. No podemos quejarnos. Cada noche se llena la casa y no solo nos pagan con buenos dineros, sino que también nos traen gallinas, conejos, cordero, pan, harina..., hasta un faisán nos trajeron, con todas sus plumas. No nos falta de nada. Y yo sigo con mis hechizos y mis partos.

—Lo sé. Quién me lo iba a decir cuando me sentí en la ruina tras la marcha de Diego.

—No menciones a los fantasmas del pasado. Y ya ves que no hay mal que cien años dure.

Mientras conversaban con los dedos metidos en el saco de azúcar las saludó un mozo apuesto y engalanado que iba directo a la puerta del palacio acompañado de dos criados.

—Buenos días os dé Dios, comadres.

—Y a ti, señor —respondieron a coro las dos mujeres inclinando la cabeza.

—Salís de mi casa, ¿verdad?

—Parece que así es —confirmó Claudina.

—Habéis visto a mi madre, entonces.

—Doña Inés pidió ayuda a mi amiga Claudina —explicó Celestina.

—Anda un poco obsesionada con sus males. Necesita distraerse.

—¿No le has dado nietos? —preguntó Claudina, entrometida.

—No aún. Solo estoy prometido. Ya llegarán.

—Si necesitas solazarte en algún momento, mi casa está llena de bellos entretenimientos —osó a intervenir de esa forma Celestina ante la mirada incrédula de Claudina, que temió que el hijo de la condesa la castigara por tal atrevimiento.

—¿Cómo te llamas, comadre?

—Celestina, señor, para servirte.

—¡Ah, sé quién eres! Me han hablado de ti. Tienes una casa en el arrabal. Gracias por el ofrecimiento.

—Las puertas de mi casa se abrirán siempre que gustes.

—Si siento necesidad, te visitará algún criado de parte de Miguel de Mendoza.

—Tomo nota, señor. Estaría muy honrada de poder servirte.

El joven heredero se despidió con un gesto de su sombrero y entró en el palacio. Las dos mujeres se dieron codazos, y Celestina se frotó las manos en un gesto involuntario que hizo reír a Claudina.

—En todos ves su valor en monedas.

—La vida me ha enseñado que es lo único cierto que se puede sacar de las personas.

—¿Y yo cuánto valgo? —preguntó riendo Claudina.

—¿Tú, vieja arpía? Te cambiaba por un saco pequeño de harina y un azumbre de vino.

Ambas mujeres se rieron a carcajadas ante la mirada escandalizada de una dueña que pasaba toda remilgos y altanería junto a ellas. Claudina le sacó la lengua, y se fueron a paso ligero cogiéndose las faldas para no tropezar, como si fueran unas chiquillas traviesas.

En la casa, las chicas comieron su ración de lentejas, descansaron en sus cuartos un rato y empezaron a vestirse y arreglarse con afeites para la actividad que se iniciaba siempre a la tarde, al acabar las jornadas de los artesanos y comerciantes. María la Niña descansaría encerrada en su habitación ese día. Celestina no quería prodigarla demasiado. Con una vez a la semana que vendiera su falsa virtud era suficiente. Ganaba más con ella en una jornada que con una de las otras trabajando a destajo toda una semana. Además, debía darle descanso a su agujero para volver a remendarlo. Alternaba el hilo de seda con vejigas de conejo llenas de sangre del mismo bicho para que pudiera recuperarse de las puntadas. Para los clientes siempre era nueva. Un día se llamaba Alicia; otro, Alba; otro, Asunción, y así hasta que se acabaran los nombres que empezaban por a y hubiera que recurrir a los que comenzaban por la letra be. Celestina contaba que era una novicia arrepentida, una huérfana recogida de la calle con siete años o una prima lejana de Ávila a su cuidado. Siempre diferentes historias que le permitían alargar el engaño.

Pidió a Constanza que se engalanara mejor que nunca, que se repasara bien los ojos con kohl, que se suavizara la piel con piedra pómez y que luciera todo su embrujo del sur para el hombre que había pagado por adelantado por la ramera andaluza.

A la hora acordada, antes de que la casa se llenara de hombres, tocó a la puerta el enamorado misterioso. Celestina gritó que se metieran todas en sus habitaciones y que echaran bien la cortina para que el hombre sintiera a salvo su intimidad. Sin embargo, Violante la Valenciana miró por el espacio que forzó entre la jamba y la tela porque sabía que para llegar al cuarto de Constanza el enmascarado pasaría por delante de su alcoba, y deseaba verlo. Iba bien vestido, con un sombrero granate de ala ancha recogida en un lado por un broche brillante y unas cintas azules, y llevaba ceñida al cuerpo una túnica larga, a juego con las cintas, con la que se tapaba el rostro hasta los ojos. Violante deseó ser ella la escogida por tan enigmático caballero que, por el brillo del broche, además debía de ser rico. Se enfurruñó y, tras pellizcarse en el interior del brazo para controlarse, dio un tirón a la cortina y se dejó caer sobre el lecho imaginando que esa noche iba a tener que abrirse a algún gañán mal vestido.

Constanza recibió al enmascarado sentada en el jergón. El hombre la saludó de forma amable y, de espaldas a ella, se desvistió casi por completo, la única prenda que se dejó puesta era una máscara que le tapaba el rostro hasta la boca. La muchacha estaba nerviosa y algo asustada. ¿Y si era un loco? Pero no lo parecía, tenía la voz dulce y sus ademanes eran tranquilos.

El hombre se acercó al lecho y le susurró palabras al oído con las que alabó su belleza mientras la desvestía con una parsimonia que erotizó a la joven. Celebró la forma de sus pechos prietos, la suavidad de sus muslos, la seda de su entrepierna. Constanza empezó a derretirse y a notar cómo su cuerpo respondía a la suavidad de esa voz masculina con acento del sur y a la delicadeza con la que la tocaba. Fue un cliente maravilloso que la hizo suspirar de placer, y deseó amigarse con él. El hombre enmascarado cayó de espaldas en el lecho tras satisfacer su deseo, con los brazos detrás de la nuca y las piernas estiradas. Constanza se incorporó un poco para acariciarle el pecho moreno de piel lampiña y gritó, pero esa vez no fue de gozo. El hombre había acabado tan relajado que olvidó ser más pudoroso y taparse ciertas partes del cuerpo que lo delataban tanto como su rostro.

—¡Chis! No hagas ruido, mujer.

—¿Estás loco? No debes estar aquí. Es pecado lo que hemos hecho.

—Es pecado lo que haces cada noche.

—Sí, pero lo tuyo es mucho más grave. Ya decía yo que tu acento me era familiar. ¿Celestina lo sabe?

—No estoy seguro. Puede que sí. Pero no lo hemos hablado.

—¿Me habías visto antes?

—Sí, me quedé prendado de tus ojos de color de la aceituna un día de mercado que ibas acompañando a la comadre. Llevo semanas negociando con ella.

—Seguro que lo sabe. ¡Mala mujer!

—Lo siento. He intentado complacerte, porque llevaba noches soñando con ofrecerte placer y con memorizar los lunares de tu piel.

—Me has complacido. Pero quiero que te vayas ya. Tiemblo, y no es de frío. Si alguien te ve...

—Me iré igual de tapado que llegué.

—Ten cuidado, podrían apresarte si te ven saliendo de esta casa. Y no quiero ser tu condena.

—Has sido mi cielo.

—Calla, idiota. A un paso de ser tu infierno me has dejado.

El hombre se vistió y salió tapado hasta los ojos igual que había llegado. Al verlo bajar la escalera, Celestina fue directamente a la puerta para que no tuviera que detenerse ni un momento y evitar así conversaciones de cortesía con otro visitante.

36
Envidia

Al día siguiente, Constanza bajó al cuarto de Celestina antes de que las demás estuvieran despiertas. Había pasado la noche inquieta, sin poder conciliar el sueño, debatiéndose entre callar o hablar. Al final, no pudo aguantar y decidió compartir la revelación con la madre de la casa. De todos modos, estaba segura de que, si no estaba enterada del asunto, se lo olía.

Sorprendió a Celestina toda desgreñada y aún en camisa, aunque se había echado ya un manto de lana sobre los hombros porque la mañana era fría. Constanza pensó que había envejecido varios años esa noche.

—¿A qué vienes a molestarme?

—Madre, vengo a contarte algo malo, muy malo.

—No estarás encinta, ¿verdad?

—No, creo que no.

—Menos mal. ¿Anoche te cuidaste cuando se fue tu enamorado?

—Sí, como siempre, madre. En realidad, se trata del hombre.

—¿Te trató mal? ¿Te hizo daño?

—No, al contrario. Fue el mejor amante que he conocido.

—Ay, hija, me vas a poner los dientes largos. ¿Cómo te acarició?

—¡Madre, por Dios! Tiene un problema grave.

—Calla. Eso no necesito saberlo. Sé que querrá volver a pagar por yacer contigo, y no deseo perder un buen negocio que, además, resulta placentero para ti, según dices.

—¡Pero es peligroso! —gritó Constanza, alterada porque no obtenía de Celestina la respuesta esperada.

La madre de la ramería la miró con los ojos más oscuros que de costumbre y le cruzó la cara de un guantazo.

—¡Alelada! Nuestra vida de mujeres de arrabal es peligrosa cada instante de cada día. Aprovechemos el dinero de esos pobres hombres que no saben vivir sin entrar en un cuerpo cálido al que nada le deben y que nada les importa más allá del placer que pueda proporcionarles.

—Te lo digo porque nos podría llegar un gran mal si ese hombre sigue visitando esta casa.

—Nunca es para tanto. Y si no te vas de la lengua, ¿quién lo sabrá? ¡Así que chitón! —exclamó la alcahueta dando un golpe con el dorso de la mano en los labios a Constanza, que notó que el filo de los dientes delanteros le cortaba la piel y casi al momento la boca le sabía a sangre—. ¡Ea! Espabila y ve avivando el fuego, ya que has sido la primera en levantarte.

—Muy bien, pero luego no digas que no te avisé —le espetó Constanza al tiempo que se tapaba la boca con una mano y temía que la madre no hubiera calculado bien las dimensiones del problema.

—Claro que diré que no me avisaste, y que no sabía nada de nada y, por tanto, todo será culpa tuya y sobre ti caerá la condena. ¿Crees que no he pensado en ello? —preguntó Celestina sonriendo con esa mirada que le aparecía a veces en el rostro y que hacía que las chicas temblaran por miedo a lo que fuera que se le estaba pasando por la cabeza, que siempre tenía que ver con dolor, dinero o vergüenza.

Ese día las chicas estaban agotadas. Hubo más hombres de lo habitual porque faltaba poco para la noche de Difuntos y, como tendrían que soportar un par de días de abstinencia, se solazaban con antelación hasta quedar saciados. Incluso un clérigo había estado en la alcoba de Violante hasta el alba. Gozaba obligándola a relatar sus últimos pecados para luego imponerle una penitencia que iba de ponerle el culo rojo a cachetadas a postrarse ante él de rodillas para acabar bendiciéndola con su agua bendita.

Cuando salía del cuarto de Celestina, Constanza se topó con Violante, que bajó la cabeza y fue a tomar asiento.

—¡Madre! ¡Violante es una fisgona! Estaba parada ante tu alcoba —gritó Constanza.

—¡No es cierto, ha sido casualidad!

—Casualidad, dice, la muy embustera. ¡A ver si te voy a arrancar la melena de casualidad!

—¡Ya está bien! ¡Callaos! Otra mañana a los gritos... —Y Celestina suspiró mirando al cielo.

—Yo no he dicho nada —intentó exculparse Violante, que aprovechó para lanzar una súplica a Celestina—. Madre, quería pedirte un favor. No deseo recibir más al clérigo panzudo. Es asqueroso. Cuando me toca con esas manos de dedos cortos y regordetes, tengo que controlar los impulsos de vomitar. Y para colmo, sus castigos son cada vez peores. Hoy me duelen tanto las posaderas que no me podré sentar y tendré que ir a los baños más tarde porque su última penitencia ha sido repugnante. Y, manda narices, me dice que la que va a ir al infierno soy yo. ¡Habrase visto tamaña injusticia! Ese gordo con tonsura tendría que estar cocinándose a fuego lento en el caldero de Satán.

—No te quejes tanto, mujer. Sé que te deja siempre unas monedas de más por salir satisfecho y nunca te las reclamo. Es tu cliente especial.

—Es un puerco.

—Y te paga un dineral. Así que a sonreír cuando se despida de ti, como amante complacida. Ya escupirás al suelo cuando te dé la espalda. Tiene que sentir que compartes su depravación para que se sienta libre de dejarse ir y ser cada vez más esclavo de su deseo y más siervo de ti.

—Madre, no, por favor... Mándalo un día con Mencía. Podrá creer que está salvando de la condenación a una dama fina errada. Seguro que se le pone la verga apuntando hacia la casa de Dios.

—¡Qué ordinaria eres! —dijo Constanza.

—¿Cómo lo voy a meter en el cubil de Mencía? Ya sabes lo bruta que es. A la primera cachetada que le diera el clérigo, ella le giraría la cara de un guantazo.

—Claro, y como la valenciana es tonta, pues que se apañe con el cerdo vestido de hábito.

—No es eso, Violante. Se ha encaprichado de ti y te debes a su placer.

—Al suyo solo, porque yo me paso el rato reprimiendo arcadas. Además, no es justo, otras tienen clientes apuestos. Yo quiero un amigo misterioso como el de esta —dijo Violante señalando a Constanza.

—¿Cómo que esta? A ver si te voy a tener que arrastrar de los pelos de verdad.

—¡Haya paz!

—Violante, ve hoy a los baños y di a Mencía, Leonor y Catalina que te acompañen. Aprovechad que es día de mujeres. Frotaos bien el cuello y los dobleces, miraos las unas a las otras y aseguraos de que no os quede roña entre las uñas. Tenéis que estar limpias y perfumadas siempre. Coge también este frasco de aceite de almendras con agua de rosas y poneos por todo el cuerpo, oleréis a gloria. María ayer no trabajó y, Constanza, tú solo tuviste una visita tranquila; vosotras os quedáis y ya iréis la semana que viene. Y no puteéis ni a la entrada ni a la salida, no vaya alguna beata a denunciaros. Si le gustáis a algún mozo, le dais las señas de la casa disimuladamente, y no os detengáis a parlotear.

—Sí, madre, como siempre —respondió Violante con retintín.

—Por si acaso, insisto, que la juventud es olvidadiza.

—Madre, no quiero ponerme el manto. Las mujeres se apartan al vernos y nos insultan —añadió Violante.

—Tenéis que llevarlo. No lo decido yo, lo mandan las ordenanzas. El manto amarillo con los ribetes azules os diferencia de las demás mujeres, de las buenas y honradas. Vosotras no lo sois y las autoridades no quieren que lo parezcáis, no fuera a ser que algún hombre despistado se confundiera y creyera que servís como esposas.

—Como si las buenas no pecaran. Será que no vienen a verte y a buscar tus remedios escondidas entre las sombras o detrás de sus sirvientas.

—Lo sé, hija, pero mientras en el mundo manden los varones y esos que ni a hombre llegan y que tapan su hombría con faldas y detrás de una cruz, nada podremos hacer más que vivir en los márgenes y en los márgenes sentirnos libres.

Las mozas se fueron y la casa se quedó tranquila. Constanza despertó a María, y Munia les sirvió las gachas. Claudina y Celestina se dedicaron a preparar un agua de olor, porque el frasco que la alcahueta había dado a Violante era el último que tenían.

En la sala, sobre un tablero grande, prepararon los utensilios que necesitaban para la elaboración del perfume. Primero Claudina machacó en un almirez grande clavos de olor, canela en rama y un poco de cardamomo que un trajinante andaluz regaló a Celestina tras haber gozado de la compañía de dos de sus chicas. Lo molió todo bien, hasta dejar las especias reducidas a un polvillo oscuro. Mientras, Celestina añadió rosas secas a un balde con agua y lo removió durante un buen rato; después lo vertió en un par de redomas, hasta llenar la mitad de los recipientes de barro, que puso al baño maría en el caldero. Mientras el fuego hacía su labor, Claudina utilizó otro almirez más pequeño para moler el almizcle que ayudaría a fijar el aroma, y le echó un poco de ámbar raído con un cuchillo, que añadiría dulzor y misterio al aroma. Celestina quería conseguir un perfume intenso, diferente de los que podía elaborar en verano con limones, jazmines o tréboles, pero ideal para dar calidez a los lienzos de las camas y la piel de las mujeres en invierno.

Después de un largo rato a fuego tranquilo, el agua rosada estaba preparada. La dejaron enfriar y, una vez templada, añadieron a las redomas el polvo oscuro de las especias mezclado previamente con el almizcle y el ámbar. Cada mujer se ocupó de una redoma. Las taponaron con pergamino humedecido en vino blanco y agitaron con todas sus fuerzas el contenido para mezclar bien el agua rosada con los ingredientes odoríferos. Claudina empezó a reírse y Celestina entendió que se estaba burlando del movimiento de sus pechos flácidos. Quiso enfadarse, pero solo pudo carcajearse y decirle que a ella no le pasaba porque era plana como una tabla de lavar ropa. Las dos mujeres reían mientras mezclaban con fuerza el contenido de las redomas.

—¡Ea! Ya las tenemos. Vamos a dejarlas en el patio, donde les dé el sol. ¡Munia!

—¿Qué, ama?

—Recuerda esta tarea. Tres veces al día habrás de agitar estas redomas con todas tus ganas, mañana, tarde y noche. Hazlo durante diez días y no te olvides de guardarlas al caer el sol y taparlas con unas mantas. No pueden pasar la noche al raso, porque con estos fríos se estropearía la mezcla. Cuando pasen los días, avísame, porque aún faltará destilar el contenido.

—Así lo haré, madre.

Celestina calculó que la cantidad preparada de agua de olor sería suficiente para ofrecer unos cuantos frascos en casas del centro de la villa en las que vivieran jóvenes enamoradizas o viudas aburridas, y poder así entrar sin que sospecharan de sus habilidades de tercera.

Esa noche, se presentó de nuevo el enamorado enmascarado de Constanza, quien lo recibió pronto en su alcoba ante la mirada envidiosa de Violante, que temía que el fraile quisiera volver a visitarla. Pero el religioso esa vez no acudió a la casa, para su alivio, y solo tuvo que entretener a dos capitanes que deseaban compartirla. Sin embargo, los ecos de la conversación que escuchó a escondidas le retumbaban en la cabeza mientras los hombres la usaban. ¿Qué peligro tendría el enmascarado? ¿Sería un forajido? ¿O quizá todo lo contrario?

Mientras se le pasaban esas preguntas por la cabeza, intentaba distraerse de lo que sucedía en su lecho. Tuvo la suerte de que Leonor la Portuguesa no pudo atender a ningún cliente ese día porque tenía picazón entre las piernas y el mal blanco, y cuando eso ocurría Celestina le preparaba un barreño con agua con vinagre para que se aclarara y le pedía que cantara porque tenía muy buena voz. Leonor se pasó el tiempo entonando canciones tristes en su lengua dulce y melancólica acompañada de un laúd que sabía tocar con gracia. Sus tonadas parecían llantos que calmaban las voces de los hombres, que la miraban como si fuera algo que nunca hubieran visto. Se quedaban inmóviles y parecían marineros encantados por la voz de una sirena que podía devorarlos cuando ella quisiera. Violante tarareaba en la cabeza la melodía de esas canciones, entretenida su mente en algo más bello que lo que le estaba sucediendo sobre el lecho.

Constanza atendió a ese amante peligroso que esa vez se atrevió a quitarse la máscara ante ella porque la joven había descubierto su secreto. Constanza se conmovió al ver que su rostro era hermoso y transmitía bondad. Se le escapó un suspiro furtivo antes de que él la besara en los párpados y los labios. Hicieron el amor toda la noche, y sus manos fueron suaves y generosas. Cuando el alba solo apuntaba, el hombre se vistió y antes de salir le dedicó unas palabras que podían dañarla más profundamente que una navaja.

—Te amo desde el día que te vi cruzando la plaza del Mercado. Te quiero para mí y voy a reclamarte a Celestina.

—Estás más loco de lo que pensé el primer día, señor. Lo que propones es imposible y no ha de tener lugar.

—Ya lo verás, Constanza. Anhelo tus ojos verdes cada instante que estoy sin ti. Te llevaré a mi tierra, donde podremos vivir con mayor libertad que aquí.

—La falta de sueño te ha trastornado. Ve y descansa. Lo verás todo diferente cuando estés recuperado del placer y del cansancio.

—Lo dudo, mi señora.

El hombre se colocó la máscara y se refugió bajo su túnica antes de salir de la alcoba y bajar a toda prisa la escalera. Salió sin ser visto y fue a refugiarse al mesón donde tenía alquilada una habitación.

Violante escuchó la conversación y se puso verde de envidia. Ella solamente era requerida por un cerdo tonsurado y por esos rudos militares que no le preguntaron ni su nombre, y la andaluza, en cambio, tenía un enamorado que suspiraba por sus pestañas. Malditas pestañas largas las de esa morena de Granada. Le entraron ganas de arrancárselas una a una con unas pinzas de quitar el vello. ¿Por qué a ella no la amaban? Únicamente pedía una cosa cuando oraba: que alguien la sacara de la ramería, que un hombre le perdonara su pasado y la quisiera como madre de sus hijos. Pero después de tres años, eso no había estado cerca de suceder ni una sola vez. Las lágrimas le recorrieron las mejillas al tiempo que una rabia intensa le quemaba el corazón como un rescoldo. Se limpió la cara lo más rápido que pudo cuando oyó el arrastrar del pie zambo de Catalina por las tablas del suelo del pasillo. La coja tenía la costumbre de entrar a verla antes de la hora del desayuno. Violante toleraba bien el carácter agrio de Catalina y se habían hecho amigas en la casa.

—Mujer, ¿qué te pasa? —preguntó la coja.

—Nada. Penas de boba.

—Todas sabemos mucho de ese tipo de penas.

—No te pegarían los soldaditos, ¿no?

—No, solo me trataron como un trapo.

—Bueno, como todos hacen.

—Todos no. ¿Sabes que volvió el enmascarado?

—Sí, lo vi pasar como una sombra.

—Pues he escuchado sus palabras este amanecer. La casa estaba en silencio y me ha llegado su voz a través de las paredes. Dice que ama a Constanza.

—Ese amor que sienten se les olvida en cuanto se les pasa el efecto del vino y atraviesan la puerta de su hogar.

—Sé que suele ser así. Pero sus palabras eran verdaderas. La quiere sacar de aquí.

—¡Uy! No ocurrirá, tranquila. Cumplimos la misma condena todas. Celestina hará todo lo posible para que eso no pase, te lo puedo asegurar.

Catalina abrazó a Violante y dejó que acabara de soltar todas las lágrimas que tenía anudadas en la garganta. No era bueno que volviera a embuchárselas, porque en tal caso se le iban a quedar dentro como pequeños cristales afilados que le desgarrarían lentamente el corazón y las tripas. Y bastantes rasgaduras tenía el corazón de una puta como para tragar puñales de pena.

37

Difuntos

Hacía un par de días que resultaba difícil dormir porque el frío se sentía en la piel como un cuchillo afilado. Celestina tenía sabañones en los talones, los nudillos y las orejas, además de la piel de los labios y las mejillas agrietada. Nunca había soportado el frío, pero ese año lo llevaba peor, porque las bajas temperaturas habían llegado antes de tiempo y a eso había que sumar la carestía por culpa de la guerra de sucesión en Castilla. Ni siquiera el ungüento de aceite de romero le mejoraba las zonas inflamadas y enrojecidas, y llevaba varias noches frotándose las manos, los pies y la nariz con una pomada preparada con manteca mezclada con mostaza machacada para ayudar a que la sangre se le moviera por esas partes heladas y doloridas. Su cuerpo ya no reaccionaba igual a los mismos estímulos, estaba envejeciendo; por eso evitaba su reflejo, no quería reconocerse en el asombro de unos ojos que ya no veían bien.

Las campanas habían empezado a doblar a mediodía y no pararían hasta la hora de la misa vespertina. Era el día de Todos los Santos y los espíritus pedían ser recordados.

Por la tarde, antes de salir para acudir a la misa de Muertos, Celestina obligó a todas las chicas a ponerse mantos negros encima de las ropas y colocaron sobre una cómoda de la sala velas que fueron encendiendo una tras otra para iluminar los diferentes objetos que pertenecieron a los difuntos que las muchachas querían honrar. Al acabar, el mueble se había convertido en un altar profano a la entrada a un lugar de pecado. Claudina puso un trozo de cordón umbilical de cada hijo parido y muerto, los guardaba entre paños en el fondo de su arcón. Munia no conservaba nada de su madre, así que solo lloró por lo que significó su muerte y encendió su vela. Constanza colocó una rama de romero porque su madre, que leía la buenaventura, siempre llevaba esa planta colgando del delantal. Mencía puso la vieja navaja de cachas de madera con la que su querido padre cortaba los pedazos de queso cuando estaba en el campo con las cabras. El brillo de la faca provocó un ligero mareo a Celestina porque le recordó la navaja que hacía tantos años le había regalado a su amado Beltrán. Catalina la Coja dejó un mechón de hermoso pelo rubio del mismo tono que el suyo sobre un pañuelo, pero cuando María le preguntó de quién era no quiso responder a quién había pertenecido. Violante puso un pequeño tarro lleno de agua a la que echó un puñado de sal, y encendió su vela pensando en los delicados omóplatos de su hermano pequeño, de los que, estaba segura, habrían crecido unas hermosas alas de ángel después de ahogarse en el mar ante su mirada impotente cuando era un niño. Leonor apoyó su laúd contra la pared; había pertenecido a su abuela, quien le enseñó todas esas canciones tristes que cantaba por las noches. María la Niña no tenía muertos que ella supiera, porque no sabía nada de los suyos desde que vivía en la ramería, así que solo encendió una vela en silencio para no ofender a nadie con su ausencia de pena. Celestina se esperó al final. Cuando todas estaban ya poniéndose los botines para salir, colocó su vieja faltriquera de cuero gastado y la muñeca de trapo y cuerda que su madre le metió en el hatillo el día que la abandonó en la casucha de Sancha. Luego musitó unas palabras mientras encendía su candela:

—Señora de negro que mandas sobre los muertos y arrastras la vida a tus profundidades, escucha mi voz y entrega mi ofrenda a las ánimas que añoro y recuerdo por mucho que corra el tiempo.

En Diego pensó un instante, pero, como no sabía si estaba vivo o muerto, no le hizo ninguna ofrenda. Y si hubiera tenido que poner algo en el altar en su memoria, se habría arrancado el pedrusco negro que tenía en el pecho y le habría prendido fuego allí mismo, porque nada mejor podía hacer con su corazón. En Sancha sí que pensó y deseó que estuviera ardiendo en el infierno.

En la iglesia, todas encendieron una vela amarilla muy fina enrollada sobre sí misma que se tenía que ir desenrollando según se iba consumiendo. Se encendía por las ánimas de los difuntos y duraba toda la misa.

Celestina y sus discípulas, junto con Claudina y Munia, se sentaron en los bancos del final. Por su condición de mujeres perdidas no podían sentarse más cerca de la sacristía. Aunque Celestina no deseaba ningún otro banco, porque desde el fondo podía observar a sus vecinos mientras movían los labios y recitaban las oraciones que el párroco cantaba. Le gustaba mirar sin ser vista, y desde su asiento podía adivinar quién había sufrido una muerte reciente y qué feligreses quizá quisieran algún ensalmo para ayudar a los espíritus de sus difuntos a volver al otro lado. Claudina le dio un codazo sin dejar de rezar y con la barbilla le señaló hacia un hombre y una mujer que lloraban desconsolados. Se acercó más a Celestina y le susurró que daría sus ojos a santa Lucía si esos dos no habían perdido hacía muy poco a su único hijo, ya mayor, como en edad de casarse. Sus ropas parecían buenas, así que supuso que podrían pagar si les ofrecía un falso consuelo.

Al acabar la misa, mientras algunos vecinos hacían cola para que el párroco bendijera los panes que durante la cena ofrecerían a los espíritus de sus antepasados, Celestina pidió a Constanza y Leonor que siguieran al matrimonio hasta la puerta de su casa y que intentaran averiguar con disimulo a qué se dedicaba el hombre.

—Y no olvidéis el camino. Necesitaré llegar a esa casa mañana.

Munia acompañó a las demás a la ramería mientras Claudina y Celestina se iban a buscar tierra al cementerio para los hechizos y los ensalmos. Esa noche las familias primero rezaban a sus difuntos en la iglesia y luego, ya en el hogar, ponían la mesa y servían un plato de comida y una escudilla de vino para los espíritus familiares que todavía necesitaran ayuda para llegar al otro lado. Mientras durara la cena, la villa estaría casi desierta, salvo por las candelas de los monaguillos y mendigos que tocarían con los nudillos a las puertas de las casas en las que vieran luces de velas para pedir una limosna por las oraciones que rezarían por sus difuntos. Sabían que esa noche nadie les negaría unas monedas.

Celestina y Claudina traspasaron la tapia del cementerio y se arrodillaron ante una tumba que parecía reciente. La tierra se veía más oscura y blanda; les sería más fácil recogerla con las manos. Para que la tierra tuviera más poder mágico, no podían usar ninguna herramienta, así que acabaron con las uñas negras y las faldas manchadas. Consiguieron llenar los cuatro tarros que llevaban en un morral y luego fueron hacia la plaza Mayor, donde sabían que aún colgaba el cuerpo de un ahorcado ajusticiado el día anterior, que seguía allí porque había coincidido con el día de Difuntos. La ocasión resultaba propicia. No habría nadie a esas horas en la plaza, así que no les debería costar demasiado lo que pretendían hacer. Cuando llegaron, primero estuvieron paradas bajo unos arcos, por si pasaba alguna guardia o algún alguacil. Como no se veía un alma, subieron la escalera del patíbulo deprisa y, mientras Celestina descalzaba al cadáver para poder cortarle un par de dedos del pie con un cuchillo afilado, Claudina le arrancaba los dientes de delante con unas tenazas.

—Dios, qué peste. Está ya podrido, el desgraciado —dijo en voz baja Claudina.

—Tiene la piel gris y el vientre hinchado, parece que va a reventar —susurró Celestina—. Mujer, date prisa, que como nos descubran las siguientes en ocupar el lugar de este condenado vamos a ser nosotras.

—No se atreverán a detener a las brujas más poderosas de la ciudad —dijo Claudina riéndose.

—¡Chisss! Que nos van a oír, loca. ¿Cuántos llevas ya? —preguntó Celestina estirando del dedo gordo del muerto a la vez que arrastraba el cuchillo a izquierda y derecha con movimientos rápidos para acabar pronto, lo que provocaba que el colgado se balanceara un poco.

—Solo cuatro. Los tiene muy agarrados. Si lo mueves, no me ayudas —dijo Claudina mientras apretaba las tenacillas con ambas manos y las giraba hacia la izquierda y luego hacia la derecha para aflojar el paleto que le quedaba. Lo estaba consiguiendo. Notaba cómo la carne cedía poco a poco con una especie de chasquido amortiguado por la humedad de la boca.

—Te cuesta porque es joven. ¿Qué habrá hecho para acabar así? No tiene pinta de rufián.

—Vete a saber. Robar gallinas, a lo mejor. Tiene cara de hambriento.

—Lo que tiene es cara de muy muerto. ¡Date prisa!

—Siete ya. Número mágico. ¡Vámonos!

Salieron corriendo hasta llegar a la calle Mayor, donde volvieron a caminar con pausa para disimular. Guardaron los dedos y los dientes en una pequeña caja de madera que se cerraba con una llave que llevaba Claudina al cuello. Habían conseguido un tesoro para sus hechizos y conjuros, tenían un gran poder en la magia amorosa.

De camino a la ramería, tomaron la cuesta de las Tenerías y pasaron por delante de su antigua casa. La parra había cubierto toda la fachada y no se veía la ventana del cuarto que Celestina había heredado de Sancha. El tejado seguía intacto, pero no parecía que se hubiera metido nadie a vivir, porque el interior estaba a oscuras. Claudina hizo un comentario sobre lo pequeña que se veía ahora en comparación con la casa nueva. Celestina asintió en silencio. Se paró un momento en medio del camino y se quedó mirando fijamente hacia la puerta de entrada. Claudina creyó que la había asaltado la nostalgia y la dejó hacer, pero no era ese el motivo de que su amiga se hubiera detenido. Celestina lo vio sentado en el taburete de piedra de la entrada, el que estaba bajo la parra. Apoyaba ambos codos en los muslos y descansaba la cabeza entre las manos. Tenía el pelo más largo que la última vez que lo vio y muy enratonado, le caía hacia delante y le tapaba los ojos. Celestina intentaba vérselos para asegurarse de que era él y no otro hombre parecido, pero no lo lograba. Se fijó en sus manos y entonces lo supo: era Diego, reconocería esas manos amadas en cualquier lugar, incluso en el infierno, que era de donde parecía salir él. Sintió el impulso de correr y abrazarlo, pero tuvo miedo de que la rechazara y sabía que no podría soportarlo de nuevo. Desde donde se encontraba lo llamó. Claudina se dio la vuelta y se la quedó mirando.

—¿Qué dices ahora, mujer?

—Está ahí. Parece muy cansado.

—La que está cansada eres tú. Demasiadas emociones en una noche. Vamos a casa a dormir, mañana tenemos que estar frescas para engañar a esos padres. —Claudina no tenía el don de ver espectros, y su naturaleza mentirosa y taimada la llevaba a desconfiar de la posibilidad de su existencia. Ni siquiera daba crédito a su mejor amiga, a la que tomaba por supersticiosa y loca.

—¿No lo ves? Por favor, dime que sí.

—Mujer, solo veo la vieja casucha abandonada.

Celestina empezó a llorar. Diego levantó la mirada. Se puso en pie y la saludó con una mano. Celestina le devolvió el saludo, horrorizada al descubrir el tajo enorme que tenía en el vientre y por el que se veía el color violáceo de las tripas. Habría saltado a sus brazos, le habría suplicado que la llevara con él a donde quiera que fuese, pero sabía que ese espectro no tardaría en desaparecer. Parecía aturdido y perdido. Estaba claro que no había encontrado el camino y había regresado al lugar que fue su hogar, lo que por un lado reconfortó a Celestina y por otro le produjo un gran quebranto. Debía ayudar al espíritu de Diego y reteniéndolo a su lado no lo haría, solo lo convertiría en un alma en pena que dormiría a los pies de su lecho y se los enfriaría por las noches. Pensó en lo que le dijo Sancha sobre el espíritu de su madre y comprendió lo que entonces tanto le dolió: «Los vivos deben estar con los vivos, y los muertos, donde los lleve la luz, sea donde sea, arriba o abajo. Pero juntos no, no lo quieren ni Dios ni el diablo».

—Claudina, es Diego. Está mirándome desde ese lugar sin nombre en el que vaga. Tengo que ayudarlo. No puedo dejarlo perdido en el purgatorio.

—¿No estarás nerviosa aún por lo del ahorcado y te imaginarás cosas?

—Parece mentira que seas una bruja, ¡la Virgen!

—¿Quieres que te ayude?

Se acercaron a la casa. A Celestina le temblaban las piernas porque temía el momento de ver los iris ahora grises del fantasma. Añoraba tanto aún la mirada color caramelo de Diego que se negaba a ver el velo de la muerte cubriendo los ojos del espectro desorientado que en ese momento se abrazaba el vientre y gemía sin ruido con la boca oscura abierta como una cueva. Se había dado cuenta de que estaba muerto y estaba asustado, para consternación y pena de Celestina, que se apiadaba de la suerte del que fue su amado.

Celestina y Claudina encendieron las cinco candelas que llevaban encima y formaron con ellas un semicírculo. Después, Claudina se acercó a la orilla del río y vació un tarro que contenía un aceite de tomillo y lo llenó con agua. Celestina le pidió que lo pusiera en el espacio vacío que formaban las velas y, a falta de sal, cerró el círculo con la tierra en la que crecía la parra. Luego se acercó al borde del camino para buscar una mata de romero y arrancó una rama.

—Claudina, déjame. Adelántate. Ya llegaré a casa.

—¿Estás segura?

—Sí. Necesito hacerlo sola.

Claudina le acarició la cabeza y se adentró en la oscuridad. Cuando dejó de oír el crujido de la tierra bajo los pies de su amiga, Celestina comenzó el hechizo con el que quería ayudar al espectro:

¡Oh, ánima errante, hija del polvo y del aliento,
no temas el camino que se abre delante,
por el agua que mana y la lumbre que arde,
por la tierra que sufre manchada de sangre
y por el aire que guía el vuelo del ave.
Yo te muestro la senda que lleva a la lumbre eterna,
ve, ¡oh, ánima perdida!,
no tornes a errar,
pues la luz eterna
te espera al final de la senda.

Y pronunció las últimas palabras sumergiendo la rama de romero en el agua para, acto seguido, salpicar con ella varias veces al espectro que tenía a menos de una vara de distancia. El fantasma de Diego volvió a agachar la cabeza y a esconder sus ojos grises bajo el pelo sucio, y le dio la espalda. Celestina vio cómo se encaminaba hacia el río y se esfumaba entre la oscuridad. Se limpió con el dorso de la mano las lágrimas que le resbalaban por las mejillas hasta mojarle el cuello y se fue corriendo sin recoger las velas del ritual, que permanecieron encendidas hasta consumirse.

Al llegar a la ramería todo estaba tranquilo. Munia había dado limosna a los niños y mendigos que habían tocado a la puerta pidiendo monedas a cambio de oraciones por sus muertos y había recibido un mensaje inesperado que guardaba para su ama. Celestina llegó pálida, despeinada y sudada a la casa, le atravesaban la frente varias arrugas de preocupación y no pudo disimular la rojez de los ojos. Munia dio dos o tres palmadas y gritó a las rezagadas que aún remoloneaban alrededor del hogar que tenían que irse a sus cuartos. Mencía y Violante se picaron por ver quién llegaba antes al final de la escalera, y la primera propinó un codazo en las costillas a la valenciana que la dejó sin aire. Violante intentó coger un tobillo a Mencía para hacerla caer de bruces, pero no lo logró y se tuvo que conformar con llegar la segunda. Catalina se apoyaba en la pared y tiraba con fuerza de su pie zambo escalón tras escalón. Se rio de la escena y dio un golpe con el hombro a Violante, que intentaba recuperar el resuello con las manos en las rodillas, cuando la alcanzó y logró dejarla atrás con dificultad porque no pudo apoyarse en nada para ascender por ese último tramo, ya que la valenciana ocupaba el espacio cercano a la pared.

Cuando estuvieron a solas, Munia llenó el vaso de Celestina con vino y se lo ofreció. Sabía que la bebida le templaría el cuerpo y los nervios, y necesitaba que estuviera más tranquila antes de explicarle las novedades que habían acontecido en su ausencia. Tras la misa vespertina, las había visitado un sirviente de don Miguel de Mendoza camuflado entre los pedigüeños. Había aceptado dar el recado a Munia, aunque con cierto recelo, pero como creyó que todas en esa casa eran de la misma condición y quería irse a dormir pronto, le transmitió a ella el encargo de su amo y volvió al palacio deprisa para informar al señor de que había hecho cuanto se le había encomendado y poder así retirarse a sus aposentos a dormir.

—¿No te ha dado ningún nombre, Munia?

—No, madre, son esas las palabras exactas. Desea lo más especial que tengas.

—¿Tampoco te ha dicho si prefiere viajar a Granada o a Portugal?

—Nada, solo lo que ya te he dicho.

—Busca que lo sorprendan. Conoce el poder de la expectativa y la imaginación. Difícil encargo para prepararlo en dos días.

—¡Madre, madre! —Constanza llegó a su lado corriendo desde el piso de arriba.

—¿Qué quieres a estas horas? —preguntó suspirando Celestina.

—Te quería contar qué averiguamos al seguir al matrimonio aquel después de la misa.

—No me acordaba ahora. No sé dónde tengo la cabeza. Cuenta, cuenta, mujer.

—Logramos enterarnos de casi todo. El hombre es alfarero y vive en el barrio de los Olleros, cerca del Campillo de la Hierba, en la rúa Toro. Supimos que está de luto por un hijo, pero no averiguamos más.

—¡Bien hecho, Constanza! Nos acompañarás mañana a Claudina y a mí.

Catalina, que estaba en la habitación de Violante, escuchó la conversación entre la andaluza y la comadre. Se notaba que Celestina tenía sus preferidas, y eso no era justo. Sintió que le ardía el pecho de la rabia, pero en vez de bajar a hablar con su madre, hizo cómplice a Violante de su malestar.

—Tienes razón, Catalina. Estoy harta de la andaluza. Se cree la más guapa, la más lista y la más graciosa de la casa. La vieja le da siempre los mejores clientes y nos deja a las demás los que no la eligen a ella. No es justo. Valemos tanto o más que ella.

—Ya lo sé, Violante, pero la verdad es que tiene una cara hermosa, por aquí no se ven muchas así, con esas cejas oscuras, esos labios carnosos y sonrosados sin necesidad de ponerse afeites ni carmín, y esa piel morena que hace destacar esos malditos ojos verdes.

—Ya, fea no es, pero Celestina tendría que tratarnos a todas por igual, como si fuéramos sus hijas. Por algo la llamamos madre —afirmó Violante.

—Sí, pero no nos ha parido. Bastante hace con darnos cobijo y sueldo.

—¿Qué dices, Catalina? Ella come y se viste gracias a nosotras. Tendría que ser ella la que nos besara las manos, y no al revés.

—Debes reconocer que sabe manejar a los hombres y no permite que abusen de nosotras ni que nos paguen menos de lo que ella considera justo.

—Eso sí. Logra doblegar la voluntad hasta del más recto. Anda que no han venido frailes y clérigos a casa a predicar, a orar por nuestra alma e intentar que nos arrepintamos de nuestros pecados y volvamos al camino recto de Dios. Y todos han acabado retozando con alguna de nosotras por obra de los poderes de seducción de la comadre.

—Ja, ja, ja. ¿Recuerdas a aquel larguirucho y esquelético que llevaba hábito de franciscano y que había salido con la misión de convertir a Celestina?

—Acabó entre las piernas de Leonor llorando de gozo. Besó las manos a la comadre al irse y le dijo que nunca habría alcanzado tan alto éxtasis místico si no hubiera sido por su labor, ja, ja, ja.

La risa calmó por un momento la inquina que había empezado a anidar en el interior de las jóvenes. Sin embargo, cuando cada ramera ocupaba su cuarto, Violante bajó de puntillas y se sentó junto a Celestina, que tenía los párpados entornados por culpa del exceso de vino.

—¿Qué quieres, niña?

—Solo quería contarte una cosa que tal vez te interese, madre.

—¿El qué? Dime y no me entretengas.

—Constanza se va a fugar. He escuchado su plan a través de las paredes.

—¡Cómo! ¿Qué plan ni qué niño muerto?

—El amante misterioso se la va a llevar. Han quedado así. Y no tardará mucho en huir —contó Violante, y sintió una especie de chasquido, como cuando se parte un palo en dos, y esa sensación le produjo una satisfacción enorme.

—Gracias por confiarme ese secreto, Violante. Me será dos veces útil.

—¿Dos veces?

—Claro. Me sirve para castigar a Constanza y para conocer tu verdadera naturaleza. No me fiaré de ti jamás. Si eres capaz de traicionar a una compañera, serás capaz de cualquier cosa. Y eso no me interesa.

—Me da igual. Yo creía que querrías saberlo. Ahora haz lo que creas conveniente, madre.

—Muy bien, ahijada. Ve al cuarto de Constanza y dile que baje —ordenó Celestina apurando el contenido del jarrillo de vino.

—Pero si voy, sabrá que te lo he contado yo, madre.

—Lo sabrá de cualquier manera. Tu ojeriza se nota. ¡Ve ya si no quieres que te cobre doble y no te deje trabajar hasta después de Navidad! —gritó Celestina.

Al cabo de poco Constanza apareció arrastrando de los pelos a Violante escalera abajo.

—¿Qué te ha dicho esta zorra mentirosa, madre?

—¿Qué crees que me ha dicho, ahijada?

—No lo sé, porque no sé los embustes que se le pasan por esa cabeza hueca a esta boba venenosa, pero sé que no será bueno para mí —respondió Constanza, que hablaba con calma, aunque estaba arrancando a tirones mechones de pelo de la valenciana, que gritaba, pataleaba y lloraba.

—Madre, ¿no ves que es un bicho, la mora esta?

—Tú calla, que bastante has hecho ya. Constanza, ¡suéltala!

La andaluza dejó de agarrar por el pelo a Violante, y Celestina le pidió que se fuera a su cuarto.

—¡Munia! ¡Munia! ¡Trae la vara!

Constanza suspiró y cerró los ojos con fuerza. Sabía lo que venía. Cuando la criada apareció con la vara que escondía la alcahueta bajo su lecho, fueron las tres al patio. Munia ató las manos de la joven al tronco de un jazmín que estaba pelado y seco, y la desnudó de cintura para arriba. Celestina azotó a Constanza hasta que consideró que tendría suficientes verdugones para no poder tumbarse boca arriba durante una o dos semanas.

—Como me vuelvan a llegar rumores de que planeas traicionarme, a mí, tu madre desde que entraste en esta casa, podrás irte, pero con los pies por delante. ¿Lo has entendido, imbécil?

Constanza asintió con la cabeza, porque el dolor era tan intenso que no le permitía pronunciar ninguna palabra. Dejó que una nueva emoción que hasta entonces no conocía la embriagara, produciéndole una sensación extraña de elevarse del suelo, de separarse de ese cuerpo maltrecho. Era el odio. Odiaba a esa condenada envidiosa de Violante, a la que le deseó que los cuervos le vaciaran esos ojos envidiosos que emponzoñaban todo lo que miraban.

Esa noche, Constanza la pasó atada al jazmín. Solo Munia se apiadó de ella. Esperó a que su ama ya durmiera para llevarle un poco de vino y para limpiarle la espalda con un trapo empapado en un aguardiente que el tabernero les había regalado para ayudarlas a pasar los fríos del invierno.

38

Luces y sombras

El 2 de noviembre era el día de visita obligada al cementerio para limpiar las tumbas de malas hierbas y ramos podridos, y adornarlas con flores nuevas, pero como ninguna de las mujeres de la casa de Celestina tenía tumbas que visitar en el camposanto de la villa, se quedaron en sus respectivos cuartos.

La jornada transcurría con una parsimonia lenta con la que las muchachas pretendían deleitarse, ya que el privilegio de la calma y de poder pasar las horas sin tener que satisfacer el deseo de algún varón era casi extraordinario. Hasta la tarde del día siguiente no iban a recibir visita alguna porque los curas prohibían el fornicio por ser ese día santo.

Al alba, cuando las mujeres se tapaban la cabeza y sacudían los hombros para dejar el frío fuera de las puertas de la iglesia a la que entraban para la misa de Difuntos, Celestina se sentaba a solas a la mesa de la cocina, arrebujada en su manto grueso cerca del fuego, para pensar en su encargo. Necesitaba averiguar algo más sobre los gustos del joven noble. Deseaba contentarlo, pero también encandilarlo y lograr no solo que quisiera volver, sino que hablara a sus amigos nobles de las maravillas que encontrarían si visitaban la ramería de Celestina.

Un poco antes de la hora del almuerzo, pidió a Constanza que las llevara a ella y a Claudina a casa del alfarero. De camino hacia el barrio de los Olleros, decidieron el plan que seguirían para poder sacar unas buenas monedas a los pobres desgraciados que lloraban la muerte de su hijo. La primera en hablar sería Claudina.

Constanza les indicó cuál era la casa en la que los había visto meterse la noche anterior y se volvió por donde había llegado para aprovechar el día de descanso en su alcoba.

Abrió la puerta una mujer menuda, delgada y con el rostro consumido por la aflicción. Para fortuna de las alcahuetas, no las reconoció y les preguntó qué necesitaban mientras se secaba las manos en un trapo.

—Buena mujer, sospecho que nosotras no necesitamos nada en comparación con lo que te hace falta a ti para recuperar la dicha y la paz.

—¿Queréis limosna? Pedidla y no me vengáis con patrañas.

—No queremos limosna. Venimos porque tu hijo nos lo pidió anoche.

—¡Estáis locas! Mi hijo está muerto.

—Lo sabemos, señora. No fue su cuerpo el que nos buscó, sino su espíritu.

—¿Qué estás diciendo?

—Mi amiga tiene el don, señora. Los espectros acuden a ella cuando andan perdidos, y tu hijo no los encontró anoche aunque los buscaba, pero sí pudo llegar hasta mi amiga.

—¿Nos permites pasar? —preguntó Celestina—. Te contaré lo que me dijo tu desafortunado hijo.

La mujer las hizo pasar a la zona de la sala en la que estaba el hogar, que tenía el fuego alto, cosa que agradeció Celestina, porque podría calentarse la piel de las manos y los pies, y aliviar así un poco el picor y el dolor de sus sabañones. Se sentaron en un banco de madera y aceptaron un vaso de vino y dos hogazas de pan bendecido en la misa del día anterior. El marido apareció por la puerta que daba al taller de alfarería, que quedaba en la parte de atrás de la vivienda. Celestina no creía que estuviera trabajando, primero, por ser día de guardar y, segundo, porque por esa puerta habría entrado el calor impresionante y peligroso de los hornos que utilizaban los alfareros.

—¿Quiénes son estas mujeres, Julia? —preguntó el hombre, sorprendido al ver a dos extrañas en una estancia de su casa mordisqueando su pan.

—Han venido a hablarnos de Fadrique —afirmó la esposa retorciendo el trapo entre las manos.

—¿Y qué han de decir de un muerto estas dos comadres con pinta de arrabaleras?

—Señor, sin faltar, que venimos a contaros que anoche el espectro de vuestro hijo se manifestó ante mi amiga, aquí presente.

—¿Es muda tu amiga? ¿No puede ella contar lo que sucedió?

Celestina miró a Claudina, que comprendió que debía callar porque el hombre estaba a la defensiva y se les estaba poniendo en contra.

—Los fantasmas me arrebataron la voz durante mi infancia. Tenía tanto miedo siempre que no me atrevía a salir de mi cuarto y me negaba a hablar con la gente porque no sabía diferenciar a los vivos de los muertos. Aunque de eso, por mis canas, ya te podrás imaginar que hace mucho tiempo. En cuanto aprendí a escuchar las súplicas de los muertos sin temerlos comprendí que mi don me obligaba a prestarles ayuda. Al fin y al cabo, son caminantes perdidos que necesitan que los orienten —explicó Celestina.

El hombre la miró con suspicacia, pero esas palabras hicieron que su interés aumentara.

—Tu hijo está perdido. A oscuras. Anoche os buscaba a los dos, pero acabó encontrándome porque tengo el don de ver y escuchar a los difuntos extraviados.

—¿Mi Fadrique? ¿Mi único hijo? No ve nada porque se quemó los ojos en el horno, en el accidente. Pobre carne de mi carne... Eugenio, escucha a estas buenas mujeres, te lo ruego —dijo Julia, y tiró de la manga de la camisa del marido, que aún mantenía la cabeza ladeada por la desconfianza.

—Apareció en la puerta de mi casa. Sus lamentos me despertaron. Su voz me llegaba desde el otro lado, pero solo entendí algo sobre un fuego. Eso y que no quería irse sin que su padre lo abrazara —continuó Celestina, intentando camelar al hombre.

—¿Lo ves, Eugenio? ¡Era él! Pobre, mi hijo, ni un abrazo tuvimos tiempo de dar a su cuerpo aún con vida de lo rápido que se fue —exclamó la mujer entre lágrimas antes de que su esposo le pasara un brazo sobre los hombros para consolarla.

—Os hemos encontrado porque entre sus lamentos entendí dos palabras: fuego y alfarero. Y hemos venido a explicarte que su pobre alma extraviada no descansará si no acompañamos su tránsito con un ensalmo.

—Seguirá vagando perdido para toda la eternidad, si no lo ayudáis —añadió Claudina en cuanto vio que el padre rompía a llorar.

—¿Qué necesitáis? —preguntó el alfarero, más blando ya que la arcilla que empleaba para fabricar sus vasijas.

—Cuarenta maravedíes. Con ellos pagaréis tres cruces de hierro, las velas, el conjuro y el saber hacer de la hechicera —respondió Claudina.

—De acuerdo. Os los daremos. ¿Cuándo podréis hacer el ritual? —preguntó el padre.

—Si os va bien, ahora mismo. Pensad que esta noche vuelven las almas al lugar al que pertenecen, y si vuestro hijo no encuentra el camino se quedará atrapado para siempre entre el mundo de los vivos y el de los muertos. Si tenéis las monedas, podemos empezar y así vuestro hijo dejará de vagar. Si no tenéis el dinero, nos marcharemos y ya os diré dónde nos podréis encontrar mañana.

—No, tenemos que ayudarlo hoy. Preparaos, voy al taller a por el dinero mientras tanto.

La madre rezaba arrodillada, con las manos juntas apoyadas en el entrecejo, mientras las amigas disponían delante de una ventana un espacio sagrado. Claudina sacó del morral tres velas blancas y tres cruces de metal del tamaño de una mano de mujer, y Celestina abrió un tarro con aceite de romero y trazó un círculo con el líquido. Colocó las velas y las cruces dentro del círculo, y Claudina encendió los cabos con un tizón al rojo que cogió del hogar con la mano envuelta en un trapo.

Celestina se hincó de rodillas y extendió los brazos formando con su cuerpo una cruz. Respiró sonoramente hasta en tres ocasiones antes de empezar a pronunciar el ensalmo. No cerró los ojos hasta que el hombre volvió con una bolsa de tela y la entregó a Claudina. Cuando vio que esta la metía en su faltriquera, Celestina empezó a pronunciar con voz poderosa el ensalmo de tránsito que usaba siempre Sancha:

Ánima buena que dejas la casa,
cruza el río sin miedo ni tardanza,
Las puertas de este mundo se cierran ya
otras se abren con luz y paz.
Que no te sigan llantos ni males,
que perros negros no te roben los pasos.
Tres cruces de hierro pongo en tu andar,
tres luces de cera para acompañar.
Tierra te cubra con mano suave,
agua te lave y aire te alce,
fuego te guíe sin quemadura
y en brazos de Dios halles ventura.
Vete en calma, ánima clara,
que quien queda te reza y te guarda.
Ave lumen aeternum,
fiat pax super anima ista,
amen.

Celestina abrió los ojos y fingió marearse y necesitar la ayuda de Claudina para levantarse. La mujer de la casa le acercó un taburete y le dio aire con un trapo porque quería que la hechicera se recompusiera y les explicara qué había ocurrido durante el ritual. Celestina contó a los dolientes padres que el espíritu de su hijo había logrado pasar al otro lado y que antes de cruzar había acercado las manos invisibles a las cabezas de ambos como gesto de despedida. El matrimonio se abrazó. Luego se arrodillaron ante Celestina y le besaron las faldas en agradecimiento.

—Dejad que las velas se apaguen solas. Si no se consumen del todo, llevad lo que quede de cada una a un crucero y que permanezcan allí encendidas.

El alfarero asintió en silencio y su esposa se limpió los mocos que le resbalaban hacia el labio superior con el talón de la mano.

Las dos mujeres salieron de la casa con las monedas resonando contra el muslo de Claudina, que no podía aguantarse la risa al recordar cómo Celestina ponía los ojos en blanco al fingir que le daba un desmayo.

—¡Espera a girar en la plaza, mujer! ¿Quieres que nos vea alguien y vaya con el cuento a la casa? ¿Quieres que acabemos azotadas sobre el patíbulo mientras nos tiran verduras podridas a la cara por mentirosas y ladronas?

—Ya me comporto —dijo Claudina reprimiendo una risa que se le quería escapar por las comisuras de la boca.

—Anda, Claudina, ve a casa a controlar a las mozas, que ya sabemos que si el gato no está, los ratones se divierten, y no me gustaría que causaran escándalo en día de guardar; no quiero tener que callar al alguacil otra vez con más dinero del que ya recibe al mes.

—Y tú, ¿adónde has de ir?

—Quiero pasarme por el palacio de Mendoza, a ver si, con la excusa de preguntar a la viuda si se siente mejor, veo al condecito y tengo más tiempo de adivinar qué es lo que le pone contenta la entrepierna.

—¡Ay, Celestina, como si fuera tan difícil saberlo! Pues un coño, suave, rosado y poco usado, vamos, al menos que él lo crea así, ja, ja, ja. —Claudina soltó una carcajada que acompañó con el movimiento del torso, lo que provocó que las monedas entrechocaran unas con otras y sonaran con un tintineo que hizo que más de uno se girara a mirar a las dos comadres.

—¡Hay que ver qué mujer! ¿Quieres parecer honrada y respetable por una vez? —pidió Celestina, por momentos más y más molesta.

—Voy tarde, amiga —dijo Claudina levantando los hombros y logrando que Celestina también se riera.

La condesa recibió a Celestina en el gran salón destinado a las visitas que acudían al palacio. La alcahueta se fijó en los tapices y deseó caminar descalza por las alfombras que sembraban el suelo de flores; debían de sentirse mullidas al poner los pies encima de ellas.

—Señora de Mendoza, Claudina me envía para preguntarte si has notado mejoría desde que nos recibiste —dijo Celestina agarrándose las faldas y haciendo una reverencia a doña Inés.

La condesa viuda le agradeció la visita de cortesía y le contó que estaba mucho mejor, no había vuelto a tener dolores de cabeza ni de estómago y se notaba mucho más enérgica. La alcahueta le preguntó por los accidentes y la señora le explicó que de momento no había vuelto a resbalar ni a tropezarse, así que todo parecía haber regresado al orden anterior a que alguna bruja la aojara. Celestina le regaló una cruz de romero de San Juan y le recomendó que la colgara en la puerta de su alcoba, para prevenir un nuevo mal de ojo.

—Agradecida. Lo mandaré colgar.

—Por cierto, señora, perdona si te parece una osadía, pero el otro día, al salir de tu palacio, coincidimos con tu hijo Miguel. Qué buen mozo es y qué cortés fue con nosotras. Se nota el buen trabajo que has hecho con él.

—Gracias, comadre. Siempre ha sido un muchacho obediente y recto. Nunca se ha rebelado, como hacen a veces los jóvenes. La próxima primavera se casará con una muchacha que es prima lejana de la reina Isabel y se convertirá en un digno heredero de su padre. Mientras tanto, a mí me toca esperar que llegue la descendencia a llenarme los días de risas e ilusiones nuevas.

—¿No te ha dado quebraderos de cabeza como otros mozos que solo están preocupados por el vino y las mujeres? Anda que no veo yo estudiantes así, perdido el seso por el mucho beber y el poco leer, embrutecidos por los instintos y diezmando los bolsillos de sus padres, que creen que se gastan los dineros en libros.

—Qué cosas dices, mujer. No, Miguel no ha dado problemas de ese tipo. Espero que sus criados no me anden ocultando cosas así.

—No lo creo, señora. A estas alturas, ya te habrías dado cuenta de qué pie cojea tu propio hijo.

—Eso quiero pensar. Le encanta la poesía, y hasta hace cosa de un par de años me parecía demasiado sensible y enamoradizo, lo que me hizo suponer que opondría resistencia a la deuda y obligación que tiene por su linaje. Pero son cosas que con la edad se pasan, y acepta su destino sin rechistar.

—Qué razón tienes. Al final, la vida nos pone en nuestro sitio a todos.

—Bueno, comadre, ya te dejo que vuelvas a tu casa. Ten un par de monedas por la cruz y trasmite mi agradecimiento a Claudina.

—Gracias, señora, de tu parte —dijo Celestina agachando la cabeza al ver que la condesa se levantaba y daba el encuentro por finalizado.

Raimunda, la criada, la acompañó hasta el portón que conducía al zaguán y, antes de despedirla, le dijo para su sorpresa:

—¿Por qué andas husmeando como una perra de caza en casa de mi señora? ¿Qué tramas? Si te vuelvo a ver aquí, te juro que le diré quién eres en realidad. Y te aseguro que la condesa puede tener una cara mucho menos amable que la que hasta ahora has visto.

Celestina no le contestó, solo levantó el puño e hizo las higas a la criada cuando esta se disponía a cerrar con fuerza la enorme puerta de madera. Se giró y rezongó para sí un «enana bigotuda» antes de iniciar el camino de vuelta a casa.

Al entrar, Munia recordó a Celestina que ya habían pasado los días precisos para que el agua de olor hubiera reposado lo necesario, así que Claudina y ella cogieron las redomas del patio y aprovecharon esa jornada sin hombres para destilar su contenido. Colocaron un alambique de cobre de gran tamaño lleno del contenido de ambas redomas sobre un fuego tranquilo. Luego dejaron que el líquido oloroso destilara poco a poco y fuera llenando el matraz de vidrio que pusieron bajo el pico del alambique. El matraz recogería todo el perfume, que, por el aroma que liberaron las redomas al destaparlas, iba a ser sensual y reconfortante como el abrazo de un amigo amado.

39

Cuitas de amor

Volvía a ser día de trajín en la ramería tras el parón al que la muerte había obligado.

Las muchachas se preparaban antes de ponerse sus sayas más vistosas y brillantes. Se cubrieron luego el rostro con los afeites que Celestina les preparaba para sacar el mejor partido de cada una mirándose en los pequeños espejos de metal bruñido que la madre había proporcionado a sus pupilas para maquillarse y afinarse las cejas. Munia se encargó de perfumarles la piel y también las telas de las alcobas con el agua de olor recién destilada. Pensó que, a pesar de ser un lugar de pecado, la casa resultaba muy agradable, tanto por el aroma cálido, dulce y especiado que flotaba en el ambiente como por la luz que emanaba del hogar y de las velas de cera y los candiles de aceite que alumbraban la entrada a la sala y el inicio y el final de la escalera. Munia anhelaba vivir así siempre, en ese estado de calma, entre las muchachas, que no eran malas con ella, salvo Catalina, que a veces la insultaba. Era una lástima que en un rato la casa se fuera a llenar de hombres de manos rudas impacientes por devorar a las chicas, con sus vozarrones, sus aspavientos y sus borracheras escandalosas. A ella siempre le habían dado miedo los hombres. Le parecían más cercanos al lobo que a su especie; además, a ella no la miraban como miraban a las demás hembras, como a Constanza o a Violante, e incluso a Catalina, a pesar de su pie deforme. Sabía que su apariencia les resultaba entre risible y lamentable y no había tenido que quitarse las manos de un hombre de encima jamás. Solo una vez, Antón, el mesonero, le apretó el culo por encima de las faldas, pero cuando Munia lo miró con sus ojillos de roedor asustado, el hombre la soltó y se encogió de hombros, como si no entendiera lo que él mismo había hecho. La chica siguió cocinando sin respirar y así estuvo hasta que el mesonero se alejó de ella para servir a un par de labriegos sedientos. En ocasiones se preguntaba si el tiempo no la había transformado en un espectro antes incluso de morirse, porque a cada día que pasaba los hombres que entraban en la casa la veían cada vez menos, como si ella en realidad no estuviera allí.

Celestina estaba inquieta. Había preparado una velada especial para el conde y deseaba que fuera tal éxito que no solo marchara satisfecho, sino que, además, hablara a todos sus amigos nobles de la alcahueta y de su casa.

Al final, se decidió por María la Niña. La vistió y peinó como a una doncella noble, le puso la ropa más rica, elegante y decente que tenía, para que el fingimiento fuera mayor, y, con ayuda de Claudina, la preparó tal como la vieja Sancha había hecho con ella tantos años atrás. Le introdujo una vejiga de conejo llena de sangre y la fijó con hilo a su interior para que el efecto de entrar en su cuerpo con dificultad fuera mayor. María ya lo había hecho otras veces, así que no estaba nerviosa, pero no soportaba el dolor de los agujazos, y Claudina tenía que hacer fuerza para mantener sus muslos bien separados mientras la cría gritaba. Celestina le contó que había sido la escogida para satisfacer los deseos carnales del conde de Mendoza, que no podía sospechar en ningún caso del engaño.

—Madre, ya sabes que lo hago bien. Lo he hecho por lo menos diez veces. Me sé de memoria las caras que tengo que poner, el pudor falso con el que dar peso a mis piernas y brazos, y los quejidos que tengo que fingir.

—Lo sé, pero esta ocasión es la más importante de todas. ¿Lo entiendes?

—No soy estúpida, madre.

—Bueno, pero por si acaso he mandado a Leonor que os ayude. Así el conde se verá acariciado por cuatro manos en vez de dos, para mayor deleite. Ella fingirá que te va a ayudar a soportar el trance, pero le he encomendado que excite al noble y que se suba al lecho con vosotros. Os dejo a las dos la decisión de si ha de participar más o menos. Si no ha de hacer mucho, que se quede cerca de vosotros tocando el laúd y cantando una de sus canciones tristes.

—¿Y si al conde no le gusta que lo miren mientras jode?

—¡Ay, niña, qué preguntona! Pues que os deje a solas.

El conde llegó acompañado de dos criados, que fueron agasajados por su amo con un rato de compañía femenina cada uno. Aunque no podían desaparecer a la vez, porque el conde exigía que hubiera siempre uno haciendo guardia en la puerta de la alcoba de la elegida; al fin y al cabo, era el heredero de una de las familias más importantes de la ciudad, y nunca se sabía ni dónde ni cuándo podía haber un enemigo de otro bando acechando entre las sombras.

Celestina, con palabras buenas pero firmes, demandó al conde que él y sus hombres se desarmaran y depositaran sus espadas y navajas en un armario que había en la entrada de la casa para ese fin. El noble aceptó, pero rogó que permitiera a sus criados entrar con una navaja disimulada entre las ropas, porque por nada del mundo quería caer desnudo y desarmado en una emboscada. Si eso pasaba, perdería su honra de manera irreparable. Sin embargo, Celestina se mostró firme y no cedió ante el poder y la presencia del conde. En su casa no permitía armas, ni las de los Mendoza, ni las de los posibles traidores. Podía estar seguro de que ninguna traspasaba el umbral de la sala. No quería que la sangre manchara las alfombras nuevas con las que había decorado el suelo de aquella estancia y por las que tantas monedas de oro había pagado a un mercader de Levante que contaba que había llegado hasta Oriente y que de allí eran las alfombras. Miguel de Mendoza se sorprendió por la fuerza de carácter de la mujer, que sabía combinar las palabras lisonjeras con la sutileza de las órdenes disfrazadas de ruegos. Entre las palabras tajantes que se referían a las armas, entrelazaba otras sugerentes y tentadoras que le hablaban de una doncella inocente a la que recogió porque se había quedado huérfana. Le contó que toda su familia había sucumbido a una enfermedad terrible y que la muchacha se había quedado sola e indefensa. Celestina se excusó por no poder ofrecer a la joven otro destino.

—Ya te imaginas, señor conde, que yo desearía estar en otra situación y no tener que depender de la generosidad de los hombres para subsistir, pero necesito dinero para mantener a todas las mozas desdichadas que recojo y protejo bajo mis alas del mal de mundo. En esta casa encuentran amparo, el calor de un hogar y buenos alimentos a cambio de ofrecer su amor a jóvenes enamorados. Sin embargo, no pienses que entra cualquiera; solo acepto a aquellos hombres con voluntad de amigarse y con poco espíritu pendenciero. Lamento que María, la muchacha que te espera comida por los nervios en su alcoba, no haya tenido la vida que el mal fario le arrebató, pero será para ella un honor ofrecer su virtud a un caballero tan respetable como tú. Espero que sepas tratarla con la delicadeza que merece una virgen asustada que no va a poder vivir una noche de bodas mejor que la que hoy le ofreceremos —dijo Celestina mientras lo acompañaba con una palmatoria en la mano hasta el cuarto de la niña, contando en la cabeza las monedas de oro que iba a cobrar por el arreglo.

Los criados de don Miguel subieron tras ellos. Celestina les indicó que en la alcoba contigua a la de su amo encontrarían a Violante, una moza hermosa y complaciente que los atendería por turnos. La valenciana estaba molesta con Celestina. Catalina tenía varios clientes que habían hablado con la madre de la casa antes de Todos los Santos para no quedarse sin su rato de amor con la muchacha que se parecía a la reina. Mencía recibía esa noche a un aprendiz de orfebre que se había amigado con ella y que ya le había regalado unos aretes de filigrana calada que acentuaban la delicadeza y esbeltez del cuello de la moza. El día que Violante se los vio sintió el impulso de arrancárselos de un tirón; esa bruta no se merecía algo así de elegante, era injusto que a ella nadie le hiciera obsequios tan bonitos. Esperaba con todas sus fuerzas que esa noche el aprendiz de orfebre no llevara ningún abalorio a Mencía, porque no estaba de humor para tener que disimular la rabia al vérselo puesto por la mañana. Para colmo, Celestina ni la había tenido en cuenta para complacer al conde. Había preferido a María que a ella, a pesar de su experiencia. La había ofrecido a sus criados, como si fuera una mula en alquiler. Se sintió humillada y menospreciada hasta el punto de tener que morderse los carrillos por dentro para no dejar ir las lágrimas que le estaban doliendo en la garganta.

Celestina abrió la cortina y presentó al conde a las chicas. Para agrado del noble, María se ruborizó nada más sentir los ojos del hombre sobre su piel y Leonor hizo la reverencia que había estado ensayando toda la mañana.

—Leonor es una dulce portuguesa que estará presente para ayudar a María a pasar por el trance que la espera. ¿Te incomoda su presencia? —preguntó Celestina.

—No la esperaba.

—Si no es de tu agrado, le ordenaré que se marche.

Leonor miró al conde a los ojos fijamente y bajó luego la mirada con la intención de provocar curiosidad y deseo en el joven noble.

—No te preocupes. No es necesario.

—Cualquier necesidad que tengas, házmelo saber —se ofreció Celestina antes de dejar caer la pesada cortina.

Bajó la escalera para controlar que la noche fluyera tranquila desde la butaca de terciopelo que siempre ocupaba cerca de la entrada, la que encargó en cuanto ganó dinero suficiente para permitirse un lujo así. Había descrito al artesano carpintero aquella butaca en la que se sentaba la mujer con cara de murciélago de aquel orfebre judío al que la vieja Sancha dio un brebaje para la fertilidad. Celestina quería tener la ocasión de reproducir la impresión que sintió cuando era una pobre niña desgraciada y contempló su bello color y el tacto suave de la tela que nunca antes había visto. Cada vez que pasaba las manos por los brazos granates del butacón pensaba en cómo había dejado atrás su miseria mediante las riquezas conseguidas gracias al deseo de los hombres y la falta de salida de las mujeres erradas o solas.

A la hora convenida, tocó a la puerta el amigo enmascarado de Constanza. Celestina lo acompañó hasta la alcoba en la que la andaluza lo esperaba, que era la que contigua a la de Violante. Cuando la valenciana oyó su voz deshaciéndose en halagos hacia Constanza y en promesas de amor, se volvió a sentir injustamente infravalorada. Ella entretenía a unos criados muertos de hambre mientras a su derecha un joven misterioso y bien plantado hablaba de amor a una puta andaluza y a su izquierda un joven de alta cuna iba a sentir un vínculo especial con una ramera mentirosa y falsa. La furia la llevó a sentarse en la cama y negarse a seguir atendiendo al primero de los criados, improvisando una indisposición momentánea. Así que hizo salir al mozo del cuarto, que esperó justo en el dintel con la verga aún dura escondida bajo la camisa.

El rato que estuvo sola y en silencio para calmarse y recomponerse antes de volver a ofrecer su servicio a los muchachos, Violante escuchó lo que pasaba entre Constanza y su amante. Le llegó el llanto del joven, que se lamentaba por las heridas que había descubierto en el cuerpo de su enamorada; insistía en rescatarla de la ramería y llevarla consigo a su tierra, donde le prometió una buena vida con sirvientes y lujos. Violante resoplaba por la nariz, incrédula. Pegó más la oreja a la pared para entender más palabras de las que se pronunciaban y escuchó algo que la dejó paralizada.

—Ven conmigo a Córdoba, te convertiré en mi favorita y vivirás como una princesa. No me importa que seas cristiana.

—Sabes que me puede costar muy caro que tú no lo seas. Y a ti aún más. Tienes que recuperar el juicio, Ahmed.

Violante se llevó una mano a la boca. El enmascarado era un moro. Eso era terrible. Ahora entendía que entrara tapado hasta las cejas. Estaba prohibida su presencia en un sitio así, porque los moros no podían acostarse con mujeres cristianas bajo pena de muerte. Se arriesgaba a morir por ver a Constanza. Apreció lo hermoso de ese enamoramiento, pero solo lo vio así durante un instante, porque la ponzoña de su corazón celoso cambió la emoción por un rencor profundo hacia la mujer que estaba disfrutando de ese amor prohibido justo al otro lado de la pared, que miraba como si estuviera viendo un fantasma.

Cuando oyó el frufrú que las ropas de María hacían al ser desatadas, temió no tener tiempo de acabar con el encargo recibido y llamó al criado que se había quedado a medias para que continuara con el coito que la eterna insatisfacción de Violante había interrumpido.

En la alcoba de María, el conde se dejaba aconsejar por Leonor, que le relataba los pasos que debía seguir para no violentar a la muchacha que, sentada en el borde de la cama, miraba el suelo con las mejillas encendidas.

Las palabras de Leonor estaban teniendo un inesperado efecto en el joven noble, que sintió que su cuerpo reaccionaba igual a esa voz que ante la visión de una mujer desnuda. Cuando la portuguesa comprendió la turbación que había logrado provocar en el conde, se acercó a él para ayudarlo a quitarse el lujoso sayo de terciopelo azul y seda dorada, el jubón amarillo y las calzas de lana, hasta dejarlo en camisa. Miguel de Mendoza miraba a María, que evitaba alzar los ojos, mientras Leonor aspiraba el aroma a perfume que emanaba de la piel de él y pronunciaba las palabras adecuadas rozándole con los labios su cuello ancho y fuerte de varón. Se atrevió a acariciar con las puntas de los dedos la nuca de ese joven, que le pareció tan apetitoso como las flores de azúcar de las que hacía su abuela cuando era una niña. El conde le agarró el antebrazo y ella cerró los ojos temiendo un grito o un golpe, pero recibió un beso en la boca y un par de manos ávidas que se aferraron a sus pechos como un náufrago a un tablón de madera. La ramera le devolvió el beso, pero fue haciéndolo cada vez más lento hasta que separó su lengua de la de él y le cogió la mano para acercarlo a María, que estaba emocionada con la perspectiva de poder gozar de ese noble tan apuesto, aunque fingió reparo cuando Leonor guio las manos del conde por los cordeles que le ceñían el cuerpo de la saya. A través de la tela de la camisa, María notó que la piel del hombre estaba ardiendo, que sus palmas quemaban como una escudilla llena de caldo, y no pudo evitar que se le humedeciera la entrepierna. Para controlar la respuesta que su cuerpo desobediente estaba dando sin su consentimiento, tuvo que recurrir al recuerdo de un cliente viejo de nariz inflada y llena de venas rojas que tenía los labios recorridos por unas úlceras que se le abrían y supuraban cada vez que intentaba hablar o besarla. Leonor la estiró sobre el colchón despojada de toda prenda de ropa y le separó las piernas para que el conde pudiera ver la rosada y jugosa flor que se disponía a cortar. Miguel de Mendoza respiraba profundamente para controlar el deseo que lo impelía a abalanzarse como un animal salvaje sobre ese cuerpo expuesto. No quería asustar a la pobre muchacha, que tenía la mirada fija en el techo y se mordía el labio inferior una y otra vez, presa de los nervios y del temor que el joven creía que le infería la visión de su generosa masculinidad erecta. Leonor lo llamó con un gesto de la mano para que se acercara y le pidió que se pusiera de rodillas ante María. Le explicó que, si la lamía entre las piernas, la niña no sufriría nada en el momento de desflorarla, pero para sorpresa de Leonor el muchacho se mostró medroso e inexperto. La portuguesa contuvo la risa y se puso de pie sobre el lecho justo ante él. Separó sus muslos y acercó la cabeza del conde a su entrepierna. Acto seguido, comenzó a deslizarla arriba y abajo de los labios del joven, que tímidamente empezó a separarlos hasta sacar la lengua y lamer la vulva de Leonor, quien se aferró a su pelo para no perder el equilibrio. Cuando se sintió satisfecha, le pidió que le hiciera lo mismo a María. La muchacha fingió vergüenza y temor apretando los muslos y soltando débiles quejidos de desagrado que se fueron convirtiendo en gemidos de placer y en un movimiento ondulante, como si su cuerpo fuera movido por la superficie del mar. El conde no pudo resistir más el impulso del deseo y montó a la joven, a la que le introdujo su miembro despacio, acompañando el empuje con una mano hasta que notó que algo cedía en el interior de esa cavidad caliente y suave.

María se ofrecía de manera contenida, disimulando el gran gusto que estaba sintiendo con tiernos ayes que aumentaban el placer del heredero de los Mendoza, quien, a esas alturas, creía que ningún deleite que fuera a vivir podría igualar al que estaba gozando al desflorar a esa hermosa desafortunada.

Una vez que acabó en el cuerpo de María y se separó para contemplar la sangre que manchaba las sábanas, don Miguel se sintió tan eufórico como si hubiera salido victorioso de una batalla. Se dejó acariciar por ambas mozas hasta que el corazón volvió a latir con el ritmo acostumbrado dentro de su pecho. Leonor lo ayudó a vestirse mientras María fingía llorar por su virtud tapada bajo la colcha.

Cuando el noble salió de la alcoba, sus dos criados lo esperaban en la puerta con las ropas algo revueltas y los brazos y las piernas algo flojos por la lasitud que el sexo les había causado. Su amo les ordenó que se recompusieran y que se ordenaran los cabellos inmediatamente, y que bajaran delante de él la escalera que llevaba a la salida. Antes de abandonar la casa, el conde pidió a Celestina que le hiciera llegar las sábanas del lecho de María a su palacio y le pagó más monedas de oro de las convenidas, porque la experiencia había sido mucho más placentera de lo imaginado.

—Gracias, comadre, por tu buen hacer y por tu buen ojo. La muchacha ha sido una delicia, y su compañera, una maestra atenta y delicada. ¿Podré volver a verlas? No sé si aguantaré muchos días sin gozar de ellas, puesto que sé que las imágenes de lo vivido van a perseguirme cada vez que cierre los ojos.

—Mi casa es tu casa, señor Mendoza, así como la de los señores a los que gustes de invitar.

—Pues enviaré a alguno de mis criados a concertar cita. Ya imaginarás que valoro por encima de todo la tranquilidad y la discreción que esta casa ofrece, en todo superior a las de más abajo del arrabal, a las que me he negado siempre a acudir.

—Por descontado, señor. Te doy mi palabra de que nadie ha de saber si vienes, ni cuándo ni con quién. Y puedes confiar en que mis discípulas están bien enseñadas tanto en las artes del placer como en las del silencio. Nada has de temer.

—Eso espero. Con Dios, comadre.

—Con Dios, señor —se despidió Celestina, y agachó la cabeza en señal de respeto hacia la nobleza de linaje de ese cliente que podía atraer la fortuna a su casa.

Cerró la puerta y, nada más sentirse a salvo de miradas inoportunas, dio saltitos de alegría y se frotó las manos al imaginar las riquezas que colmarían su arcón y su cocina. El conde iba a llevar a sus amigos, y con ellos la casa se llenaría de lujos y manjares como los que veía de niña en los hogares de las dueñas a las que Sancha atrapaba en sus redes. Se pasó la lengua por el paleto partido, como siempre que sentía la satisfacción de salirse con la suya, pero esa vez el gesto le ocasionó un dolor tremendo, como si le hubiera estallado un relámpago en el diente que a punto estuvo de reventarle la cabeza.

SÉPTIMA PARTE

Las brujas

40

La avaricia rompe el saco

El frío se había recrudecido a lo largo de las últimas semanas y el sol agonizaba en el cielo como un viejo decrépito en su lecho. Los días habían perdido la batalla contra la noche y la luz había cedido terreno a la oscuridad, que dominaba la vida de los habitantes de la villa. Sobre todo la de los que trabajaban el resto del año bien entre animales, que ahora se refugiaban en establos y corrales, bien faenando la tierra, que esperaba endurecida por las bajas temperaturas a que el germen de las semillas asomara a la superficie. Aprovechaban la disminución de las tareas para dejarse llevar por el sopor al que invitaba el baile de las llamas del hogar en los días de más frío. Los hogares, siempre encendidos, debían repartir su calor por las estancias de las casas, aunque no llegaba nunca a los rincones, esas encrucijadas formadas por paredes en las que descansaban escondidas las ánimas que vagaban por ese mundo que ya no les correspondía.

Celestina echaba puñaditos de sal en cada rincón para que los espíritus errantes que pudieran estar buscándola pasaran de largo y ordenaba a Munia que vigilara la lumbre. Le gustaba verla bien alta en las horas de la tarde para que, al entrar en la casa, se notara esa tibieza que templaba el ánimo, como cuando durante su infancia helada pasaba a las alcobas de los ricos y el calor de las chimeneas le enrojecía el rostro. Temía la larga noche del invierno que estaba a punto de empezar, porque desequilibraba los humores del cuerpo, que se enfrentaba en esos meses, los más duros del año, al acecho de la parca y las enfermedades.

La alcahueta tuvo que hacer un esfuerzo enorme para no rascarse los sabañones de los dedos de las manos hasta hacerse sangre cuando, tras quitarse el manto, se acercó al fuego y las extendió sobre las llamas para calentarse los huesos, que empezaban a retorcérsele bajo la piel agrietada. Se fijó en que, junto a la cicatriz con forma de media luna, habían aparecido unas manchas marrones, como si tuviera el dorso de la mano salpicado de barro. Se frotó con fuerza con la palma de la otra, que también tenía salpicaduras, pero esas manchas no se las había hecho la tierra mojada, sino el tiempo, y ni siquiera sabía cuándo habían aparecido. Comprendió horrorizada que el verano anterior había sido para ella el último y que desde ese momento iba a vivir en un invierno eterno. Se limpió con el mandil las lágrimas que la sorprendieron echando otro leño al fuego y se pasó la lengua por el hueco que le había quedado después de que el barbero hubiera tenido que arrancarle con unas tenazas el diente que le había astillado hacía tantos años Lázaro, uno de esos fantasmas que esperaba no ver durante el mes de los muertos, para que el que no faltaba tanto. El diente se le empezó a poner negro, y los pinchazos eran cada vez más frecuentes y dolorosos. Durante varias semanas, Celestina resistió aplicándose aceite de oliva con clavos de olor machacados cuando sentía que la cabeza entera iba a estallarle como un melón lanzado contra el suelo. Pero hubo un día en que la cara se le hinchó tanto que Munia se santiguó al verla salir de su cuarto y en que el daño le resultó tan insoportable que, después de beberse varios jarrillos de vino, la idea de arrancarse el diente se le antojó maravillosa, así que mandó llamar al barbero, a pesar de sus intentos de no acabar mellada. Desde ese día, no solo tenía un hueco en la dentadura, sino que notaba en la boca un vacío extraño que parecía extenderse hacia su pecho garganta abajo cada vez que hacía ese gesto tan suyo. Aunque no podía encontrar ya el filo puntiagudo contra el que tanto le gustaba apretar la carne húmeda de su lengua siempre que necesitaba confirmar que seguía viva y seguía luchando.

—¡Madre, gracias por el brasero! Hoy me he podido vestir en mi cuarto sin temblar como poseída por un demonio. Y ni siquiera se me han puesto los pezones duros como piedrecitas de río al salir del lecho —dijo riendo Constanza.

La granadina intentó abrazar a la alcahueta, aunque sabía que esta la rechazaría con su habitual gesto de desprecio de los brazos. Lo que no percibió fue la inquina nueva que se clavó como un alfiler en el corazón de Celestina y que nada tenía que ver con las palabras de la muchacha, sino con un deseo irracional y salvaje de afearle con sus propias uñas ese rostro hermoso y joven que le sonreía, como si su juventud y su lozanía fueran la peor afrenta que pudiera hacerle.

Hacía unos días que Celestina había comprado a un herrero un brasero para cada cuarto, porque fornicar con frío era de lo más incómodo y se había propuesto lograr que su casa fuera la más confortable de la villa para que la visita de los hombres resultara siempre grata, en todos y para todos los sentidos, así que debía evitar cualquier motivo de desagrado, y el frío lo era, sin duda. Munia la acompañó al taller del herrero y, una vez allí, Celestina compró seis braseros de hierro, que eran los más económicos, por doscientos ochenta maravedíes cada uno, aunque al final pagó trescientos porque era lastimoso ver cómo Munia intentaba cargar con el peso de alguno de ellos cojeando y resoplando, de modo que dio una buena propina al aprendiz del artesano para que se los acercara hasta la casa. Era un gran dispendio, pero gracias a las visitas del conde de Mendoza y de alguno de sus amigos, además de la generosidad del enamorado enmascarado de Constanza, que había regalado a la alcahueta una gargantilla de oro a juego con unos aretes como agradecimiento por mantener el secreto de su identidad, el arcón de Celestina no había parado de llenarse de monedas de oro y riquezas. Por otro lado, pensó, ese derroche sería una inversión a corto plazo, porque los hombres buscarían no solo el calor de las pieles jóvenes, sino también el ambiente caldeado de la sala y de las alcobas durante esos meses de nieves y lluvias.

Era la víspera de Santa Lucía y empezaban los preparativos de la Navidad. Se acercaban días de guardar y la actividad de la ramería se vería reducida hasta la prohibición impuesta por lo sagrado. Tampoco se podía celebrar el nacimiento de Jesús follando, así que las chicas volverían a tener jornadas de descanso, después de unos días de actividad frenética en los que, para poder atender toda la demanda de mujeres, la alcahueta invitaba a trabajar a algunas mozas, ya fueran amigas de sus chicas, ya alguna prostituta joven que quería ganar más monedas que en la mancebía pública. Hasta nueve muchachas habían llegado a trabajar en fechas señaladas en su casa. Celestina pensaba aprovechar el tiempo en otras labores. Por ejemplo, se había enterado esa mañana, por una criada de la condesa viuda de Mendoza, de que su señora tenía noticia de las constantes visitas de su querido hijo a la ramería. No estaba muy satisfecha con la conducta actual de su vástago y temía que alguna de las rameras fuera una piedra en el camino que debía llevarlo al altar y a emparentar con la reina Isabel de Castilla. Celestina supuso que la viuda aprovecharía la Navidad para intentar alejar a Miguel de Mendoza de María la Niña, a la que visitaba cada semana un par de veces como mínimo y a la que le había declarado sus intenciones de ayudarla, así que pidió ayuda a Claudina, porque su amiga conocía un hechizo de amor oscuro y era una hechicera más poderosa que ella misma.

Quería aprovechar esa noche, víspera de Santa Lucía, patrona de las costureras y mártir a la que Dios permitió ver aun después de que le arrancaran los ojos. Celestina tenía devoción por esa santa torturada porque cuando era una niña Sancha le había explicado que durante su noche se podía percibir todo aquello que pertenecía al mundo de las sombras. Además, también le había contado que la santa hilaba justo la víspera de su martirio el destino de los hombres, por lo que era el momento perfecto para hacer el hechizo que tenía en mente. Pero debían reunir los elementos necesarios.

Celestina mandó a todas las chicas a sus cuartos. No quería que las vieran preparando un hechizo que contendría partes de un cadáver, lo que estaba prohibido por las autoridades. Cenaron antes de hora un poco de caldo de gallina con pan duro que Munia había cocinado por la mañana. Una vez solas, las dos mujeres comenzaron a faenar sobre la mesa de la cocina. Claudina sacó uno de los dientes del ahorcado de la cajita de madera en la que los tenía guardados bajo llave y lo machacó en un mortero hasta que lo convirtió en un polvillo. Luego lo añadió a un recipiente en el que había mezclado previamente vino con miel y raíz de mandrágora rallada. Celestina, mientras tanto, escribió con tinta roja en un pergamino el nombre de Miguel de Mendoza sobre el de María la Niña. Cuando acabaron, pidió a Munia que le acercara una vela roja de las que guardaba en los cajones del mueble de la sala, y la criada, cuando se la entregó, oyó parte de la conversación que su dueña y Claudina estaban teniendo.

—Amiga, sabes que no me gusta hacer esta magia. Es de la más oscura y peligrosa. Haré este hechizo por esta vez y solo por esta vez, porque me lo pides tú.

—Gracias, Claudina. Necesitamos que el conde siga viniendo. Es más, necesitamos que arda en deseos de ver a María, de amarla incluso. Y si lo conseguimos podremos vivir mucho tiempo tranquilas. Imagina que se amiga al noble o él la convierte en su barragana. La muchacha nos deberá su suerte y el conde su felicidad. Es mucha y grande la deuda que tendrán, tanto como para acabar con nuestras preocupaciones.

—Lo sé, Celestina, pero ya sabes que, si alguien me descubre haciendo magia con dientes de un ahorcado, me pueden acusar de brujería, y la cosa está cada vez más peligrosa.

—Eso dicen las voces que vienen del norte cuando paran en nuestras posadas. Pero aquí todavía no corren esos aires. Podemos estar tranquilas.

—No sé... Bueno, venga, vamos allá, que todo lo tenemos a mano.

Las dos mujeres salieron cuando la oscuridad era total. Llevaron un candil de aceite con el que iluminar los pasos que las condujeron hasta la puerta del palacio de los Mendoza. Cuando estuvieron seguras de que nadie rondaba la calle, prepararon todo lo necesario para que Claudina lanzara el hechizo. La hechicera se arrodilló e hizo un círculo con la ceniza que llevaba en una bolsita de cuero negro lo suficientemente grande para entrar en él. Colocó dentro la vela roja encendida y a su lado el pergamino con los nombres escritos, y encima de este último, como si la memoria de los muertos tapara la sangre de los vivos, puso el cuenco con el vino en el que el polvo del diente molido formaba una espuma blanquecina. Claudina entró en el círculo de ceniza con cuidado de no apagar con sus faldas la llama, que arrojaba sombras danzantes sobre los muros de piedra del palacio de los Mendoza. Alzó la vela y las palabras prohibidas brotaron de su garganta:

¡Oh, santa Lucía, que ve entre las sombras!
¡Oh, Venus, del amor la diosa!
Por el diente del ahorcado,
por la sangre del quebrado,
que el corazón de Miguel de Mendoza
se ate al de María la Niña como hierro al imán.
Que no duerma ni repose

hasta que su amor le sea entregado.
Así sea, y cuidad a esta hechicera,
que por atar corazones con muerte
a sí misma se condena.

Al acabar, vertió el líquido rojo sobre el pergamino que aún permanecía dentro del círculo de cenizas antes de apagar la vela, recoger el escrito e intentar borrar las huellas del hechizo con el pie.

Volvieron a casa en silencio. Celestina satisfecha, Claudina preocupada porque se había expuesto por ayudar a su amiga, que no tenía ni idea de las consecuencias que el hechizo podía conllevar. Toda magia oscura suponía un riesgo para la hechicera que la practicaba, pues a cambio de su poder se ofrecía en sacrificio al demonio, que tanto ansiaba cobrarse las almas de sus siervas.

Durante los días siguientes el hechizo surtió efecto. El conde de Mendoza llegó a acudir cuatro veces a la ramería esa semana y Leonor, que seguía participando en ocasiones de los encuentros entre el noble y la niña, le escuchó proferir más promesas de amor que las que se podían encontrar en los romances antiguos. La portuguesa contó a Celestina, para su regocijo, que un amanecer, entre los besos de despedida, don Miguel dijo a María que la iba a hacer su barragana, que solo de pensar en alejarse de ella sentía que le faltaba el aire en el pecho y que no le importaba nada la mujer a la que había de desposar. Estaba preparando una habitación en los bajos del palacio para que fueran sus aposentos, ignorando las protestas de su madre, que lo acusaba de demente, de desvergonzado, de poseído. La condesa había explicado sus cuitas a su confesor, y este había obligado a Miguel a confesarse y a acudir a misas privadas en la capilla del palacio. El joven pretendía ser el mismo hijo obediente de siempre, pero nada más acabar la misa salía a todo correr hacia la ramería para poder meterse bajo las sábanas de María y susurrarle palabras de amor al oído mientras entraba en ese cuerpo que había hecho suyo desde el día en que creyó desflorarla. El religioso manifestó sus sospechas a la condesa viuda, creía que el heredero había sido embrujado, quizá hubiera caído en las garras diabólicas de una bruja con forma de joven hermosa y nada podrían hacer las misas contra un hechizo de magia negra.

Una mañana, antes de que Miguel de Mendoza se hubiera despertado, cuatro hombres al servicio de su madre entraron en su alcoba. El joven se resistió como un gato arrinconado, pero él era solo uno y los sirvientes de la condesa viuda eran demasiados para sus fuerzas, así que decidió dejar de resistirse y aceptar lo que iba a pasar. Los criados lo ataron a su lecho, cada miembro ligado a una de las columnas del dosel, para evitar que se escapara. Su madre entró en la alcoba acompañada del fraile. La mujer tenía los ojos llorosos, pero su convicción era firme. No podía permitir que el heredero de la familia deshonrara su apellido al crear un vínculo, le daba igual el tipo de lazo que los uniera, con una ramera. Además, en su desespero por encontrar una solución a su problema, había dado crédito al fraile, quien le había recomendado que sometiera a su hijo a un exorcismo para romper el hechizo que lo tenía descerebrado y con la voluntad anulada.

—Madre, no me hagas esto. Amo a esa joven. Es una pobre muchacha desgraciada. Era doncella cuando la conocí y soy responsable de su honor ahora.

—Y yo soy responsable del honor de esta familia y por encima de mi cadáver traspasará las puertas de este palacio una puta.

Sin mediar palabra, el fraile empezó con el exorcismo. Levantó la cruz sobre la frente del endemoniado mientras el joven intentaba retorcer el cuerpo sobre el lecho.

—*Adjuro te, spiritus immunde* —bramó el clérigo rociándole el rostro con agua bendita—, *per Deum vivum, per Deum verum, per Deum sanctum.* Sal y apártate de este siervo de Dios.

En la penumbra de la estancia, la madre murmuraba por lo bajo otro rezo, con una rama de ruda en una mano y un rosario en la otra, confiando tanto en la hierba como en los salmos:

Santa María gloriosa,
libra a este siervo de cosa furiosa;
que salga el mal aire,
y quede su alma en tu amparo.

El joven no paraba de resistirse y retorcerse, lo que reforzaba la fe del fraile y la idea del embrujo, puesto que creía que cada contorsión de ese cuerpo correspondía a una reacción de lo demoníaco que Miguel de Mendoza llevaba dentro al recibir el agua bendita con la que lo salpicaba. Al final, el conde, exhausto, cerró los ojos y se dejó hacer mientras intentaba recuperar en su mente el tacto de terciopelo de la piel de María y la sensación que lo estremecía de la cabeza a los pies cuando entraba en ella y sentía las piernas de la muchacha alrededor de la cintura. Cuando su madre vio que dejaba de luchar y relajaba los músculos sintió un alivio profundo, aunque no estaba tranquila del todo. No lo estaría hasta acabar con esas malditas brujas. Había encargado al fraile que investigara qué había podido suceder y que elevara su denuncia a un nuevo tribunal que se acababa de crear para juzgar asuntos de fe y al que llamaban Santa Inquisición.

Mientras ese ritual tenía lugar en la lujosa alcoba del hijo de la condesa viuda de Mendoza, Violante hablaba con Catalina en su cuarto antes del desayuno, como cada mañana.

—Catalina, estoy harta de ser una segundona en la casa. Tal como me trata la vieja, nadie diría que soy la primera chica que aceptó servirla. Llevo con ella años, y ni así me valora. No lo voy a tolerar más.

—¿Y qué vas a hacer, le vas a tirar del moño a la madre?

—No, nada de eso, no soy tan estúpida. Tengo un plan rondándome la cabeza y, si puedo, lo llevaré a cabo más pronto que tarde.

—¡Ay, Violante, miedo me das! Creo que te está guiando la furia, y no es una buena consejera. Piensa que tu ojeriza nos puede afectar a todas, así que ten mucho cuidado con eso que planeas, no vaya a salirte el tiro por la culata.

—¡Ay, mujer, vaya amiga que tengo! Me esperaba más apoyo por tu parte.

—Ya sabes que puedes contar conmigo, pero creo que no estás midiendo bien ni el tamaño del problema ni las consecuencias que puede tener la locura que se te esté pasando por esa cabecita loca.

—¿Crees que estoy chalada? Pues ahora no pienso contarte lo que voy a hacer... Pero ya te enterarás, ya. Y las noticias nuevas no tardarán, ya lo verás.

—Te lo repito, no seas descerebrada y valora bien el impacto de lo que sea que estés tramando.

—Ya lo hago. Y no se te ocurra decir nada a nadie.

—Soy una tumba, mujer. Nada ha de salir de mi boca.

Tras la conversación, Violante se animó y decidió que ese mismo día, antes de la comida, iba a hacer lo que llevaba días rondándole la cabeza.

41

Bruja

Cuando Munia abrió la puerta se encontró cara a cara con el alguacil, que iba acompañado de dos jóvenes guardias que la miraban taciturnos. El hombre preguntó por la dueña de la casa, pero Celestina había salido temprano en compañía de Claudina para entregar el encargo que la mujer del boticario les había hecho hacía unos días. Quería un cordón de san Blas para prevenir y sanar la tos y el dolor de garganta, así como un ensalmo para aumentar sus efectos.

—Mi ama no se encuentra aquí.

—Pues entonces hablaremos contigo —dijo el alguacil a la criada mientras masticaba una pequeña rama que se veía mojada y hebrosa por uno de los lados.

—¿Conmigo?

—Sí. ¿Acaso no vives aquí?

—Sí que vivo, señor, pero preguntabas por la dueña de la casa y esa no soy yo. Soy tan solo la criada.

—Mejor me lo pones —añadió el alguacil, que sonreía sin separar los labios—. Las criadas sabéis muchas cosas, y espero que sea cierto eso de que las apariencias son engañosas y no seas más lista de lo que tu fea cara da a entender.

Munia bajó la cabeza. Sintió un calor intenso en las mejillas tanto por la humillación como por la impotencia de no poder abofetear a ese cretino uniformado. No le gustaba nada ese alguacil y añoraba los tiempos del cojo que la ayudó cuando Lázaro apuñaló a la vieja Sancha ante ella. Este era un palurdo que se creía inteligente y con más poder del que en realidad tenía. Munia sabía que interponerse en el camino de un necio era como ponerse ante un toro embravecido, solo cabía cubrirse la cabeza y esperar que la cornada no fuera mortal. Lo aborrecía, y cada vez que lo veía paseando por las calles de la villa con las manos a la espalda, el pecho henchido de soberbia y sus dos perros falderos siempre a dos pasos por detrás de su amo, procuraba evitar cruzarse con él.

—¿No nos vas a invitar a pasar?

—No. Volved cuando esté mi ama en la casa —dijo Munia intentando mostrarse firme, aunque comida por los nervios.

Alzó la mirada y comprendió que se acababa de meter en un lío. Esos tres hombres la observaban con un desprecio que no había aparecido de repente, sino que era un sentimiento viejo, heredado de padres a hijos. En sus pupilas leía la molestia que su existencia de ser contrahecho y giboso les ocasionaba, además de la certeza de que podían aplastarla contra el suelo de la entrada en cualquier momento, a la mínima provocación, como cuando se pisaba un insecto que lo único que había hecho para merecer ese destino era ponerse delante de una.

Los guardias más jóvenes la agarraron por debajo de las axilas y la sacaron a la fuerza de la casa cubriéndole la cabeza con un saco. Munia solo alcanzaba a ver algo de suelo y la punta de sus botines marrones por un espacio que había quedado abierto bajo la barbilla. No oponía resistencia; sin embargo, trastabillaba cada dos pasos, porque los mozos caminaban demasiado rápido y su cuerpo enclenque no podía seguirles el ritmo. Los guardias no mostraban compasión y resoplaban y tiraban de ella antes de que hubiera recuperado el equilibrio.

El camino se le hizo eterno, y estaba desorientada; no sabía dónde se encontraba, solo que habían entrado en una sala grande, por cómo retumbaban las voces de los hombres y por el frío que los recibió al pasar. Estaba sin aliento y sin lágrimas. La incertidumbre sobre su destino era tan fuerte que no podía hacer nada más que esperar. Uno de los guardias le quitó bruscamente el saco, y Munia tuvo que apartarse de la cara el pelo rubio que se le había escapado de la toca. Los ojos tardaron unos segundos en adaptársele a la luz tenue de esa estancia que no conocía. Estaba tan despojada de cualquier lujo o adorno que producía sensación de desamparo. Solo había una silla, en la que los guardias la obligaron a tomar asiento con malos modos, y una mesa.

Detrás del tablero, sentado en un escaño de madera oscura con un respaldo alto y labrado, se encontraba un religioso con una tonsura que dejaba al descubierto más cráneo pelado que el que solían llevar otros frailes a los que Munia estaba acostumbrada. Vestía un hábito blanco sobre el que lucía una capa negra con capucha, y un rosario con una cruz de madera enorme le cruzaba el pecho. El hombre tenía los labios muy finos y los ojos pequeños, pero heladores, porque eran del color del cielo en un día de tormenta. Los guardias se pusieron uno a cada lado del religioso y el alguacil permaneció junto a la criada. Munia no comprendía qué hacía en esa sala, que deducía, por lo despejado de los muros y la estrechez de la única ventana que estaba en lo alto de un muro, que era un sótano destinado a los interrogatorios de reos en la casa del concejo de la ciudad. No había hecho nada malo y no sabía qué esperaban de ella todos esos hombres. El alguacil le agarró la cara y le apretó los mofletes con tanta fuerza que los labios le sobresalieron. Se sintió más ridícula que asustada y alzó la mirada hacia la cara de ese ablandabrevas esperando leer algo en la expresión de su rostro, pero solo vio odio y desprecio.

—Adefesio, vas a responder al padre Francisco con la verdad. ¿Estamos?

Munia asintió, a pesar de que el movimiento le produjo un dolor intenso en las cervicales porque el alguacil continuaba apretándole la cabeza y tirando de ella hacia arriba.

—Mujer —empezó a hablar el fraile dominico—, vives en la casa de las brujas, ¿no es así?

—No, señor. Vivo en la casa de Celestina. Es una casa de mala fama, pero nada más que eso.

—Pero ¿no es cierto que tu ama ha hecho últimamente un hechizo para procurar el mal a un joven noble?

—¿Mi ama, señor? No. Se dedica a arreglar amores y a entretener con la compañía de sus chicas a los hombres que sucumben al deseo y cometen el pecado de lujuria, pero nada de brujería.

—¿Has visto a don Miguel de Mendoza en la casa en la que sirves?

Con esa pregunta Munia comprendió lo que pasaba y supo que no tenía escapatoria. Los ricos se habían aliado con la Iglesia, y contra ese poder nada podían ni la magia ni las artimañas de su ama. Por su cabeza empezaron a desfilar las diferentes opciones, las vaguedades más convincentes. Pero antes de que pudiera responder, el fraile volvió a atacar.

—Mujer, responde. ¿Don Miguel de Mendoza ha visitado a una de las rameras con más frecuencia de la que el decoro puede soportar?

—Sí, señor. —Munia decidió utilizar la verdad en favor de su ama. No sabía a qué preguntas se enfrentaría, pero protegería a Celestina ante todo.

—Admites que el joven conde ha fornicado en tu casa.

—En casa de Celestina, señor. Sí, como muchos otros, incluso alguno con hábito nos visita a menudo, y no es el confesor de mi ama.

El alguacil le cruzó la cara porque entendió la provocación.

—Aquí me trae lo que atañe al joven conde, mujer. ¿Han aumentado o disminuido sus visitas a lo largo del tiempo que lleva frecuentando la ramería? —preguntó el fraile colocándose en el centro del pecho la cruz que se le había desplazado un poco hacia la izquierda.

—Aumentado, señor.

—¿Por qué crees que ha pasado eso?

—Porque está encoñado de María, señor. Es una joven bellísima que le da mucho placer —respondió Munia con la intención de irritar a ese hombre frío y amenazador.

Quería comprobar dónde tenía el límite y hasta dónde podía fingir.

—¡Modera esa boca sucia y pecadora, engendro del diablo!

El grito del dominico y un gesto de su mano derecha comportaron para Munia un par de puñetazos en la cara que el alguacil le propinó sin alterar esa sonrisa cínica que convertía su rostro en un puñal afilado.

La criada descubrió así que al religioso lo asfixiaba la culpa de conocer la libido y el placer, y que no se permitía ser tentado ni lo más mínimo, así que cualquier provocación en ese sentido sería castigada, porque el espectáculo de la violencia satisfacía momentáneamente los deseos oscuros del fraile. Munia notó que un ojo se le estaba inflamando y que la sangre que le brotó de una ceja partida le enturbiaba la vista. Además, el segundo golpe le abrió una brecha en la cara interna de la mejilla al cortarse con sus propias muelas. Empezó a temblar, jamás imaginó que algo así pudiera sucederle. Hasta ese momento no imaginó que su vida podía correr peligro por estar cerca de Celestina. Sin embargo, parecía que los tiempos estaban cambiando a peor y que los hombres veían en las mujeres una amenaza, sobre todo en aquellas que vivían sin la presencia y la autoridad de un varón. Y ella, aun siendo un ser insignificante y feo, era una mujer libre.

—Si no nos cuentas cómo embrujó tu ama a don Miguel de Mendoza, el alguacil y estos guardias tendrán mi permiso para hacer contigo lo que les plazca —la amenazó el dominico sin alterar el tono de su voz, que recordó a Munia al del párroco de la iglesia del arrabal durante sus homilías—. Y viéndote de cerca, no sé si nada de lo que quieran hacerte será placentero —añadió juntando las palmas de las manos frente a la cruz de su pecho y sonriendo ante la posibilidad de ser espectador de un acto de justicia como el que se estaba figurando ya.

Munia no soportó el miedo que sintió al imaginar cómo esos bestias la violaban y la torturaban hasta convertir su malparado cuerpo en un despojo que lanzar al río. Tenía que decir algo, que dar a esos perros rabiosos otra presa a la que destrozar a dentelladas.

—No fue mi ama, señor, fue Claudina.

—¿Quién es esa?

—La partera que cuida de la salud de las chicas y que vive en la casa con nosotras.

—¿Cómo puedes afirmar eso?

—Porque sé que guarda dientes de ahorcado en una caja y una noche, hace poco, la vi moliendo uno y recitando lo que parecía un hechizo.

—Alguacil, detén lo antes posible a esa bruja. Haremos escarnio público como escarmiento. Esta ciudad no puede llenarse de concubinas de Satán. Que las demás mujeres vean lo que les puede pasar si se salen de la senda del Señor... ¡Ah, y aparta a este adefesio de mi vista!

El alguacil hizo una señal a sus mozos, que volvieron a coger a Munia por las axilas, pero esa vez tuvieron que llevarla en volandas hasta la salida del edificio, porque la mujer no podía sostenerse. La dejaron tirada en la cuesta de Sancti Spiritus, y así supo Munia que durante ese tiempo la habían retenido en alguna sala de la prisión.

Se levantó apoyándose en el muro de una casa y empezó a caminar en dirección al arroyo de Santo Domingo porque quería lavarse la sangre que le cubría el rostro y le manchaba la ropa. Las mujeres y los hombres con los que se cruzaba se apartaban de ella porque les parecía una criatura del demonio. Una joven noble que iba con su dama de compañía gritó al toparse con ella de frente y empezó a sollozar del sobresalto y a santiguarse. Ese chillido sirvió de reclamo para que un grupo de personas se arremolinaran alrededor de la criada para abuchearla y lanzarle insultos, incluso hubo un par de zagales que entre risas se acercaron a ella y le tiraron de los mechones de pelo que le colgaban despeinados fuera de la toca. Una chica les tiró varias piedras para ahuyentarlos. Luego se acercó a Munia corriendo y le pasó un brazo por encima de los hombros para ayudarla a mantenerse en pie.

—¡Chusma! ¡Marchaos de aquí, puercos cobardes! ¿No veis que no hay nada que temer? ¿No veis que solo es una pobre mujer herida?

Era Violante, que se había encontrado con la muchedumbre y, al ponerse de puntillas para ver de qué hacían mofa, descubrió a Munia toda magullada, intentando huir, cojeando con los brazos extendidos como una ciega.

Caminaron despacio hasta llegar al arroyo y allí la chica mojó su manto amarillo para limpiarle la sangre reseca de la cara. Con cuidado, le lavó el ojo, que ya tenía cerrado casi por completo, y también le escurrió entre los labios un poco de agua del manto empapado en el gélido riachuelo para que pudiera enjuagarse la boca y escupir la sangre que tenía dentro.

—¿Quién te ha hecho esto, Munia?

—El alguacil, en nombre de un fraile horrible.

—Pero ¿por qué?

—Andan buscando brujas.

—Sí, claro, y hadas del bosque. ¿Qué les está pasando a los hombres?

Lo que Violante no contó a Munia fue que ella también salía del mismo edificio en el que habían interrogado a la criada. Pero a la valenciana no la había llevado nadie por la fuerza, sino que había acudido impelida por la envidia. No soportaba ni un día más oír esas palabras enamoradas que traspasaban la pared de su cuarto ni esos suspiros de placer verdadero compartido entre Constanza y su amante moro. Además, había escuchado sus planes y sabía que él la iba a raptar de la casa el día de Navidad, aprovechando la ausencia de clientes. No podía permitir que otra tuviera lo que ella ansiaba, la carcomía por dentro ser testigo de esa felicidad que a ella se le negaba. Además, mataría dos pájaros de un mismo tiro de arcabuz, pues con un solo movimiento acabaría con el amor de Constanza y dañaría la fama de la casa de Celestina, a la que lograría hacer ver, además, que la había subestimado. Quizá después de demostrar de lo que era capaz, dejaría de ofrecerla a los clientes más desagradables. Celestina iba a darse cuenta: Violante la Valenciana valía tanto o más que las otras rameras de la casa, sobre todo más que María la Niña y que la exuberante Constanza, las consentidas de la vieja.

Primero aparecieron en la casa los hombres del alguacil. Iban con orden de detener a Claudina por brujería. Las mujeres no lo esperaban, así que, cuando registraron sus cosas, encontraron la caja con los dedos y los dientes del ahorcado, y eso ya fue suficiente prueba para condenarla. No iba a hacer falta ninguna otra.

Antes de que la arrastraran de los pelos hasta la plaza Mayor, Claudina hizo prometer a Celestina que cuidaría de su hijo Pármeno. No sabía si volvería a verlo cuando la subieron al cadalso. Aprovecharon que era día de cumplir penas y solo tuvieron que ponerla a la cola de los que iban a ser castigados. Primero cortaron la mano derecha a un ladrón que había robado una imagen de la Virgen de la Vega de una ermita. Después le tocó el turno a una adúltera, a la que desnudaron de cintura para arriba y raparon el pelo antes de llevársela al convento donde cumpliría su condena encerrada. En tercer lugar, cortaron ambas orejas a un cazador que había matado un corzo de un parque real. El verdugo era realmente eficiente, porque cuando Celestina por fin pudo llegar a la plaza ya le habían cortado las orejas al furtivo y parecía que la siguiente en subir al patíbulo iba a ser Claudina.

Celestina temía que fueran a colgarla, porque había una soga libre y ese solía ser el fin de muchas de las mujeres que vivían sin hombres, que entendían la naturaleza y podían ayudar a nacer, a sanar y a morir a sus iguales. Sin embargo, el verdugo le arrancó la ropa y empezó a azotarla con saña, como si el desmembrar fuera poca cosa y necesitara más para sentirse satisfecho con su trabajo. La piel de la espalda de Claudina estaba abierta y la sangre que le chorreaba había manchado de rojo la tela de la camisa que se arrugaba en su cintura. Cuando ya desfallecía, subió al cadalso un fraile con hábito blanco y capucha negra que Celestina nunca había visto. Le preguntó si era una sierva del diablo, lo que Claudina negó con la cabeza. El hombre gritaba y le ordenaba que se arrodillara ante Dios y dijera la verdad. Tenían pruebas de sus tratos con el demonio y mostró a la masa congregada en la plaza para ver los ajusticiamientos los dedos humanos y los dientes del ahorcado. El primero en gritar «¡Bruja!» fue un hombre joven. Celestina lo reconoció, era un panadero a cuya mujer Claudina había ayudado a parir haría cosa de un año. Ese grito fue como quitar un dique a un río. Todos los allí presentes empezaron a vocear, a insultar, a pedir la cabeza de la bruja. Su odio se desbordó como el caudal de un torrente tras una crecida. El dominico puso la mano sobre el hombro del verdugo encapuchado. Era la señal. El hombre levantó a la mujer y le pasó la soga por la cabeza.

—¿Te arrepientes de tus pecados, bruja? —preguntó procurando que su voz llegara hasta al último de los que estaban esperando el desenlace.

—¡No! Os arrepentiréis vosotros de lo que vais a hacer cuando necesitéis a alguien que traiga a vuestros malditos hijos a este mundo apestoso.

Esas fueron las últimas palabras de Claudina, que buscó a Celestina con la mirada en el último momento. Sus ojos suplicaban. Su amiga asintió con un gesto. Sabía que entendería que podía marchar tranquila, que se ocuparía de Pármeno. Al menos durante un tiempo. Después el verdugo tiró de la palanca, y una trampilla que había en el suelo se abrió y el cuerpo de Claudina se descolgó entre espasmos y desagradables ruidos guturales.

42

Duelo

Celestina regresó a casa después de la ejecución y se quedó mirando fijamente a Pármeno, que jugaba con las cenizas del hogar y tenía la cara llena de tizne que se mezclaba con los mocos. No le iba a decir nada. ¿Para qué? Solo tenía cuatro o cinco años, y en un tiempo se habría olvidado de su madre, como a ella misma le fue pasando. Si algún día hiciera preguntas, ya se las respondería, pero no le apetecía romper el corazón a ese crío. Al menos, no todavía.

Vio a Violante sentada en el suelo, cerca del hogar, junto a los pies de Munia, que estaba sentada en un taburete, con la cabeza entre las manos. Celestina les preguntó qué sucedía y en el momento en que vio la cara destrozada de la criada entendió lo que había pasado.

—¿Qué has hecho, tullida? —le preguntaba una y otra vez mientras le golpeaba la cabeza con los puños.

Violante tuvo que interponerse entre las dos mujeres para evitar que la golpiza se alargara.

—¡Madre, para! ¿No ves que está ya suficientemente

maltratada? Se la llevó el alguacil a la fuerza, y mira cómo la han dejado.

Munia empezó a llorar y entre hipidos solo acertó a decir que había logrado salvarla.

—¿Qué dices, burra? Claudina está bien muerta por tu culpa.

—Si no hubiera respondido al alguacil como lo hice, la que ahora estaría colgando con la lengua fuera de la boca y las faldas mojadas en orines serías tú, madre. En la sala donde me retuvieron había un fraile que daba miedo y que quiere dar caza a brujas. Tú eras la primera de esa lista. Si le damos motivos, te hará lo mismo que le han hecho a Claudina. Lo lamento, solo quería salvarte, no pretendía que nadie pagara —explicó Munia, que aunque deforme y anodina, había aprendido a interpretar la naturaleza de las personas después de poder observar durante años sin ser tomada en cuenta. Solo con ver los ojos fríos de ese fraile entendió que le daba igual si una mujer podía transformarse en sapo, volar o convocar una tormenta, porque en realidad no buscaba nada de eso, era el odio lo que lo movía, y lo que ansiaba era acabar con todas las féminas, a las que aborrecía, en especial las mujeres sin hombre o las que hablaban con la naturaleza y se interponían entre su Dios y la muerte.

Celestina refrenó su furia, cogió a Pármeno en brazos y se refugió con el crío en su cuarto. Se tumbó en el lecho y lo acostó a su lado. Le acarició la cabeza y la frente hasta que consiguió que se quedara dormido. Necesitaba calma para pensar y silencio para llorar a su amiga. Sabía que algo estaba cambiando en la villa, pero no lograba anticipar la dirección hacia donde apuntaría la aguja de la brújula. Se quedó dormida y entró en un sueño poco profundo e intranquilo que la llevó a un llano en el centro de un bosque incendiado. De entre los árboles aparecían animales desesperados que corrían hacia ella en llamas, como antorchas que iluminaban la oscuridad que la rodeaba, tan profunda que parecía no tener ni suelo ni paredes, como si flotara en un abismo negro.

Munia empezó a sollozar en cuanto Violante le quitó la ropa manchada de sangre y le cepilló los cabellos enmarañados. La muchacha comprendió la aflicción de la criada y, mientras le pasaba el cepillo y la mano por el pelo, le hablaba bajito con palabras de consuelo.

—Se le pasará, Munia, se le olvidará. Entenderá que lo hiciste por su bien. Además, no le importamos un carajo ninguna de nosotras. Tampoco Claudina. Solo le importa el dinero que le hacemos ganar. Es una egoísta interesada, únicamente se nos acerca porque sabe que puede convertirnos en dinero. Así se alió con Claudina. ¿Crees que Celestina no la habría vendido si le hubieran ofrecido cien monedas de oro? A la amiga y al niño también habría vendido. Y si se hubiera visto en la misma que tú, menos escrúpulos habría tenido y menos moretones tendría en la cara. Habría cantado como un ruiseñor para el alguacil y seguro que habría desplegado esas artes de bruja que se trae, y, para colmo, habría conseguido alguna ganancia.

—Pero es la señora de esta casa —dijo entre hipidos Munia—. Y ha sido mi ama tantos años…

—Munia, en esta casa no hay ninguna señora. Vamos, tranquila, suspira mucho y saca ese mal. Ella no se merece el berrinche. Es un mal bicho.

Munia no recordaba la última vez que le habían hablado como si fuera una persona adulta y capaz. En la calle la ignoraban o se dirigían a ella como si fuera estúpida y en la casa las chicas solo pronunciaban su nombre cuando le pedían cosas o atenciones. Quien más le hablaba era Celestina, pero como quien daba órdenes a un perro. La cercanía de Violante y su voz suave la embriagaron de un deseo de aliento que tuvo que satisfacer acercándose a otra persona y abrazarse a ella en busca de calidez y unas migajas de afecto. Violante se quedó rígida por lo inesperado del abrazo y contuvo el impulso de apartar a esa criatura desagradable de un empellón, pero su cuerpo, hecho a ser medidor de las emociones y ansias de otros cuerpos, percibió la gran necesidad que esa infeliz tenía de recibir una caricia, por pequeña que fuera, igual que un cachorro de perro callejero mendigando cariño al primero que le acariciara las orejas pulgosas. La muchacha la rodeó con los brazos a pesar de la repulsión que le hizo apretar los labios y dilatar las aletas de la nariz. Munia se encogió en el pecho de Violante, y esta aprovechó que la criada lloraba con los brazos flacuchos ciñéndole la cintura para dejarse llevar por una curiosidad morbosa. Resiguió con la yema de los dedos la línea retorcida de esa columna anormal como si pudiera limar las vértebras atrofiadas, algunas tan desproporcionadamente grandes que se asemejaban a las del espinazo de una vaca, pero amontonadas por falta de espacio. «Pobre mujer —pensó Violante—, cada año que pasa parece pesarle más la giba que la empuja hacia el suelo».

—Munia, no creo que Celestina te llame para nada. Ve a tu cuarto y estírate.

La criada se tumbó de lado, pues de espalda hacía tiempo que no podía a causa del dolor, y se quedó dormida mientras se pasaba la mano por el cabello reproduciendo el gesto calmante de Violante, resistiéndose a dejar ir la sensación de ser acariciada.

Aunque el cuerpo de Claudina aún colgaba del cadalso, balanceado por los cuervos que rondaban su cadáver peleándose por ver cuál de ellos lograba arrancarle los ojos, la ramería no podía guardar luto por la querida amiga y maestra de malas artes de Celestina. La madre de la casa reunió a las chicas en torno al hogar justo antes del anochecer del día siguiente de la muerte de su amiga y les comunicó que no iba a haber duelos. Les dijo, además, que si tenían algo que llorar ese era el momento exacto para hacerlo. Luego encendió dos velas, una blanca de sebo y otra amarilla de cera de abeja, y las impelió a acompañarla en su ruego. Munia obedeció sin levantar la mirada del suelo a cada mandato de su ama durante los preparativos y aceptó sin rechistar el capón que Celestina le soltó cuando dio un traspiés y derramó en el suelo de la sala todo el contenido del cántaro que le había pedido.

Ya estaba oscuro, y las llamas de las velas apenas llegaban a iluminar el rostro de todas las mujeres allí reunidas. Munia no se atrevió a acercarse. Se mantuvo un paso atrás, entre las sombras, invisible y atemorizada por lo que iba a hacer su ama, que tenía más de bruja que de santa. Ante las velas, Celestina había colocado el cántaro de agua, un platillo de barro en el que se quemaba un atadillo de hierbas, que soltaba un humo espeso y oloroso, y una campana de hierro del tamaño de un vaso, que guardaba en su arcón y que solo sacaba para ceremonias de muerte. Cuando empezaron a salir las palabras heréticas de su boca, la criada se persignó tres veces para mantener a raya al Maligno, al que la alcahueta invitaba a entrar en la casa con esa ceremonia.

Alma que has sido condenada por la justicia
de los hombres, ¡escúchame!
Que el agua limpia en cántaro consagrado
lave tus culpas.
Que el humo del enebro y el romero suba
como puente hasta los cielos.
Que la campana de hierro repique tres veces,
abriendo el umbral entre mundos.
Por santa María, mediadora de los mortales,
y por las ánimas que ya cruzaron
el río sombrío te digo:
¡Camina, ánima errante,
deja el peso de la carne,
busca la luz que aguarda tras la noche!
Que ni demonio ni sombra
te aparten del camino.
Así sea, dicho queda, en la hora
que la luna sale.

Las muchachas respondieron con un amén, por la costumbre.

—Pero a ver, mendrugas, ¿os pensáis que estáis en misa? —Celestina puso los ojos en blanco.

No permitió que Munia recogiera nada porque no quería que las manos de la culpable contaminaran el rito, así que entre la María la Niña y Mencía lo recogieron todo. Faltaba poco rato para que llegaran los hombres, así que tuvieron que prepararse a toda prisa para estar atractivas, aunque Catalina y Violante, las de más edad, ya hubieran aprendido que poco importaban los vestidos o los afeites cuando los hombres solo buscaban apagar el fuego que les ardía en la bragueta.

Esa noche Constanza estaba nerviosa. Ahmed acudiría a visitarla, y faltaba tan poco para Navidad que temía que llegara dispuesto a secuestrarla para llevársela consigo a su tierra de mezquitas hermosas en las que la vista se perdía entre arcos rojos y blancos que parecían no acabarse nunca mientras se oía la voz profunda y melodiosa del hombre que cantaba los rezos a su dios. Ahmed le había contado también que allí los hombres llevaban turbantes y las mujeres, de las más atrayentes y enigmáticas que había visto jamás hasta conocerla a ella, realzaban sus rasgos adornándose con grandes pendientes de oro y pulseras en los tobillos cuyo tintineo convertía sus pasos en bellas melodías. Cada noche desde que el enmascarado la visitaba con tanta frecuencia, al acabar de complacerlo, Constanza le pedía palabras a cambio de sus favores. No quería ni collares, ni zarcillos ni sedas, porque para ella ese tiempo dulce dilatado en la penumbra temblorosa del cuarto era un tesoro que valía más que todo el oro que él pudiera regalarle. Cerraba los ojos tumbada boca arriba, concentrada en aguzar dos de sus sentidos: el oído y el tacto. La piel alerta, anhelante de los dedos de Ahmed, que recorrían la superficie de su cuerpo como si buscara caminos en un mapa para regresar a su hogar. Y mientras la acariciaba con una suavidad que la llevaba a sentirse cubierta con una fina capa de terciopelo, el moro finalmente encontraba el camino de vuelta en las historias que le contaba sobre Córdoba, con su cabeza rizada cobijada entre el cuello y la barbilla de la ramera. Constanza amaba esa voz de acento seseante y cantarín que la transportaba a tierras lejanas y a sus recuerdos de infancia. Y amaba esas manos que no le pegaban, ni le exigían, ni la humillaban, ni se introducían en ella con una curiosidad violenta, como las manos rabiosas de otros hombres que buscaban hasta hacerla sangrar el secreto de ese placer prohibido que los enloquecía. Recordaba con horror el día que un joven fraile de aspecto inofensivo y pusilánime le pegó hasta que se dio por vencida y solo le quedó soportar que le quemara con la llama de la vela del cuarto la entrada de la vagina. El fraile se la abrió con sus dedos largos como patas de insecto porque estaba empeñado en descubrir el brillo rojizo de los ojos de Asmodeo, diablo de la lujuria, en el hueco del cuerpo de Constanza. También intentó sacárselo de allí dentro con una cruz de madera y oraciones histéricas de exorcismo. Ese fue el último hombre de fe que entró en la alcoba de la chica después de que Celestina la descubriera desnuda y encogida en el lecho sobre las sábanas teñidas de rojo.

Ese día el conde de Mendoza no iba acudir. Uno de sus sirvientes se había acercado a la casa para avisar de que esa noche María no tendría que estar disponible para su amo. Celestina sabía que esa ausencia estaba provocada por la madre del joven, la condesa viuda, empeñada en alejar a su hijo todo lo posible de la ramería. Estaba convencida de que el criado había llamado a su puerta mandado por ella, no por don Miguel. Tendría que esperar a que las aguas se calmaran para comprobar si el muchacho tenía carácter y desobedecía a su madre o si esa mujer áspera había conseguido doblegarle la voluntad. No estaba segura de lo que le convenía más, puesto que ambas opciones conllevaban una pérdida. Si el conde dejaba de visitarlas, Celestina perdía dinero y fama entre los varones nobles. Pero si don Miguel desafiaba a su madre, desataría la ira de esa dama poderosa que ya había ayudado a dar muerte a una de las malas mujeres que, según ella, desviaban a su hijo de la senda dibujada para él. La propia Celestina estaría en peligro, ya que el encono de la condesa había dado alas al dominico que perseguía la herejía y la brujería. Pero si tenía que escoger, la alcahueta prefería que el noble volviera, porque amaba demasiado las riquezas para renunciar a una fuente de dinero tan generosa y porque, si la condesa tenía el poder de la sangre y el linaje, ella tenía el poder del deseo y el placer.

43

Fortuna mutabile

Esa noche iba a ser animada. Se acumulaban los hombres a la entrada de la casa. Celestina no esperaba a un pequeño grupo de cuatro estudiantes de leyes que querían disfrutar juntos antes de volver a casa los días de Navidad. No los conocía, pero no le dio la impresión de que fueran bullangueros y no creyó que dieran más problemas que el ruido de sus carcajadas. Además, supondrían una ganancia extraordinaria, puesto que al ser ellos ya cuatro era seguro que las chicas tendrían doble turno de enamorados.

Constanza no salió de su alcoba para no ser requerida por nadie, pero las demás, con sus labios bermejos, sus escotes bien a la vista y sus telas brillantes perfumadas con agua de olor, se paseaban entre los hombres que bebían vino repartidos por la sala.

Celestina ya había pedido a Munia, a la que no había vuelto a mirar a los ojos desde la muerte de Claudina, que le llenara la escudilla de vino cuatro veces. La mirada comenzaba a enturbiársele, y los ojos, que ya no eran los de antes, empezaron a ver los cuerpos difuminados. Se fijó en cómo subía el vaho en forma de humillo del manto de un hombre desconocido que entró con el frío a cuestas y la cara tapada. Solo vio una sonrisa ladeada que a la luz de las velas y los candiles brilló con un destello amarillento. Sintió el escalofrío de un mal presentimiento, pero la distrajo uno de los estudiantes de leyes que se sentó a su lado y le dio conversación. Era un joven agradable que parecía tener más curiosidad que deseo en ese cuerpo delgado. Su rostro de pómulos marcados y nariz grande hizo pensar a Celestina que no era precisamente un cristiano viejo y que por sus venas corría sangre de todos y cada uno de los doce pueblos de Israel.

—Buenas noches te dé Dios, señora. ¿Eres la madre de la casa?

—Sí, muchacho. Eso parece.

—Son hermosas tus chicas.

—Y jóvenes, señor, algo más que tú.

—Ya se ve en su lozanía y en la salud que demuestran sus rostros.

—Como buena madre, las cuido mucho. No permito que enfermen.

—Perdona que te diga, pero tú no eres médico, comadre.

—Ni falta que me hace. Los médicos son una panda de matasanos de buena familia. No tienen ni idea de todo lo que sé yo y de todo lo que aprendí de mi segunda madre, que me enseñó los secretos de la naturaleza. Joven, vosotros los hombres os olvidáis de que sois parte de la tierra y con vuestro cuello bien estirado y vuestra frente apuntando al cielo os creéis que pertenecéis a Dios, cuando Dios ni siquiera sabe que existís. La tierra sí, la tierra no nos olvida, un día nos dio forma y otro nos recibirá para quitárnosla, para amasar nuestra carne muerta y convertirla en lodo, en gusanos, en plantas, en flores. Los médicos dan la espalda a las landas del bosque, donde están las verdaderas medicinas, y nos persiguen a nosotras, a las que traemos los niños al mundo, las que quitamos el mal de garganta y los dolores de tripa, las que ayudamos con nuestras cataplasmas a los viejos de huesos retorcidos, las que sabemos cómo procurar que los críos sobrevivan al invierno y cómo ayudar a que los ancianos tengan una buena muerte —se explayó una Celestina borracha, que encontró en el joven un oyente atento, sin prisas por meter la cabeza de converso bajo las faldas de una de sus muchachas.

—¿Cómo te llamas, comadre?

—Mi nombre es Celestina. Me lo puso mi madre, una dama que me abandonó de niña para poder vivir entre los suyos. Esto que ves —añadió Celestina extendiendo los brazos en un gesto teatral— es obra suya, como la talla de un mal escultor, de esas desproporcionadas y feas que solo son veneradas por el techo que las cobija y la cruz que las ampara. Pero mi techo no es santo, como ya sabes, y la cruz y yo nos llevamos regular. Soy criatura de oscuridad, joven. Aunque esto me lo debería callar. —Se echó a reír y le dio unas palmadas en el antebrazo—. Y tú, ¿cuál es tu nombre?

—Fernando de Rojas, comadre, para servirte. Es interesante lo que dices, habrás vivido mucho.

—Mucho y mal, Fernando. Pero de este último tiempo no me puedo quejar. ¡Mencía! ¡Mencía! ¡Ven!

—¿Qué quieres, madre?

—Este encantador joven está aburrido de hablar con una mujer entrada en años y necesita un mejor entretenimiento. Sube con él a tu alcoba. Al vino lo invito yo.

—Muy agradecido, señora Celestina.

—¡Anda! Señora, me llama el lechuguino —exclamó la alcahueta carcajeándose—. ¡Ea! ¡Arriba! Ya verás como tu agradecimiento será mucho más sentido después.

Cuando se quedó de nuevo sola, sentada a la mesa de la sala, recordó al hombre que le había dado mala espina. Repasó con la mirada la sala, pero no lo vio. Solo quedaban Leonor y Violante. La niña subía la escalera de la mano de uno de los estudiantes y en la puerta de la alcoba de Catalina esperaba el boticario con las manos cruzadas a la espalda, como quien esperaba el turno en su botica. Celestina se preguntó dónde demonios se habría metido ese tipo.

El enamorado de Constanza había subido como una exhalación por la escalera hacía ya un buen rato; aprovechó el revuelo que provocaron el grupo de estudiantes al entrar para dirigirse al cuarto de la granadina sin ser observado por nadie. Constanza lo abrazó con fuerza cuando lo vio aparecer. En esos días se había sorprendido pensando en Ahmed a cada instante, recordando la suavidad de su pelo rizado y el olor de su cuerpo moreno. Algo así le había explicado un día Catalina que era el amor, esa angustia por la separación, esas ansias de estar junto al amado, ese calor que bajaba desde el ombligo hasta la entrepierna, ese cerrar los ojos para traer a la mente momentos de placer. Así llevaba días, y había decidido marcharse con él, si era cierta la historia del secuestro. Peor vida que la de ramera no podía esperarla junto a un hombre que parecía amarla. Y además estaría mucho más cerca de su Granada que ahora, así que, si la cosa se torcía, siempre se podía escapar y volver a su pueblo, al menos durante un tiempo.

Ahmed la levantó cogiéndola por debajo de las nalgas y la llevó al lecho. Le dijo que lo tenía todo preparado. En la puerta estaba su caballo, con el que se irían de la casa al alba, antes de que las mujeres se despertaran y después de que todos los hombres se hubieran marchado a su respectivo hogar.

—Es una locura, Ahmed. Si nos descubren...

—Una locura es amarnos así y tener que pagar por poder acariciarte.

Ahmed le contó que saldrían esa misma mañana en un carruaje con el que emprenderían el viaje hacia el sur. Tardarían unos días en llegar, pero para cuando los empezaran a buscar ya estarían demasiado lejos para que las autoridades de la villa gastaran esfuerzos y recursos en recuperar a una de sus rameras. Constanza suspiró porque supo que tenía razón, ¿a quién le importaba la suerte que corría una puta? ¿Quién iba a perder su tiempo en buscar el cuerpo de una cualquiera que podía haber sido arrastrado por la corriente del río grande hasta el mar? ¿Cuántas prostitutas desesperadas por su mala ventura se tiraban desde el puente viejo al año? Siempre eran más de dos. ¿Cuántas caían muertas a manos de sus rufianes? Demasiadas, ni las contaban. Las ahogadas sí porque eran unas auténticas pecadoras sin redención; además de putas, suicidas. No había párroco ni sacramento que les evitara el infierno. Quizá podía ser feliz en el sur junto a su amante moro.

Celestina volvió a buscar al hombre de negro y lo encontró hablando con Violante. Parecía interesado en la joven, pues lo vio muy pegado a su cuerpo y susurrándole al oído. Dedujo que pagaría por ella y dio un golpe en la mesa con el vaso para que Munia se lo rellenara de vino. Quería brindar por el dinero que ganaría esa noche, que iba a ser mucho.

Munia se acercó, y cuando alzó la jarra para rellenar el vaso de Celestina, su mirada se topó con la del alguacil. La observaba fijamente. El hombre sonrió, la saludó con un gesto de la cabeza y se llevó el dedo índice a los labios. Munia empezó a temblar, con lo que derramó el vino sobre las ropas de su ama.

—Pero ¿qué haces, idiota? —grito la alcahueta levantándose para propinarle un tortazo.

—Lo siento —respondió Munia bajando la cabeza.

La criada no se atrevió a decir nada sobre lo que acababa de ver. Se retiró con rapidez a buscar refugio en la parte más oscura de la casa y, tras santiguarse y besarse con mucha fuerza el pulgar, rezó un padrenuestro, aunque sabía que a Celestina ya no la salvaba ni Dios.

Violante subió la escalera con el hombre de negro, pero, antes de llegar a su alcoba, se detuvo ante la puerta de Constanza. Celestina vio que la valenciana levantaba el brazo y señalaba hacia el interior de esa alcoba. Supo lo que iba a pasar antes de que sucediera y apretó los párpados, porque no quería ver cómo se desmoronaba todo lo que había construido con tanto esfuerzo y tras tantos años de sufrimiento. Supo que era el último día de la ramería y que su suerte había mudado. Había infravalorado a Violante, a la que siempre había visto como una pequeña gruñona verde de envidia, pero no como una intrigante que tuviera el valor de traicionar a su madre y sus compañeras. Abrió los ojos justo cuando el hombre de negro había descorrido la cortina y entraba en el cuarto al grito de «¡Alguacil, quieto!».

A partir de ese instante todo fue griterío y alboroto. Hombres que corrían a medio vestir porque pretendían salir de la ramería antes de que se organizara en la puerta un corrillo y sus vecinos y esposas los descubrieran en la casa de fornicio. Los estudiantes borrachos apenas podían tenerse en pie y se daban palmadas en la espalda vestidos solo con la camisa, que les dejaba el culo al aire cada vez que subían los hombros para abrazarse. Solo uno conservaba un poco el juicio, ese Fernando que había entablado conversación con Celestina, quien intentaba ahora sacar a los otros tres de la casa, a poder ser con las calzas puestas. Las chicas se asomaron a la puerta de sus cuartos envueltas en las sábanas de sus lechos, con los rostros pálidos del susto y temiendo lo que pudiera pasarles. El boticario fue el primero en huir y al abrir la puerta casi lo arrollan tres ayudantes del alguacil, que entraron como toros en la casa, tirando los taburetes al suelo y dando empujones a todos los que se cruzaban en su camino.

Celestina no se levantó. Sabía que las palabras iban a ser inútiles con esos patanes entrenados para obedecer y dar mamporros. Solo podía esperar a ver en qué acababa todo ese follón, y prefería hacerlo sentada.

Los ayudantes del alguacil mandaron a las chicas a sus cuartos después de revisar que no quedara ningún hombre en la planta de arriba de la casa. Acto seguido, acudieron a la llamada de su jefe, que, desde el interior de la alcoba de Constanza, gritaba sus nombres. En la sala, Celestina oía los gritos de la muchacha y el ruido sordo de los golpes que recibía un cuerpo desnudo. Los últimos hombres salían por la puerta de la ramería cuando el estudiante de leyes se acercó a Celestina, que apuraba el contenido de su vaso.

—Comadre, ¿te encuentras bien?

—Perfectamente, joven.

—Pero ¿por qué no huyes? Ven con nosotros y sálvate.

—¿Salvarme? —preguntó Celestina antes de soltar una risa amarga que sonó como un cántaro de barro estampado contra el suelo—. Pobre muchacho inocente. Salvarme, dice... Como si eso fuera posible, como si no estuviera condenada desde que nací.

—¿Qué dices, mujer? Ven conmigo y ya pensarás mañana adónde ir.

—No tengo nada que pensar ni lugar al que ir. Soy Celestina, alcahueta y partera, una mujer que conoce los misterios de la naturaleza, y nada podrán contra mí las leyes de estos títeres asustados por nuestras tetas de diosa y nuestro coño de esposas de Satán. Son insignificantes ante mi poder de hembra —dijo Celestina, completamente borracha, aflojándose el cuerpo de la saya para mostrarle sus pechos ya flácidos.

El estudiante de leyes quedó impresionado ante la loca determinación de la mujer, a la que dejó sola cuando vio que el alguacil y sus hombres bajaban por la escalera arrastrando al moro, que tenía la cara llena de sangre, y a Constanza, con las mejillas cubiertas de churretes del khol que habían arrastrado las lágrimas.

El alguacil se acercó a Celestina, que se puso en pie al tenerlo delante.

—Comadre, vamos a tener que cerrar esta casa de fornicio por haber permitido que un moro copule con una cristiana bajo tu techo. Ya sabes lo grave del delito. Te vienes con nosotros presa. Y a este... mañana lo verán por última vez en esta ciudad —dijo.

Propinó un puñetazo en las costillas a Ahmed, al que sujetaban dos de sus ayudantes. El tercero se cargó al hombro a Constanza como si fuera un saco de harina. La muchacha buscaba desesperadamente los ojos de su amante, pero al moro ya habían empezado a cerrársele por los golpes recibidos.

—Mi sentimiento es sincero —dijo Constanza con la esperanza de que esa confesión ante las autoridades sirviera de consuelo a Ahmed.

—Casi lo conseguimos, mujer.

—¡Calla, maldito! —le gritó el alguacil, y le dio una patada entre las piernas para asegurar el efecto de la orden—. ¡Andando! A las dependencias de la cárcel.

Pasaron la noche separados. Ahmed estuvo solo en una celda en la que recibió una nueva golpiza al grito de «¡Cerdo!». Sus quejidos llegaban hasta la celda en la que Celestina abrazaba a Constanza.

—¡Ay, qué pena, madre! ¿Qué va a ser de él? No quiero perderlo. Lo amo.

—¿Cómo se te ocurre enamorarte, Constanza? Que eres una puta, mujer. No pinta la cosa bien para ninguno de los tres, me temo.

—¡Te lo advertí! Quise avisarte de lo que podía ocurrir y no quisiste escucharme. Ahora no me culpes.

—No lo hago. Sabía lo que pasaba. Pero era rico y pagaba muy bien. Y esa ilusión de poder huir contigo le mantenía el deseo vivo, así que era un manantial de monedas de oro.

—Pero, madre, nos va la vida en esto.

—A él. A nosotras no.

—¡Ay, mi Ahmed querido! Pero la casa...

—Eso sí. No creo que pueda abrir una nueva después de pagar la multa que me van a poner.

—¿Qué me harán, madre? No quiero que me duela.

—Te dolerá más la humillación que los palos. Pero piensa que la gente tiene mala memoria. Lo que hoy es muy importante y anda en boca de todos es olvidado al día siguiente. Recuerda esto que te digo cuando quieras volver.

—¿Volver? ¿Volver de dónde?

—Eso ya lo decidirás, Constanza. Pero nos van a desterrar, a ti por follar con un musulmán y a mí por permitirlo. Y a las dos por putas, herejes y un poco brujas.

A la mañana siguiente, cuando el día se había levantado apenas, los mozos del alguacil sacaron a los tres reos de las celdas y los subieron maniatados a un carruaje que recorrió el camino que iba de la cárcel a la plaza de San Martín entre insultos, escupitajos y pedradas. Daba igual la edad, el género o la clase social de aquellos que se cruzaban con ellos, todos soltaban su bilis al verlos.

El primero en subir al cadalso fue Ahmed, al que desnudaron y ataron de pies y manos a un tablero dispuesto en medio del patíbulo mientras el pregonero anunciaba a la gente que ya se había congregado en la plaza cuáles eran los crímenes de los que se acusaba a los tres reos. La algazara fue enorme al oír que ese hombre en cueros era un moro que había yacido con una mujer cristiana. Celestina y Constanza esperaban su turno unos pasos más atrás, cerca de la escalerilla que habían tenido que subir procurando no caerse porque, entre las faldas largas y las manos ligadas a la espalda, les resultó muy costoso llegar al final sin perder el equilibrio ni pisarse los bajos y caerse de morros. Constanza lloraba sin parar, con su hermosa cara descompuesta por el miedo y su melena toda desgreñada tapándole a medias el rostro.

El verdugo escogió entre las diferentes herramientas de trabajo expuestas sobre una mesa más baja que el tablero sobre el que Ahmed estaba estirado con las piernas abiertas. Las voces del pregonero habían dado su fruto y la plaza estaba ya abarrotada. Tres condenas en un día era un gran espectáculo. El verdugo levantó el brazo mostrando un arma, que brilló al encontrarse con un rayo de sol. Le encantaba ese momento en el que el público pedía el arma más punzante, la tortura más sanguinaria. Siempre les dejaba escoger, porque la elección popular acostumbraba a ser más cruel que la que él mismo habría elegido. Se oyeron abucheos y noes. No les había gustado la primera opción, una gran daga afilada. El hombre les mostró la segunda, unas tijeras enormes bastante oxidadas. Entonces hubo división de opiniones. Unos aplaudían con ganas, mientras que otros volvían a abuchear la propuesta del verdugo, que ofreció una tercera posibilidad, una hoz de menos de un palmo que no parecía demasiado afilada porque no refulgía al sol. Esta fue la herramienta mejor valorada por el populacho, que gritaba y aplaudía. Una voz grave se impuso sobre la algarabía: «¡Que sufra, que sufra el puerco!», decía. Y la muchedumbre secundó el deseo de un solo hombre con un grito que parecía emerger de una sola garganta henchida de odio y desprecio.

El verdugo empezó su trabajo. Era meticuloso y disfrutaba haciendo bien lo que se le pedía. Agarró con una mano los genitales de Ahmed, que en ese momento estaba paralizado por el pavor y ni siquiera lloraba, y empezó a cortar desde la base de los testículos hacia arriba, aunque la falta de filo de la hoz y la forma curva del instrumento lo obligaba a hacer fuerza en los movimientos para poder avanzar en el corte. Los alaridos de Ahmed hicieron enmudecer a la muchedumbre, al menos un instante.

—¡Si no querías perderla, no haberla metido donde no podías, cerdo! —gritó una mujer entre la muchedumbre.

Ahmed intentaba resistirse, pero las ligaduras le impedían casi cualquier movimiento y no podía hacer nada para evitar lo que iba a suceder de todos modos. Constanza cayó de rodillas horrorizada. Celestina la miró de reojo, pero no intentó consolarla porque sabía que ninguna palabra podía nada contra el profundo desgarro que producía la muerte del ser amado, y eso era lo que iba a contemplar la muchacha a tan temprana edad, una muerte espantosa. Celestina solo intentó ahorrarle lo peor y le dio una orden:

—¡Cierra los ojos y no los abras hasta que no oigas ya sus gritos!

Constanza la miró como si hubiera dejado de entender el significado de las palabras, aunque Celestina sabía que lo que tenía dentro era un incendio que la arrasaría, un fuego que convertiría su pecho en un páramo. Constanza volvió a mirar a su amante, que tenía el rostro desencajado por el dolor, para desespero de Celestina. Al final, la alcahueta tuvo que gritar para hacerla reaccionar.

—¡Constanza, obedece a tu madre! ¡Cierra los ojos ya!

Los párpados de la granadina arrastraron una cascada de lágrimas que le resbalaron por la cara y el cuello, provocándole una molestia que no podía calmar al tener las manos atadas. Cuando Ahmed gritó desesperado, la chica apretó con fuerza los ojos. El verdugo ya había conseguido arrancar los genitales al moro, y, chorreantes de sangre, los mostraba a todos los asistentes. Se veía claramente que había sido circuncidado, y las mujeres exclamaban tapándose la boca y algunas también los ojos. Una vez que acabó de castrar al reo, el verdugo agarró el hacha más grande y afilada de las que tenía y de un golpe certero decapitó a Ahmed, aprovechando que había perdido el sentido. No quiso ensañarse más porque el moro ya había pagado con sufrimiento su culpa y ahora le tocaba descansar. La cabeza se separó del resto del cuerpo, rodó hacia el borde del tablero y acabó cayendo al suelo con un golpe sordo contra las tablas. El verdugo la agarró de los pelos y la tiró a una cesta de mimbre que había a los pies del tablero en el que seguía expuesto el cuerpo mutilado de Ahmed. Acto seguido, el hombre encapuchado cogió de los codos a las dos mujeres y les arrancó a tirones la saya y la camisa de cintura para arriba. Celestina procuró ponerse al lado del cadáver, para obstaculizar la visión del cuerpo a su pupila, que temblaba aterrada. El verdugo se puso por detrás de ellas y las azotó en la espalda hasta que se les abrió la carne. Constanza cayó al suelo de bruces porque se mareó del dolor y se reventó el labio, que empezó sangrarle abundantemente. Cuando el hombre la incorporó, tenía toda la boca y el pecho rojos por completo. El espectáculo inflamó el deseo del verdugo, que se sintió con derecho de manosearle los pechos y restregarle su propia sangre por encima de las clavículas.

—¡Eso, que sepa lo que vale una puta hereje! ¡Bruja! —gritó un hombre.

Celestina se mantuvo firme y procuró que de su boca no saliera ningún lamento. No quería dar ese gusto a esa muchedumbre enfebrecida por la vergüenza y el sufrimiento ajenos. Apretaba tanto las mandíbulas que creyó que se le rompería alguna de las muelas agusanadas, pero resistieron toda la tortura. Recordó en ese momento a aquella mujer a la que, siendo una niña apenas, vio sobre el patíbulo mirando al frente como si no estuviera realmente en ese lugar mientras otro verdugo la trasquilaba por adúltera. Recordó esa dignidad intacta, esa manera de mirar hacia el final de esa calle que conducía al río oscuro que todo se lo llevaba, y deseó poder lavar sus propias heridas en esas aguas que arrastrarían todo su mal hasta el mar que jamás había visto. Solo bajó la mirada una vez y descubrió entre la multitud el espectro de Sancha, que había aparecido para burlarse de su destino. La vieja se reía con su boca desdentada bien abierta mientras señalaba a Celestina con el índice de la mano derecha y, antes de esfumarse, le dedicó una higa con un enérgico gesto de la mano izquierda.

El castigo físico cesó, pero faltaba la lectura de la condena legal. El pregonero anunció que ambas mujeres serían desposeídas de todos sus bienes y desterradas de la ciudad durante siete años, tiempo durante el cual no podrían cruzar sus murallas so pena de muerte.

Epílogo

Una vieja

Celestina no esperaba encontrar vacía la vieja casa de la cuesta de las Tenerías. Desde fuera se veía descuidada. Sin embargo, no estaba habitada, y ella necesitaba un lugar en el que pasar la noche y quizá algún tiempo. Conservaba la vieja llave. Siempre la llevaba, junto con la de la ramería, en su antigua y ajada faltriquera, como si fuera un relicario. La probó en la cerradura herrumbrosa con la esperanza de que funcionara, y lo hizo, aunque notó que estaba mal cerrada, como si la hubieran forzado alguna vez. Aquel umbral tantas veces franqueado en otro tiempo se abría de nuevo a Celestina, a pesar de que ya no era la niña abandonada, ni la joven esperanzada, ni la muchacha rota de dolor ni la mujer que fue haciéndose cada vez más conocida en la villa por su oficio de alcahueta y madre. La Celestina que iba a entrar en aquella casucha de nuevo era una anciana de aspecto descuidado y siniestro, vestida de colores oscuros, con la saya tan gastada que a punto estaba de convertirse en harapos y con los pelos grises que le quedaban recogidos de cualquier manera bajo una toca de tela basta de color parduzco.

En el interior, todas las superficies estaban cubiertas de polvo y suciedad. El olor a moho era tan fuerte que se le encogieron los pulmones y tuvo que toser varias veces para recuperar la respiración. Para colmo, descubrió que una parte del techo estaba hundida, aunque todavía aguantaba y las goteras no alcanzaban el jergón medio deshecho, que seguía en el antiguo cuarto de Sancha. Ya pondría un balde para recoger el agua de la lluvia cuando fuera menester. Le parecía increíble, pero aún permanecían en la casa varios útiles y algún mueble. El de madera de la entrada en el que Sancha guardaba sus frascos y las velas continuaba en su sitio. Abrió las portezuelas y los cajones, y halló algunas velas de sebo y varios tarros tapados. Los caballetes y el tablero estaban apoyados contra la pared de la sala. En el cuarto interior, el que ocupó de niña, encontró el jergón sobre el que dormía Munia, medio podrido por la humedad. Las contraventanas de madera estaban rotas y el frío entraba a placer por los ventanucos.

Celestina se frotó las manos heladas y se palmeó los brazos y los muslos para entrar en calor. Pensó que esa tarde no tendría tiempo de adecentar la casa, así que decidió dejarlo para el día siguiente. Lo único que hizo fue cortar unas ramas secas de la parra, que seguía aferrándose a la fachada después de tantos años, y arrancar un poco de musgo y algunos hongos secos de los alrededores del edificio para utilizarlos como yesca. Encendería un fuego que, aunque débil, presentara batalla al frío. Tiró la yesca al hogar y se sacó de la faltriquera su piedra de pedernal y su eslabón de hierro para hacer saltar las chispas que prenderían primero lo más fino y seco, y luego las ramas. Cuando se agachó para apartar un caldero con la base requemada tirado sobre el hollín del hogar, se cayó de culo al descubrir a Sancha mirándola desde el lateral de cobre. Creyó estar ante el espectro de la puta vieja, perdido en este mundo y escondido en su antigua vivienda, pero cuando volvió a coger el caldero, que había soltado del susto con gran estruendo, se dio cuenta de que eran sus propios ojos agrisados por el tiempo los que la miraban espantados desde la superficie pulida del recipiente. Los años habían acercado tanto su aspecto al de esa mujer detestada que, por un instante, Celestina se sintió de nuevo perdida y asustada, como si volviera a tener seis años y temiera enfadar a la huraña Sancha. Descubrir ese parecido le produjo dolor en el centro de su reseco corazón. Ella, que tanto había odiado todo lo que era y hacía la vieja, se había convertido en una versión más aviesa y retorcida de esa mujer abyecta. Incluso sus ojos negros, aquellos ojos negros que todo lo devoraban, habían desaparecido tras una capa de niebla que le impedía ver con claridad lo que tenía delante.

Celestina decidió salir de la casa para calmarse. Comenzó a haldear calle arriba y se dirigió al lugar en el que, tiempo atrás, estaba la taberna. Quería comprobar si seguía allí, porque necesitaba dos cosas que iba a encontrar dentro de ese local: vino y habladurías. El primero le serviría para caldearse el cuerpo y el espíritu; las segundas, para situarse en lo importante que estaba pasando en ese momento en la ciudad. Gracias a los comadreos y los chismes, sabría lo que suscitaba más curiosidad a las gentes de su querida villa y buscaría en ello su provecho.

Había vuelto tras cumplir los siete años de destierro a que la condenaron, más otros tantos que se pasó viviendo de sus buenas artes, aunque más de las malas, en lugares de los alrededores. Sin embargo, había empezado a ser demasiado famosa para entrar sin levantar sospecha en las casas de las dueñas honradas con hijas casaderas, a las que atrapaba en la telaraña que tejía a su alrededor hasta hacerlas sucumbir a las tentaciones que, como buena maestra, les enseñaba. Había llegado el momento de volver.

Ni la había reconocido nadie desde que había cruzado el puente viejo y traspasado la puerta del Río, ni ella se había cruzado con caras familiares. Ese anonimato era justo lo que necesitaba para empezar de cero. Se le había pasado por la mente ir a la mancebía que el concejo había abierto para lucrarse con el deseo que la Iglesia no lograba refrenar ni siquiera con la amenaza de todas las torturas y los padecimientos que esperaban a los pecadores en cada uno de los siete círculos del infierno. Sabía que, si entraba en la taberna, encontraría en ese antro a alguna de sus chicas, ya gastadas y envejecidas, cobrando ocho maravedíes por cada rato que pasaban con un hombre, pero desestimó la idea para evitarse el mal trago de ser vista de la guisa que llevaba. Quizá alguna de las muchachas había esquivado su lastimoso destino forzando uno menos malo, tal vez Mencía consiguió abarraganarse con el fraile panzón y depravado que tanto asco le daba con tal de evitar acabar como puta barata. Celestina no dudaba que, al menos, lo habría intentado. No sabía si Munia seguiría viva todavía. Tendría que ir al convento de las clarisas para averiguarlo, porque supo por Catalina la Coja, a la que encontró una vez en Ávila, que la tullida se había consagrado a Dios para poder permanecer entre mujeres, a salvo de la violencia y el juicio de los hombres. Haría esa visita solo por comprobar si su sola presencia hacía aflorar a aquellos ojos de ratón una vieja emoción: el miedo. De Constanza no había vuelto a tener noticias desde que las dejaron ensangrentadas a las puertas de la ciudad, sin nada más encima aparte de la humillación presente y la incertidumbre futura. Antes de despedirse de su antigua madre, la chica le contó sus intenciones de regresar a su amada Granada. Celestina la abrazó y le deseó suerte, aunque sabía que ese era un viaje demasiado largo para alcanzar el destino sin sufrir por el camino muchas más vejaciones y penas de las ya soportadas.

Mientras se dirigía hacia la taberna se cruzó con un hombre que cargaba una tabla con ruedas de esas que usaban los labriegos para exponer sus verduras y frutas en el mercado. Celestina se quedó mirando fijamente un montón de lo que le parecieron piedras cubiertas de arenilla. No las había probado aún, aunque todo el mundo comentaba lo buenas que estaban. Las llamaban patatas y habían llegado en los barcos que llegaban de un nuevo mundo que hacía muy poco que había sido descubierto. Celestina había oído relatos de unos soldados que regresaban de esas tierras extrañas. Contaban historias sobre salvajes de piel morena y lisa que no conocían la existencia de Dios. Decían de ellos que vivían en aldeas en las que había mujeres sabias que dominaban los secretos de la naturaleza y de la vida, y hombres que echaban humo por la boca mientras viajaban por el mundo de los muertos. También los había oído hablar de animales raros, como gatos gigantes con zarpas que parecían navajas o aves con todos los colores del arcoíris brillando en las alas. Mientras escuchaba esas historias, cerraba los ojos y deseaba ser de nuevo joven para tener las fuerzas y la osadía necesarias para embarcarse hacia ese mundo ignoto, pero ya no tenía tiempo para aventuras, así que tendría que conformarse con sobrevivir haciendo lo que mejor se le daba: embaucar.

Ya en la taberna, se sentó en el sitio que le cedió un mozo joven al verla de pie cargando el peso de sus años. Un gato pardo se le acercó e intentó subirse a su regazo, pero Celestina lo espantó con una palmada. La conversación de la mesa estaba animada porque el vino corría desde hacía mucho. En la mesa nadie le dirigió la palabra. Había descubierto hacía ya tiempo que la vejez convertía a las mujeres en entes invisibles, en seres desagradables a los que apartar a un lado del camino o en pesados grajos a los que ignorar. El vino surtió su efecto con rapidez. Notó que le quemaba en la garganta y le calentaba el vientre sobre el que el líquido cayó a plomo, puesto que no había comido nada más que un mendrugo y unas cebollas en un par de días. La cabeza se le nubló y, por un momento, se sintió de nuevo aquella mujer ilusionada que tenía el amor y una vida por delante. Pero por delante ahora ya no le quedaba más que la posibilidad de la mendicidad y sus esfuerzos por evitarla. Se resistiría con uñas y dientes a acabar sentada en la escalera de una iglesia de la villa estirando el brazo y recitando oraciones a cambio de unas míseras monedas. Sintió una profunda rabia contra su suerte. ¿Qué vida era esa que le había tocado? Pero no iba a rendirse. Ella era Celestina, la pupila de Sancha, la amiga de Claudina, ambas maestras de muchas artes de esas que se desarrollaban en las sombras. Solo quedaba ella, Celestina, y todas sus fuerzas las empeñaría en medrar. Sería de nuevo reconocida por las calles, mujeres desesperadas tocarían a su puerta por las noches en busca de su ayuda, y el desespero se cobraba caro, eso lo sabía ella bien. En poco tiempo podría salir de la casucha y mudarse al centro. Allí, disimulada entre las gentes de honor, ofrecería sus servicios de vendedora de afeites e hilados, de partera, de curandera y ensalmadora, y atravesaría las puertas de las casas de las gentes ricas como la roña atraviesa la piel e infecta la sangre de los cuerpos. Eso sería ella, un veneno, una pus, que se comería la felicidad de las mujeres a cambio de dinero como la infección se comía la carne hasta llegar al hueso. A partir de ese momento, iba a medir su bienestar en maravedíes, todo lo demás ya no importaba.

Se levantó y pidió más vino y un puñado de sal en la barra. El tabernero no la reconoció, pero ella sí. Era apenas un mozuelo cuando frecuentaba ese lugar. Ayudaba al antiguo dueño, que debía de estar ya criando malvas, porque por aquel entonces ya peinaba canas. El mozo le recordó en algo a aquel hombre, quizá era uno de sus hijos. Miró alrededor y encontró un sitio vacío en el rincón más oscuro de la taberna, allí donde ni las candelas querían alumbrar. La vieja sacó de su faltriquera un ovillo de hilo colorado, tres migajas de pan duro y un cuartillo de vino agrio. Puso todo sobre el tablero que tenía delante y con un dedo dibujó un círculo con la sal que había dejado caer desde su puño hasta la mesa. Luego carraspeó, se santiguó con sorna y, entre dientes, con voz de esparto y risa torcida, comenzó a musitar:

Ea, mi señor oscuro,
que moras tras portillo y sombra.
Yo, Celestina, la de ojos sabios, te llamo.
Tráeme en la faltriquera dinero sonantes,
y que nunca me falte
comida en la despensa ni vino en la jarra.
Con este hilo rojo ato tu nombre.

con este soplo enciendo tu risa,
y con este juramento
te prometo mi lengua,
que sabrá engañar y endulzar
como miel en boca.
Anda, diablo viejo, socórreme agora,
que yo te haré ofrenda en la esquina,
tres migajas y un cuartillo,
pa que nunca me sueltes la mano.
Ea, que se cumpla lo dicho,
y que así quede: verdad y mentira,
suerte y riqueza, todo junto en mi sayo.
Amén del diablo.

Mientras recitaba, Celestina anudaba el hilo en torno al jarrillo, tirando de él como si atara al propio diablo. Con las últimas palabras, el gato de la taberna bufó mirando hacia la puerta y un mozo borracho creyó oír carcajadas donde no había nadie. Al acabar el conjuro, la vieja bebió un trago del vino y derramó tres gotas en el suelo, como quien pagara un tributo secreto. Después recogió todo, sopló la sal al aire y, sonriendo con malicia, murmuró:

—Ya está hecho. Ahora, que vengan dineros y fortuna..., aunque sea del infierno.

Celestina salió de la taberna y se tapó la cabeza con el manto. Subió la cuesta de las Tenerías todo lo rápido que pudo, para no desaprovechar el calor del vino, que la ayudaría a engañar al frío. Todo aquel que se cruzó con ella esa noche sintió que un estremecimiento le subía por el espinazo hasta alcanzarle la nuca y meterse en su cabeza convertido en la oscura raíz del miedo.

Agradecimientos

A Carmen Romero y Toni Hill, por haber encendido la chispa de esta historia cuando aún era solo una idea en penumbra.

A Toni, por caminar a mi lado y por creer en esta novela, aun con sus tintes de maravillosa locura.

A Anna y Marién, por su mirada paciente y precisa.

Y a los primeros lectores, por su fe temprana en un libro que todavía aprendía a decirse.

A todos, gracias por hacer de este sueño una realidad.

Bibliografía

Agustí Aparisi, Carme, «Fantasmas o revenants en el medievo: antecedentes de elementos fantasmagóricos en "El Formicarius" de J. Nider», *Medievalismo. Revista de la Sociedad Española de Estudios Medievales*, n.º 30 (2020), pp. 15-37.

Arsentieva, Natalia, «La filosofía del eros, alcahuetería y magia en "La Celestina" y "El caballero de Olmedo"», en: *Dueñas, cortesanas y alcahuetas. «Libro de buen amor», «La Celestina» y «La lozana andaluza»*, V Congreso Internacional Arcipreste de Hita, homenaje a Joseph T. Snow, Francisco Toro Ceballos (coord.), Alcalá la Real (Jaén), Ayuntamiento de Alcalá la Real, 2017.

Bados-Ciria, M. Concepción, «Celestina y el lenguaje del cuerpo», *Celestinesca*, vol. 20, n.º 1-2 (1996), pp. 75-88.

Cavallero, Constanza, «Demonios ibéricos. Los rasgos idiosincráticos de la Demonología hispana en el siglo XV», *Studia Historica. Historia Medieval*, Salamanca, Universidad de Salamanca, vol. 33 (2015), pp. 289-323.

Conde Fernández, Fernando, «Parteras, comadres, matronas. Evolución de la profesión desde el saber popular al conocimiento científico», discurso de ingreso en la Academia de Ciencias e Ingenierías de Lanzarote, col. Discursos Académicos, n.º 49, Arrecife (Lanzarote), 14-12-2011.

Díaz González, Joaquín, «Santa Apolonia y los dientes a la luz de la tradición», *Revista de Folklore*, n.º 204 (1997), pp. 185-189.

Duby, Georges, y Perrot, Michelle, *Historia de las mujeres. La Edad Media*, vol. 2, Barcelona, Taurus, 2011.

Etxeberria Mendizabal, Olatz, «Magia contra la enfermedad: médicos del alma y sanadores del cuerpo en la Corona de Castilla (1414-1545)», tesis doctoral, Universidad del País Vasco, 22-11-2024.

Frago Gracia, Juan A., «Sobre el léxico de la prostitución en España durante el siglo xv», *Archivo de Filología Aragonesa*, Institución Fernando el Católico, vol. XXIV-XXV (1979), pp. 257-274.

García Herrero, María del Carmen, *Del nacer y el vivir. Fragmentos para una historia de la vida en la Baja Edad Media*, Zaragoza, Institución Fernando el Católico, 2010.

García Martínez, Adriana, y Escalera Fernández, Isabel, «Oficios femeninos durante la Edad Media. Mujeres en las ciudades», actas del XII Congreso Virtual sobre historia de las mujeres, Jaén, 15/31-10-2020, pp.395-409.

Hernández, Bernardo, «Monedas y medidas», en: De Cervantes, Miguel, *Don Quijote de La Mancha*, edición del Instituto Cervantes dirigida por Francisco Rico, 2004, pp. 941-949.

Iracet, María de Lourdes, «Indumentaria y cultura en la Edad

Media», en: https://catedraleonardi.com.ar/v2/wp-content/uploads/2021/04/Edad-media-2018.pdf

Lacarra Lanz, Eukene, «Evolución de la prostitución en Castilla y la mancebía de Salamanca en tiempos de Fernando de Rojas», en: Cofis, Ivy A., y Snow, Joseph T., *Fernando de Rojas and Celestina*, The Hispanic Seminary of Medieval Studies, 1993.

Lara Alberola, Eva, *Hechiceras y brujas en la literatura española de los Siglos de Oro*, Valencia, Publicacions de la Universitat de València, 2011.

López Beltrán, María Teresa, «En los márgenes del matrimonio: transgresiones y estrategias de supervivencia en la sociedad bajomedieval castellana», en: Duarte de la Iglesia, Ignacio (coord.), XI Semana de Estudios Medievales de Nájera, Logroño, Instituto de Estudios Riojanos, 2000, pp. 349-386.

López Rider, Javier, «Las técnicas de perfumería en la Corona de Castilla (siglos XV-XVI): las aguas de olor», *Estudios de historia de España*, Universidad de Córdoba, vol. 27, n.º 1 (2025), pp. 62-83.

Martín, Rubén Andrés, *La vida cotidiana en la Edad Media: el paso de la aldea a la ciudad*, Barcelona, Shackleton Books, 2020.

Martínez Crespo, Alicia, «La belleza y el uso de afeites en la mujer del siglo XV», *Dicenda. Cuadernos de Filología Hispánica*, Madrid, Ed. Complutense, n.º 11 (1993), pp. 197-222.

Michelet, Jules, *La bruja*, Tres Cantos (Madrid), Ediciones Akal, 2022.

Molero, Clara María, «La magia en la literatura: magas, brujas, hechiceras», Universidad de Alcalá, Alcalá de Henares (Madrid), Actas del XXXVIII Congreso Internacional de la Asociación Española de Profesores de Español, 21/26-06-2003, pp. 98-110.

Moral de Calatrava, Paloma, «El aborto en la literatura médica castellana del siglo XVI», *Dynamis: Acta Hispanica ad Medicinae Scientiarumque Historiam Illustrandam*, n.º 26 (2006), pp. 39-68.

Moraleda Olivares, Alberto, y Pacheco Jiménez, César, «Aproximación al estudio de los lavaderos tradicionales de la comarca de Talavera», *Cuaderna. Revista de estudios humanísticos de Talavera y su antigua tierra*, n.º 4 (1996), pp. 34-51.

Morros Mestres, Bienvenido, «Areúsa en "La Celestina": De la "Comedia" a la "Tragicomedia"», *Anuario de Estudios Medievales*, n.º 40/1 (2010), pp.355-385.

Prado Coronel, Javier, y Dies Valls, Clara, *Breve viaje por la España de las brujas*, Lezama (Vizcaya), Suggar Editorial, 2024.

Romero del Castillo, María del Pilar, «Los afeites femeninos en la Edad Media española. Estudio léxico», tesis doctoral, Universidad de Granada, 2011.

Russell, Peter E. (ed.), *La Celestina: comedia o tragicomedia de Calisto y Melibea*, Barcelona, Castalia Ediciones, 1991.

Severin, Dorothy Sherman, «Padres crueles, madres débiles en la ficción sentimental castellana del quince, y el cambio de papeles en "Celestina"», en: *Dueñas, cortesanas y alcahuetas. «Libro de buen amor», «La Celestina» y «La lozana andaluza»*, V Congreso Internacional Arcipreste de Hita, homenaje a Joseph T. Snow, Francisco Toro Ceballos (coord.), Alcalá la Real (Jaén), Ayuntamiento de Alcalá la Real, 2017.

Snow, Joseph T., «Titulada “Tragicomedia de Calisto y Melibea”, y después “Celestina”», en: *Dueñas, cortesanas y alcahuetas. «Libro de buen amor», «La Celestina» y «La lozana andaluza»*, V Congreso Internacional Arcipreste de Hita, homenaje a Joseph T. Snow, Francisco Toro Ceballos (coord.), Alcalá la Real (Jaén), Ayuntamiento de Alcalá la Real, 2017.

Solitude of Alanna, *Almanaque de la bruja tradicional: rituales, magia y folklore a lo largo del año*, Barcelona, Editorial Bruguera, 2024.

Suárez López, Jesús, *Fórmulas mágicas de la tradición oral asturiana: invocaciones, ensalmos, conjuros*, Gijón, Ediciones Trea, 2016.

Toro-Garland, Fernando, «La Celestina en “Las mil y una noches”», *Revista de Literatura*, Consejo Superior de Investigaciones Científicas (CSIC), tomo 29, n.º 57-58 (1966), pp. 5-33.